Die Kriminalistinnen
Der Tod des Blumenmädchens

AF177913

Mathias Berg wurde 1971 in Stuttgart geboren und schreibt seit seinem vierzehnten Lebensjahr. Nach dem Studium der Soziologie in Bamberg und London wurde er PR-Redakteur und arbeitete in der Werbung und im Marketing. Mathias Berg ist verheiratet und lebt in Köln.

MATHIAS BERG

Die Kriminalistinnen

Der Tod des Blumenmädchens

KRIMINALROMAN

emons:

Bibliografische Information der Deutschen Nationalbibliothek
Die Deutsche Nationalbibliothek verzeichnet diese Publikation
in der Deutschen Nationalbibliografie; detaillierte bibliografische
Daten sind im Internet über http://dnb.d-nb.de abrufbar.

© Emons Verlag GmbH
Alle Rechte vorbehalten
Umschlaggestaltung: finken & bumiller | buchgestaltung und
grafikdesign unter Verwendung des Bildmotivs AdobeStock/Maria
Gestaltung Innenteil: DÜDE Satz und Grafik, Odenthal
Lektorat: Dr. Marion Heister
Druck und Bindung: CPI – Clausen & Bosse, Leck
Printed in Germany 2023
ISBN 978-3-7408-1684-1
Originalausgabe

Unser Newsletter informiert Sie
regelmäßig über Neues von emons:
Kostenlos bestellen unter
www.emons-verlag.de

Dieser Roman wurde vermittelt durch
die Michael Meller Literary Agency GmbH, München.

Für meine Girls aus Pfaffenhofen

Wir sehen die Dinge nicht, wie sie sind.
Wir sehen sie so, wie wir sind.

Anaïs Nin

Teil 1

Das Spiel beginnt

1

Montag, 4. August 1969

Der Himmel war ein sattes, großes Blau. Als hätte der Zeichner vergessen, die Wolken zu malen. Ich stand mit meinen fünf Kolleginnen von der Polizei auf dem ausgedörrten Rasen im Düsseldorfer Hofgarten und posierte für den Fotografen. Es war kurz nach neun an diesem Montagmorgen. Die Sonne schien freundlich, und mir war zum Heulen zumute. Genau heute vor zehn Jahren war meine Mutter vor meinen Augen zu Tode gekommen, und immer noch quälte mich die Frage, ob ich es hätte verhindern können. Die Frage nagte an mir, und ich fragte mich, ob das jemals aufhören würde. Und zugleich war ich glücklich, denn ihr Tod wiederum war der Grund, warum ich jetzt hier stand. Wo ich hinwollte. Ob ich hierhingehörte, sollte sich zeigen. Eigentlich waren wir alles gestandene Frauen. Bis auf mich. Ich fand, dass ich unfertig war. Mit meinen zweiundzwanzig Jahren war ich die Jüngste in der Truppe. Ich war hungrig nach Wissen, ich wollte in einer Sache richtig gut sein, und das hier war meine Chance. Vom ersten Tag der Ausbildung an hatte ich jede Unterrichtsstunde aufmerksam verfolgt, Fachwissen in mich aufgesaugt, jedes Sachbuch akribisch gelesen und unsere Ausbilder mit Fragen gelöchert. Ich wusste, das war genau das, was ich machen wollte. Ich hatte es zur Polizei geschafft und war verdammt stolz auf mich. Ich wünschte, meine Mutter könnte mich jetzt sehen.

»Lächle doch mal«, hätte sie gesagt. »Schau nicht immer so ernst drein.«

Klick. Klick. Klick.

»Hey, Ladys, noch ein Lächeln an diesem herrlichen Summerday, ja, genau so«, rief uns der jugendliche Fotograf vom STERN mit heller Stimme zu.

Und wir lächelten.

»Gut so, weiter. Und das Kinn heben.«

Wir hoben gleichzeitig das Kinn an. Ich fand es albern, wie wir dastanden, wie eine Riege von Pennälern und so scheußlich zurechtgemacht. Eine freiwillige Feuerwehr hätten sie schöner inszeniert, dachte ich. Aber wie so oft behielt ich meine Gedanken für mich.

Klick. Klick. Klick.

»Stehen Sie ruhig locker, das sind nur Fotos zum Warmwerden«, sagte der Fotograf, als wären es Modeaufnahmen für die Mademoiselle.

Ich hörte das mechanische Klicken des Verschlusses des Fotoapparats und das schnelle Aufziehen nach jeder Aufnahme, aber in meinen Gedanken war ich woanders.

»Danke, eine kurze Pause«, rief der Fotograf und gab dem Reporter ein Zeichen.

Das Wochenmagazin STERN wollte einen Artikel über uns sechs angehende Kriminalistinnen bringen, damit ganz Deutschland wusste, wie besonders wir waren. Gruppenfotos und Einzelporträts. Hier im Park und in den Schulungsräumen im Präsidium, wo wir ausgebildet wurden. Wir sechs Frauen waren besonders, weil wir gemeinsam mit den Männern zu Kriminalbeamten ausgebildet wurden. Ohne jeglichen Unterschied, eine vollkommene Gleichbehandlung. Das war neu und sorgte für Aufregung. Seit dem Tag im März, an dem wir unsere Dienstmarken in die Hand gedrückt bekommen hatten, waren wir von den männlichen Kollegen genau beobachtet worden. Umso erstaunlicher, dass heute keiner hinter den Büschen lauerte und auf uns aufpasste. Für diesen Montagvormittag hatten wir freibekommen, denn Öffentlichkeitsarbeit war der Behörde wichtig.

Der Reporter, er hieß Fred Klein, ein gemütlicher Typ mit Vollbart, zeigte auf mich. Die Kolleginnen kontrollierten ihr Make-up, und er schritt auf mich zu, mit einem gezückten Reporterblock in der Hand, und nahm ruhig die Pfeife aus dem Mundwinkel, die kalt geworden war.

»Warum wollten Sie zur Kripo? Kriminalbeamter ist doch ein typischer Männerberuf. Was war Ihre Motivation als Frau?«, fragte er und taxierte mich dabei. In Gedanken war ich bei dem Abend im November vor zehn Jahren, als die Polizei zu uns kam. Zu meinem Vater, meinem Bruder und mir, im November 1959, drei Monate nach Mutters Tod. Noch immer hörte ich das Schrillen der Türklingel in meinem Kopf. Ich senkte den Blick, starrte auf meine Schuhspitzen, auf die sich der Staub von der knochentrockenen Wiese gelegt hatte, und widerstand dem Impuls, sie sauber zu wischen.

»Wie meinen Sie das?«, fragte ich Fred Klein.

Er sah mich erstaunt an. »Wäre Stewardess bei der Lufthansa nicht auch ein schöner Beruf für Sie? Das ist doch ebenso aufregend.«

Ich kniff die Augen zusammen. Beim Bewerbungsgespräch im Präsidium hatten sie mir dieselbe Frage gestellt. Ich hatte in einem züchtigen Kleid wie aufgespießt auf dem Stuhl gesessen und im Brustton der Überzeugung geantwortet: »Weil kein Verbrechen ungestraft bleiben soll und kein Verbrecher ungeschoren davonkommen darf.«

Ich sah den Reporter ernst an und wiederholte laut den Satz aus dem Bewerbungsgespräch. Er kritzelte auf seinem Block herum.

»Und wo sind Sie aufgewachsen?«

»In Essen. Im Arbeiterviertel. Mein Vater und mein Bruder arbeiten in der Zeche. Auf Zollverein.«

»Was ist Ihr Beruf? Was haben Sie gelernt?«

»Sekretärin«, antwortete ich, und Fred Klein nickte, betrachtete seine Notizen.

»Freuen sich Ihre Eltern, dass Sie bei der Polizei sind?«

»Ich habe sie nicht gefragt. Ich bin ja volljährig und kann machen, was ich will.«

»Finden die das nicht ungewöhnlich? Sie, als Frau, mit einer Waffe?« Fred Klein legte den Kopf schief. Er war so ein väterlicher Typ, doppelt so alt wie ich, und mir schien, dass er bereits eine feste Vorstellung davon hatte, wie sein Artikel aussehen sollte.

»Nein, eigentlich nicht. Hatten Sie schon mal eine Waffe in der Hand?«

Er schüttelte kurz den Kopf. »Danke, das genügt mir fürs Erste«, erklärte er.

Ich atmete auf, und er ging weiter zu meiner Kollegin Mieze, die eigentlich Herta hieß und dem Mann direkt ein Kotelett ans Ohr quatschte.

»Ich bin in einer Kneipe groß geworden und kenne die Menschen. Ich sehe einem Typen an, wenn er lügt«, hörte ich sie sagen, während ich mich zu den anderen stellte und an meinen Haaren rumnestelte. Das Schlimmste an diesen Fotos war: Wir mussten alle Perücken tragen, damit uns niemand auf den Fotos erkennen konnte. Schwachsinn, dachte ich.

»Langweilige Fragen, was?«, sagte Ruth, stellte sich neben mich und deutete auf Fred Klein. »Da schicken die uns einen Mann zum Interview. Das kann doch nichts werden.«

Ich schielte auf ihre falschen blonden Haare, die im Sonnenlicht unnatürlich glänzten. »Du siehst merkwürdig aus«, sagte ich zu ihr und deutete auf ihren Kopf.

»Ich tauge nicht zur Blondine«, erwiderte Ruth. »Warte mal, bei dir hängt noch eine Strähne raus.« Mit einem konzentrierten Blick stopfte sie meine echten dunkelblonden Haare unter den braunen Pagenkopf aus Polyester. »Ich hab's gleich.«

»Meine Mutter würde dir auf die Finger hauen, wie du mit meinen Haaren umgehst«, rutschte es mir raus.

»Hab dich nicht so. Diese Perücken sind furchtbar, die würde ich höchstens zum Karneval tragen«, schimpfte Ruth. »Was haben die sich nur dabei gedacht? Als ob uns niemand mehr erkennen könnte, mit den ollen Fifis aufm Kopp. So, fertig.«

»Schau dir mal Mieze an. An der würde ich glatt vorbeilaufen«, bemerkte ich und deutete mit ausgestrecktem Finger auf sie.

Mieze trug ebenfalls eine brave Blondhaarperücke. Ihre leuchtenden roten Locken waren verschwunden. Sie hatte einen kirschroten Lippenstift aufgelegt und sah aus wie eine miese Kopie von Jayne Mansfield. Sie posierte, kurvig, wie sie war, solo für den Fotografen, der einen Narren an ihr gefressen hatte und vor ihr wie Mick Jagger in schlangenhaften Bewegungen herumturnte.

Wir sahen uns an und lachten.

»Meine Damen, wir würden jetzt gern ein Foto mit Ihrer Dienstmarke machen«, sagte Reporter-Fred.

»Bitte, Ladys, stellen Sie sich vor das Brückengeländer hier«, dirigierte uns der Fotograf. »Und klemmen Sie sich die Dienstmarke wie ein Monokel vor das Auge.«

Ich hatte mir den Namen nicht gemerkt, weil ich ihn uninteressant fand. Ein junger Kerl in hellblauen, engen Jeans, die tief auf seiner schmalen Hüfte saßen, mit blonden, gescheitelten Haaren, die ihm fast bis zu Schulter reichten und ihn wie einen Musiker aussehen ließen. Er war sonnengebräunt, als sei er gestern aus Saint-Tropez gekommen. Ein moderner junger Mann und ganz und gar nicht mein Typ. Ich mochte langhaarige Männer nicht leiden.

»Ihnen würde die Perücke auch gut stehen«, sagte Ruth, und er lachte amüsiert und dirigierte mich mit der ausgestreckten Hand an die richtige Position.

Ich sollte in der zweiten Reihe stehen, links außen, neben der großen Renate, die mir mit leidender Miene zuzwinkerte.

»Sehe ich genauso schlimm aus wie du?«, fragte sie leise, als ich mich neben sie stellte.

Ich hob den Kopf und sah auf ihre Perücke, die wie ein Wischmopp auf ihrem schmalen Kopf thronte.

»Schlimmer«, antwortete ich und gluckste.

Vor uns standen Mieze, Lilli und Petra. Mieze in der Mitte, die anderen beiden links und rechts, mit braunem, glänzendem Plastikhaar. Alle drei trugen das gleiche knielange Baumwollkleid mit einem grünen Schilfblattmuster darauf und einem dünnen Gürtelchen um die Taille. Renate, Ruth und ich in der Reihe dahinter hatten uns auf einen hellen Faltenrock und einen dünnen cremefarbenen Pullover geeinigt. Die Idee war, dass wir relativ einheitlich aussehen sollten, keine sollte durch Individualität auffallen.

»Was für ein Affentheater«, raunte mir Renate zu, als wir uns, wie von Fred geheißen, die Dienstmarke wie ein Monokel ans Auge setzten. Die anderen unterdrückten ein Kichern.

»Die Damen haben gute Laune, das ist doch prächtig«, rief Fred vom STERN, und wir lachten einmal laut auf. Aber aus einem anderen Grund.

Klick. Klick. Klick.

»Immer schön lächeln, Mädels«, soufflierte Ruth, »und das Kinn hochrecken.« Sie summte »Light My Fire« von Erma Franklin, und der Song hallte sofort in meinem Kopf wider. Ich grinste in die Kamera.

Klick. Klick. Klick.

»So viele Aufnahmen braucht der niemals, das ist Verschwendung von Fotomaterial«, sagte Renate, gelernte Fotolaborantin.

»Ich glaube eher, er steht auf Mieze«, sagte Lilli mit hoher Stimme. »Dabei finde ich ihn auch nicht schlecht. So schön gebräunt. Bestimmt nahtlos.«

»Du bist so gut wie verlobt mit deinem Lehrer.« Mieze lächelte den Fotografen verführerisch an, der einen Schritt auf uns zumachte.

»Und du bist fast verheiratet mit deinem Feuerwehrmann«, konterte Lilli und seufzte laut.

»Oh ja, das bin ich«, sagte Mieze und schnurrte dabei wie ein Kätzchen, »und das werden wir auch nicht ändern.«

»Nun haltet mal die Mündeleins, sonst werden wir hier nie fertig. Ich habe einen höllischen Durst.« Petra war die Älteste und Trinkfesteste in der Runde. Verheiratet mit einem Staatsanwalt. Ein Kind. Gelernte Steuerfachgehilfin.

Fred Klein stand mit strenger Miene hinter dem Fotografen und musterte uns, wie wir in Reih und Glied in unseren Einheitsklamotten und mit den falschen Haaren dastanden und dämlich posierten.

»Und Sie jagen also künftig Verbrecher und Ganoven«, meinte er süffisant und lächelte uns belustigt an, nach dem Motto: Das ist doch nicht wirklich euer Ernst. So wie ihr ausseht.

Oh doch. Das war es. Unser voller Ernst.

2

Zehn Jahre zuvor – Essen, 6. November 1959

Als die Türklingel schrillte, hoben wir drei gleichzeitig die Köpfe und sahen zur Wanduhr über dem Kühlschrank. Es war kurz nach sechs. Wir saßen in der Küche, und mein Bruder Henning hörte auf, seine Schmalzstulle zu kauen. In seinem Blick war Ratlosigkeit. Vater leerte seine dritte Pilsflasche. Das Radio spielte leise »Am Tag, als der Regen kam« von Dalida. Es klang so entfernt an mein Ohr, als wäre eine fröhliche Feier eine Straße weiter. Mein Vater ächzte, erhob sich und ging in seinem typischen schwankenden Gang zur Tür. Ich blieb sitzen, während das Blut durch meine Ohren rauschte. Ich hörte, wie die Wohnungstür geöffnet wurde. Dunkle Männerstimmen. Feste Schritte, die näher kamen. Zwei Polizisten in Uniform betraten mit ernster Miene unsere Küche, die Dienstmützen unter den Arm geklemmt. Ein junger Polizist mit einem glatten, freundlichen Gesicht, nicht viel älter als mein Bruder, und ein älterer Beamter mit einem gepflegten, dichten Schnauzbart. Auf den Schultern ihrer grauen Uniformen schimmerten Wassertröpfchen von der nebelfeuchten Abendluft. Sie traten mit ihren schweren Schuhen vorsichtig auf, als wollten sie das Knarren der Bodendielen verhindern.

»Wir müssen Ihnen etwas mitteilen«, sagte der ältere Polizist bedeutungsschwanger. Henning drehte das Radio aus, und der Polizist deutete mit dem Kinn auf mich, nach dem Motto: Das ist nicht für kleine Ohren bestimmt.

»Geht's um Mama?«, fragte ich wie aus der Pistole geschossen.

»Ab in dein Zimmer«, befahl mein Bruder.

»Ich will aber nicht«, erwiderte ich bockig.

»Geh mir nich auffe Pimpernellen«, rief mein Bruder genervt und gab mir einen Klaps auf den Hinterkopf.

Mit der flachen Hand schlug ich so fest auf seinen Unterarm, dass es klatschte. Aber er lachte nur. Ich sprang auf.

»Habt ihr das Schwein endlich?«, fragte ich und sah die beiden Polizisten ernst an.

Mir war klar: Vater und Henning wollten die Realität von mir fernhalten. Aber das ging nicht, denn ich hatte es gesehen. Vor meinen Augen. Ich hatte zugesehen, wie sie starb. Ich würde es niemals vergessen. In meiner Trauer war ich ihnen unheimlich geworden. Still und in mich gekehrt belauschte ich heimlich ihre Gespräche in der Kneipe, das Tuscheln in der Trinkhalle oder die kargen Wortwechsel beim Bezahlen an der Kasse. Ich sah die bekümmerten Blicke der Mitmenschen, spürte ihre Hoffnung auf die erlösende Antwort, die nie kam. Ja, sie haben ihn. Ja, er wird für seine Tat bestraft.

»Habt ihr ihn?«, hakte ich nach und sah in das ernste Gesicht des Schnauzbarts, der mich mitleidig taxierte. »Ich bin fast dreizehn«, schob ich maulig hinterher und verschränkte die Arme vor der Brust.

»Setz dich, Lucia«, mahnte mein Vater.

Der Schnauzer erhob das Wort. »Wir müssen Ihnen mitteilen, dass wir die Ermittlungen einstellen werden. Es gibt keinen Hinweis mehr, dem wir nachgehen könnten. Schicht im Schacht.«

Der jüngere Beamte sah zu Boden.

»Hömma, dat tut mir leid«, schob der Schnauzer hinterher. »Alles Gute und Glück auf.«

Mein Vater erwiderte nichts. Er ertrug die Nachricht, wie er alles ertrug. Stand auf und machte Anstalten, die beiden Polizisten zur Tür zu begleiten.

»Schon gut. Wir finden den Weg.«

Beide nickten beamtenhaft, setzten ihre Dienstmützen auf und stiefelten mit schweren Schritten zur Wohnungstür, die wenige Sekunden später klappernd ins Schloss fiel.

Wir saßen stumm auf unseren Stühlen.

Mein Vater kramte in der Zigarettenschachtel, zündete sich mit zitternden Händen eine an, sog daran und ließ den Rauch durch Mund und Nase hervorquellen. Henning hatte das Gesicht in den Händen vergraben. An seinem linken Zeigefinger klebte ein Rest Schmalz.

Keiner von uns sagte ein Wort.

Die Wanduhr tickte gleichförmig und zählte die verstreichenden Sekunden. Tick. Tack. Tick. Tack. Das war der Moment, in dem das Schweigen begann und sich geräuschlos wie Kohlenstaub auf uns niederlegte.

Und das war der Moment, in dem ich mir schwor, dass ich ihn finden würde.

Ich würde ihn zur Strecke bringen.

Eines Tages.

3

Nach dem Fototermin mit dem STERN gingen wir sechs Frauen um halb eins in unsere Kantine, wie wir die Gaststätte »Zum Trompeter« nannten. Sie lag wenige Schritte vom Polizeipräsidium entfernt und bot einen günstigen Mittagstisch, der gern von den Düsseldorfer Polizisten besucht wurde. Die Wirtin, Roswitha, genannt Rosi, eine resolute, füllige Endfünfzigerin, sah uns hereinkommen, verscheuchte zwei Streifenpolizisten, die an einem Vierertisch saßen, und winkte uns heran. »Kommt her, meine Täubchen, für euch ist immer Platz bei Rosi«, rief sie, und ihr ausladender Busen wackelte unter der weißen Schürze. »Heute gibt's Königsberger Klopse mit Salzkartoffeln und Roter Bete.«

Mir lief das Wasser im Mund zusammen. Meistens war der Mittagstisch die einzige Mahlzeit am Tag für mich. Nach dem Essen servierte Rosi ihren köstlichen handgebrühten Filterkaffee, und wir rauchten eine Zigarette dazu. Anschließend liefen wir zum Präsidium zurück, und als wir vor dem mächtigen Backsteingebäude standen, sank meine Laune schlagartig. Im Foyer, auf dem Bodenmosaik mit dem preußischen Adler stehend, verabschiedeten wir uns und liefen auseinander. Jede in ihren zugeteilten Bereich. Ich war seit vierzehn Tagen im K1, dem ersten Kommissariat, zuständig für Mord, Totschlag, Vermisstenanzeigen und Brandstiftung. Meine erste Station. Und ich hatte großes Glück, denn ins K1 wollten viele der Aspiranten. Für zwölf Wochen würde ich hier an aktuellen Fällen mitarbeiten, bevor es zu einem Lehrgang an die Polizeischule ging.

Aber die Wirklichkeit sah anders aus.

Die Sommerzeit war in der Mordkommission Saure-Gurken-Zeit. Ein paar Kollegen waren mit ihren Kindern im Urlaub, und es schien, als seien auch die Verbrecher verreist. Die wenigen, die da waren, traten sich nicht gerade auf die

Füße. Außer Aktenstudium und Berichte abtippen durfte ich bisher nicht viel machen, während mein junger Kollege Toni, der mit mir angefangen hatte, schon zu ersten Einsätzen mitfuhr. Im Vorzimmer hob Elke Hansen, die Sekretärin des K1 und die Dienstälteste im Kommissariat, den Kopf und sah mich über den Rand ihrer großen Brille an.

»Du wirst bereits vermisst. Vom Chef. Die anderen sind unterwegs, es hat zwei Kollegen von der Streife erwischt. Sind angeschossen worden bei einer Pkw-Kontrolle. Jetzt sind alle in Aufruhr. Wie war's bei dir?«, fragte sie und versuchte ein aufmunterndes Lächeln.

Elke wusste Bescheid, bei ihr liefen die Fäden des Hauses zusammen. Wenn einer etwas wusste, dann sie. Elke hatte eine Vorliebe für kunstvolle Tierbroschen. Auf dem Revers ihrer gestärkten Bluse kletterte heute ein Tiger in Richtung Hals.

»Elke, es werden schreckliche Fotos. Keine Ahnung, was die Leute von uns denken sollen«, sagte ich und schüttelte ungläubig den Kopf. »Wir werden wie ein sechsköpfiges Kuriosum auf einem Jahrmarkt dargestellt. Hereinspaziert, hereinspaziert.«

»Sei's drum«, sagte Elke und winkte ab. »Du kannst es sowieso nicht mehr ändern. Lass die Leute denken, was sie wollen. Ob da draußen oder hier drinnen. Getuschelt und getratscht wird immer. Der Lauscher an der Wand hört seine eigene Schand.«

»Was wird denn getuschelt?«, hakte ich nach.

»Ich sag mal so. Es gibt Kollegen, die möchten die alte Ordnung behalten und sehen Frauen keinesfalls in diesem ehrwürdigen Haus. Aber lass dir davon keine grauen Haare wachsen.« Sie zeigte mit ausgestrecktem Zeigefinger auf mich. »Ihr macht einfach euer Ding. Von nichts kommt nichts. Ich finde das großartig, dass ihr da seid«, sagte sie, öffnete eine Schublade und deutete auf eine Pralinenpackung, die bereits deutliche Lücken aufwies. »Nimm dir eine. Du wirst es brauchen. Lass dir ein dickes Fell wachsen, Lucia. Ich meine es ernst. Und achte auf Potthoffs Krawatte. Die sucht er nach Tageslaune aus. Je dunkler, desto schlechter.«

Ich sah sie fragend an, und sie deutete auf die Pralinen.»Nun nimm schon«, sagte sie,»und dann ab zu Potthoff. Ich habe ihm gesagt, dass dir die Mittagspause zusteht, auch wenn du am Vormittag freihattest.«

»Danke dir«, antwortete ich, und mein Magen krampfte sich bei dem Gedanken an Potthoff leicht zusammen. Ich schnappte mir eine Praline mit einer Walnuss obendrauf und steckte sie in den Mund.

»Und merk dir eins: Hunde, die bellen, beißen nicht«, erklärte Elke, als hätte sie meine Gedanken gelesen, und spannte mit einer schnellen Handbewegung ein Blatt Papier in die Schreibmaschine ein.

Ich wandte mich zum Gehen.

»Warte mal, Lucia. Eine Frage noch. Wie würdest du mich beschreiben? Äußerlich, meine ich.« Sie deutete mit beiden Händen auf ihren Oberkörper.»Ganz spontan.«

Ich stutzte.»Weiblich und ... schön ... gerundet«, stammelte ich, und Elke strahlte über das ganze Gesicht.

»Das ist gut, das nehme ich. Ich habe da nämlich was vor, aber das erzähle ich dir nachher«, sagte sie und tippte mit einem Grinsen weiter.»Jetzt aber ab mit dir.«

Der Büroraum der Mordkommission war groß und hell mit vielen schmalen Schreibtischen, hohen Regalen mit Aktenordnern, die wie Raumteiler fungierten, und einer breiten Fensterfront, die den Blick auf den weiten Innenhof gewährte. Eine Art Großraumbüro, in dem wir zusammen arbeiteten, weil das Präsidium aus allen Nähten platzte. Dominant war der Geruch, der mir täglich aufs Neue auffiel. In diesem Raum arbeiteten fast nur Männer. So roch es morgens nach den marktüblichen Aftershaves, später nach frischem oder auch kaltem Zigarettenrauch, und am Ende des Tages mischte sich der Schweiß harter Arbeit dazu. Die Wände dünsteten Testosteron aus. Ich riss öfter am Tag die Fenster auf und legte auf der Damentoilette mein Parfüm nach. Elke und ich dufteten um die Wette. Ich nahm Tosca, weil ich mir Chanel unmöglich leisten konnte. Die

Schreibtische waren wie in einem Klassenzimmer in Reihen aufgestellt. Auf der linken Seite gab es eine Besprechungsecke mit einer Wandtafel, an der die aktuellen Fälle angebracht waren. Mein Schreibtisch war vorne links vor dem Glaskasten, in dem Potthoff saß, sodass er mich stets beobachten konnte. Oder wahlweise ich ihn.

»Specht!«, rief er durch die offene Tür seines Büros. »Herkommen!«

Ich lief einen Schritt schneller. »Ja bitte?«, fragte ich in höflichem Tonfall und stellte mich in den Türrahmen.

Potthoffs Blick war der eines bissigen Wachhundes. Angriffslustig und scharf. Der Leiter der Mord, Jürgen Potthoff, war Ende vierzig und einer dieser Typen, die nicht sonderlich muskulös waren, aber trotzdem körperlich bedrohlich wirkten. Er war nicht hübsch, sein Gesicht hatte harte Konturen und einen entschlossenen Ausdruck mit scharfen Augenbrauen über grünen Augen. Auf seinem Schreibtisch stand ein silberner Rahmen mit einem Foto seiner Familie, Frau und Sohn. Sie war schmal und spitznasig, in gepflegter Garderobe, den Arm um den Sohn gelegt. Ein Bengel in kurzen Hosen und mit gescheitelten Haaren wie der Vater. Potthoff war konservativ in seinem Kleidungsstil. Hemd, Hose und Krawatte wie bei der Bank, und er sah es gern, wenn die Männer im K1 sich kleideten wie er. Unter seinem etwas zu engen Hemdkragen schlängelte sich eine pochende Halsschlagader empor. Sein grau durchwirktes Haar lag scharf gescheitelt, mit einer langen Furche, die die weiße Kopfhaut zeigte. Er hatte die Hemdsärmel hochgekrempelt und die Krawatte gelockert.

Sie war heute dunkelgrau.

»Wo waren Sie?«, fragte er mit strengem Blick auf die Uhr. »Sie hatten den Vormittag frei. Von einer Mittagspause war nicht die Rede. Wann Sie Ihren Dienst verrichten, entscheide ich. Künftig stimmen Sie Abwesenheitszeiten ausschließlich mit mir ab.«

Ich deutete hinter mich in Richtung Elke, aber er machte eine wegwischende Handbewegung, die mich verstummen ließ.

»Jetzt, da Sie Ihre Mannequinkarriere beendet haben, können Sie sich wieder auf den Dienst konzentrieren. Haben Sie die Unterlagen zu dem Vermisstenfall zusammengetragen?« Seine Stimme ging am Ende hoch und war militärisch streng. Ich deutete auf die graue Mappe vor ihm. »Ja, die liegt hier, auf Ihrem Tisch.« Potthoff hob eine Augenbraue, unschlüssig, ob er meinen Hinweis als Frechheit einstufen sollte. Ich schob meine Finger ineinander und hasste mich für meine sekretärinnenhafte Unterwürfigkeit, aber ich sah noch keinen Weg aus dieser Konstellation. Er spannte mich seit dem ersten Tag genau für jene Arbeiten ein, die ich vorher in Essen gemacht hatte. Briefe tippen. Listen anfertigen. Telefonanrufe tätigen. Termine vereinbaren. Er hielt mich an der kürzesten, langweiligsten Leine.

»Kommen Sie mit den von mir übertragenen Aufgaben klar?« Ich konnte den Hinterhalt schon riechen.

»Ja, natürlich.«

»So eine Ausbildung bei der Polizei ist eben kein Spaziergang.«

»Dessen bin ich mir vollkommen bewusst.«

Nie klein beigeben, stets selbstbewusst sein, hatten wir sechs Frauen uns geschworen. Er sah mich mit grimmiger Miene an, und meine Achseln wurden feucht. Das Telefon auf seinem Tisch klingelte, und er nahm ab, bellte seinen Namen und lauschte mit ernster Miene. Ich wollte mich schon wegdrehen, aber er dirigierte mich mit ausgestrecktem Zeigefinger zurück und bedeutete mir zu bleiben.

»Verstanden«, bestätigte er der Person am anderen Ende und notierte etwas auf dem Block neben dem Telefon. »Wir machen uns auf den Weg.« Potthoff legte auf, und mit einem Mal wechselte sein Gesichtsausdruck. Ein verwegenes Lächeln erschien auf seinem Gesicht.

»Ein Brand in einem Wohnhaus. Wir schauen uns die Sache mal an«, sagte er mit Blick auf die leeren Schreibtische. »Ordern Sie einen Wagen aus dem Fuhrpark«, sagte er. »In zehn Minuten vor der Tür.« Er senkte den Kopf und nahm den Hörer erneut ab.

Ich stand einen Moment unschlüssig da.

»Was ist los, haben Sie keinen Führerschein?« Er wählte drei Ziffern.

»Doch, natürlich.«

»Worauf warten Sie dann noch?« Er hielt sich den Hörer ans Ohr.

»Ich soll mit?«

»Ja, was denken Sie denn? Nein, nicht Sie«, rief er in den Hörer.

Ich machte auf dem Absatz kehrt und eilte zu Elke. Ich hatte keine Ahnung, wo ich einen Dienstwagen bestellen sollte. Das hatten sie uns in den ersten Monaten im Theorieunterricht nicht beigebracht.

Mit beiden Händen hielt ich das Lenkrad fest und versuchte, nicht zu verkrampft zu wirken. Ich steuerte den weißen zivilen Streifenwagen-Käfer zügig durch die Straßen, die Potthoff mir ansagte. In den ersten Wochen der Grundausbildung waren wir im Streifendienst mitgefahren, daher wusste ich das Funkgerät zu bedienen, das im Handschuhfach eingebaut war. Was ich nicht wusste, war der Weg zu der Adresse. Meine Ortskenntnisse waren mies. Ich kannte gerade mal den Weg von meiner Wohnung zum Präsidium, in die Altstadt und zurück. Größer war mein Radius bislang nicht geworden. Potthoff machte sich einen Spaß daraus, Abbiegungen so spät wie möglich anzusagen, in der Hoffnung, dass ich es nicht schaffen würde. Aber er hatte nicht damit gerechnet, dass mein Bruder mir das Autofahren beigebracht hatte; eine seiner wenigen guten Taten. Wenn nicht sogar die einzige.

Potthoff drehte das Radio an, und es erklangen die ersten Töne von »In the Ghetto« von Elvis. Er wippte ein paar Takte mit dem Fuß mit. Es wurde schnell stickig im Inneren, und Potthoffs Aftershave kroch mir in die Nase. So kurbelte ich mein Fenster einen Spalt nach unten, und der hereinwehende

Fahrtwind ließ mich aufatmen und trocknete meinen feuchten Nacken.

»Was erwartet uns bei der Adresse?«, fragte ich.

Potthoff drehte das Radio aus. Elvis erstarb. »Der Einsatz all Ihrer Sinne und Ihres Verstandes, wenn Ihr zartes Gemüt das verträgt«, antwortete er und sah aus dem Seitenfenster.

Nach rund einer Viertelstunde parkten wir neben einem Feuerwehrwagen vor einem Wohnhaus in einer einfachen Wohngegend im Stadtteil Volmerswerth.

»Dritter Stock«, sagte Potthoff. »Eine Nachbarin hat die Feuerwehr gerufen.«

Ich sah an der Fassade hoch. Über dem Dach des Hauses war der Himmel blau. Schwalben kreisten in rasantem Tempo über dem Dachfirst. Im dritten Stock waren zwei Fenster weit geöffnet. Aber was mich erstaunte: Da war kein Ruß an der Fassade zu sehen, keine züngelnden Flammen. Am Straßenrand stand keine Horde weinender Menschen, und niemand saß mit rußgeschwärztem Gesicht in eine Decke gehüllt auf dem Gehsteig. Lediglich zwei Jungs mit verrutschten Strümpfen standen neben ihren roten Tretrollern und begafften das Feuerwehrauto. Das Haus war ein ordinäres Mietshaus, dessen Haustür offen stand, als würden die zwei gleich schreiend die Treppen hochstürmen. Offensichtlich war der Brand in der Wohnung bereits gelöscht, denn zwei Feuerwehrmänner verstauten einen Schlauch im Feuerwehrauto.

Ich blieb neben dem Dienstwagen stehen und wartete. In der einen Hand meine Dienstmarke, falls ich mich ausweisen sollte. Potthoff ging zu dem Einsatzleiter der Feuerwehr, der seinen Helm unter den Arm geklemmt hatte. Sie wechselten ein paar Worte miteinander, sahen gemeinsam hoch zu den Fenstern. Jetzt entdeckte ich einen Arzt, der mit seinem schwarzen Arztkoffer am Hauseingang auf uns wartete. Potthoff winkte mich mit einer knappen Handbewegung heran.

»Mitkommen«, rief er und schritt auf den Hauseingang zu.

»Tach, Kalle«, sagte er zu dem Notarzt, der den Koffer anhob.

»Moin, Jürgen.«

»Das ist Aspirantin Specht.« Er deutete auf mich.
»Ah ja, eine von den Deerns, hab schon von Ihnen gehört.
Moin«, sagte er in norddeutschem Tonfall zu mir.
Ich nickte ihm zu. Die beiden sprachen weiter.
»Alles klar bei dir?«, fragte Potthoff.
»Läuft. Muss ja.«
»Wie geht's deiner Frau?«
»Dauert nicht mehr lange. Noch vier Wochen, dann ist es
so weit.«
»Bevor du zum zweiten Mal Vater wirst, gehen wir aber
noch einen trinken, versprochen? Dann wollen wir mal.«
»Jau«, sagte Kalle, »besser jetzt als nie«, und die beiden be-
traten das Treppenhaus, in dem es verbrannt roch.
Ich folgte den beiden Männern, die die Stufen zum obersten
Stockwerk emporschritten, mit etwas Abstand. An der Woh-
nungstür machten wir halt. Ein blutjunger Kollege in Uniform
grüßte schneidig, und die beiden traten ein. Ich wollte folgen,
aber der Polizist stellte sich mir in den Weg.
»Stopp. Wer sind Sie?«, fragte er, straffte seine Schultern
und schob die Augenbrauen zusammen.
Potthoff blieb stehen und sah sich um. Unsere Blicke trafen
sich, aber er machte keinen Mucks. Lächelte.
Ich hielt meine Marke in die Höhe. »Lucia Specht vom K1«,
sagte ich mit fester Stimme und sah ihm direkt in die Augen.
Der uniformierte Kollege musterte mich von oben bis unten
und sah sich hilfesuchend nach Potthoff um, der ein Nicken
andeutete. Erst jetzt trat er zur Seite.
»Schönen Dank«, sagte ich übertrieben höflich und betrat
die Wohnung.
Den ersten Eindruck von einem Tatort gibt es nur ein Mal.
Es ist der wichtigste Moment. So, wie dieser Ort jetzt aussieht,
wird er nie wieder aussehen. Im Unterricht hatten sie uns eingebläut: Beachten Sie jede Auffälligkeit. Hinterfragen Sie jede
Selbstverständlichkeit. Nutzen Sie Ihren Verstand. Ich schaltete
alle meine Sinne auf höchsten Empfang, denn jede Kleinigkeit
könnte das entscheidende Indiz zur Aufklärung sein.

Der kurze Flur der kleinen Wohnung war unversehrt, der Brand hatte es nicht bis hierher geschafft. Es roch wie bei einem Lagerfeuer nach angekokeltem Holz. Der Läufer im Flur war abgetreten. Über dem alten Telefontischchen mit dem orangefarbenen Apparat und dem zerfledderten Telefonbuch von Düsseldorf hing ein Poster mit einem Schwarz-Weiß-Foto von Jimi Hendrix, den kannte ich, auch wenn ich diese Art Musik nicht mochte. Er trug ein aufgeknöpftes gemustertes Hemd und zeigte seine Bauchmuskeln und die leicht behaarte Brust. Mit der einen Hand spielte er an einer Kette, die er um den Hals trug; eine fast weibliche Geste. Die andere Hand hatte er in die Hüfte gestemmt. Er hob das Kinn an, die üppigen Lippen waren leicht geöffnet. Er wirkte selbstbewusst und schüchtern zugleich. Ich hatte eine Idee, was das für eine Wohnung war. Eine Blumenkinderbude. Hippies. Ich konnte mit dieser ganzen Flower-Power-Sache nicht viel anfangen, denn ich nahm keine Drogen, war nicht gern nackt und freizügig, rasierte meine Achseln und war lediglich froh, dass ich dem trüben Ruhrpott entronnen war. Natürlich kannte ich Janis Joplin und die Doors, aber das war einfach nicht meine Musik. Auf meinem Plattenteller lagen die Alben von Dean Martin, den Supremes und den Beatles. Auch wenn ich von ihrem letzten Album, dem »White Album«, nicht alles mochte. Zu experimentell. Und immer wieder hörte ich Nina Simone oder Ella Fitzgerald. Ruth hatte mich ausgelacht, als sie meine Plattensammlung durchgesehen hatte.

»So was hörst du? Das ist nicht gerade modern«, hatte sie belustigt gesagt, denn sie hörte lieber Rock, die Rolling Stones und Jefferson Airplane.

»Ich glaube, ich bin auch nicht so ein moderner Mensch«, hatte ich geantwortet.

»Macht nix, das kriegen wir schon noch hin.«

In dem Flur war eine schmale Tür angelehnt, und ich zog sie auf. Dahinter befand sich ein kleines Badezimmer ohne Fenster. Ich knipste das Licht an. Eine Glühbirne baumelte von der Decke und verbreitete ein hartes Licht. Über dem Waschbecken hing ein Badezimmerschränkchen mit Spiegeltüren zum Aufklappen. Der Klosettdeckel war mit einem lilafarbenen Bezug überzogen, am Boden ein farblich passender Vorleger. Neben der Sitzbadewanne lag ein Kleiderberg. Ich schloss die Tür wieder und betrat den nächsten Raum, das Wohnzimmer, wo es gebrannt hatte. Ein rechteckiger Raum mit einem Doppelfenster, das weit offen stand. Bei der Kommode unter dem Fenster waren die Schubladen aufgezogen und der Inhalt ausgekippt worden. Zwei verbrannte Matratzen, eine lag am Boden, die andere war an die Wand gelehnt, waren vermutlich der Brandherd. Große schwarze Löcher waren in den Stoff gefressen. Die Flammen waren an den Wänden emporgezüngelt und hatten lange schwarze Schlieren hinterlassen. Auf der anderen Seite des Raumes hingen zwei große gebatikte Tücher an der Wand. Feuerfunken hatten kreisrunde Löcher hineingebrannt. Darunter stand ein Bücherregal, dessen Bücher verstreut lagen. Daneben ein alter Barschrank aus braunem Holz mit einem Plattenspieler darauf, auf dessen Abdeckhaube eine Rußschicht zu sehen war. Davor lag eine Gitarre, in die jemand reingetreten war. Auf dem runden Couchtisch in der Mitte des Raumes standen Trinkgläser, ein Kneipenaschenbecher und eine leere VAT-69-Flasche.

»Specht!«, rief Potthoff mich aus dem Nebenraum zu sich. »Was machen Sie denn so lange? Hier spielt die Musik.«

Ich prägte mir die Details ein. Durch den Türstock ging ich in die kleine Küche und zuckte zusammen. Damit hatte ich nicht gerechnet.

Da lag ein toter Mensch.

Seitenlage. Ein weiblicher Leichnam. Ich sah schnell wieder weg, zu Potthoff, der am offenen Fenster stand, neben dem kleinen Tisch, der mit Krimskrams zugemüllt war. Er deutete auf den Leichnam und wartete mit einem süffisanten Lächeln meine Reaktion ab.

Ich hielt die Luft an. Mein Puls beschleunigte sich.

Ich sah wieder hin. Notarzt Kalle kniete am Boden. Die Tote lag in den Umrissen einer Lache. Der Läufer war übersät mit Flecken, die wie große Teertropfen aussahen. Ihre Füße waren nackt, mit schmutzigen Fußsohlen, sie trug Jeans und ein rotes Batikshirt mit Brandflecken darauf. Was mich verwunderte: Ihr Kopf war mit einem kleinen Tuch abgedeckt. Mein Hirn spulte das Gelernte aus dem Unterricht der letzten Monate ab. Sehen Sie sich den Leichnam genau an. Was fällt Ihnen auf? Was ist ungewöhnlich? Wie wirkt die tote Person auf Sie? Engerer Tatort oder erweiterter Tatort? Ich klammerte mich an mein Theoriewissen, biss auf die Innenseite meiner Wange und schmeckte die aufsteigende Magensäure in meinem Mund.

»Machen Sie uns Notizen«, befahl Potthoff, und ich zückte mechanisch einen Notizblock aus meiner Handtasche. Potthoff machte kaum etwas nach Lehrbuch. Er zündete sich eine Zigarette an, rauchte neben uns und trug keine Handschuhe.

Er zeigte auf den Leichnam. »Unklare Situation. Hier brannte es in zwei verschiedenen Räumen«, begann er und sprach schnell. »Der Brand konnte sich nicht über den Flur ausbreiten. An mindestens zwei Stellen hat sich Feuer entwickelt, oder es wurde Feuer gelegt. Im Vorzimmer auf Tisch und Matratze. In der Küche rund um den Herd«, ratterte er herunter. »Bin ich zu schnell?«, fragte er.

Ich starrte auf den Herd und die verbrannten Töpfe, sah in den offenen Backofen, in dem ein Haufen Stoff lag. »Nein, ich kann Steno«, erwiderte ich. »Fahren Sie bitte fort.«

Potthoff räusperte sich und sprach weiter. »Ungeklärte Todesursache. Eine mögliche Hypothese: Die Person ist mit brennender Zigarette im ersten Raum eingeschlafen. Ein Kochtopf auf dem Herd wurde vergessen, die Person erwacht, bemerkt den Brand, geht in die Küche, versucht zu löschen, aber aufgrund des fehlenden Sauerstoffs wird sie ohnmächtig und kollabiert. Das würde das Tuch im Gesicht der Person erklären, das sie zum Schutz vor Mund und Nase gehalten hat.«

Er gab Kalle ein Zeichen, der jetzt das Tuch von der Person nahm und das Gesicht freilegte. Ich trat einen winzigen Schritt zur Seite und speicherte den Anblick in meinem Kopf wie eine Fotografie. Ich starrte in das Gesicht meiner ersten Leiche. Der zweite tote Mensch nach meiner Mutter. Mein Puls pochte schwer in meinem Hals, aber ich ließ mir nichts anmerken. Ich wusste, dass Potthoff nur darauf wartete, dass ich aufschreien oder rausrennen würde. Auf die Knie gehen, mich übergeben oder bewusstlos werden. Dann könnte ich direkt wieder einpacken. Den Gefallen wirst du ihm nicht tun, sagte ich im Stillen zu mir. Ich atmete scharf durch die Nase ein.

»Gehen Sie näher ran«, forderte Potthoff mich auf.

Es war eine junge Frau, schätzungsweise so alt wie ich. Die Augen waren aufgerissen, die Pupillen starr. Ihr Gesicht war unversehrt, keine Verbrennungen, kein Ruß. Keine Wunden. Ein hübsches Gesicht, leicht rundlich, mit einer niedrigen Stirn und buschigen Augenbrauen. Ungezupft. Eine Himmelfahrtsnase. Der geöffnete Mund mit den aufgeworfenen Lippen war verzerrt, als würde sie zur Seite sprechen. Ich konnte die obere Zahnreihe sehen, gerade, mit großen Schneidezähnen wie Würfelzucker. Sie trug ein schmales Schmuckband mit Muscheln um den Hals, darunter war die Haut gerötet. Ihre braunen Haare waren angesengt und knapp schulterlang. Ihre Figur war eher kurvig mit einer ausgeprägten Taille. Kalle begann, den Leichnam zu untersuchen, schob das T-Shirt hoch. Kein Büstenhalter. Die Brüste waren kleiner, als ich es bei dem Körperbau erwartet hätte. Um die Rippen waren dunkle Stellen, wie Prellungen. Ihre Haut war sommerlich gebräunt. Kalle sah sich die Füße und die Hände der toten Frau genau an. An vier Fingern trug sie verschiedene Schmuckringe. Die Fingernägel waren kurz geschnitten. Unlackiert.

»Und, was sehen Sie?«, fragte Potthoff, während Kalle die Körpertemperatur maß.

»Weiblicher Leichnam. Geschätztes Alter zwischen achtzehn und vierundzwanzig Jahren. Gesicht unversehrt«, sagte ich, ging leicht in die Knie und war ihr jetzt so nahe, dass ich den Atem anhielt. »Auf den ersten Blick sind keine Wunden sichtbar, keine Einschusswunden, Schnitte oder Ähnliches.«

»Was fällt auf?«

»Die gekrümmte Haltung der Toten. Seitenlage in Richtung Kühlschrank.«

»Was ist daran ungewöhnlich?«

Ich sah Potthoff an. »Die Person liegt verkehrt herum.«

Er zog eine Augenbraue hoch. »Wie meinen Sie das?«

»Wenn es so war, wie Sie sagen, dass sie den Brand in der Küche nicht löschen konnte und mit dem Tuch vor dem Gesicht fliehen wollte, in Richtung Wohnungstür, und bewusstlos zusammenbrach, dann würde sie andersherum liegen, mit dem Kopf zur Tür, nicht von ihr weg. Sie ist so hingelegt worden«, stellte ich fest und erhob mich wieder.

Potthoff sah mich streng an. »Das klingt, als ob Sie den Fall bereits gelöst hätten, Fräulein Specht.«

Ich wurde kleinlaut. »Ich würde die Vermutung anstellen, dass es sein könnte, dass die Person …«, stotterte ich und versuchte meine Annahme zu korrigieren, wie wir es im Theorieunterricht gelernt hatten: Nichts, was Sie sehen, ist zugleich die Wahrheit. Hüten Sie sich vor vorschnellen Annahmen und Erklärungen. Schaffen Sie Fakten. Bleiben Sie bei Hypothesen, Ihre Arbeit wird an Ihrer Beweisführung gemessen.

»Specht, ich bin gespannt, wie Sie das in Ihrem Bericht formulieren werden«, unterbrach er mich. Ich nickte zustimmend. Er fuhr fort. »Hypothese zwei: Die Frau ist Opfer einer selbst gelegten Brandstiftung, möglicher Suizid. Vermutlich finden sich Spuren von Drogen, Medikamenten und Alkohol im Blut der Toten. Hypothese drei: Es war ein Einbruch, sie überraschte den Einbrecher, er schlug sie nieder und legte das Feuer. Momentan gibt es eine Welle von Einbrüchen in Düsseldorf, was typisch für die Ferienzeit ist.«

Ich sah von meinem Block auf. Davon hatte ich in der Zeitung gelesen, eine Serie von Einbrüchen in verschiedenen Vierteln der Stadt.

»Ein Unfall oder vielleicht doch Brandstiftung, das ist die erste Frage, die sich hier stellt«, fügte Potthoff hinzu. »Wo bleibt die Spurensicherung?«

Kalle öffnete den Mund der Toten und leuchtete hinein. Schaltete die Taschenlampe aus. »Ich kann keine eindeutige Todesursache feststellen, da muss die Rechtsmedizin ran. Die Totenstarre ist noch nicht eingetreten, sie ist nicht lange tot«, erklärte Kalle und erhob sich. Seine Knie knackten. »Die erste Leichenschau ist beendet«, sagte er in meine Richtung. »Jetzt folgt die Obduktion in der Rechtsmedizin. Zur Feststellung der Todesursache und des exakten Todeszeitpunkts.«

Ich nickte dankbar und fragte mich zugleich: Wenn es ein Einbrecher war, wieso hat er ihr Gesicht mit einem Tuch abgedeckt? Scham?

In der Tür erschien ein kräftiger Mann mit glänzender Glatze und roten, fleischigen Lippen, den ich mir auch als Koch vorstellen konnte. Hinter ihm folgte ein deutlich jüngerer Mann mit einem hageren Gesicht und blonden Haaren, die ihm über die Ohren wuchsen. Er sah mich erstaunt an, als würden wir uns kennen. Beide trugen sie modische Kurzarmhemden, wobei es dem Glatzenmann deutlich über der kräftigen Brust spannte, während es dem jungen Mann weit auf den knochigen Schultern hing.

»Ich hoffe, ihr habt nichts angefasst«, sagte Glatze mit dröhnender Stimme. Sein Blick sprang von einem zum anderen.

»Natürlich nicht«, antwortete Potthoff. »Hallo, Herbert, danke fürs schnelle Kommen.«

»Du warst mal wieder schneller am Tatort als ich«, bemerkte Glatze mit einem leicht vorwurfsvollen Unterton und hob die Hand zum stummen Gruß in Richtung Kalle, der seinen Arztkoffer schloss. »Und wer ist das?«, fragte er und sah mich an.

Potthoff deutete ein Lächeln an und zeigte auf mich. »Anwärterin Specht. Fräulein Specht, das ist die Spurensicherung, unsere Spusi. Kriminaltechniker Herbert Kassner und der junge Kollege Jens Gaude.«

Kassner sah mich freundlich an. Jens nickte einmal schüchtern und schluckte hohl, sein Adamsapfel sprang auf und nieder.

»Sie sind eine der sechs Kriminalistinnen. Eine von Ihnen ist gerade bei uns. Renate Schutt.« Er lächelte. »Ich bin gespannt, wie Sie mit unserem wilden Herrengesangsverein zurechtkommen«, scherzte er.

»Bislang ohne Probleme, ich bin aber auch erst seit zwei Wochen im K1.«

»Von Potthoff können Sie viel lernen, wenn er Sie lässt.« Er zwinkerte Potthoff zu, der keine Miene verzog. »Wenn Sie Fragen haben, kommen Sie vorbei. Und Sie werden viele Fragen haben.«

Es klang fast wie eine Drohung, wenn auch eine freundlich gemeinte.

»Das Angebot nehme ich gerne wahr. Sie werden mich wiedersehen, Herr Kassner«, antwortete ich.

»Sehr gut.« Er sah sich um. »Jens, legen wir los. Wie ich sehe, haben wir hier einen Haufen Arbeit vor uns. Wenn ihr uns entschuldigen würdet.« Er deutete mit seinem ausgestreckten Arm in Richtung Flur. »Ich habe heute Abend noch was vor bei dem schönen Wetter.« Was so viel hieß wie: Verschwindet jetzt.

Potthoff kräuselte die Nase und ging voraus. Ich konnte mir ein Grinsen kaum verkneifen.

»Hippiebude. Furchtbar, dieses junge Gesindel, machen einem nur Scherereien«, schnaubte Potthoff verächtlich. »Befragen Sie die Nachbarn.«

Der Aufpasser nahm Haltung an, als er Potthoff sah.

»Specht, die Zeugenbefragung steht an. Klingeln Sie an allen Türen. Viele werden nicht da sein. Es sind immer noch Schulferien, und wer nicht gerade in Hippieklamotten umherhüpft, geht einer anständigen Arbeit nach. Fragen Sie, was die Personen gehört und gesehen haben. Notieren Sie den vollen Namen und eine Telefonnummer. Jeder Hinweis zählt. Und wenn ich sage, jeder, dann meine ich das auch.«

Für einen Moment war ich geneigt, die Hacken zusammenzuschlagen und mit einem donnernden »Jawohl, Herr General« zu salutieren.

»Kollege Steiner hier unterstützt Sie.« Er deutete auf ihn, der mich jetzt großäugig ansah.

»*Sie* führt die Zeugenbefragung durch?«, fragte er mit ungläubigem Gesichtsausdruck.

»Haben Sie Bohnen in den Ohren?«

»Nein, Herr Potthoff.«

Ich hielt Potthoff am ausgestreckten Arm die Autoschlüssel entgegen. »Fahren Sie zurück, ich komme mit der Straßenbahn hinterher.«

Er legte den Kopf leicht schief, sein Gesichtsausdruck wirkte, als schwankte er zwischen dem Impuls, laut loszulachen oder mich anzuschreien. Das konnte er gut, diese einschüchternde Miene aufsetzen und sein Gegenüber in Schach halten. Er war mit jeder Faser ein Polizist vom alten Schlag, einschüchternd und auf Härte trainiert. Er schnappte sich den Autoschlüssel mit einer schnellen Bewegung.

»Kommen Sie nicht zu spät«, mahnte er mich. »Sie müssen noch den ersten Bericht tippen und die Ermittlungsakte anlegen.«

Potthoff schnalzte mit der Zunge und lief tänzelnd und pfeifend die Treppe runter. Ich sah ihm nach, bis er verschwunden war. Wandte mich an Steiner.

»Fangen wir an, Herr Kollege. Ich habe heute auch noch was vor.«

Am Nachmittag saß ich an meinem Schreibtisch im K1 und tippte den ersten Bericht, als Toni zu mir kam.

»*Ciao, bella.* Was tippst du so fleißig?«

Ich hörte auf zu tippen und sah in das Gesicht meines Kollegen Toni. Italo-Toni. Leuchtende grüne Augen, unverschämt braun gebrannt und eine Haut wie Oliven. Ein schwarzer Oberlippenschnäuzer. Er grinste mich frech an und sah auf das eingespannte Blatt Papier zur Erfassung von Zeugenaussagen in meiner Schreibmaschine. Ich starrte auf seine sehnigen Unterarme, die sich an der Tischplatte abstützten. Auf die dunklen Härchen, die auf seinem Handrücken wuchsen, und wurde etwas nervös. Zur Ablenkung fuhr ich mir durch die Haare.

»Eine Zeugenaussage? Sag bloß, der Potthoff hat dich zu einem Tatort mitgenommen.« Er strahlte mich an.

Ich klappte die Ermittlungsmappe mit den Tatortfotos auf, die Renate vor einer halben Stunde gebracht hatte, und schielte mit einem Auge zu Potthoff in seinem Glaskasten. Aber der drehte uns hinter der Scheibe den Rücken zu und telefonierte.

»Mein erster Fall, Toni. Schluss mit grauer Theorie, jetzt geht's los.«

»Glückwunsch. Er scheint doch mehr in dir zu sehen als eine billige Schreibkraft. Was ist passiert?«

»Ein Leichenfund in einer Wohnung, in der es gebrannt hat. Eine junge Frau lag in der Küche am Boden. Studentin. Ein Hippiemädchen.«

»Is nicht wahr. Erzähl.« Er tippte mich an der Schulter an.

»Jetzt nicht, ich muss noch die Zeugenaussage tippen. Potthoff will sie gleich haben«, antwortete ich und bemerkte, wie nervös ich war.

»Wie viele Zeugen habt ihr?«, fragte er.

»Einen.« Die Antwort war mir peinlich.

»Das ist nicht viel.« Er hob eine Augenbraue.

»Eine ältere Frau, die im Erdgeschoss wohnt. Alle anderen waren nicht im Haus.«

»Pass auf, dass keine Rechtschreibfehler drin sind. Deswegen hat er mich neulich lang gemacht. In meiner Banklehre stand Rechtschreibung nicht an erster Stelle.«

»Das sollte kein Problem sein. Was anderes, weißt du mehr über diese Einbruchserie?«

»Während die Deutsche an der Adria einfällt, werden die Häuser von Dieben aufgebrochen und Beute gemacht. Die nehmen alles mit, was versilbert werden kann. Seit drei Wochen, in verschiedenen Stadtvierteln. Vermutlich steckt eine Bande dahinter.«

»Der Fall des toten Mädchens könnte ein Raubmord sein.«

Toni pfiff durch die Zähne. »Das wäre allerdings eine neue

Entwicklung, denn bislang gab es keine Toten bei den Einbrüchen, lediglich ausgeräumte Schubladen und Schränke. Die sind auf Wertsachen aus.«

»So sah es bei diesem Tatort auch aus. Ist das ungewöhnlich?«

»Was ich mich frage: Warum nicht einfach hineinschleichen, keine Spuren hinterlassen, die Wertsachen nehmen und leise wie eine Katze wieder verschwinden?«

»Toni, das ist nicht ›Über den Dächern von Nizza‹, und du bist nicht Cary Grant.«

Er seufzte. »Ja, leider.«

Ich kaute auf dem Bleistift und dachte nach. »Wieso bricht jemand in eine Studentenwohnung ein, wo es nichts zu holen gibt? Außer Batiktücher. Und selbst die hingen noch an der Wand.«

Wir hörten ein Klopfen an der Glasscheibe und sahen auf. Potthoffs Stimme dröhnte gedämpft durch die Scheibe seines Büros.

»Sie werden nicht fürs Quatschen bezahlt«, rief er und rollte mit den Augen.

»Der hat richtig gute Laune. Ich lass dich mal machen, bis später beim Schießtraining.«

Toni zwinkerte mir zu, hob in Richtung Potthoff die Hand zum Gruß und schlenderte zu seinem Schreibtisch zurück. Pfiff die Melodie von »Volare«.

Ich sah ihm einen Moment nach. Toni hatte neben seinem jungenhaften Aussehen etwas, das mir gut gefiel: seine sprühende gute Laune. Aber er war mein Kollege, und es war untersagt, mit einem Kollegen etwas anzufangen. Zugegeben, Toni sah aus wie der Mann, den ich heiraten wollte, als ich elf Jahre alt war: Dean Martin. Wenn meine Mutter und ich zu seiner Musik im Wohnzimmer tanzten, nahm ich danach die Schallplattenhülle in beide Hände, sah in sein italoamerikanisches Männergesicht und war mir sicher, so sähe der Mann aus, den ich einmal heiraten würde. Toni kam der Sache äußerlich recht nah. Er war der Mann der ersten Stunde, als mein neues Leben begann und wir uns bei der Beurkundung kennengelernt hatten. Er hatte vom ersten Augenblick an ein Auge auf mich geworfen. Nur auf mich und auf keine andere Frau in dem Raum. Und ich fragte mich nach wie vor, warum.

Am Tag der Beurkundung im März war ich furchtbar aufgeregt gewesen und froh, als sich Ruth direkt neben mich gesetzt hatte. Wir saßen nach Geschlechtern getrennt, zwölf Frauen und vierzehn Männer, alle Quereinsteiger. Toni beobachtete mich von der Seite. Er hatte glänzende schwarze Haare, die mich an Lakritze erinnerten, und sah aus wie ein waschechter Italiener; mit seiner leicht gebräunten Haut mitten im späten Winter. Nach einer Rede des Polizeidirektors, viel Händeschütteln und dem Anstich eines Fässchens Altbier stießen wir miteinander an.

»Hallo, ich bin Toni.«

Ich verschluckte mich fast. »Nee, ist klar«, sagte ich und nickte zur Bestätigung.

»Okay, ist nur ein Spitzname, eigentlich heiße ich Thomas. Aber so nennt mich keiner.«

»Kommt der Wahrheit aber näher. Oder gibt es italienische Vorfahren?«

»Durchaus, aber die sind unbekannt. Aber schön, dass du dich für mich interessierst«, sagte er und grinste mich frech an.

»Das Büfett ist eröffnet, meine Damen und Herren«, schallte es hinter uns.

Wir stürzten uns auf die Schnittchen, die auf silbernen Platten bereitstanden. Leberwurst mit aufgefächerten Gürkchen. Käse mit Paprikastreifen. Frischkäse mit Radieschenstiften. Frisches Mett mit gehackten Zwiebeln.

Toni stellte sich neben mich, seine Schulter berührte fast meine. »Würde ich an deiner Stelle nicht essen«, raunte er mir zu, als ich mit dem Messer gerade etwas Mett abschneiden wollte.

»Warum? Weil das Mett so lange in der Wärme gestanden hat?« Ich legte das Messer wieder zur Seite. Der Geruch der gehackten Zwiebeln stieg mir in die Nase.

»Nein, weil ich diesen Zwiebelatem beim Küssen hinderlich finde.«

Ich spürte, wie meine Wangen heiß wurden, füllte stumm meinen Teller mit Schnittchen und sah mich hilfesuchend nach Ruth um.

»Hast du eigentlich einen Freund?«, fragte Toni neben mir.

»Ja«, erwiderte ich, aber das war gelogen, denn der war nicht mehr mein Freund.

Ich ließ Toni stehen und steuerte auf Ruth zu, die mit zwei Frauen in einer Ecke stand und mir die beiden als Mieze und Lilli vorstellte. Mieze hielt das Bierglas wie ein Reagenzglas prüfend in die Höhe und kniff ein Auge zusammen.

»Ich mag Düsseldorf, aber an diese Plörre werde ich mich nie gewöhnen«, sagte sie, griff in ihre Handtasche und förderte einen Flachmann zutage. »Das wärmste Jäckchen ist das Cognäckchen«, verkündete sie mit rauer Stimme und sah in unsere erstaunten Gesichter. »Nun habt euch mal nicht so, ist ja nicht jeden Tag ein Neuanfang.«

4

18:30 Uhr.
Ich stand leicht breitbeinig da. Potthoff war gut und gern zwölf Meter von mir entfernt. Ich hob die rechte Hand, stabilisierte sie mit der linken und zielte mit meiner Walther PP auf ihn. Hielt die Luft an. Drückte ab und feuerte vier Schüsse hintereinander weg. Spürte den Rückstoß. Der letzte Knall hallte wider, und erst jetzt ließ ich die Arme langsam sinken. Ich nahm den Ohrenschutz ab.
»Das war ziemlich klasse«, sagte Ruth neben mir.
»Finde ich auch.« Ich drückte den Knopf der elektrischen Zuganlage. Die durchlöcherte Zielscheibe mit dem Mann aus Pappe sauste surrend auf uns zu. Alle vier Schüsse in die Mitte. Ausbilder Jansen hatte gemeint, wir sollten uns beim Zielen jemanden vorstellen, den wir nicht leiden können, das erhöhe die Treffsicherheit im Training. Auch wenn der Gebrauch der Waffe nicht dafür gedacht war, zu töten, sondern dafür, jemanden aufzuhalten oder uns zur Wehr zu setzen. Wir waren in der Raumschießanlage im Keller des Präsidiums. Montagabend stand die Schießausbildung auf dem Plan. Eine Stunde ballerten wir auf diese menschlichen Silhouetten und erhielten Vorträge in Waffenkunde.

Seit ich das erste Mal beim Schießtraining gewesen war, mochte ich das Gefühl, die Waffe in meiner Hand zu halten. Die Schwere des Metalls und wie sich meine Hand um das Griffstück schmiegte. Diesen metallisch-öligen Geruch. Ob wir an der Waffe ausgebildet werden wollten oder nicht, hatten sie uns Frauen freigestellt, bei den Männern stand Schießen automatisch auf dem Stundenplan; ohne Wenn und Aber. Aber ausgebildet zu sein hieß für mich, die Waffe im Ernstfall gebrauchen zu können. Ebenfalls ohne Wenn und Aber. Ruth und ich waren die Einzigen von uns sechsen, die das Training absolvierten. Flintenweiber nannten sie uns scherzhaft auf dem Flur.

»Fräulein Specht, Sie sind schon gut vertraut mit Ihrer Waltherchen«, sagte Jansen hinter mir. Es gefiel ihm, dass wir beide mit Ruhe und Präzision, wie er es predigte, an die Sache rangingen. »Abschließende Trefferlage sehr gut. Fräulein Bellroth, Sie sind dran.«

Ruth nickte und ging in Stellung. Wir setzten beide den Schallschutz auf. Sie kannte sich gut aus mit Waffen, da ihr Vater, Polizist in Köln, sie schon oft mit auf den Schießstand genommen hatte. Ruth hob ihre Dienstwaffe an, zielte auf den schwarzen Mann und schoss ebenfalls vier Schüsse ab, aber ich konnte direkt sehen, dass sie heute nicht gut drauf war.

»Sie sind unkonzentriert«, ermahnte Jansen sie. »Sie müssen jeden Schuss bewusst abgeben.«

»Tut mir leid, kommt nicht wieder vor«, sagte Ruth. Ich konnte ihr ansehen, wie sehr sie sich ärgerte.

»Schießen bedeutet volle Konzentration«, dozierte Jansen. »Kontrolle über Körperspannung und Atmung. Wer im Training eine hohe Trefferquote erzielt, trifft in einer realen Situation nicht automatisch präzise.« Jansen wurde nicht müde, uns die wichtigsten Sätze gebetsmühlenartig zu wiederholen.

»Verstanden«, sagte Ruth mit ernster Miene.

Jansen nickte uns zu und ging zu den nächsten Aspiranten, die auf ihn warteten.

Als er außer Hörweite war, sagte ich: »Ich habe heute meine erste Leiche gehabt.« Ich erzählte ihr von dem Brand in der Wohnung und dem toten Blumenmädchen. »Es war gar nicht der Anblick, sie sah aus, als hätte sie sich zum Schlafen hingelegt. Aber sie war so jung wie wir. Sie hatte ihr Leben noch vor sich. Und dann Potthoff mit seiner unmöglichen Art.«

»Der Potthoff ist mit Vorsicht zu genießen«, raunte Ruth und schloss die Spindtür zu. »Der war vorher bei der Sitte, und die sagen, der ist nicht zimperlich.« Sie senkte ihre Stimme. »Soll ein alter Nazi sein.« Sie funkelte mich an. »Der Potthoff will keine Frauen als gleichwertige Kolleginnen, das stört sein männliches Ego.«

»Wieso bildet er dann aus?«

»Weil er muss und weil er uns brechen will«, erklärte Ruth mit wissender Miene. »Weil er beweisen will, dass Frauen bei der Polizei nichts zu suchen haben.« Ihre Wangen glühten. »Ich bezweifle, dass Potthoff das je anders sehen wird.« Ruth öffnete ihre Handtasche und kramte darin. »Lucia, die beobachten uns ganz genau, unser Auftreten, unser Aussehen, unsere Leistung. Wir sind wenige. Aber wir sind da.« Sie drehte einen Lippenstift auf.

»Du weißt, was mein lieber Bruder Henning mir prophezeit hat: Du wirst mit Pauken und Trompeten untergehen.«

»Wenn er sich da mal nicht täuscht. Wollen wir los?«

Ruth klappte einen Taschenspiegel auf und zog sich die Lippen nach. Ich sah ihr dabei zu. Ruths Oberlippe war deutlich größer als ihre Unterlippe. Bei mir war es genau umgekehrt. Ruth war kämpferisch; ich hatte die Neigung, mich eher unterzuordnen, auch wenn ich ein freches Mundwerk besaß. Ruths selbstbewusstes Auftreten imponierte mir und lockte eine Seite in mir hervor, die bisher verborgen war.

Es war ein lauer Sommerabend, und wir spazierten vom Präsidium nach Hause, ein rund zwanzigminütiger Spaziergang. Ruth wohnte bei mir um die Ecke, in einer Parallelstraße zur Suitbertusstraße im Stadtteil Bilk. Montags kehrten wir meist nach dem Schießtraining noch in einer Kneipe ein. Wir gingen nebeneinanderher und ließen den Tag Revue passieren, lachten über unsere Perückenfotos. Erzählten von den aktuellen Fällen. Ruth wurde ernst und berichtete von einer Frau, die sich heute wegen wiederholter Vergewaltigung gemeldet hatte. Die Frau wollte nur mit einer Frau reden.

»Vergewaltigt. Von ihrem eigenen Ehemann. Sie sagte, sie kann es schon ahnen, wenn es wieder so weit ist. Sie deckt dann den Tisch besonders schön, zündet Kerzen an, in der Hoffnung, dass es ihn milde stimmt und er sich entspannen kann. Es muss nur ein Detail falsch sein, und rumms, haut er ihr eine runter.«

»Das ist furchtbar.«

»Sie will ihn verlassen, aber es gibt noch ein kleines Kind. Der Typ gehört zu den Männern, denen es Spaß macht, Frauen zu schlagen. Wenn mich ein Mann schlagen würde, würde ich ihn tottreten.« Ruth zündete sich eine weitere Zigarette an und sog fest daran.

»Vergewaltigung in der Ehe ist nicht strafbar«, sagte ich und wiederholte, was wir im Kurs über Rechtslehre gelernt hatten.

»Das macht mich ja so wütend. Diese Frau hat so eine Angst, dass er herausbekommt, dass sie bei der Polizei war.«

Mit einem Mal wurde Ruth still, und wir gingen, ohne ein Wort zu sagen, nebeneinanderher und rauchten dabei. Wir kamen an einer Kneipe vorbei, die Fenster standen weit offen, der Song »Sugar, Sugar« wehte in Fetzen zu uns herüber, und vier junge Männer in Jeans standen mit Gläsern in der Hand davor und bewegten sich zu dem Rhythmus der Musik.

»Sugar. Oh honey, honey. You are my candy girl.«

Einer rief: »Hey, ihr Miezen, kommt mal rüber. Wir zeigen euch was Schönes.« Sie grölten, und einer fasste sich demonstrativ in den Schritt.

»Ich bin nicht euer dämliches *candy girl*!«, schrie Ruth ihnen zu.

Ich sah die Wut in Ruths Augen auflodern. Sie tänzelte leicht auf der Stelle wie ein Boxer im Ring.

»Lohnt sich nicht, Ruth. Kein bisschen«, versuchte ich sie zu beruhigen und hielt sie am Arm fest, weil ich befürchtete, dass sie doch rüberlaufen und Ärger machen würde. Ich wusste, dass Ruth in dem Punkt eine kurze Zündschnur hatte. »Du bist jetzt eine Polizistin, vergiss das nicht.«

Ruth sog ihre Wangen ein und biss darauf. Ich sah, dass ihre Gedanken Purzelbäume schlugen. Sekunden später war das Feuer in ihren Augen wieder erloschen und ihr Blick ruhig.

»Du hast vollkommen recht. Ich bin jetzt bei der Polizei. Genau wie du.«

»Genau wie ich«, wiederholte ich, zog sie am Arm weiter,

weg von den bierpotenten Männern, die uns ein letztes Mal etwas hinterherriefen.

Sie nahm meine Hand. »Und ich muss dir was erzählen.«

»Was hast du angestellt?«

Ruth blähte die Backen auf und ließ die Luft geräuschvoll entweichen.

»Da ist so ein Glitzern in deinen Augen«, stellte ich fest.

»Rück schon raus mit der Sprache, was ist es?«

»Ich habe was mit Otto angefangen.«

Ich blieb abrupt stehen und fasste sie an der Schulter. »Wie bitte? Mit welchem Otto? Mit Otto Hagedorn, meinem Kollegen beim K1? Diesem grummeligen Typen?«

Ruth grinste breit. »Der redet nicht viel. Aber den Rest beherrscht er recht gut.«

»Seit wann?«

»Ach, schon länger. Ein paar Wochen.« Sie machte eine wegwerfende Handbewegung.

»Und das erzählst du mir erst jetzt?«, rief ich und rüttelte sie an der Schulter. »Bist du von allen guten Geistern verlassen? Du kannst doch nichts mit einem Kollegen anfangen.«

Ruth legte den Arm um meine Taille. »Sei nicht böse mit mir. Wozu sind die Männer denn sonst da?«

Ruth amüsierte es, dass ich sie tadelte.

»Und was sagt Eddy dazu?«

Eduard, genannt Eddy, hatte sie direkt im März aufgerissen, an einem Kneipenabend im »Uerige«, einer beliebten Altbierschenke in der Altstadt. Eddy arbeitete als Zimmermann und fuhr Motorrad. Ich fand ihn nicht sonderlich tiefsinnig, aber darum ging es Ruth auch nicht.

»Eddy? Was soll er dazu sagen, der weiß davon nix. Und ich denke, ich behalte es auch für mich. Das mit Otto, meine ich.«

»Du lässt sie parallel laufen? Zwei Männer gleichzeitig?«

»Ja, genau, und du teilst mit mir jetzt dieses Geheimnis. Verplappere dich bloß nicht.« Sie hob mahnend einen Zeigefinger.

»Ich sollte dir den Hintern versohlen. Aber danke, dass du mir vertraust. Weiß Otto, dass ich es weiß?«

»Quatsch, natürlich nicht. Sei nicht so spießig, Lucia. Wir haben 1969 und nicht die verklemmten Fünfziger, und einen Kuppeleiparagrafen gibt es auch nicht mehr. Am Wochenende bist du dran, wir gehen aus und suchen dir einen Mann. Du hast es versprochen. Abgemacht ist abgemacht.« Sie tippte einmal auf meine Nasenspitze.

»Das sagst du so leicht.« Ich seufzte laut.

»Das ist es im Grunde auch.«

»Ja, für dich vielleicht, aber nicht für mich.«

»Du denkst zu viel an den letzten Mann. Wie hieß der noch gleich?«

»Du lässt wirklich nicht locker.«

Wir standen an der Einmündung zu Ruths Straße.

»Jetzt erzähl schon. Du machst so ein Geheimnis um den Typen. Komm, wir trinken bei mir noch einen Eierlikör.« Sie deutete in Richtung ihrer Wohnung.

»Nein, heute nicht, ich bin zu müde.«

Sie machte ein enttäuschtes Gesicht.

»Sei mir nicht böse.«

»Warum willst du mir nicht von ihm erzählen, von Herrn Unbekannt?«

»Weil er ein Arschloch war, Ruth. Und weil es kein gutes Ende nahm.«

Ruth sah mich mit ernstem Blick an, und ich sah schnell weg. Sie küsste mich auf die Wange, lief über die Straße, rief mir zu: »Am Wochenende bist du fällig«, und winkte mir zum Abschied.

5

Dienstag, 5. August 1969

»Fräulein Specht! Bringen Sie uns auf den neuesten Stand im Fall der Toten bei dem Wohnungsbrand«, forderte Potthoff mich in der Morgenrunde auf.

Die Morgenrunde der Mordkommission fand täglich um acht Uhr statt. Potthoff hasste Unpünktlichkeit; eine Minute zu spät und er machte einen vor allen Kollegen rund. Die Schmach wollte ich mir ersparen, deswegen war ich stets vor ihm da, kochte Kaffee und las die Rheinische Post. Wenn er zur Tür hereinspazierte, trällerte ich ein freundliches »Guten Morgen, Herr Potthoff«.

Du kriegst mich nicht klein, dachte ich mir jeden Tag.

Ich räusperte mich. Die Morgenrunde war schon fast am Ende angelangt. Das Hauptthema war der flüchtige Autofahrer gewesen, der bei einer Verkehrskontrolle zwei Streifenkollegen angeschossen hatte. Einen hatte es nur leicht erwischt. Aber der andere lag im Krankenhaus, war nicht bei Bewusstsein, und die Chancen standen schlecht. Die Wut war ebenso groß wie der Eifer, den Täter zu schnappen: einen aus dem Gefängnis in Dortmund geflohenen Kleinkriminellen.

Nun war ich an der Reihe, und die fünf Kollegen blickten bereits ungeduldig auf ihre Armbanduhren. Seine »Truppe«, wie Potthoff sie nannte, bestand eigentlich aus zehn festen Kriminalisten, von denen fünf gerade im Urlaub waren, plus Toni und mir, die wir gleichzeitig hier eine Station während der Ausbildung machten. Dazu gehörte auch Otto Hagedorn, der wie immer im weißen Hemd und mit schmaler schwarzer Krawatte wie ein Beatnik gekleidet war. Die braunen Haare hatte er wegen deutlicher Geheimratsecken kurz geschnitten.

Die anderen Kollegen waren der rothaarige Peter Müller, der stille Albert Lenzian, der baumlange Kurt Stutenbrock und der kleine Michael Mann. Toni und Otto saßen links und rechts von mir. Seit ich da war, hatte ich nur wenig mit ihnen zu tun gehabt, die meisten waren ohnehin schwer beschäftigt, telefonierten, tippten Berichte, rauchten und tranken Kaffee, den Elke ihnen literweise kochte, oder sie waren unterwegs zu Tatorten und Befragungen. Manche grüßten, blieben mal im Vorbeigehen an meinem Schreibtisch stehen, fragten, ob es mir gut gehe, und arbeiteten emsig weiter. Potthoff hatte mich strategisch günstig in seiner Nähe geparkt, sodass wir gar nicht so viel miteinander zu tun hatten.

Ich stand auf und ging an die Wandtafel, an die ich Tatortfotos und Zeichnungen der Kriminaltechnik sowie ein vergrößertes Passfoto des Opfers gepinnt hatte.

»Brand in der Fleher Straße im Stadtteil Volmerswerth, dritter Stock. Der Brand ist in zwei Räumen ausgebrochen, dem Wohnzimmer und der Küche. Dort fand die Feuerwehr einen weiblichen Leichnam. Todesursache und Todeszeitpunkt sind noch nicht geklärt, die Obduktion dauert an. Die Tote heißt Magdalena, genannt Lena, Malberg, geboren 1947, aus Düren, sie ist hier in der Wohnung gemeldet. Beruf: Studentin. Wir haben eben die Lichtbilder vom Amt bekommen.« Ich deutete auf das Passfoto aus dem Führerschein der jungen Frau, auf dem sie das Kinn forsch in die Kamera reckte. »Sie ist Studentin der Philosophie an der Uni Düsseldorf. Die Fakultät wurde erst letztes Jahr –«

»Was auch immer man damit anfangen kann für den Broterwerb«, warf Potthoff dazwischen, und zwei der Kollegen lachten.

Ich fuhr fort. »Zum Zeitpunkt des Brandes waren nur zwei Personen im Haus. Im Erdgeschoss eine Sieglinde Stetter, neunundsiebzig Jahre und schwerhörig, und im zweiten Stock eine junge Hausfrau, Melanie Brecht, sie hat den Geruch bemerkt und die Feuerwehr gerufen. War aber zum Zeitpunkt der Befragung nicht mehr im Haus. Weitere Zeugen waren im Haus nicht anzutreffen.«

»Das ist ja eine magere Ausbeute, Fräulein Specht. Und in

den Nachbarhäusern? Auf der Straße? Im Kiosk gegenüber? Irgendeine Beobachtung? Wer ging dort regelmäßig ein und aus und wer nicht?«

Ich stockte, denn ich konnte die Fragen nicht beantworten, und blickte hilfesuchend zu Toni rüber, der mich mit großen, erwartungsvollen Augen ansah. Potthoffs Augen verengten sich zu schmalen Schlitzen. Er kam meiner Antwort zuvor.

»Otto, Fräulein Specht wird ab sofort an Ihre Seite gestellt und die Ermittlungen unterstützen. Sie führen mit Fräulein Specht eine Befragung der Nachbarin durch, die den Brand gemeldet hat, und im erweiterten Umfeld. Und zeitnah die Identifizierung der Toten durch die Angehörigen. Zeigen Sie Fräulein Specht, wie das hier läuft.«

»Geht klar«, erwiderte Otto und nickte mir knapp zu. Besonders erfreut sah er dabei nicht aus.

»Irgendwelche Auffälligkeiten oder Ansatzpunkte in dem Fall?«, fragte Potthoff.

Ich blätterte in meinen Notizen. »Lena Malberg wurde von Sieglinde Stetter als ein Hippiemädchen bezeichnet, im ganzen Treppenhaus roch es nach Patschuli, wenn sie nach Hause kam.«

Alle lachten.

»Sie sei ein nettes Ding, aber etwas zu frivol gewesen«, las ich vor. »Und sie hatte wohl häufig Besuch von langhaarigen Männern.«

»Hört, hört«, sagte Toni, und die Runde lachte mit. »Herrenbesuch. Und das in diesem ehrenwerten Haus.«

Das Lachen wurde nun lauter. Ich setzte mich wieder und wurde rot.

»Genug.« Potthoff blickte streng in die Runde, und das Lachen erstarb. »Die verbreiten sich wie die Heuschrecken, diese Hippies. Das ist ja allgemein bekannt, dass diese sogenannten …«, er deutete mit den Fingern Anführungszeichen in der Luft an, »… Flower-Power-Kinder auch etliche Drogen konsumieren, daher ist eine mögliche Überdosierung mit Todesfolge durchaus denkbar.«

Kopfnicken.

»Das würde im toxikologischen Bericht stehen, der uns jedoch noch nicht vorliegt«, warf ich ein. »Der aber sicherlich bald kommt.«

Potthoff stand von seinem Stuhl auf und ging durch den Raum. »Richtig, Fräulein Specht, Sie haben in der Theorie gut aufgepasst. Aber ich sage Ihnen: Theorie ist nur eins, Sie müssen eine Spürnase entwickeln, einen sechsten Sinn. Der Ihnen sagt, was hier stimmt und was nicht. Ein Bauchgefühl, und Sie werden sehen, dass es selten trügt. Manche entwickeln dieses Bauchgefühl übrigens nie.« Er lächelte mich überheblich an.

»Gibt's schon einen vorläufigen Bericht von der Spusi?«, fragte Otto.

»Sie haben ihn für heute Mittag angekündigt«, erklärte ich. »Durch den Brand wurden etliche Spuren zerstört oder unkenntlich gemacht. Die Ausbeute wäre eher mager, meinten sie.«

Otto nickte mir zu. »Vielleicht sollte das so sein«, mutmaßte er. »Das Feuer könnte absichtlich gelegt worden sein, um Spuren zu beseitigen.«

»Sehr richtig, Otto«, sagte Potthoff, nickte ihm anerkennend zu und setzte sich neben mich auf die Tischplatte. Verschränkte die Arme vor der Brust und sah mich ernst an. »Aber es wird einige Spuren in dieser Wohnung geben, wenn häufig Personen ein und aus gegangen sind. Im Fokus steht die Feststellung der Brandursache.« Potthoff sprang von der Schreibtischplatte auf. »Genug mit Hypothesen. Specht, gehen Sie zur Rechtsmedizin und Spusi und machen Sie Druck. Setzen Sie Ihren weiblichen Charme ein, dazu sind Sie schließlich hier. Die sollen arbeiten und nicht trödeln.«

»Ja, aber –«, begann ich.

»Kein Aber. Führen Sie meine Anweisungen aus«, sagte er und wandte sich an die Runde. »Gibt's sonst noch Ergänzungen? Nein? Keine? Lenzian, Sie kümmern sich um die Wasserleiche am Hafen, Müller geht dem Einbruch in der Lagerhalle in

Neuss nach. Los geht's, ich erwarte Ihre Ergebnisse am Nachmittag. Ende der Durchsage.«

Er klatschte aufmunternd in die Hände. Die Kollegen nickten, standen auf. Murmeln. Stühlekratzen. Sie eilten an ihre Plätze oder liefen aus dem Raum. Telefone klingelten.

Otto kam zu mir, ich stand an der Tafel und nahm das Passfoto ab.

»Sagen wir Du?«, fragte er und streckte mir die Hand entgegen.

Ich stand auf und gab ihm die Hand.

Er war glatt rasiert, ich roch sein Aftershave, Irisch Moos, und erst jetzt fielen mir Ottos äußerst blaue Augen auf. Über seiner Oberlippe war auf der linken Seite eine weiße, hauchfeine, senkrechte Narbe, die wie ein verirrter Bindfaden aussah.

»Ja, natürlich, gern«, sagte ich.

Er verzog keine Miene. »Ich kümmere mich um die Eltern der Toten, geh du zur Rechtsmedizin und Kriminaltechnik. Anschließend führen wir die Befragung rund um den Tatort und im Umfeld durch. Alles klar?«

Er wartete meine Antwort nicht ab, sondern machte kehrt und ging zurück zu seinem Schreibtisch. Ich biss mir auf die Lippe. Potthoff stiefelte in sein Büro, und ich schaute ihm hinterher. Er zog die Tür hinter sich zu, nahm hinter seinem Schreibtisch Platz und begann zu telefonieren. Dabei lehnte er sich in seinem Sessel zurück und legte die Füße auf den Tisch. Die abgewetzten hellen Ledersohlen zeigten zu mir.

»Jawohl, Herr General«, flüsterte ich.

»Lass ihn das nicht hören«, sagte Toni und setzte sich in seinem schicken weißen Polohemd neben mich. »Der dreht dir aus so einem Satz einen Strick. Sei vorsichtig.«

»Ich soll meine weiblichen Reize einsetzen, als ob es das Einzige wäre, was ich zu bieten habe.«

»Er ist für sein verstaubtes Frauenbild bekannt.«

Gemeinsam beobachteten wir Potthoff beim Telefonieren.

»Weißt du was, Toni, ich stelle mir vor, er ist im Zoo, das

Tier hinter der Glasscheibe, ein Tiger, der zwar brüllt, aber nichts ausrichten kann.«

»Täusch dich nicht. Viele Kollegen sprechen in den höchsten Tönen von ihm; er sei streng, aber gut. Und er hat viel Erfahrung.«

»Aber nicht im Umgang mit weiblichen Kollegen. Ob wir solche Männer je quitt werden?«, fragte ich nachdenklich und sah Toni von der Seite an. Sein Schnauzer glänzte wie Schuhwichse.

»Nicht, solange es Frauen gibt, die solche Männer wollen«, erwiderte er und tippte mir auf die Schulter. »Viel Spaß in der Rechtsmedizin. Wer kotzt, hat verloren.«

Ich musste Potthoff etwas liefern. Ein Untersuchungsergebnis. Einen Hinweis. Eine Spur, an der wir weiterarbeiten konnten.

»Lassen Sie mich raten. Potthoff schickt Sie.«

Helmut Zick, der Gerichtsmediziner, stand im weißen Kittel an einem der drei stählernen Tische. Auf zweien lag jeweils ein unbedeckter Leichnam. Ich sah nicht hin, sondern blickte nur Zick an. Zick hielt eine Knochensäge in die Höhe und grinste mich an, als würde er gleich einen Zaubertrick vollführen. Ich stand unschlüssig in der Tür des Sektionssaals. Mich fröstelte. Es war kalt im Untergeschoss des Instituts für Rechtsmedizin, das nur eine kurze Autofahrt vom Präsidium entfernt lag. Weil heute Temperaturen von knapp dreißig Grad angekündigt waren, trug ich lediglich einen luftigen blassrosa Faltenrock und eine ärmellose Bluse.

Zick kannte ich schon. Er hatte uns im April einen Einführungskurs in Rechtsmedizin gegeben. Mit seinen längeren braunen Haaren, den weichen, sanften Gesichtszügen und dem schelmischen Lächeln erinnerte er mich fatal an Udo Jürgens. Elke meinte, er sei das schwarze Schaf einer Düsseldorfer Arztfamilie, das lieber an Leichen herumschnippelte. Sein Gang hatte etwas Schunkelndes. »Singen kann ich übrigens nicht besonders gut, damit ihr das gleich wisst«, hatte Zick uns mit einem Augenzwinkern erzählt, und Lilli hatte ihn schwärmerisch angesehen. Heute blitzte unter seinem weißen Kittel ein modisch gemustertes Hemd hervor. Als ich sein Grinsen sah, fiel mir das Udo-Jürgens-Lied »Es wird Nacht, Señorita« ein.

»Es wird Nacht, Señorita. Und ich hab kein Quartier. Nimm mich mit in dein Häuschen, ich will gar nichts von dir.« Zick war wie Udo Jürgens ein Aufreißer vor dem Herrn. Ein Schürzenjäger.

»Wie war Ihr Name noch mal? Es ist schon ein wenig her, dass wir uns gesehen haben.«

»Lucia Specht.«

»Natürlich, ja. Lucia. Schöner Name.« Er lächelte fein. »Nun?«, fragte er und legte die Knochensäge auf einem Beistelltisch ab. »Was kann ich für dich tun? Ist doch in Ordnung, wenn wir uns duzen, oder?«

»Ähm, ja. Ich wollte mal nachhören, wie der Stand der Obduktion im Fall der toten Studentin ist«, begann ich stockend. »Potthoff schickt mich«, schob ich hinterher, und ich wusste jetzt auch, warum. Er wollte, dass ich mir das alles ansah. Und er wollte, dass ich es schrecklich fand. Mein Blick wanderte schnell zu dem anderen Stahltisch, wo ein Kollege zugange war.

»Wasserleiche. Aus dem Hafen gefischt«, erklärte Zick mir. Der mittlere Tisch war frei und glänzte unter dem hellen Deckenlicht. Ich versuchte, flach und nicht durch die Nase zu atmen, um dem Geruch von Desinfektionsmittel und totem Menschen zu entkommen.

»Es geht Potthoff wie immer nicht schnell genug«, stellte Zick fest und knotete seine behandschuhten Finger ineinander. »Als ob wir nichts zu tun hätten«, sagte er, und der Kollege am anderen Tisch lachte auf.

»Die ersten Stunden nach einem Todesfall ...«, begann ich.

»... sind die goldenen Stunden, ich weiß«, ergänzte Zick und winkte mich heran. »Tote Körper speichern einiges von dem, was ihnen zum Zeitpunkt des Todes passiert ist. Leid und Todeskampf. Ich kann sie studieren wie Hieroglyphen, bis die

Auflösung vor mir liegt. Manchmal ist das, was wir auf den ersten Blick sehen, nur die Spitze des Eisbergs. Wie in diesem Fall.«

Ich kam einen Schritt näher und starrte zu den Zehen und den nackten Beinen des Leichnams, den Rest wollte ich nicht ansehen. Zick bemerkte es.

»Du willst zur Kripo, also musst du lernen hinzusehen. Ist am Anfang nicht leicht«, erklärte er. »Aber es hilft ja nix.«

Ich hielt die Luft an, hob den Kopf und sah hin.

Die junge Frau lag nackt vor mir, rücklings, wie aufgebahrt. Die Beine parallel, die Arme angelegt, die Füße zur Seite gekippt. Der Körper wirkte anders auf mich als in der Küche, als hätte ich ihn dort durch einen Schleier wahrgenommen. Unter dem gleißenden Deckenlicht strahlte ihre Haut an den unversehrten Stellen weiß wie ein Blatt Papier. Ich bemerkte Verbrennungsstellen an den Händen und dunkelblaue Flecken am Oberkörper und vor allem am Hals. Ihr Brustkorb war vom Schlüsselbein bis zum Schambein aufgesägt worden, eine breite Schneise klaffte wie bei einer Martinsgans. In meiner Kehle stieg Übelkeit auf, und ich schluckte einmal hart. Du kotzt dem jetzt nicht vor die Füße, befahl ich mir und beschloss, ein Sachbuch über Rechtsmedizin zu studieren.

Zick sah etwas mitleidig auf die Tote herab. »An jungen Körpern wirkt der Tod oft brutaler. Aber du bist hierhergekommen und kannst nicht mit leeren Händen wieder gehen. Schau, hier.« Er deutete mit seinem behandschuhten Zeige- und Mittelfinger auf den Brustkorb. »Rippenfraktur, umblutet. Das bedeutet, sie wurde zu Lebzeiten beigebracht.«

»Ein Sturz?«

»Möglich. Vielleicht auch äußere Gewalteinwirkung.«

»War das die Todesursache?«

Zick schüttelte leicht den Kopf. »So einfach ist es nicht, Lucia. Der Tod ist ein komplexer Vorgang. Aber bemerkenswert ist das hier.«

Er ging zum Kopf der Toten, der auf einer Art Kissen ruhte. Ihre Haare hingen ordentlich über den Rand des Tisches herab.

Ich trat neben Zick und roch sein herbes Parfüm. Magdalena Malbergs Gesicht wirkte fremd auf mich. Ich hatte sie in ihren Klamotten auf dem Boden liegend abgespeichert, als ein Mädchen. Hier war sie nur ein totes Lebewesen. Ein nackter obduzierter Leichnam.

Zick schien meine Gedanken lesen zu können. »Wenn ich am Tisch stehe, hat Empathie keinen Platz«, erklärte er und deutete mit dem Zeigefinger auf den Hals. »Kompressionen. Hier sind Blutstauungen, erkennbar an den punktförmigen Blutungen.«

»Das heißt?«

Seine Mundwinkel zuckten. Er sah mit einem Mal freudig aus, als habe er einen Code geknackt. Ein triumphierendes Lächeln überzog sein Gesicht.

»Sie wurde zu Lebzeiten gewürgt. Genügt das fürs Erste?«

»Ich hab ihm nicht vor die Füße gekotzt«, verkündete ich Ruth eine halbe Stunde später und zündete mir eine Zigarette an. Ruth und ich standen am Eingang des Präsidiums unter dem Vordach im Halbschatten. Der Himmel war ein ausgewaschenes Blau mit Schleierwolken, und es war bereits heiß geworden.

»Das Mädchen ist erwürgt worden. Dann war es kein Suizid. Potthoffs Theorie scheidet damit aus, und Otto und ich ermitteln jetzt zusammen«, erklärte ich.

»Interessant. Otto und du.«

»Eifersüchtig?«

»Quatsch. Ich bin stolz auf dich«, sagte Ruth. »Der Zick, so munkelt man, ist wohl recht talentiert.«

Ich sah sie streng an. »Bitte, Ruth. Nachdem er die Toten angefummelt hat?«

Ruth schüttelte sich und lachte, als sie mein angewidertes Gesicht sah.

»Der Zick ist kultiviert, das geht in die richtige Richtung, aber der ist zu alt. Er darf etwas älter sein als ich. Gepflegte Erscheinung. Die Haare nicht zu lang. Mit breiten Schultern und schmalen Hüften. Und festen Lippen, die gut küssen können.«

»Was wird das? Eine Backanleitung?«, fragte Ruth. »Hast du noch eine Zigarette? Meine sind alle.« Sie sah auf ihre schmale Armbanduhr. »Fünf Minuten, dann geht's zurück.«

»Greif zu, sind aber Stuyvesant«, sagte ich und deutete auf meine offene Handtasche, die auf dem Boden stand.

Ruth fischte die Zigarettenschachtel heraus, steckte sich eine zwischen ihre Lippen.

»Feuer ist auch drin«, sagte ich.

Ruth warf die Schachtel zurück und suchte mit einer Hand nach dem Feuerzeug. »Hast du den SPIEGEL hier schon ausgelesen?«

»Nein, du kannst ihn aber haben, wenn ich fertig bin.«

»Was ist denn das?« Sie zog ein leicht verknittertes Blatt Papier hervor.

»Das ist nix. Steck's wieder zurück. Bitte.«

Ruth nahm die nicht angezündete Kippe wieder aus dem Mund. »Mein lieber Scholli. Hast du das gezeichnet?« Sie betrachtete das Blatt interessiert.

»Ja«, sagte ich und pustete den Rauch laut aus.

»Du hast den Tatort gezeichnet. Mit Bleistift. Eine Küche.«

»Ich wollte nicht warten, bis die Fotos entwickelt sind, und dachte mir, ich zeichne mal schnell auf, was ich mir gemerkt habe, als ich dort war.«

Ruth stand der Mund offen. »Das ist gut, Lucia. Richtig gut. Meine Güte, wie detailreich. Das ist fast wie eine Fotografie. Hast du so was schon öfter gemacht?«

Ich nahm es ihr ab und steckte das Blatt mit einem unbeeindruckten Gesichtsausdruck wieder zurück in die Tasche. »War nur 'ne Übung, mehr nicht.«

Ruth zündete die Zigarette an und rauchte hektisch. »Ich hätte es direkt wissen müssen, der Otto ist so ein Besitzertyp.«

»Was heißt das? Hat er dir einen Heiratsantrag gemacht?«

»Er kam gestern Abend noch vorbei und hat mich gefragt, ob er ein Exklusivrecht erhalten könnte auf mich.«

»Und? Kann er?«

»Auf keinen Fall. Ich habe ihm gesagt, dass ich mich im Moment nicht festlegen möchte, so mitten in der Ausbildung. Passt ihm natürlich nicht. Hab ihn gefragt: Sollen wir es sein lassen? Natürlich nicht. Er will mich weiter sehen. So in der Schwebe zu sein, erträgt der nicht so gut. Wie war er heute Morgen drauf?«

»Kurz angebunden und leicht brummelnd. Der verzieht ja keine Miene.«

»Verplappere dich bloß nicht, hörst du?«

Ich sah auf meine Uhr. »Ruth, ich muss zur Spusi. Potthoff will erste Ergebnisse haben.«

»Zu Jens? Wäre der denn nichts für dich?«

»Der ist ein Jüngelchen. Und ich finde ihn zu dürr. Und er ist ein Kollege.«

»Wer weiß. Stille Wasser sind tief. Gib ihm eine Chance. Und wir sehen uns heute Abend beim Judo.«

Jens Gaude sah von seiner Arbeit auf, als er mich im Türrahmen entdeckte. Ich tat lässig. Lehnte mich mit der Schulter an.

»Hallo, störe ich? Ich wollte nur mal hören, wie weit ihr seid.«

»Du störst gar nicht, im Gegenteil. Renate und der Chef sind gerade unterwegs.«

Wir waren allein in dem großen Raum, der das Fingerspurenarchiv beherbergte. Jens saß vor einem der deckenhohen Schränke. Eine große Schublade war aufgezogen, in der Hunderte von Karteikarten sorgsam aufgereiht in Kästchen steckten.

»Was ist das?«, fragte ich.

»Die Daktyloskopie-Datenbank, ich bin Fachmann für Fingerabdrücke«, erklärte er. »Wir haben in der Wohnung trotz des Brandes einige Fingerabdrücke feststellen können, die ich nun mit unserer Datenbank abgleiche. Schau.«

Er zog eine Karteikarte hervor und erklärte mir, wie ein Fingerabdruck aufgebaut war, mit seinen Bögen, Schleifen und

Wirbeln, das sogenannte »Henry-System« zur Klassifizierung von Fingerabdrücken. »Jeder menschliche Fingerabdruck ist einzigartig, es gibt keinen Fingerabdruck zwei Mal. Selbst bei Zwillingen nicht, die sind nur ähnlich, aber nie identisch.«

Er war in seinem Element, ich tat aufmerksam und verschwieg, dass ich mich mit Kriminaltechnik schon eingehend beschäftigt hatte. Seine Augen strahlten, und seine Wangen glühten, und ich bemerkte, dass ich diese Begeisterung an ihm mochte. Mir fiel auf, dass er schöne schlanke Finger hatte. »Pianistenfinger«, hätte meine Mutter gesagt.

Ich schielte schnell zur Wanduhr. »Ich glaube nicht, dass du einen Treffer landen wirst«, sagte ich herausfordernd und deutete auf die Schubladen.

»Du meinst, ich sollte mir die Mühe sparen? Warum?« Er sah mich aufmerksam an.

»Laut Statistik sind die meisten Mordfälle Beziehungstaten.«

»Nun, wenn ihr Liebhaber einer ist, der schon mal straffällig geworden ist, dann besteht eine geringe Wahrscheinlichkeit«, sagte Jens und deutete mit Daumen und Zeigefinger einen schmalen Abstand an.

Das konnte ich nicht glauben. Ein Hippiefreund als Verbrecher?

»Gibt es denn schon Ergebnisse vom Brand und von der Brandursache?« Ich trat einen Schritt näher an ihn heran, legte den Kopf schief.

»Eigentlich darf ich dazu noch nichts sagen, bevor der Chef den Bericht nicht freigegeben hat.« Er senkte die Stimme. »Aber so viel kann ich dir verraten: Es wurde ein Brandbeschleuniger verwendet. Spiritus wurde ausgekippt, der hinterlässt diese Flecken auf dem Boden. In der Küche am Backofen war das Gas aufgedreht, und davor hatte jemand ein kleines Feuer gelegt mit einem Küchentuch, aber das ist ausgegangen. Jetzt kommt das wichtigste Detail: Der Backofen war defekt. Es trat kein Gas aus.«

Ich sah ihn aufmerksam an. Erst die Würgemale, die den Suizid unwahrscheinlich machten, und nun das.

»Aber warum sollte das Opfer einen Brand legen, in seinem eigenen Backofen, wenn der nicht funktioniert?«

Jens nickte mir mit langsamen Kopfbewegungen zu. »Du hast es kapiert.«

»Danke«, sagte ich schnell, »du hast mir sehr geholfen«, und lief zur Tür.

»Das hast du aber nicht von mir«, rief Jens.

Ich stand im Türrahmen. »Du hast einen bei mir gut«, erwiderte ich und lächelte ihn mit einem dankbaren Blick an.

»Sehen wir uns am Freitagabend? Im ›Uerige‹?«, fragte er.

»Vielleicht«, erwiderte ich und lief los.

Kaum war ich zurück in unserem Büro, hob Otto den Arm und winkte mich von seinem Schreibtisch heran. Er hatte den Telefonhörer zwischen Kinn und Schulter geklemmt.

»Die Mutter der Toten Lena Malberg ist da zur Identifikation«, sagte er, schmiss den Hörer auf die Gabel und schob einen Haufen Eierschalen in den Papierkorb. Jeden Vormittag aß er zwei hart gekochte Eier.

Ich sah auf meine Armbanduhr. »Jetzt schon?«

»Ging schneller als gedacht.« Er machte eine »Gehen wir«-Bewegung mit seinem Kopf. Zupfte seine Krawatte zurecht. Fuhr sich durch die Haare.

»Sitzt prächtig«, meinte ich, und er nickte.

Wir gingen an Elke vorbei. »Du musst dir nachher was ansehen, nicht vergessen.«

»Vergesse ich nicht«, warf ich ihr im Gehen zu, und Otto und ich betraten den Flur.

»Moment«, sagte ich zu ihm, »gib mir zwanzig Sekunden«, und rannte in die Damentoilette.

Seit meiner Zeit als Sekretärin wusste ich, wie wichtig es war, dass wir im Büro wie aus dem Ei gepellt aussahen. Das war hier nicht wirklich anders. Ich prüfte die Haare, zog mir die Lippen nach. Mein Magen knurrte bereits, da ich außer einem Kaffee und einer Zigarette nichts gefrühstückt hatte. Als ich aus der Toilette kam, lehnte Otto mit gekreuzten Beinen an der gegenüberliegenden Wand. Ich fand, dass er mich einen Moment zu lange ansah.

Otto und ich warteten im Vorraum von Zicks Reich, wo die Identifikation stattfinden sollte. Ein fensterloser, quadratischer Raum mit weiß getünchten Wänden, der steril beleuchtet war und kühl wirkte. Niemand würde den Leichnam seines Kindes in einem solch herzlosen Ambiente identifizieren wollen, dachte ich mir.

»Ob nicht ein paar Kerzen und eine andere Beleuchtung besser wären?«, raunte ich ihm zu. »Blumen vielleicht?«

Otto wandte den Kopf und sah mich verständnislos an. Wir hörten eine helle aufgeregte Frauenstimme und eine sonore Herrenstimme näher kommen. Absätze klackerten rhythmisch über den Fliesenboden. Die Tür ging auf, und ein uniformierter Kollege kam herein. An seiner Seite eine schmale ältere Frau in einer weißen Bluse mit geschlossenem Kragen und einer Perlenkette darüber. Blassrosa Lippen. Sie trug den Kopf hocherhoben. Ihre Bewegungen waren entschieden. Ihre blonden Haare waren frisch gefärbt, das sah ich sofort. Sie hatte etwas Spöttisches an sich, wie sie auf uns zutrat und erst Otto und dann mir die Hand gab.

»Malberg«, stellte sie sich vor, und die Art, wie sie sprach, sagte mir, dass sie eine Frau war, die es gewohnt war, zu repräsentieren. Und Fassaden aufrechtzuerhalten.

»Wir warten noch auf den Gerichtsmediziner, Frau Malberg«, erklärte Otto.

Wie aufs Stichwort gingen die zwei großen Flügeltüren zum Obduktionsraum auf, und Helmut Zick erschien. Sein Assistent schob eine Bahre herein, mit einem abgedeckten Körper darauf. Frau Malbergs Gesicht hellte sich für eine Sekunde auf und verdüsterte sich wieder.

»Ich bin Helmut Zick, der leitende Rechtsmediziner. Sind Sie bereit, Frau Malberg?«, fragte er mit freundlicher Stimme.

»Ja«, erwiderte sie leise und wendete den Kopf zur Seite, um den Schreck abzumildern.

Das weiße Tuch wurde bis zum Hals zurückgeschlagen und das Gesicht der Toten freigelegt. Die Haare lagen frisch frisiert da. Die Lider waren geschlossen. Sie sah aus, als würde sie schlafen. Frau Malberg trat einen Schritt näher heran und betrachtete die Tote. Die Augenbrauen schoben sich fragend zusammen. Sie klimperte mit den getuschten Wimpern und sog laut die Luft durch die Nase ein. Ihre Nasenflügel bebten. Frau Malberg stand unter Schock, das konnte ich sehen.

»Frau Malberg, ist das Ihre Tochter Magdalena Malberg?«, fragte Otto.

Sie sah ihn mit einem tränenverschleierten Blick an. »Ja, das ist meine Tochter«, antwortete sie mit zitternder Stimme, und der Assistent deckte das Gesicht wieder zu. »Ich werde dich zu Papa legen«, flüsterte sie, und ein lautes Schluchzen entlud sich aus ihrer Kehle.

Sie machte auf dem Absatz kehrt und lief aus dem Raum. Ich ging ihr direkt hinterher und traf sie im leeren Flur wieder. Sie hatte den Kopf auf die Brust gesenkt und presste ein Taschentuch auf ihre Nase.

»Mein Beileid. Es tut mir sehr leid, was Ihrer Tochter passiert ist«, sagte ich, und sie hob den Kopf und sah mich aus geröteten Augen an.

»Was ist ihr denn passiert? Aber das wissen Sie wahrscheinlich nicht, meine Liebe, Sie sind ja die Sekretärin.«

Ich zog meine Marke aus meiner Tasche und hielt sie in die Höhe. »Nein, ich bin von der Kriminalpolizei. In Ausbildung.«

Frau Malberg trat verwundert einen kleinen Schritt zurück.

»Die Zeiten ändern sich«, sagte ich. Lächelte und sah, wie hinter ihr die Tür aufging und Otto auf uns zusteuerte.

»Wem sagen Sie das?«, erwiderte sie. »Mein Mann ist vor sieben Jahren gestorben, ein Hirnaneurysma, da war Lena gerade fünfzehn, und ich wurde zur Witwe. Das war keine einfache Zeit. Verstehen Sie mich nicht falsch, wir sind gut versorgt, mein Mann war im Handelsausschuss tätig. Ach, ich sage immer noch ›wir‹, dabei bin ich jetzt allein.« Sie presste die Lippen aufeinander.

»Sollen wir an die frische Luft gehen?«, sagte ich und deutete zum Fahrstuhl.

Otto kam mit. Wir drei nahmen auf einer Bank neben dem Eingang Platz. Frau Malberg setzte eine dunkle Sonnenbrille auf und zündete sich mit einem vergoldeten Dupont-Feuerzeug eine Zigarette an.

Otto zückte seinen Notizblock und stellte ihr ein paar Fragen. »Können Sie uns etwas zu Ihrer Tochter erzählen? Wie war sie?«

Frau Malberg starrte geradeaus. »Rebellisch. Nach dem Abitur ging sie nach Amerika, nach Kalifornien, sie besuchte eine Cousine. Aber als sie zurückkam, war sie verändert. Vor der Reise wollte sie Medizin studieren, hier in Düsseldorf, aber jetzt sollte es Philosophie sein. Als ich ihr sagte, dass ein Mann durchaus eine belesene und kluge Frau zu schätzen wisse, lachte sie mich aus. Sie hatte nicht vor zu heiraten, auf keinen Fall, sie trug ihre Haare offen und wirr und diese schrecklichen Klamotten, zerknittert und mit Flecken. Sie sagte, die Kleidung habe keinen Stellenwert mehr, nicht in dieser klassenbedingten Vorstellung von Kleidung. Sie sei jetzt frei.« Sie nahm einen tiefen Zug von der Zigarette, blies den Rauch durch einen leicht geöffneten Mund heraus und fuhr fort. »Ich habe mich zutiefst geschämt für meine Tochter.«

»Wissen Sie, mit wem sie Kontakt hatte, hier in Düsseldorf? Kennen Sie Namen?«

Frau Malberg schüttelte den Kopf. »Nein, nicht im Geringsten. Obwohl, warten Sie. Lena kam im Mai zu meinem Geburtstag nach Hause, in Begleitung eines jungen Mannes mit langen Haaren, den sie mir als Johnny vorstellte. So ein dünner Kerl, der drei Stücke Sahnetorte aß und meiner Tochter vor meinen Augen an das Gesäß fasste. Unverschämt. Lena lachte und tanzte mir einen Geburtstagstanz vor, während ihr Begleiter auf einer Gitarre spielte. Ihre Armreifen klirrten, und sie warf die Arme in die Luft.« Frau Malberg ahmte die Bewegung nach. »Dieser Tanz soll dich öffnen und auf eine spirituelle Reise schicken und deinen Geist nähren‹, sagte Lena. Es war furchtbar. Als die beiden weg waren, habe ich zwei Schnäpse getrunken. Ich glaube, meine Tochter war völlig verloren in diesem Blumenkinderquatsch.«

»Wissen Sie, wie Johnny mit vollem Namen hieß?«

»Nein, ich weiß noch nicht mal, ob das sein richtiger Name war. Ich lasse mir ja nicht den Personalausweis zeigen, wenn einer zum Kaffee vorbeikommt.«

»Könnten Sie uns Johnny genauer beschreiben?«, fragte Otto.

Sie legte einen Finger an die Lippen. »Einen Kopf größer als ich, sehr schlank, eine weite Hose, Jeans und ein aufgeknöpftes Hemd. Schulterlange braune Haare. Über seinem Auge war ein Storchenbiss, wenn Sie wissen, was ich meine.« Sie deutete auf ihre Schläfe.

Otto sah mich fragend an.

»Ein Feuermal, verstehe. Hatte es eine bestimmte Form?«, fragte ich.

»Ja, wie ein kleines Herz, ein verzerrtes Herz. Es sah merkwürdig aus.«

»Wissen Sie noch von anderen Personen oder Namen von Freunden?«

»Nein, sie hat mir davon nie etwas erzählt. Sie entzog sich mir.«

Frau Malberg hielt ihre aufgerauchte Zigarette zwischen Daumen und Zeigefinger und betrachtete die Glut. »Gibt es hier einen Aschenbecher?«, fragte sie Otto, und er nahm sie ihr aus der Hand.

»Ich erledige das für Sie.«

»Besten Dank«, antwortete sie.

»Möchten Sie die Wohnung Ihrer Tochter sehen?«, fragte ich, und Otto funkelte mich böse an.

Frau Malberg legte sanft ihre Hand auf meinen Unterarm. »Danke, das ist wirklich sehr freundlich von Ihnen, Fräulein, aber das muss nicht sein. Ich denke, es ändert nichts an der

Tatsache. Würde mich denn der nette Polizist bitte wieder nach Hause fahren? Ich wäre jetzt gerne allein.«

Anschließend führten Otto und ich die Befragung am Tatort durch. Wir standen im Treppenhaus des Mietshauses, in dem es gebrannt hatte, im ersten Stock. Auf dem Klingelschild stand: »Brecht«.

»Eine einfache Regel«, sagte Otto zu mir, hob den Zeigefinger und legte ihn auf den Klingelknopf. »Ich führe die Befragung durch, du hörst zu und siehst dich dabei unauffällig um.«

Ich nickte. Die Klingel war ein helles Schrillen.

Die junge Frau, die uns die Wohnungstür öffnete, wirkte elegant auf mich und passte so gar nicht in dieses einfache Mietshaus. Sie hatte ein kleines, quengelndes Kind auf der Hüfte, das angestrengt auf vier Fingern kaute. Die junge Frau pustete eine Haarsträhne aus der Stirn.

»Was ist passiert?«, fragte sie. Das Kind sah mich mit großen Augen an.

Wir hielten unsere Dienstmarken hoch, und Otto erklärte ihr, wer wir waren. »Hagedorn und Specht von der Kripo, wir kommen wegen des Wohnungsbrandes und hätten noch ein paar Fragen. Sie sind wer?«

Ihre Miene änderte sich schlagartig. »Brecht. Melanie Brecht«, antwortete sie mechanisch und sah uns unschlüssig an. Mit der freien Hand spielte sie an einer Kreole, die an ihrem Ohr baumelte. Das Kind auf ihrem Arm nahm jetzt fast die ganze Faust in den Mund.

Melanie Brecht war so ein Mannequintyp, den ich eigentlich verachtete. Sie hatte ein hübsches, schmales Gesicht, aber deutliche Augenringe, die von wenig Schlaf zeugten. Sie war mager, mit ebenen Gesichtszügen, ihre hellen Haare hatte sie zu einem Pferdeschwanz gebunden. Sie war Mitte oder Ende zwanzig, das war bei dem Make-up schwer zu sagen. Ihre Wimpern waren stark getuscht, dazu ein extravaganter Lidstrich. Sie trug ein ärmelloses orangefarbenes Sommerkleid mit rosa

Ornamenten darauf, das ihre knochigen gebräunten Schultern betonte.

»Frau Brecht, Sie waren gestern nicht mehr im Haus, als die Kollegen die Nachbarn befragt haben«, erklärte Otto.

Melanie Brecht nickte und trat zur Seite. »Bitte, kommen Sie rein. Ist aber nicht aufgeräumt«, erklärte sie und ging voraus in die Küche.

Es roch leicht nach angebrannter Milch, das Küchenfenster war gekippt. Auf dem weißen, runden Tisch in der Mitte des Raums lag Krimskrams. Zwei Zeitschriften, die Madame und die Bunte, ein leerer gläserner Aschenbecher und zwei Nagellackfläschchen. Karminrot und ein weißer mit Glitzer. Ansonsten herrschte keine besondere Unordnung, bis auf das Spielzeug, das um den Kindersitz verteilt war. Sie setzte das Kind in den Hochstuhl, in dem es sich schreiend aufbäumte, während sie an der Spüle stand und eine Milchflasche, in der bereits Pulver war, mit warmem Wasser aus einem Wasserkessel aufgoss, verschloss und kräftig schüttelte.

»Is ja gut. Gleich gibt's Happahappa«, sagte sie über das hungrige Schreien des Kindes hinweg. »Wenn er Hunger hat, ist er außer Rand und Band. Kenne ich gut, das hat er von mir.«

Das Kind streckte die kleinen Hände nach der Flasche aus. Melanie Brecht testete die Temperatur der Milch auf ihrem Handrücken. Kaum war der Sauger im Mund des Kleinen verschwunden, herrschte schlagartig Stille in der Küche.

Otto seufzte laut. »Wenn Sie bitte schildern, wie Sie gestern den Brand bemerkt haben«, bat er und blieb stehen. Ich setzte mich.

»Also, ich war runtergegangen zum Briefkasten, und auf dem Weg nach oben roch es plötzlich, als ob etwas richtig dolle anbrennt. Und dann bin ich dem Geruch nachgegangen, eine Etage höher zur Nachbarin, und da wurde es immer schlimmer. Es kam Qualm unter der Wohnungstür durch. Ich habe meinen Sohn geschnappt und bin nach unten gerannt, ins Erdgeschoss, habe die alte Frau Stetter rausgeklingelt und von ihrem Apparat die Feuerwehr gerufen, und dann bin ich gegangen. Ich bleibe doch nicht in einem brennenden Haus«, entrüstete sie sich.

»Wo sind Sie dann hin?«, fragte Otto.

»Ich bin auf den Spielplatz und anschließend zu einer Freundin.«

»Wie ist der Name der Freundin?« Otto klappte seinen Notizblock auf.

»Marta Schmidt.«

Melanie Brecht starrte auf das gierig trinkende Kind und wischte mit einem Lätzchen das vollgesabberte Kinn sauber.

»Wie gut kannten Sie das Opfer, Magdalena Malberg?«

»Es stimmt also«, sagte Melanie Brecht leise, und ihre Miene verdunkelte sich. »Dass sie tot ist, meine ich.«

»Ja, sie wurde in der Küche tot aufgefunden«, erklärte Otto.

»Wie schrecklich.« Sie schob die zwei Nagellackfläschchen auf dem Tisch zur Seite. »Ich kannte sie gar nicht richtig, das war eben meine Nachbarin, nicht mehr und nicht weniger. Schauen Sie, ich habe ein kleines Kind und bin damit rund um die Uhr beschäftigt.«

Sie schielte auf die offene Zigarettenschachtel, überlegte es sich anders. Ich sah mich in der Küche um. Ein moderner Geschirrschrank, an dessen Glaseinfassungen Ansichtskarten mit Strandmotiven steckten, eine orangefarbene Wanduhr ohne Ziffern über dem modernen Elektroherd. Es gab einen Geschirrspüler, der leicht offen stand und um den ich sie beneidete. Ich wusch zu Hause alles mit der Hand ab. Auf dem Fensterbrett, neben einem Transistorradio mit einer halb ausgefahrenen Antenne, blühten üppige Küchenkräuter in einem Blumenkasten.

»Leben Sie allein hier?«, fragte Otto.

Melanie Brecht blickte Otto finster an. Sie wirkte unsicher und überlegte, was sie sagen sollte.

»Sind Sie alleinerziehend?«, fragte ich.

Otto wendete den Kopf und sah mich tadelnd an.

»Sind Sie von der Fürsorge?«, fragte sie mich irritiert, fast panisch.

»Nein, keine Sorge, ich bin von der Polizei.« Ich lächelte freundlich. Sie war erleichtert.

»Ah. Wusste gar nicht, dass es auch Frauen bei der Polizei gibt.« Sie nahm dem Kind die leere Flasche ab und stellte sie auf den Tisch, platzierte ein nicht mehr ganz frisches Tuch auf ihre Schulter und legte das Kind bäuchlings auf ihren Oberkörper. »Mein Mann wohnt momentan nicht hier. Er ist vorübergehend ausgezogen.« Sie klopfte dem Jungen den Rücken, und der machte ein gewaltiges Bäuerchen. Ausgespuckte Milch sickerte auf das Mulltuch.

Otto sah sie aufmerksam an. »Wer ging denn bei Ihrer Nachbarin so ein und aus?«

Sie zuckte mit den Schultern. »Keine Ahnung. Ich bin ja meistens hier oder auf dem Spielplatz oder bei Freundinnen.«

»Sie haben nie mitbekommen, ob jemand im Treppenhaus auf und ab ging? Wer ein und aus geht in diesem Haus?«

»Doch, da ist immer mal wieder reger Verkehr. Die Lena feierte gerne, die war ja ein fröhlicher Mensch. Manchmal hörte ich auch Musik im Flur, aber das störte mich nicht. Ich bin ja nicht wie die alte Stetter und schaue durch den Spion.«

»Wer wohnt denn in der Wohnung gegenüber?«

»Soviel ich weiß, wohnt da gerade niemand. Da hat bis vor Kurzem ein Typ gewohnt, der im Schichtdienst arbeitet.«

»Ist Ihnen gestern Vormittag etwas aufgefallen, vor dem Brand? Ich meine, ob Ihnen jemand im Treppenhaus begegnet ist. Haben Sie einen Streit gehört oder Ähnliches?«, fragte Otto und faltete die Hände zusammen.

Sie schüttelte schnell den Kopf. »Nein. Tut mir leid.«

»War Lena reich?«

»Reich? Nein, sie war eine Studentin, die hatte nicht viel.«

»Sind Sie je in ihrer Wohnung gewesen?«

Brecht sah ihn mit großen Augen an. »Ja, sicher. Aber das ist lange her. Ich habe mir mal ein Ei geborgt, weil ich keines hatte.«

»Hatte sie besondere Wertgegenstände? Kunstwerke? Oder Sonstiges in ihrer Wohnung?«

Brecht lachte kurz. »Nee, so was gab's da nicht. Das war eher die Orangenkistenfraktion. Da gab's nichts zu holen, wenn Sie mich fragen.« Sie hob das Kind in die Höhe und schnüffelte an seiner Hose. »Na, da hat aber einer eine volle Windel.«

»Eine letzte Frage. Haben Sie je einen Mann gesehen, der ein Feuermal im Gesicht hatte? In Herzform? Johnny?«, fragte ich.

Otto räusperte sich neben mir.

Melanie Brecht sah mich an und zwinkerte zwei Mal hintereinander. »Nicht dass ich wüsste«, sagte sie und setzte eine freundliche Miene auf.

»Danke für Ihre Zeit, Frau Brecht.«

»Ich würde sagen, Melanie Brecht weiß nichts«, sagte ich, als wir die Treppe runtergingen.

Otto sah mich von der Seite an. »Meinst du das ernst?«

»Warum sollte sie uns anlügen?« Ich sah ihn irritiert an.

Ottos linke Augenbraue schnellte nach oben. Er fuhr fort. »Du denkst, wenn die Polizei kommt, sagen alle Menschen automatisch die Wahrheit? Alle Menschen lügen. Ganz gleich, wie gut oder schlecht sie sind. Ich habe noch keinen getroffen, der immer die Wahrheit sagt. Das gibt es nicht. Höchstens im Märchen.«

Und du?, hätte ich gerne gefragt. Wie hältst du es mit der Wahrheit? Mit deiner heimlichen Liebschaft mit Ruth?

Otto blieb im Erdgeschoss vor der Wohnung von Frau Stetter stehen. »Befragen wir noch den Hausdrachen. So eine Hausgemeinschaft ist nicht zu unterschätzen.«

In der Arbeitersiedlung in Essen, wo ich aufgewachsen war, kannten wir uns in der Straße und erst recht im Mietshaus, und eigentlich blieb nichts verborgen. Gab es Streit, hörten es die Nachbarn, gab es Versöhnung, ebenfalls. Wurde laut gefeiert und gelacht, hieß es am nächsten Tag: »Na, bei euch war mal wieder Kirmes.« Es gab kaum Verborgenes. Das Verborgene fand im Stillen statt. Das Geheime machte keinen Laut. Was wir nicht wussten, wurde spätestens beim Besuch der Trinkhalle ausgetratscht. Unter den Bergmännerfamilien gab es wenige Geheimnisse, denn alle erlebten mehr oder minder das Gleiche. Maloche am Tage und in der Nacht, Lieferung der Deputatkohle, Lohntüte abholen und anschließend »ab inne Kneipe uf 'n Pils«.

In diesem Wohnhaus in der Stadt kannte kaum einer den anderen. Die einzige Person, die einigermaßen wusste, was im Haus passierte, war die alte, schwerhörige Frau Stetter, die ihr Witwendasein damit verbrachte, von einem Kissen auf dem Fensterbrett aus die Straße zu beobachten. Darin war sie gut. Als Otto und ich bei ihr klingelten, erkannte sie mich direkt wieder, und mit einem Blick auf Ottos Dienstmarke nahm sie Haltung an.

»Sie sind also die richtige Polizei«, stellte sie verblüfft fest und sprach eine Spur zu laut.

Ich räusperte mich.

»Es gibt keine falsche Polizei«, erklärte Otto mit ernster Miene und kurzem Blick zu mir, was ich ihm hoch anrechnete.

Otto ließ sich erklären, wer hier im Hause wohnte. Fünf Parteien gab es: Eine war nicht vermietet, die neben Melanie Brecht, im Dachgeschoss gab es nur die von Lena Malberg und einen Trockenraum für Wäsche. Im Erdgeschoss hinten wohnte ein junger Mann, »der Hansi, ne leeve Jung«, der bei Henkel eine Lehre machte, ihr manchmal die Einkaufstasche nach Hause trug, aber momentan im Urlaub war.

»In Italien!«, sagte Frau Stetter, als sei das ein Verbrechen. »So weit weg. Also wirklich.«

Zu Lena wiederholte sie wie eine Schallplatte im identischen Wortlaut das gestern Gesagte. Als sie anfing, von ihrem verstorbenen Mann zu berichten, brach Otto das Gespräch ab und verabschiedete sich. Wir stellten uns auf die andere Straßenseite und rauchten eine Zigarette. Otto starrte dabei auf die Fassade und machte ein nachdenkliches Gesicht.

»Warum sucht sich jemand dieses Haus aus?«, fragte er. »Warum nicht das links oder rechts davon? Fällt dir etwas auf?«

Ich betrachtete die Fassaden, studierte das Mauerwerk, ließ meine Augen über die Fenster gleiten. Nichts war auffällig.

»Ich dachte erst an diese Zeichen, die sie mit Kreide auf den Asphalt, die Haustür oder die Fassade malen, um zu zeigen, hier gibt's was zu holen oder nicht.«

Otto hob interessiert eine Augenbraue. »Gaunerzinken. Nicht schlecht.«

»Aber es sind keine Zeichen vorhanden. Zumindest sehe ich keine.«

»Vielleicht wurden sie schon weggewischt.«

»Oder von der alten Stetter weggeputzt?« Ich sah ihn belustigt an, und er lächelte. »In die anderen Häuser der Straße wurde nicht eingebrochen, das habe ich geprüft, bevor wir losgefahren sind«, erklärte ich. »Nur in dieses.«

Otto trat von einem Bein auf das andere, wie ein Boxer, der seine Mitte sucht und sich ausbalanciert. »Der Täter wusste, was es zu holen gab. Das Opfer muss etwas in der Wohnung gehabt haben, das wertvoll war. Wir müssen herausfinden, was es war.«

»Du tippst auch auf Raubmord?«

»Ja, das kann ich mir gut vorstellen. Der Einbrecher wird überrascht, schlägt sie nieder, legt ein Feuer und haut ab.«

»Also kannte das Opfer den Täter?«, fragte ich.

»Nicht unbedingt. Um das auszuschließen, müssen wir herausfinden, mit wem sie verkehrte. Außer diesem langhaarigen Johnny mit dem Herz im Gesicht, von dem die Mutter erzählt hat. Vielleicht wissen ihre Kommilitonen etwas.«

»Momentan sind Semesterferien. Aber vielleicht ihr Professor?«

»Klemm dich nachher ans Telefon, Lucia.«

Mein Magen knurrte in dem Moment laut. »Entschuldigung.«

Otto lachte. »Lass uns was essen gehen, da vorne war ein Imbiss. Ich hab ebenfalls mächtig Kohldampf.«

Wir bestellten jeder eine Currywurst mit Fritten und eine Sinalco dazu und schnappten uns einen der beiden Stehtische unter der ausgeblichenen Markise des Imbisses. Durch die Tür schallte Michael Holms »Mendocino« nach draußen, und wir tunkten die goldgelben Fritten in die scharfe Soße. Ich aß langsam und mit Bedacht, mein Magen schrie nach Essen, aber ich wollte nicht schlingen. Otto pikte im Stakkato Wurst und Pommes auf und schob sie sich in den Mund. Er aß wie mein Bruder, hastig und gierig. In den ersten Minuten sprach keiner von uns. Ottos Gesichtszüge entspannten sich mit jedem Bissen, und als er die Hälfte seiner Pommesschale leer gegessen hatte, räusperte er sich.

»Hast du es dir so vorgestellt?«, fragte er.

»Was, das Mittagessen?«

»Nee, die Ausbildung meinte ich.« Otto wischte sich den Mund mit einer Papierserviette ab.

»Es fängt ja gerade erst an. Frag mich in einem Jahr noch mal. Oder in zwei. Die Ausbildung geht insgesamt drei Jahre.«

»Anschließend hast du den Rang einer Kriminalhauptwachtmeisterin.« Otto pfiff durch die Zähne und legte die Pommesgabel beiseite. »Theoretisch könntest du damit sogar Direktor werden.«

Das stimmte. Aber daran dachte ich keine Sekunde. Ich dachte nur daran, ob ich die Ausbildung überleben würde, um festzustellen, dass ich wirklich das Zeug zur Kriminalistin hätte. Und ob das mein Beruf sein könnte. Meine Berufung.

»Wie bist du zur Polizei gekommen?«, fragte ich und steckte mir die letzte Fritte in den Mund.

»Die Kurzversion? Ich wollte gar nicht zur Polizei. Aber die Schule langweilte mich, und mein bester Freund Heiner meinte, er wolle die Aufnahmeprüfung versuchen, ob ich mit ihm trainieren würde. Und das haben wir gemacht. Und weil ich schon mal im Training war, bin ich mitgegangen.« Er trank einen Schluck Cola aus der Flasche.

Ich erinnerte mich an meine Vorbereitungen für die körperliche Fitness. Laufen und schwimmen, drei Mal die Woche, und Zirkeltraining im Sportraum der Zeche. »Lass mich raten«, sagte ich. »Der Heiner hat's nicht geschafft.«

»Genauso ist es. Also habe ich bei der Polizei angefangen. Meine Eltern wussten nicht, was sie davon halten sollten, denn das sind Arbeiter, und plötzlich wollte ich zu den Bullen gehen? Das klang für sie fast wie ein Verrat. Aber sie haben mich gelassen, und heute erzählt meine Mutter jedem, dass ihr Junge bei der Polizei ist.«

Ich starrte vor mich hin. »War bei mir ähnlich. Mein Vater verstand die Welt nicht mehr, und mein Bruder fragte, ob ich bekloppt sei. Ich hätte schließlich eine gute Stelle als Sekretärin, warum mir das nicht reichen würde.« Ich schnaubte. »Sekretärin. Als ob das mein Lebensideal wäre.«

Otto sah mich nachdenklich an. »Du willst mehr aus dir machen.« Er unterdrückte einen Rülpser von der Cola und klopfte mit der Faust auf seine Brust.

Ich nickte zustimmend. »Ja, ich will mein eigenes Ding machen. Unabhängig sein.«

»Wollen das alle von euch? Alle sechs Frauen?«

Nachtigall, ick hör dir trapsen, dachte ich mir.

»Keine von uns hat sich aus Langeweile beworben. Jede hat ihre eigene Motivation. Und ihre Stärken.« Ich fand, dass es diplomatisch klang, auch wenn es nur die Hälfte der Wahrheit war.

»Erzähl mal.« Er setzte die Colaflasche an seine Lippen und trank, ohne mich aus den Augen zu lassen.

Ich räusperte mich, schob die leere Pommesschale zur Seite und wischte mit der Papierserviette einen Klecks Ketchup auf dem Stehtisch weg.

»Renate ist fasziniert von der technischen Seite der Ermittlung, der Kriminaltechnik. Lilli ist eher psychologisch interessiert, an der Täterseite. Motivation der Tat. Petra ist die Sachliche, die Theoretikerin, die gut Tathergänge entwickeln kann. Hypothesen aufstellen. Mieze ist die Verhörspezialistin, sie kann gut mit Leuten reden und alles aus ihnen herausquetschen. Du hättest sie in den Übungen erleben sollen«, sagte ich mit Bewunderung in der Stimme und lachte einmal kurz auf.

Otto sah mich ernst an. »Und Ruth?«

Ich ließ eine Sekunde verstreichen. »Ruth kann all das am besten. Sie ist unschlagbar.«

Ein kleines Grinsen huschte über Ottos Gesicht. »Machen wir weiter.«

Zurück im Präsidium winkte mich Elke zu sich heran und sah sich dabei schnell nach links und rechts um, ob uns auch niemand zuhörte.

»Haste kurz eine Minute für mich?«

Es war früher Nachmittag, und ich kam gerade von der Befragung der Nachbarschaft, die nicht viel ergeben hatte. Otto und ich hatten den Nachbarn, dem Büdchenbesitzer und dem Blumenhändler an der Ecke das Passfoto von Lena Malberg gezeigt, und einige von ihnen hatten sich an sie erinnert. An ihre bunte Kleidung, an ihre fröhliche Art und ihr offenes Wesen. Aber mit wem Lena ihre Freizeit verbrachte, ob sie einen festen Freund hatte, mit wem sie im Clinch lag oder sich lauthals stritt, darüber wusste niemand Bescheid. Sie war das bekannte Blumenmädchen der Straße, das jetzt für immer verschwunden war.

»Lies das hier mal.« Elke schob mir ein Blatt Papier mit einem maschinengeschriebenen Text über den Schreibtisch.

Ich blickte darauf.

»Eine Heiratsannonce?«

»Pst, nicht so laut. Soll keiner mitbekommen.« Sie sah sich um, aber keiner der Kollegen nahm von uns Notiz, alle waren in ihre Arbeit vertieft. Tippen. Telefonieren. Rauchen. Die Welt retten.

Ich überflog den Text. Elke suchte einen Partner für vertraute Spaziergänge auf der Kö, ein Eis am Rhein und für Abende mit Kammermusik. Einen, der Katzen mochte und Bücher las. Neben ihr auf dem Sofa. Für jetzt und eigentlich für immer.

»Du suchst einen neuen Mann?«

»Herzchen, ich bin seit 1949 Witwe, ich gehe hart auf die Rente zu, es ist jetzt wirklich an der Zeit, findest du nicht auch?« Sie nestelte am Kragen ihrer Bluse, auf der eine Schildkrötenbrosche prangte.

»Natürlich. Vollkommen«, erwiderte ich, und sie lächelte erleichtert.

Elke nickte, und ihre Wangen glühten vor Aufregung. Dass sie mich in ihre Pläne einweihte, war ein großer Vertrauensbeweis, und ich wollte ihr auf jeden Fall helfen. Im Formulieren war ich ziemlich gut.

»Gib mir mal bitte einen Bleistift«, sagte ich. »Wollen wir doch mal sehen, ob wir deinen Text noch besser machen können.« Ich markierte drei Stellen in dem Text. Einen Satz strich ich gänzlich raus, weil er gestelzt klang und nach einer Annonce aus den 1950er Jahren, die vor Sittlichkeit nur so strotzte: »Sehe ich mich als liebsorgende Gefährtin an der Seite eines gebildeten Mannes in geordneten Verhältnissen«.

Elke starrte auf meine Korrekturen und strahlte mich an.

»Ich wusste, dass du die Richtige bist. Und du verrätst mich nicht.« Sie hob einen Zeigefinger in die Höhe. »Großes Ehrenwort.«

»Meine Lippen sind versiegelt«, antwortete ich und zog einen imaginären Reißverschluss über meinen Lippen zu.

»Wann willst du denn die Annonce aufgeben?«, fragte ich leise.

»Am Samstag soll sie erscheinen. Oh Himmel, ich glaube, ich werde gerade nervös.« Elke zupfte an ihrem Ohrläppchen, und ihre Wangen waren rot.

»Du wirst dich vor Briefen nicht retten können«, prophezeite ich ihr und drückte kurz ihre Schulter.

Eines ihrer beiden Telefone klingelte.

»Ich muss weitermachen«, sagte sie zu mir, setzte sich aufrecht hin und nahm den Anruf mit einem zackigen Ton entgegen.

Otto war noch bei der Kriminaltechnik. Mir gingen die Worte von Elkes Annonce durch den Kopf und Ottos Theorie, dass etwas Wertvolles in Lenas Wohnung gewesen sein musste. Ich ging zu seinem Schreibtisch am Fenster und suchte in den Unterlagen des Falls die Telefonnummer von Frau Malberg heraus. Nahm den grauen Hörer ab, steckte den Kuli in die runden Löcher der Wählscheibe und wählte die Dürener Nummer. Nach dem fünften Klingeln ging Frau Malberg dran.

»Hier ist noch mal Lucia Specht von der Polizei Düsseldorf, ich habe noch ein paar Fragen an Sie, Frau Malberg, wenn Sie erlauben.«

»Was möchten Sie wissen, Fräulein Specht?« Frau Malberg klang entschieden und aufgeräumt.

»Ich möchte mir ein besseres Bild von Ihrer Tochter Lena machen. Was waren ihre herausragenden Charaktereigenschaften?« Ich hatte das Foto von Lena vor mir auf dem Schreibtisch liegen und sah in ihre großen braunen und unbekümmerten Augen.

Die Antwort kam prompt, als habe sie darauf gewartet, dass sie ihr gestellt wurde. »Lena war wissbegierig und neugierig. Als Kind wollte sie alles ausprobieren. Sie biss in ein Stück Seife oder in einen Regenwurm, um zu sehen, wie es schmeckte. Sie war ein fröhlicher und offener Mensch. Ungerechtigkeit konnte sie nicht leiden. Da wurde Lena fuchsig.« Frau Malberg lachte kurz auf. Für einen Moment war ihre Stimme fröhlich.

»Hatte sie besondere Talente?« Ich konnte hören, wie Frau Malberg eine Tür aufschob. Vogelgezwitscher erschallte im Hintergrund.

»Musik. Lena war musikalisch. Sie spielte Klavier und Gitarre und komponierte eigene Lieder. Aber sie zeigte mir selten welche.«

»Wovon handelten Lenas Lieder?«

»Wovon Lieder meistens handeln. Von der Liebe und vom Tod, dem Verlust. Vom Frieden auf Erden. Den großen Wünschen und der Sehnsucht.«

Es klang leicht überheblich, wie sie es sagte, als seien Lenas Lieder nichts wert. Als sei das ganze Leben banal und passe in seiner Einfachheit auf eine Seite einer Schallplatte.

»War Lena eher ein Einzelgänger?«

»Meine Lena? Niemals. Sie hatte immer ein Geschwader von

Freunden um sich herum. Sie war ein sehr sozialer Mensch.«
Ihre Stimme verdunkelte sich. »Fräulein Specht, bitte finden Sie
heraus, was meiner Tochter passiert ist. Ich bitte Sie inständig.
Sonst kann ich meine Tochter nicht in Frieden begraben.«

»Wir tun alles, was wir können«, sagte ich im Brustton der
Überzeugung. »Eine letzte Frage bitte. Was war das Wertvollste, was Ihre Tochter besaß?«

Für einen Moment war Stille, und ich hörte nur das Zwit-
schern der Vögel im Hintergrund. Fast wollte ich schon fragen,
ob sie noch dran war.

»Lena machte sich nicht viel aus Besitz. Es war wohl ihre
Gitarre. Irgendein Rockstar hat sie bei einem Musikfestival
in Essen gesegnet. Fragen Sie mich jetzt bitte nicht nach dem
Namen. Ich denke, die Gitarre war das Wertvollste, was sie
besaß.«

Ich bedankte mich und legte auf. Diese Gitarre befand sich
immer noch in Lenas halb abgebranntem Wohnzimmer. Ich
hatte sie gesehen. Das war jedenfalls nicht der Grund, warum
jemand in ihre Wohnung eingebrochen war. Aber was war es
dann?

Am Nachmittag hatte ich Glück und erreichte jemanden von
der Verwaltung der Universität, die versprach, mir schnell eine
Liste der immatrikulierten Studenten der Fakultät Philosophie
fotokopieren und zukommen zu lassen. Und sie gab mir die
Privatnummer von Professor Krautinger, den ich tatsächlich
in seinem Garten erreichte und der mit hoher, freundlicher
Stimme von Lena erzählte, während im Hintergrund Kinder
in einem Planschbecken tollten.

»Ich bin im Frühjahr außerplanmäßig Professor geworden
und unterrichte Philosophiegeschichte, die vier Epochen, An-
tike, Mittelalter, Neuzeit und Gegenwart. Eine Pflichtveran-
staltung und somit müssen alle Studenten bei mir in die Vorlesung kommen. Lena gehörte zu den Erste-Reihe-Studenten.«

»Was bedeutet das?«, fragte ich und machte mir Notizen in
Steno auf meinem Block.

»Es gibt Studenten, die wollen vorne sitzen und nah dran sein am Geschehen. Das sind die, die wirklich studieren. Für den Rest ist die Uni eine Kulisse. Lena war ausgezeichnet. Blitzschnell im Denken. Sehr gelenkig.«

»Hatte sie viele Freunde? War sie beliebt? Was würden Sie sagen?«

Krautinger machte ein abschätzendes Geräusch. »Sie war ein Kind ihrer Zeit, vollkommen erfüllt von Idealen einer besseren Welt. Es ging ihr darum, zu verstehen, wie das Leben funktioniert. Friedlich. Gewaltlos. Ohne Hierarchien. Und ja, da waren einige junge Männer hinter ihr her. Ich würde sagen, sie war beliebt und begehrt. Und sie war eine Art Anführerin.«

Er bestätigte mir das Bild, das Lenas Mutter von ihr gezeichnet hatte. »Gab es Menschen in ihrem Umfeld, die sie nicht mochten? Mit denen sie im Streit lag?«

»Natürlich!«, rief er laut aus und lachte. »Das gesamte Establishment! Das mochte diese Form des neuen Denkens und Lebens nicht. Die Blumenkinder stehen in ihrer sanften Radikalität für all das, was das Bürgertum verachtet.«

»Und das wäre?«

Krautinger war einen Moment still. »Freiheit«, antwortete er schließlich. »Die Polizei mögen sie übrigens nicht.«

Ich räusperte mich. »Diese Frage muss ich stellen: Haben Sie privaten Kontakt mit Magdalena Malberg gepflegt?«

Die Antwort kam ohne Zögern. »Auf keinen Fall, ich pflege keinen Kontakt mit meinen Studenten außerhalb der Uni.«

»Sagt Ihnen der Name Johnny etwas?«

»Johnny? Natürlich. Ein Kommilitone von Lena, eigentlich Johannes Schreiber, ebenfalls in meiner Vorlesung. Brauchen Sie eine Liste der Studenten?«

»Nicht nötig, die hat mir das Sekretariat bereits versprochen.«

»Wie ist Lena denn gestorben? Sie würden mich das alles doch nicht fragen, wenn sie eines natürlichen Todes gestorben wäre.«

»Dazu darf ich Ihnen keine Auskunft geben. Verzeihen Sie, Herr Professor.«

Das Kinderschreien im Hintergrund ebbte ab.

»Hier gibt es jetzt Eis für alle, Sie entschuldigen mich bitte. Viel Erfolg für Ihre Ermittlung«, sagte er und hängte ein.

6

Mittwoch, 6. August 1969

Die beste Zeit, einen Zeugen zu vernehmen, ist am frühen Morgen, wenn er am wenigsten damit rechnet, das Hirn träge ist und er schlichtweg überrumpelt wird. Wir schwänzten die Morgenrunde, statteten Johannes Schreiber einen frühen Besuch ab und klingelten um kurz vor acht an seiner Wohnungstür. Er wohnte in einer Hinterhofwohnung in der schäbigen Lorettostraße in Unterbilk, gleich hinter einer Autowerkstatt, in der an diesem Morgen schon fleißig gehämmert und geschweißt wurde. Eine junge Brünette öffnete barfuß die Tür und sah uns mit einem verschlafenen Gesichtsausdruck an. Sie trug nur ein langes T-Shirt, ihre Brüste zeichneten sich weich ab.

»Was'n los?«, fragte sie, wuschelte sich durch die dichten braunen Haare und gähnte. Otto zückte seine Dienstmarke und wollte sie ihr unter die Nase halten, aber ich kam ihm zuvor und trat einen halben Schritt auf sie zu.

»Hallo. Tut mir leid, ist ein bisschen früh am Morgen. Wir wollen zu Johnny, isser da?«, fragte ich und lächelte sie an.

»Der schläft noch«, antwortete sie.

»Wer sind Sie denn?«

»Ähm, ich bin Maria.«

»Wecken Sie ihn bitte, Maria, es ist wichtig.«

Jetzt kam Bewegung in ihr Gesicht. »Und wer sind Sie?«, fragte Maria.

Otto hielt ihr seine Dienstmarke in Augenhöhe. »Wir sind von der Polizei.«

Marias Augenbrauen schoben sich zusammen. »Warten Sie hier«, sagte sie und hob abwehrend die Hand. Bis hierhin und keinen Schritt weiter. Dann lief sie mit patschenden Füßen den schummrigen Flur entlang, rief: »Johnny«, öffnete eine Tür und verschwand dahinter.

»Wir stimmen uns das nächste Mal genauer ab, wer von uns beiden spricht«, sagte Otto und machte dabei ein ernstes Gesicht. »Aber es war gut, dass du die Begrüßung übernommen hast. Frauen können besser mit Frauen sprechen.«

Das Mädchen kam zurück zu uns. Wir hatten uns keinen Zentimeter bewegt. Im hinteren Teil der Wohnung war es merkwürdig still.

»Kommen Sie rein, er ist gleich fertig, braucht nur einen Moment.«

Maria zog die Tür weiter auf und bedeutete uns hereinzukommen. Ihre Handbewegung hatte dabei etwas Duldendes. Recht war es ihr nicht. Ihr Gesichtsausdruck hatte etwas Feindseliges bekommen. Sie musterte mich argwöhnisch in meinem erdbeerfarbenen Kleid mit dem weißen Kragen, ärmellos, und den rot-weißen Schuhen mit Absatz. Ich wusste, was sie dachte: So sieht keine Polizistin aus. Maria führte uns in die Küche, in der es nach Essen und verschüttetem Bier roch. Sie riss das Fenster auf, das den Blick auf eine Hauswand gegenüber freigab. Die Küche bestand aus einer Kochzeile links und einem großen Tisch, auf dem die Reste einer nächtlichen Kochorgie zu sehen waren. Teller mit verkrusteten Tomatenresten an den Rändern. Ein Dutzend leerer Bierflaschen, eine halb leere Flasche Korn. Ein überquellender Aschenbecher. Leere Zigarettenschachteln. Tabakkrümel.

»Setzen Sie sich ruhig«, sagte sie.

»Geht schon, wir bleiben stehen«, sagte Otto, und sein Blick wanderte schnell über den Tisch.

Neben mir, auf dem Herd, stand ein Topf, und ich sah hinein. Am Boden klebten vier einzelne Spaghettinudeln.

»Wo bleibt Johnny?«, wollte Otto wissen und sah sie streng an.

Sie rieb im Stehen mit einem nackten Fuß über den Spann des anderen.

Achten Sie auf die Körpersprache von Zeugen. Zeichen von Unsicherheit und Nervosität können ein Hinweis darauf sein, dass Ihr Zeuge keine verlässlichen Aussagen macht.

»Der kommt gleich«, erwiderte Maria, aber ich glaubte ihr nicht.

Aus dem Augenwinkel huschte ein Schatten an der angelehnten Küchentür vorbei. Otto bemerkt es ebenfalls.

»Der türmt!«, rief Otto und riss die Küchentür auf, aber Maria besprang ihn förmlich von hinten. Klammerte sich an seinen Rücken und stieß dabei einen wütenden Schrei aus.

Ich schlängelte mich an den beiden vorbei. Rannte zur offenen Wohnungstür. Von dort in den schummrigen Hausflur. Johnny stand als schmale Silhouette mit Schuhen in der Hand an der Haustür. Zog sie mit Schwung auf.

»Stehen bleiben! Polizei!«, rief ich und sprintete los. Was mir in meinen Absatzschuhen erstaunlich gut gelang.

Er sah sich hastig zu mir um und rannte weiter. Seine langen Haare flogen von links nach rechts, und er lief mit nackten Füßen in den Hof. Den Gang entlang. An den schmutzigen Fenstern der Autowerkstatt vorbei. Zur Straße. Nach wenigen Schritten schrie er plötzlich auf. Fluchte: »So eine Scheiße.« Hob das Bein und humpelte weiter. Ich war in wenigen Schritten bei ihm und erwischte ihn am Kragen seines Hemdes, und er schlug mit dem Arm nach mir, erwischte mich aber nicht. Ich packte ihn blitzschnell am Handgelenk. Drehte seinen Arm mit einer schnellen Bewegung auf den Rücken und zwang ihn somit unter lautem Ächzen in die Knie. Er wand sich, keuchte. Ich setzte mein spitzes Knie auf seinen Rücken.

»Gehen Sie runter von mir, Sie tun mir weh. Ich zeige Sie an, das ist Staatsgewalt, ihr blöden Schweine«, keifte er.

»Du kannst ihn jetzt loslassen«, sagte Otto mit einem Mal neben mir, und ich ließ los.

Johnny rieb seinen Arm, richtete sich auf, öffnete den Mund, um etwas zu sagen, und sah direkt in Ottos gezückte Waffe.

»Herr Schreiber, ich denke, wir unterhalten uns jetzt mal. Ganz in Ruhe.«

Kurz darauf saßen wir in einem der nüchternen Verhörräume im Polizeipräsidium. Otto fand, dass eine Befragung in der

Behörde mehr Eindruck machte als an dem Spaghettiküchentisch der Wohngemeinschaft. Die Personen seien direkt demütiger. Otto und Johnny saßen sich an dem Schreibtisch in der Mitte des Raumes gegenüber, das Aufnahmegerät stand zwischen ihnen. Ich saß am Fenster, mit einem Schreibblock auf den Knien, und machte mir Notizen. Johnny hatte sich nach seinem missglückten Fluchtversuch ein Pflaster auf seine Schnittwunde am Fuß geklebt und ausgelatschte Turnschuhe angezogen. Jetzt lümmelte er in seiner fleckigen Bluejeans und einem lila Batikshirt auf dem Stuhl und machte ein ernstes Gesicht. Mit seinem Herzmuster über dem Auge.

»Wieso sind Sie vor uns weggelaufen?«, fragte Otto und kontrollierte mit einem Auge, ob das Band ordnungsgemäß lief.

»Vielleicht weil Sie die Polizei sind?«, erwiderte Johnny.

»Das ist eine Gegenfrage. Welchen Grund hätten Sie, vor uns wegzulaufen?«, hakte Otto nach.

»Weil Sie die Polizei sind!«, sagte Johnny amüsiert und schnitt Grimassen.

»Was haben Sie denn zu verbergen, das die Polizei nicht wissen darf? Und kommen Sie mir jetzt nicht mit einem Tütchen Haschisch. Darum geht es hier nicht.«

Johnny legte trotzig den Kopf zurück. Schüttelte Haarsträhnen aus seinem Gesicht. Schwieg.

»Wir haben Zeit«, sagte Otto und verschränkte die Arme vor der Brust.

»Werde ich wegen irgendetwas verdächtigt?«, fragte Johnny mit einem verächtlichen Gesichtsausdruck. »Sonst kann ich ja gehen.«

»Wir hätten da den Tatbestand des Widerstandes gegen uns. Momentan werden Sie als Zeuge befragt, aber das kann sich rasch ändern«, antwortete Otto. »Wann haben Sie Lena Malberg zuletzt gesehen?«

Johnnys Gesicht versteinerte. Er merkte, dass es nun ernst wurde, und richtete sich auf. »Ich habe damit nichts zu tun!«, sagte er laut.

»Womit haben Sie nichts zu tun?«

»Mit dem Brand. Das ist nicht meine Schuld! Ich weiß, dass sie tot ist, aber das war ich nicht. Ich schwöre.«

Otto nahm ein Päckchen Zigaretten aus seiner Brusttasche, holte seelenruhig eine raus, steckte sie sich in den Mund und zündete sie an. Zog den orangebraunen Glasaschenbecher zu sich her. »Wann haben Sie Lena Malberg zuletzt gesehen?« Der Rauch der Zigarette schlängelte sich zur Decke.

»Am Samstagabend. Wir hatten uns gestritten.«

»Was war der Grund?«

Johnny sah Otto ernst an und dachte nach. Sekunden verstrichen, und mir war klar, dass er sich jetzt eine Strategie zurechtlegte, was er sagen sollte und was er besser für sich behalten würde.

»Wir waren unterschiedlicher Meinung. Eine politische Diskussion. Lena diskutierte gern, mir war es zu viel an dem Abend. Ich habe ihr vorgeworfen, dass sie nie abschalten kann mit diesen Themen, und darüber sind wir in Streit geraten. Die Stimmung war im Eimer, dann bin ich gegangen.«

»Wo war das?«

»In Lenas Wohnung.«

»War noch jemand anwesend? Gibt es Zeugen des Streits?«

»Nein, wir waren allein, nur Lena und ich.«

»Wann waren Sie wieder zu Hause?«

Johnny blähte die Backen auf. »So um Mitternacht.«

»Kann das einer in Ihrer WG bezeugen?«

Er zuckte mit den Schultern. »Woher soll ich wissen, ob das einer mitbekommen hat. Wir wohnen da zu sechst. Ja, vielleicht. Vielleicht auch nicht.«

»Wie standen Sie zu Lena? Was war sie für Sie?«

Johnny fuhr sich mit einer Hand durch die langen Haare. Kratzte sich an seinem Feuermal an der Schläfe. »Sie war vieles für mich. Eine Kommilitonin. Eine Freundin. Eine Liebhaberin. Suchen Sie sich was aus.«

»Hatten Sie ein Verhältnis?«, fragte Otto und sog an seiner Zigarette.

Johnny sah ihn belustigt an. Lachte auf und warf den Kopf nach hinten. »Ihr Bullen, ihr habt so keine Ahnung von unserem Leben, oder? Ein Verhältnis? Was soll das sein? Das ist doch bürgerlicher Scheiß, was Sie mir da erzählen. Wie definieren Sie denn ein Verhältnis? Das sind Besitzstrukturen, Mann. Das interessiert uns nicht. Das lehnen wir ab.« Er lehnte sich jetzt nach vorne und stützte seine Unterarme auf seine Knie. »Wir waren mehr als das. Wir waren miteinander verbunden.« Er klopfte sich mit der Faust in Herzhöhe auf seine Brust. »Hier.«

»Wann haben Sie von Lenas Tod erfahren?«

Johnny blies eine Haarsträhne aus seinem Gesicht. »Gestern Mittag. Ich hatte Lena Montag und Dienstag angerufen, aber sie war nicht drangegangen. Also bin ich zu ihr gefahren und habe geklingelt, aber sie hat nicht aufgemacht. Die Alte im Erdgeschoss kam heraus und hat mir alles erzählt.«

»Wie geht es Ihnen, jetzt, da Lena tot ist?«

Johnny senkte den Blick. Die Spannung wich für einen Moment aus seinem Körper, und er saß schlaff auf dem Stuhl. Aber ein Gedanke kam auf und beschäftigte ihn, das sah ich ihm an, ein Gedanke, der Wut in ihm erzeugte und die Energie zurückbrachte. Sein Körper straffte sich wenige Sekunden später wieder, und ich sah, wie er seine Hände zu Fäusten ballte, die Sehnen seiner mageren Unterarme sichtbar wurden und die Knöchel seiner Finger weiß hervorstachen.

»Sie war etwas Besonderes für mich und viele andere. Ich hätte ihr niemals ein Haar gekrümmt«, sagte er, und seine Backenzähne malmten aufeinander. »Wenn Sie darauf hinauswollen.«

»Gab es Menschen, die Lena etwas wollten? War sie im Streit mit jemandem?«

Er öffnete die Arme weit wie ein Messias. »Mit der ganzen Welt lag sie im Streit. Aber sie war voller Liebe, und das ist es, was zählt. Das Menschliche. Sie war überirdisch.«

Otto sah ihn fassungslos an. »Wie finanzierte Lena ihr Studium?«

»Ihre Mutter gab ihr monatlich Geld. Sie musste nicht arbeiten, kellnern oder so was.«

»Und Sie?«

»Ich arbeite an den Wochenenden an einer Tankstelle hier um die Ecke. Und wasche Autos von reichen Konsummenschen«, erklärte er mit gehässigem Unterton. »War's das?«

Otto sog ein letztes Mal an seiner Zigarette, blies den Rauch seitlich zum Mund heraus und drückte die Kippe im Aschenbecher aus. Er schob Johnny einen Notizblock und einen Stift zu.

»Schreiben Sie die Namen der Freunde auf, die Ihnen einfallen, mit denen Lena Kontakt hatte.«

Ein paar Sekunden vergingen, dann nahm er den Stift. Rechtshänder. Und schrieb vier Namen auf. Schmiss den Kuli auf den Block und warf sich auf dem Stuhl zurück.

Otto drehte den Block zu sich und las vor. »Micky Maus, Mahatma Gandhi, Hermann Hesse und Janis Joplin. Was für eine Truppe.«

Ich grunzte, und Otto sah mich tadelnd an, sodass ich sofort verstummte.

»Was war das Wertvollste, was Lena besaß?«, fragte Otto weiter. Vollkommen unbeeindruckt.

Er ließ sich nicht beirren und zeigte keine Reaktion. Seine Konzentriertheit imponierte mir, ich fand diese Unnahbarkeit auf eine gewisse Art anziehend. Ich erwischte mich dabei, dass ich mir vorstellte, wie Otto wohl privat war.

»Das Wertvollste, was Lena besaß, war ihre Liebe zu den Menschen«, antwortete Johnny, und Otto sah mich mit einem mitleidigen Blick kurz an.

»Hast du noch Fragen?«

Ich schüttelte nur kurz den Kopf.

»Die Befragung ist hiermit beendet. Wir erstellen ein Protokoll, das Sie morgen hier im Präsidium unterzeichnen müssen«, sagte er wieder an Johnny gewandt und schob ihm seinen Ausweis auf dem Tisch zu. »Und halten Sie sich für weitere Befragungen bereit. Und falls es nicht klar geworden ist: Wir finden Sie. Egal, wo Sie gerade sind, und ganz gleich, was Sie tun.«

Johnny sprang auf, schnappte sich seinen Personalausweis.

»Imperialistische Expansion«, sagte er und verließ, ohne sich noch einmal umzusehen, den Raum. Die Tür fiel ins Schloss.

»Wir werden keine Freunde werden«, sagte Otto in die Stille und steckte seine Zigarettenschachtel zurück in die Brusttasche.

Ich klappte den Notizblock zu. »Findest du es nicht merkwürdig, dass er gar nicht fragte, wie Lena gestorben ist?«

»Er hat angenommen, dass sie verbrannt ist. Und momentan sollen das auch alle denken. Wir sind mit der Sache absichtlich nicht an die Presse gegangen. Außer uns und dem Täter weiß niemand, was mit Lena Malberg passiert ist.«

Das Untersuchungsergebnis der Rechtsmedizin war zwischenzeitlich eingetroffen. Wir überflogen den Bericht von Helmut Zick.

»Wie ich es mir gedacht habe«, bemerkte Otto.

Wir sahen uns wissend an und gingen damit direkt zu Potthoff. Er rief uns herein.

»Punktförmige Blutungen am Hals, aufgrund von Halskompressionen Hämatome an der Brust«, zitierte Otto und ließ den Bericht in seiner Hand sinken.

Potthoff stand hinter seinem Schreibtisch. Die Jalousien waren zu zwei Dritteln heruntergelassen, und das hereinfallende Sonnenlicht beleuchtete den Fußboden. »Weiter«, forderte Potthoff.

»Magdalena Malberg ist erstickt, aber nicht an einer Rauchvergiftung, sondern sie ist erwürgt worden. In ihrer Lunge fanden sich keine Brandreste, was zeigt, dass ihre Atmung bereits ausgesetzt hatte, als es brannte. Der Täter hat sie so fest gewürgt, dass ihr Zungenbein und Kehlkopf eingedrückt wurden. Die Spuren an ihrem Körper zeigen, dass es vorher zur körperlichen Auseinandersetzung kam. Diese wurden ihr zu Lebzeiten beigebracht und nicht post mortem«, fasste Otto den Bericht zusammen.

Potthoff hob den Zeigefinger. »Ich rekonstruiere mal den möglichen Tathergang. Der Täter war ein Einbrecher. Er überrascht Lena Malberg, als er in ihre Wohnung einbricht. Vermutlich schläft sie noch, wacht aber auf. Er schlägt sie sofort nieder. Es geht schnell, sie wehrt sich nicht, daher gibt es auch keine Abwehrverletzungen an den Armen und keine Spuren unter den Fingernägeln. Der Einbrecher schlägt sie bewusstlos, oder sie fällt und schlägt mit dem Kopf auf und wird bewusstlos. Er würgt sie, schleift sie in die Küche und legt Feuer. In der Küche. Aber das scheint ihm zu wenig, also setzt er im Wohnzimmer die Matratzen mit hochprozentigem Alkohol oder Spiritus in Brand. Er will, dass es so aussieht wie ein versehentlicher oder beabsichtigter Suizid. Dann schleicht er aus der Wohnung und verlässt das Haus. Irgendwelche Einwände gegen diese Theorie? Nein? Keine?«

Potthoff setzte sich hinter den Schreibtisch. Legte den Knöchel seines rechten Fußes auf das linke Knie und ließ seine Fingerknöchel knacken. Es war keine Frage. Sein Blick duldete keinen Widerspruch. Es war schizophren, denn er forderte uns zugleich heraus, ihm zu widersprechen. Er lechzte danach, ließ aber nur die Widerrede gelten, die Hand und Fuß hatte und vor seinen strengen Augen standhielt. Ich schielte zu Otto, der die Beine vor sich ausgestreckt hatte. Eine fast lässige Haltung.

Er fing meinen Blick auf und sagte: »Lucia, was ist deine Theorie?«

Ich räusperte mich. »Der Täter kannte das Opfer. Lena hat ihn reingelassen. Es kommt zum Streit, der Täter schlägt sie nieder, die Person ist kräftig, schleift sie in die Küche und legt sie dort ab. Weil er nach seiner Tat das Gesicht nicht sehen will, sich schämt, legt er ein Tuch auf das Gesicht. Der Mord war ein Versehen. Keine Absicht. Aber er hat Angst, dass seine Tat entdeckt wird und er auffliegt. Daher legt er Feuer und verschwindet.«

»Also kein Raubmord? Der Täter hat nichts mitgenommen?«, fragte Otto und sah mich auffordernd an.

»Statistisch gesehen sind die meisten Taten Beziehungstaten«, ergänzte ich, weil mir nichts Besseres einfiel, was ich ins Feld führen konnte, und weil ich immer noch glaubte, dass es am wahrscheinlichsten war.

»Fräulein Specht, das ist bekannt. Das hatten Sie schon mal vorgebracht. Aber was untermauert Ihre Theorie? Sie können Ihr brav erlerntes Theoriewissen jedem Fall überstülpen. Aber nicht ohne triftige Anhaltspunkte.«

»Lena war Studentin, es gab keinen wertvollen Gegenstand in ihrem Zuhause. Und sie machte sich nichts aus Besitz«, widersprach ich.

»Klingt so, als seien Sie alte Freundinnen«, sagte Potthoff mit bierernstem Gesicht. »Aber Spaß beiseite. Woher wollen Sie das wissen? Vielleicht hat sie etwas nach Hause getragen, von einem Einkauf, was der Täter als wertvoll erachtete und haben wollte. Daher folgt er ihr und trifft sie zu Hause an. Merken Sie etwas, Fräulein Specht?«

Ich spürte, wie meine Wangen heiß wurden, und presste meine Zähne aufeinander. In Potthoffs Gesicht glaubte ich eine Genugtuung auszumachen, eine diebische Freude über meine verärgerte Reaktion.

»Aber gut«, sagte Potthoff, »wenn wir Ihrem Ansatz folgen wollen … Sie haben diesen Jungen befragt, der einer ihrer Liebhaber ist. Trauen Sie ihm die Tat zu?«

Ich schüttelte den Kopf. »Nein, von dem, was ich bisher weiß, glaube ich nicht, dass er das getan hat. Aber es ist nur ein Gefühl.«

Potthoff sah zu Otto und hob eine Augenbraue.

»Ich gebe Lucia recht«, sagte Otto. »Nur weil sie sich gestritten haben, heißt das nicht, dass er sie ermorden wollte. Zwar könnte es ein Motiv sein, aber bei der heftigen Reaktion bei der Befragung glaube ich nicht, dass er der Täter ist.«

»Ich will sichergehen, dass wir ihn ausschließen können. Daher laden Sie ihn vor und nehmen ihn in die Mangel. Damit wir diesen Fall zügig schließen können.«

Otto sprang direkt darauf an. Die beiden waren ein eingespieltes Team. »Wir haben Nachbarn und auch Lenas Professor befragt. Erste Antworten deuten darauf hin, dass ihr soziales Umfeld stimmig war und es keinen Grund für Feindschaften gab. Einen Racheakt würde ich daher ausschließen. Wir warten auf die Liste der Kommilitonen und werden diese befragen.« Potthoff nickte wohlwollend. »Wer hat die bisherigen Befragungen geführt?«

Otto zeigte mit dem Daumen auf sich. »Die habe ich durchgeführt. Fräulein Specht hat assistiert.«

»Assistiert. Soso«, sagte er nachdenklich. »Dann schlage ich vor, dass Fräulein Specht bei der nächsten Vernehmung des Hippiejungen die Gesprächsführung übernimmt und Sie diese anschließend durchgehen.« Er verengte die Augen zu kleinen Schlitzen. »Oder sind Sie noch nicht so weit, Fräulein Specht?« Er reckte das Kinn.

Otto sah mich ausdruckslos an. Sein Gesicht war glatt und undurchsichtig wie ein weißer Kieselstein aus dem Rhein.

»Natürlich bin ich das«, antwortete ich, zog die Schultern zurück und stand auf.

Potthoff fuhr fort. »Übrigens, noch eine Info für Sie beide. Da Sie heute nicht in der Morgenrunde waren. Der Kollege, der im Koma lag, ist heute früh verstorben. Der Täter ist flüchtig, die Presse ist informiert. Wir werden diese Ratte aus ihrem Versteck treiben. Das schwöre ich euch.«

Sein Gesichtsausdruck ließ daran keinen Zweifel.

Nach dem Gespräch ging ich runter ins Erdgeschoss zur Kriminaltechnik. Jens war nicht an seinem Platz. Es war halb zwölf. Aus dem Nebenraum hörte ich jemanden ein Lied summen und spähte hinein. Renate stand in einem weißen Laborkittel in dem abgedunkelten Raum über ein Mikroskop gebeugt. Ich hörte einen Moment zu, bis ich erkannte, was es war. »Aquarius«, diese Hippiehymne, die im Radio rauf und runter gespielt wurde.

»Du hörst wirklich diese Hippiemusik?«, sagte ich laut.

Renate zuckte zusammen und fuhr herum. »Himmel, hast du mich erschreckt«, sagte sie und fasste sich an die Brust.

»Tut mir leid. Was machst du?«

Renate atmete einmal tief aus und ein und strich sich mit ihren schlanken Fingern durch ihre Haare. »Ich helfe bei der Untersuchung von Faserspuren, die wir auf der Kleidung der Toten gefunden haben. Wenn er sie berührt hat, kann es sein, dass er Spuren hinterlassen hat. Wir erhoffen uns Hinweise auf die Identität des Täters. Ich muss diese erfassen und kategorisieren.«

»Ich hoffe, ihr findet was.« Ich nahm auf dem Drehhocker neben dem Tisch Platz und schlug die Beine übereinander.

»Was habt ihr bislang?«, fragte Renate und steckte ihre Hände in die Außentaschen des Kittels, sodass ihre spitzen Fingerknöchel durch den Stoff stachen.

»Nichts. Keine heiße Spur, wenn du das meinst.« Ich zuckte mit den Schultern. »Potthoff glaubt an einen Raubmord. Otto unterstützt, was Potthoff sagt. Nun soll ich einen der Freunde der Toten in die Mangel nehmen. Potthoff hat mir die Befragung übertragen.«

»Du kannst Mieze fragen, sie ist spitze in Vernehmungstechnik.«

»Gute Idee«, sagte ich, in Gedanken schon dabei, eine Gesprächsstruktur aufzubauen, die zu einem renitenten Studenten passte, der mich als Frau in meiner Position nicht ernst nehmen würde und das Ganze als einen großen Mummenschanz ansah. »Renate, das ist kein Geschenk. Ganz im Gegenteil. Potthoff nimmt an, dass nichts dabei herauskommt. Er will, dass nichts dabei herauskommt. Es gehört zu seinem Plan, mich scheitern zu sehen. Da bin ich mir sicher.«

»Geht es dir gut?«, fragte Renate und tippte mich am Ellbogen an.

»Ja, mir geht nur viel durch den Kopf.«

Renate hatte diesen Gesichtsausdruck, den Menschen haben, wenn sie etwas beschäftigt. Wenn sie etwas mit sich herumtragen, aber es nicht schaffen, darüber zu sprechen. Wenn sie darauf warten, dass jemand fragt und sie es endlich loswerden können. Es rausdarf.

»Oh, hoher Besuch«, sagte eine hohe Männerstimme hinter uns.

Ich sah über meine Schulter und grinste. »Hallo, Jens.«

»Ich weiß, was du willst«, sagte Jens in verschwörerischem Tonfall. Mir fiel auf, dass er Augenringe hatte, und obwohl Sommer war, wirkte seine Haut winterlich bleich.

»Und das wäre?«

»Ergebnisse«, sagte er mit gespielt militärischem Tonfall.

»Na, wenn du es schon weißt, dann rück raus mit der Sprache.«

Renate gluckste. Sie mochte es, wenn ich einen frechen Tonfall hatte, das amüsierte sie.

Jens machte ein betrübtes Gesicht. »Die Lage ist dünn. Ich verbringe momentan viel Zeit mit dem Abgleich der Fingerabdrücke vom Tatort mit der Datenbank. Das dauert. Wäre schön, wenn das in der Zukunft die Computer für mich erledigen könnten. Quasi auf Knopfdruck.« Er bekam einen schwärmerischen Gesichtsausdruck.

»Wovon träumst du nachts?«, warf Renate dazwischen.

»Wir suchen weiter, ich finde etwas«, schwor Jens mit einer fast verbissenen Miene, und in dem Moment wusste ich, dass er sich mit Leib und Seele seiner Arbeit verschrieben hatte. Der Suche nach dem einen Treffer, der den entscheidenden Hinweis geben würde. Es war ihm egal, ob draußen die Sonne schien oder nicht, ob er Hunger oder Durst hatte. Ich glaubte, er vergaß sogar zu schlafen.

»Du weißt, dass wir Freitag alle ausgehen? Etwas Abwechslung könnte dir guttun. Oder willst du hier übernachten?«

Jens' Gesicht sprach Bände. Er sah mich mit großen Augen an und nickte schnell. »Natürlich. Das weiß ich doch, habe ich nicht vergessen.«

Und ob er das vergessen hatte.

Ich mochte den Judokurs am Mittwochabend. Wir lernten, Angriffe erfolgreich abzuwehren. Das Training gab mir ein anderes Körpergefühl. Nicht dass ich mit meiner Figur unzufrieden gewesen wäre, ich fand meinen Körper einfach nur durchschnittlich. Brüste und Hintern waren nicht besonders. In normaler Größe. Mein Kreuz war nicht sonderlich breit, und ich hatte keine Wespentaille. Nicht wie Ruth, die von ihrem Sportstudium einen Körper wie eine Raubkatze hatte. Nackt mochte ich mich nicht besonders, aber angezogen fand ich mich ziemlich passabel. Der Judokurs zeigte mir, dass ich mehr Kraft hatte, als ich dachte. Seit März war meine Körperspannung deutlich besser geworden. Aufrechter. Meine Schulterpartie straffer, und ich trug meinen Kopf äußerst gerade auf meinem Hals.

Toni und ich standen uns in unseren Judoanzügen auf der Matte im Sportsaal gegenüber. Ruth war am anderen Ende des Raumes, unsere große Renate musste mit Karl, dem Helfer des Trainers, arbeiten, nachdem sie bereits einem Kollegen die Nase blutig geschlagen und einem anderen fast den Arm ausgekugelt hatte. Ihr Talent für Judo war bescheiden. Mieze war mit Michael auf einer Matte am Fenster, einem kräftigen Kerl aus dem Sauerland, der zwar Kraft hatte, aber unbeweglich war wie ein Kleiderschrank. Lilli und ihr Partner standen eine Matte weiter, und sie schielte immer wieder zu uns herüber. Ich konnte in ihren Augen sehen, dass sie Toni anschmachtete. Ein Blinder mit einem Krückstock hätte es bemerkt. Nur Toni nicht. Er sah durch sie hindurch, als sei sie aus Glas.

Ich zog den Gürtel um meine Taille fester und schritt mit einem Bein nach vorne. Toni sicherte seinen Stand, machte einen Schritt auf mich zu – das andere Bein blieb lang ausgestreckt – und hob mir das Brett entgegen, das ich durchschlagen sollte. Ich ballte die Hand zur Faust, drehte sie um hundertachtzig Grad, und mit einem kräftigen Laut schlug ich auf das Brett, das in der Mitte zusammenklappte. Das Brett war präpariert, wir sollten nur die Schlagrichtungen und den Aufprallwinkel üben. Die meisten Jungs hatten beim ersten Mal gelacht, als wir Frauen dran waren. Nur der Trainer hatte gesagt: »Lassen Sie die Damen mal machen. Sie werden sich noch wundern.« Und er hatte recht behalten.

»Du hast deine Zehennägel lackiert«, sagte Toni beiläufig und grinste.

»Was dir nicht alles auffällt.« Ich schlug erneut auf das Brett, das er mir hinhielt.

»Letzte Woche waren sie noch nicht lackiert.«

»Möchtest du auch etwas zur Farbe sagen?«

»Silber ist schön. Ich bin mit deiner Wahl durchaus zufrieden. *Va bene.*«

»Hab ich ein Glück, Herr Kollege«, sagte ich und schlug auf das Brett ein, das mit einem Krachen auseinanderfiel.

Der Trainer rief uns zu, wir sollten nun den Schulterwurf üben. Toni und ich stellten uns gegenüber und verbeugten uns.

»Du fängst an«, sagte Toni, ging um mich herum und stellte sich hinter mich. Er war locker einen halben Kopf größer als ich und griff mich mit beiden Händen an den Schultern an. Ich ging in den breitbeinigen Stand. Schnappte blitzschnell seinen Arm. Schleuderte ihn mit einem Schrei über meine Schulter. Beförderte ihn auf die Matte, wo er mit einem lauten Ausatmen landete. Mein zweiter gelungener Schulterwurf.

»Siehste.« Ich keuchte über ihn gebeugt.

Er stieß im Liegen blitzschnell mit seinem Fuß gegen mein linkes Knie. Ich knickte um wie ein Strohhalm, landete der Länge nach auf ihm und konnte mich in letzter Sekunde mit den Händen am Boden abstützen. Unsere Nasen berührten sich fast.

»So stürmisch heute, *bellissima*? Du musst an deiner Spannung arbeiten. Und an deiner Falltechnik«, sagte er.

Ich funkelte ihn böse an, und er schielte auf meine Lippen.

»Das mit der Spannung merke ich mir. Das passiert mir kein zweites Mal«, erwiderte ich.

Toni lachte, und der Trainer tadelte uns mit einem bösen Blick. Wir verstummten und lachten in uns hinein.

»Schau mal«, sagte er und spannte seinen Bizeps an. Toni machte morgens fleißig Liegestütze und stemmte ein paar Hanteln, weil er mehr Muckis haben wollte.

»Nicht nur hier muss es stimmen«, sagte ich und deutete mit dem Zeigefinger auf meinen Bizeps. »Auch hier«, und tippte an meinen Kopf. »Darf ich dich daran erinnern, wer dich gerade auf die Matte gelegt hat?«

Toni streckte mir die Zunge heraus.

Der Trainer rief: »Und wechseln bitte!«

Lilli stellte sich mit einem Satz neben uns, als hätte sie nur auf diesen Moment gewartet. »Na, ihr zwei Turteltäubchen? Hallo, Toni. Zeit für einen Wechsel.« Sie strahlte ihn an.

»*Ciao, Lilli, bella ragazza*«, sagte er mit gespielt lüsternem Tonfall.

Ich schaute mich nach einem neuen Judopartner um und sah direkt in Ottos Gesicht, der auf der Matte stand und mich mit seinen blauen Augen taxierte. In dem weißen Judoanzug, so ohne Krawatte und Hemd, wirkte er wie ein anderer Mensch auf mich. Sein Körper wirkte sportlicher, die Schultern breiter und seine Beine kräftiger. Otto nahm freiwillig an der Trainingsstunde bei uns teil. Ruth meinte, er tue es, um in Form zu bleiben. Mein Verdacht war, dass er so noch mehr Zeit mit Ruth verbringen wollte. Ich sah mich schnell nach ihr um. Sie winkte mir aus der Ferne zu. Otto hob eine Augenbraue und sah mich streng an.

»Trainierst du heute nicht mit Ruth?«, fragte ich.

»Nein, warum sollte ich?«, fragte er und trat einen Schritt auf mich zu. Und noch einen.

Er stand jetzt eine halbe Armlänge entfernt vor mir, und ich spürte mit einem Mal deutlich seine physische Präsenz. Ich war irritiert, atmete hektisch durch die Nasenlöcher ein und achtete darauf, meine Spannung nicht zu verlieren. Ihm weiter in die Augen zu sehen. Nicht wegzuschauen. Er fixierte mich mit seinem Blick.

»Wir müssen bald Ergebnisse liefern. Potthoff wird ungeduldig«, sagte Otto.

Ein Gong ertönte. Der Beginn der Übung.

Wir verbeugten uns voreinander, und ich sagte: »Lena muss etwas besessen haben, von dem wir keine Ahnung haben. Aber

es ist nichts Materielles. Vielleicht wusste sie etwas, wofür sie sterben musste. Anders kann ich es mir nicht erklären.«
»Wir brauchen dringend eine heiße Spur«, sagte Otto. »Uns rennt die Zeit davon.«

»Na, wir war's mit Otto?«, fragte Ruth nach dem Judotraining in der Umkleide. Sie stand in schwarzer Unterwäsche vor dem Spiegel, bürstete ihre nassen Haare und sah mich über den großen Spiegel an. Die Luft war feucht, und es roch nach Apfelshampoo.

»Ich würde sagen, da sitzt jeder Griff.« In der Tat war Otto erfahren im Kampfsport. Seine Bewegungen waren souverän und zielgerichtet. Seine Abfolgen sicher. Er hatte mir gezeigt, wie mein Griff effektiver würde. »Verliere auf der Matte nie die Beherrschung«, hatte er mir eingebläut, »auch nicht in Situationen, die dir unfair erscheinen.«

»Otto weiß, was er tut«, sagte ich und sprühte Deo unter meine Achseln. Ich war mir sicher, dass Otto nur meine Nähe suchte, um mich über Ruth auszuhorchen.

Ruth schnaubte. »Gib ihm Kontra. Der braucht das.« Sie sah sich um. »Und wie war's bei dir, Lilli?«, rief sie in den Umkleideraum.

Lillis Flirt mit Toni war niemandem verborgen geblieben. Trotzdem fragte ich mich, warum sie mit ihm flirtete, wenn ihr Lehrerfreund kurz davor war, ihr einen Heiratsantrag zu machen, und sie täglich darauf wartete.

Lilli stand an ihrem Spind und drehte sich abrupt um. »Was meinst du damit?«, fragte sie mit spitzem Tonfall.

Ruth hörte auf, ihre Haare zu bürsten, und fror in der Bewegung ein. »Na, ob es mit dem Schulterwurf geklappt hat? Was dachtest du denn?«, sagte sie und bürstete weiter ihre Haare.

Lilli senkte ihr Kinn auf die Brust und knöpfte ihre Bluse zu. »Toni und ich gehen morgen in der Mittagspause ein Eis essen«, verkündete sie triumphierend.

»Wie alt bist du? Dreizehn?«, sagte ich leise vor mich hin.

Ruth hatte es gehört und lachte schallend, schaltete den Föhn ein, und was Lilli darauf sagte, ging in dem lauten Surren unter. Sie sah aus wie eine übertrieben empörte Zeichentrickfigur, der der Ton abgestellt worden war.

»Mist.« Petra sah auf ihre Armbanduhr, knallte ihre Spindtür zu und schulterte ihre Sporttasche. Sie ließ ihren Autoschlüssel um den Finger kreisen. »Mädels, ich muss los, der Gatte wartet. Trinkt einen für mich mit, ich bin beim nächsten Mal wieder dabei.« Ihre Haare waren noch feucht und hingen herab, zudem war sie ungeschminkt.

»So fährst du nach Hause?«, fragte ich sie halb im Scherz.

Petra legte ihre Hand auf meine Schulter. »Das erzähle ich dir ein anderes Mal. Ich sage dir nur eins, überleg dir das gut mit dem Heiraten. Mein Mann scheint eine neue Meinung zu seiner berufstätigen Ehefrau zu entwickeln, die durchaus kritische Züge besitzt.«

Ich verstand es nicht. »Was ist passiert?«

»Er findet, dass ich meine ehelichen Pflichten vernachlässige und mich zu sehr auf die Ausbildung konzentriere. Dabei lese ich die Fachbücher, wenn er bereits im Bett ist und schnarcht. Hinterher, wenn du verstehst.« Sie funkelte mich an.

»Was tuschelt ihr?«, fragte Lilli und stellte sich dazu.

»Petra muss los, zu Mann und Kind«, meinte Ruth, rollte die Augen und sprang in ihre Hose. »Du machst doch nicht die Ausbildung, um danach zu Hause zu bleiben und die brave Anwaltsgattin zu mimen.«

»Staatsanwaltsgattin bitte schön«, verbesserte Petra und stemmte eine Hand in die Hüfte. Eine kämpferische Geste. »Das ist es ja, was mich so wurmt. Er hat mich in der Hand.«

Ruth, Lilli und ich sahen uns fassungslos an.

Lilli öffnete den Mund. »Aber warum?«

»Lilli, weil es ein Gesetz gibt, dass der Mann die Berufstätigkeit der Frau erlauben muss«, erklärte Petra, »und ebenso schnell wieder auflösen kann.«

»Das ist eine Schweinerei«, flüsterte Lilli.

Renate kam aus der Dusche, ein Handtuch um ihre knochigen Hüften, die Schulter nach vorne gedrückt. Sie duschte meistens als Letzte. Ich konnte ihre Scham spüren, sie umgab Renate wie ein Nebel, hinter dem sie verschwinden konnte. »Wir werden dir helfen«, versprach Ruth. »Wir lassen dich nicht im Regen stehen.« Lilli und ich nickten synchron. »Wenn ich euch nicht hätte«, rief Petra und winkte Renate zu. »Jetzt muss ich los.« Sie sprang zur Tür und verschwand aus der Umkleide.

Renate öffnete ihren Spind, mit dem Rücken zu uns, nahm ihr Handtuch von ihrem Körper, hob abwechselnd einen Fuß hoch und stieg in ihre Unterhose. »Nur jede vierte Frau in Deutschland ist berufstätig«, erklärte sie dabei und drehte sich zu uns um. »Männer dürfen über uns entscheiden, wann wir arbeiten, wann wir Lust haben, und mit uns in der Ehe machen, was sie wollen. Die Ehe ist kein Schutz für uns. Sie ist ein beschissener Kerker«, spuckte sie aus. »Ich hasse Männer«, rief sie wütend und knallte mit einem festen Hieb ihre Spindtür zu.

Sie stand vor uns im Raum, und ihr Körper bebte.

»Wie wär's mit einem kalten Bier und einem Korn dazu?«, meinte Ruth augenzwinkernd. »Könnten wir jetzt gut gebrauchen, oder?«

Renate hob sofort die Hand, als würde sie sich in der Schule zum Tafelputzen melden. »Ich bin dabei. Aber so was von.«

7

Donnerstag, 7. August 1969

Donnerstags hatten wir den ganzen Tag mit den Männern zusammen Unterricht im Präsidium. Der Unterrichtsraum lag im Erdgeschoss des Gebäudes. Die großen Fenster waren weit aufgerissen, und die sommerliche Wärme kroch von Stunde zu Stunde weiter in den Raum hinein. Wir paukten Fächer wie Kriminalistik, Polizeirecht und Kriminalpsychologie, und ich sah, wie Lilli ungeduldiger wurde, je näher die Mittagspause rückte, und sich immer wieder nach Toni umsah. Gestern hatte Lilli in der Kneipe von ihm geschwärmt. Ruth hatte ihr ein paar Schnäpse hingestellt und gefragt, was denn mit ihrem Lehrer sei, aber der Frage war sie nur ausgewichen. Auf mich wirkte sie wie ein verliebter Teenager, der einen Filmstar anhimmelte.

In einer Pause zwischen zwei Unterrichtseinheiten ging ich zu Mieze und bat sie um Hilfe für mein Verhör von Johnny. Wir gingen vor das Gebäude, stellten uns in den Schatten und rauchten. Mieze hörte sich meine Schilderungen des Falls konzentriert an, fuhr sich dabei mit der freien Hand durch die roten, lockigen Haare. Ihre Fingernägel waren weiß lackiert.

»Gut ist, dass du einen ersten Eindruck von der Person hast, die du verhören wirst. Das ist ein enormer Vorsprung. Und du hast gesehen, wie Otto sein Verhör führt.«

»Ja, unbeeindruckt und fast stoisch. Ich fand das gut. Es wirkte auf mich so, als sei er nicht aus dem Takt zu bringen.«

»Hat er die Infos bekommen, die ihr haben wolltet?«

Ich stutzte. »Wenige. Es könnte mehr sein.«

»Lucia, überleg doch mal. Der Typ kommt zur zweiten Befragung. Er ist ein Zeuge, kein Tatverdächtiger. Aber er fühlt sich wie ein Verbrecher und macht dicht. Wenn du etwas aus ihm herausbekommen möchtest, müsstest du ihm partnerschaftlicher kommen. Freundlicher. Kooperativer. Du kennst den Fall Jürgen Bartsch?«

»Den Kirmesmörder? Ja, klar. Das ist knapp drei Jahre her.« Natürlich kannte ich den Fall. Die Berichterstattung in der Zeitung und im Rundfunk hatte ich mit großem Interesse verfolgt. Bartsch war kein unattraktiver junger Kerl gewesen, wenngleich in seinem Blick etwas Verschattetes gelegen hatte. Auf den Gerichtsfotos sah er in seinem dunklen Anzug mit der schmalen Krawatte aus wie ein Beatnik. Albert Maßen, unser Direktor, war damals in der Ermittlungsgruppe gewesen. Mieze nickte zur Bestätigung. »Ein Sadist, der kleine Jungs missbrauchte und tötete. Ich habe mir die Akte aus dem Archiv gezogen und die Vernehmungsprotokolle durchgelesen. Hochinteressant.«

»Du hast … aus dem Altaktenarchiv?«, erwiderte ich, und ein kleiner Gedankenfunke entflammte in meinem Hinterkopf.

»Ich weiß, aber ich wollte die Vernehmungsprotokolle lesen, um zu verstehen, wie sie vorgegangen sind.« Sie kräuselte die Nase. »Bei der Vernehmung wurde Bartsch nicht als der Teufel behandelt, sondern wie ein junger Mann. Die gingen mit ihm eine rauchen. Der Junge war neunzehn Jahre alt, und sie sprachen mit ihm, als sei er ein Kumpel am Tresen, der bei einem Bier ausplaudert, wie er Jungs umbringt.« Mieze deutete mit der rauchenden Hand auf mich. »Euer Fall ist anders gelagert, schon klar. Aber dieser kooperative Ansatz könnte eine Idee sein. Auch wenn die Hippies auf Staat und Obrigkeit keine Lust haben.«

»Du meinst im Sinne von: Wir wollen den Mord aufklären, bitte helfen Sie uns?«

Mieze nickte. »Genau so. Nicht die alten Nazi-Methoden. Wir werden als Frauen bei der Polizei anders wahrgenommen, manchmal eher als Assistentinnen, als würden wir nicht dazugehören. Das könnte aber eine Chance sein. Wir kommen womöglich anders an die Leute ran.«

»Ich wusste, du bist genau die Richtige für den Job.«

Mieze zwinkerte mir zu. »Lass uns nachher noch mal sprechen, ich mache mir ein paar Gedanken.«

Wir gingen wieder rein, liefen durch das kühle Treppenhaus zum Unterrichtsraum.

»Ich biege noch mal kurz ab«, sagte ich und griff nach der Türklinke der Damentoilette.

»Beeil dich«, sagte Mieze und lief den Gang weiter.

Ich drückte die Tür auf und betrat den Vorraum der Toilette. Lilli stand über das Waschbecken gebeugt, das Gesicht nah am Spiegel, und zog sich die Lippen mit einem orangefarbenen Lippenstift nach.

»Lu-ciaaa«, rief sie vergnügt.

Ich stellte mich neben sie, drehte den Wasserhahn auf und wusch mir die Hände. Dabei beobachtete ich ihr Spiegelbild. Sie hatte die Augen kräftig nachgetuscht und Rouge aufgelegt.

»Ist das nicht etwas viel? Für mittags?«, fragte ich.

»Was weißt du schon«, sagte sie und verschloss den Lippenstift.

Ich drehte den Wasserhahn wieder ab. »Wie meinst du das?«

Lilli zog eine Augenbraue hoch. Ihr Blick konzentrierte sich fast schielend auf ihre Lippenkonturen, die sie genau prüfte. Sie sagte kein Wort, öffnete leicht den Mund und wischte mit einem Papiertuch etwas Lippenstift aus dem Mundwinkel.

»Lilli, ich rede mit dir.«

»Na und? Mir doch egal«, antwortete sie und zog den Reißverschluss ihres Kosmetiktäschchens zu.

Ich trocknete meine Hände ab, lehnte mich mit dem Rücken gegen das Waschbecken und verschränkte die Arme ineinander. »Was ist los mit dir?

»Nix.«

»Du hast doch was. Spuck's aus.«

Lilli presste ihre Lippen aufeinander und machte ein kleines Ploppgeräusch. Zwei Mal hintereinander.

Ich fuhr fort. »Willst du Toni damit beeindrucken? Du siehst aus, als ob du in einen Nachtclub gehen wolltest. Ihr seid zum Eisessen verabredet, Lilli.«

»Es wird ihm gefallen, da bin ich mir sicher«, antwortete sie barsch. »Meine Zehennägel habe ich ebenfalls lackiert. Aber in einer anderen Farbe als du.«

Ich war perplex. »Lilli, ganz ehrlich. Ich mag Toni gern leiden, aber ich will wirklich nichts von ihm.«

Sie schloss die Lippen und fuhr von innen mit der Zunge über ihre Schneidezähne. »Toni war sehr begeistert von deiner Farbe. Eigentlich hat er ziemlich viel von dir erzählt.«

Darum ging es ihr. Jetzt verstand ich so langsam, was hier los war.

»Erklär mir das mal, Lilli. Seit ich dich kenne, hast du kein anderes Thema, außer wann dir Peter endlich einen Antrag macht. Und seit Neuestem bist du scharf auf Italo-Toni? Warum? Was ist passiert?«

Lilli trat einen Schritt zurück und besah sich prüfend im Spiegel. »Das geht dich nichts an«, sagte sie streng. »Wir werden ja sehen, wer gewinnt.« Sie schnappte ihre Schminktasche, zog entschieden die Tür auf und eilte aus der Toilette.

»Lilli! Warte!«, rief ich ihr hinterher, aber sie rannte bereits mit langen Schritten den Gang hinunter.

Nach dem Unterricht, am späten Nachmittag, ging ich kurz hoch ins Kommissariat, weil ich wissen wollte, ob es etwas Neues im Fall Lena Malberg gab. Toni hatte mir ein »Übertreib's nicht, *principessa*« hinterhergerufen.

Das Wort hatte er heute früh unter dem Tisch nachgesehen. Ich hatte ihn dabei beobachtet, wie er während des Unterrichts in einem Taschenwörterbuch geblättert hatte.

Der kleine Italiener.

Otto saß an seinem Schreibtisch, den Kopf gesenkt, und schrieb konzentriert in eine Kladde. Ich stellte mich neben ihn und wartete, bis er mich bemerkte. Legte den Kopf schief und versuchte zu lesen, was er da schrieb, aber seine Schrift war eine Sauklaue. Er bemerkte nach ein paar Sekunden, dass jemand neben ihm stand, und hob den Kopf.

»Lucia«, rief er und knallte die Kladde zu. Sah mich prüfend an, ob ich etwas gelesen hatte. Als hätte er etwas zu verheim-

lichen. »Was machst du hier? Du hast doch heute Unterricht.«
Sein Krawattenknoten war gelockert. Der oberste Hemdknopf
geöffnet. Es war recht warm im Raum.

Ich sah ihn erstaunt an. »Gibt's was Neues in unserem Fall?«,
fragte ich.

Er langte nach der Fallakte und schlug sie auf. Zeigte mit dem
Finger auf das Dokument, das ganz oben lag. »Die Kontoaus-
kunft der Bank ist da. Keine besonderen Kontobewegungen.
Normale Abbuchungen für Miete und Strom und so was. Ihre
Mutter überweist monatlich einen fixen Betrag.« Er blätterte
weiter. »Und wir haben die Liste aller Kommilitonen des Opfers erhalten, aber ich frage mich, ob es wirklich so viel bringt,
die abzutelefonieren. Viele wirst du nicht erreichen, es sind
Semesterferien.«

»Ich werde mein Glück versuchen«, antwortete ich und
nahm die Liste mit den Kommilitonen an mich.

Otto öffnete wieder seine Kladde und wartete, bis ich ein
paar Meter entfernt war. Ich hielt im Weggehen noch Augen-
kontakt, und erst als er sicher war, dass ich weit genug von ihm
weg war, senkte er den Kopf und schrieb weiter.

Ich suchte über die Auskunft ein paar Telefonnummern
von Studenten heraus, und um fünf fand ich, dass es für heute
genug war. Morgen Abend wollten wir ausgehen, in eine neue
Bar namens »Trocadero« in Bilk, und mir fehlte die richtige
Klamotte. Ruth meinte, wenn ich rumliefe wie eine brave Sekretärin, würde das mit den Männern nix werden. Daher wollte
ich noch in die Stadt fahren und im Sommerschlussverkauf
stöbern. Bis achtzehn Uhr dreißig hatte ich Zeit, dann schlossen
die Geschäfte.

Ich fuhr mit der Straßenbahn bis zur Heinrich-Heine-Allee.
Lief zur Kö, dieser Luxusmeile, die mich magisch anzog. Ich
reihte mich ein in die flanierenden Menschen, die an den großen
Schaufenstern der teuren Modegeschäfte vorbeistolzierten. An
den Pelzläden, die dafür warben, sich im Sommer den Pelz für
den Winter zu kaufen. Zu Sonderpreisen. Durch das Fenster sah
ich eine Dame mit hochtoupierten Haaren, die in dem kühlen

Verkaufsraum vor einem mannshohen Spiegel stand und sich in einem hellen Pelzmantel hin und her bewegte. Den Kopf nachdenklich zur Seite geneigt. Ich würde mir niemals einen Pelz leisten können. Von meinem Monatslohn hatte ich mir ein paar Mark zur Seite gelegt, vor allem an Lebensmitteln gespart und bei Tengelmann nur die Angebote gekauft, und so zweiundvierzig Mark zusammenbekommen. In diesem Sommer waren Westen der letzte Schrei, ärmellos und lang, mit kleinen Taschen und goldenen Knöpfen, die zu weißen Shorts getragen wurden. So eine wollte ich unbedingt haben. Ich ging zu Kaufhof und betrat im Erdgeschoss die Fläche, wo der Sommerschlussverkauf stattfand. Ein Stimmengewirr lag in der Luft, untermalt von einer unaufdringlichen Klaviermusik im Hintergrund. Ich wanderte von Ständer zu Ständer und ließ meinen Blick schweifen, nahm Kleiderbügel von der Stange und hängte sie wieder zurück.

»Fräulein, kann ich Ihnen behilflich sein?«

Die Verkäuferin, die mich ansprach, war ein wenig älter als ich, und was mir direkt auffiel: Sie war perfekt geschminkt. Sie stellte ein Bein zur Seite, als sei sie ein Mannequin. »Ich habe Sie beobachtet. Sie suchen etwas Bestimmtes.«

Ich nickte verdattert. »Ja, das stimmt.«

»Und lassen Sie mich raten, Sie haben es nicht gefunden.«

Ich sah sie erstaunt an. »Ja, aber woher wissen Sie das?«

Sie lachte kurz auf. »Nun ja, Sie haben kein einziges Kleidungsstück über Ihren Unterarm gelegt, um es anzuprobieren.«

Ich sah mich kurz um und bemerkte, dass die Frauen, die um mich herumwuselten, Berge von Klamotten über ihre Arme gelegt hatten.

»Darf ich Ihnen das sagen? Wenn Sie einkaufen gehen, dürfen Sie nur wissen, wofür. Nicht, was es sein soll.«

Es dauerte einen Moment, dann verstand ich, was sie meinte.

»Ich möchte ausgehen, in eine neue Bar. Und ich würde gern«, ich räusperte mich, »attraktiv aussehen.« Meine Wangen wurden warm, und ich senkte den Blick.

»Aber Sie sind attraktiv.« Die Verkäuferin runzelte die Stirn.

»Danke. Aber ich meine, ich würde gern jemandem gefallen, also ich würde gern sexy aussehen. Aber nicht vulgär, sondern elegant.«

Ihr Gesicht hellte sich auf. »Ah, Sie wollen etwas Gewagteres haben. Ich denke, hier unten finden Sie nicht, was Sie brauchen. Wir gehen eine Etage höher. Und keine Sorge, oben ist auch Sommerschlussverkauf. Kommen Sie mit.« Sie schritt voran.

Ihre Bewegungen waren so fließend und elegant, dass ich mich dabei ertappte, wie ich sie nachmachte, während ich hinter ihr herging.

8

Freitag, 8. August 1969

Die zweite Befragung von Johnny. Nach der Morgenrunde kam er zum vereinbarten Termin und schlurfte zu mir in den Vernehmungsraum. Die langen Haare strähnig und ungekämmt, die Hose blau und fleckig, und er trug ein orangefarbenes T-Shirt. Er setzte sich auf den Stuhl und verschränkte die Arme hinter seinem Kopf. Sein T-Shirt rutschte hoch und legte seinen flachen Bauch frei. Einen schmalen dunklen Haarflaum vom Bauchnabel abwärts. Ich starrte kurz darauf. Er bemerkte es und lächelte.

»Wann kommt der andere Verhörmensch? Wie hieß der noch?«, fragte er.

Ich setzte mich auf die Tischkante und schlug die nackten Beine übereinander. Zog den Rock ein wenig zurecht. »Mein Kollege Herr Hagedorn? Der ist gleich da. Muss sich noch um eine andere Sache kümmern. Ein Kind, das spielend bei seiner toten Mutter gefunden wurde.«

Er neigte den Kopf zur Seite. »Woran ist sie gestorben?«, fragte er.

»Sie hat sich umgebracht.« Ich zog den Aschenbecher zu mir her und zündete eine Zigarette an.

»Wie, einfach so? Und das Kind?«

»Hatte Glück«, sagte ich. »Vermutlich hat die Mutter es doch nicht übers Herz gebracht. Erweiterter Suizid nennen wir das. Auch eine?« Ich bot ihm die offene Zigarettenschachtel an.

Er zögerte einen Moment, dann griff er zu und steckte sich eine zwischen seine Lippen. Ich reichte ihm das Feuerzeug.

»Ich brauche Ihre Hilfe«, sagte ich unumwunden, während er sich umständlich die Kippe anzündete. »Lena ist mein erster Todesfall, und ich will herausfinden, wer sie getötet hat.«

Er stutzte. Ließ die Hand sinken, und ich sah, wie sich in seinem Gesicht die Erkenntnis ausbreitete wie verschüttete Tinte. »Warten Sie mal. Was sagen Sie da? Lena ist bei einem Brand umgekommen. Erstickt. Wieso sagen Sie, sie sei getötet worden? Was reden Sie da?«

Ich schlug die Augen nieder. Als ich aufsah, war etwas in seinem Gesicht passiert. Die Erkenntnis, dass nicht ein tragischer Unfall Lenas Tod verursacht hatte, sondern dass es jemanden gab, der für ihren Tod verantwortlich war, veränderte sein Denken.

»Mir liegt der rechtsmedizinische Bericht vor«, erklärte ich. »Lena wurde erwürgt.«

Er schüttelte den Kopf. »Nein, das glaube ich nicht. Lena hatte immer viele Kerzen an, und ich habe noch gesagt, du musst aufpassen, irgendwann fackelt dir die Bude ab. Und Sie sagen, Lena sei ermordet worden. Wer sind Sie eigentlich? Also, was ist Ihre Aufgabe in dem Ganzen?« Er sah mich verwirrt an.

Ich antwortete ruhig. »Ich arbeite hier in der Mordkommission und bin in der Ausbildung zur Kriminalwachtmeisterin.«

Ihm stand der Mund offen, dann überzog ein fettes Grinsen sein Gesicht. Er nahm mich nicht ernst.

»Mit der Pistole? Das ist ja wie bei ›Mit Schirm, Charme und Melone‹!«, rief er amüsiert. »Kennen Sie die Serie?«

Meine Miene verdüsterte sich. »Ja, nur mit dem feinen Unterschied, dass der Mord an Lena kein Fernsehspaß ist, sondern bitterer Ernst.«

Schlagartig wurde sein Gesicht wieder betrübt.

»Passen Sie auf, Johnny. Es ist mir egal, was Sie von der Polizei denken und ob der Staat gut ist oder nicht. Und es ist mir auch egal, ob Sie auf Konventionen pfeifen und Ihre Haare lang tragen, kiffen und alles Mist finden, was Ihre Eltern Ihnen erzählt haben. Glauben Sie mir, mein Vater und mein Bruder waren kein bisschen begeistert, als ich verkündet habe, dass ich zur Polizei gehe. Eine Frau gehört hinter den Herd, die geht nicht ihren eigenen Weg bei der Polizei! Meinen Sie nicht auch, ich hätte was anderes machen sollen? Vielleicht Kindergärtnerin oder Stewardess? Anstatt mich mit einer erwürgten Lena zu beschäftigen, die vor ihrem Tod geschlagen und so fest gewürgt wurde, dass sie erstickte?«

Meine Stimme hallte in dem Raum wider. Er hörte auf zu rauchen und sah mich mit großen Augen an. Ich setzte zum Höhepunkt an.

»Mich interessiert nicht, ob Sie Gandhi verehren oder sonst wen. Ich will wissen, was Lena gewusst oder besessen hat, dass sie dafür sterben musste. Ich will nicht, dass Lena nur ein ungelöster Fall ist, weil Ihnen Ihre persönliche Überzeugung im Weg steht, um in einem Mordfall mit der Polizei zu kooperieren. Das ist das Einzige, was mich interessiert.«

Ich drückte meine glimmende Zigarette im Aschenbecher aus. Lange Sekunden sagte keiner von uns beiden etwas.

Johnny räusperte sich. »Ich weiß nicht, wie ich helfen kann. Die Freunde von Lena, unsere Clique, das sind alles echt tolle Menschen, liebevoll. Wir verachten Gewalt in jeglicher Form. Es kann daher nur jemand sein, der außerhalb dieses Freundeskreises ist.«

»Wissen Sie, mit wem sie da Kontakt hatte? Denken Sie mal in Ruhe nach. Jeder Hinweis kann uns helfen.«

Er senkte den Kopf. »Nein, darüber hat sie nie gesprochen. Sie hat immer gesagt: ›Das ist die andere Welt. Die, aus der ich komme.‹ Aber da ist noch was, das sollten Sie vielleicht wissen.« Er knetete seine Hände. Rang mit sich.

»Ich verspreche Ihnen, dass ich Ihre Informationen und Sie als Informanten vertraulich behandle«, versicherte ich ihm.

Er setzte sich auf, die Ellbogen auf die Knie gestützt, hob den Kopf und sah mich an. Seine Haare fielen nach hinten. »Jetzt, wo Lena tot ist, ist es ohnehin egal. Lena verkaufte Haschisch und hat damit Geld verdient. Aber sie wollte das Geld gar nicht für sich; sie wollte bald ein Haus mieten, in dem wir alle leben konnten. In Freiheit. Eine Art Kommune.« Er sah mich abwartend an, ob ich darüber lachen würde. Aber ich lachte keineswegs, sondern sah ihn erstaunt an. Das bedeutete, dass in

Lenas Wohnung Drogen und Bargeld lagerten. Und vermutlich nicht zu knapp.

»Von wem hat Lena die Ware bekommen?«

»Keine Ahnung. Dazu hat sie nie etwas gesagt. Sie sagte: ›Es ist besser, wenn du es nicht weißt.‹« Er sprang auf, schüttelte seine Beine, ging zum offenen Fenster und sah hinaus. »Sie hatte ein kleines blaues Büchlein, in das sie ihre Kunden und Einnahmen notierte. Führte penibel Buch. Ich habe es nur einmal mitbekommen, aber sie hat es schnell zugeklappt und zur Seite gelegt und gesagt: ›Das geht dich nichts an.‹« Er wandte den Kopf und sah mich an. »Diese Infos haben Sie aber nicht von mir, die anderen lynchen mich, wenn die herausfinden, dass ich Ihnen das verklickert habe.«

Ich nickte zustimmend. »Eine letzte Frage: Seit wann ging das so?«

»Kann ich nicht sagen.«

»Danke für Ihre Zeit. Wir sind fürs Erste fertig. Sie können jetzt gehen«, sagte ich und zeigte auf die Tür.

»Was ist mit Ihrem Kollegen?«

»Ich werde ihm berichten«, sagte ich.

»Okay. Dann …« Er hob die Hand zum Gruß und ging aus dem Raum.

Die Tür fiel ins Schloss, und durch die angelehnte Verbindungstür zum Nebenraum kam Otto herein.

»Gut gemacht, Lucia. Dein Plan ging auf, ich konnte alles mitanhören, auch wenn ich finde, du hättest diesen Fall mit der Mutter nicht erzählen sollen.«

»Es steht ohnehin morgen in der Zeitung«, antwortete ich, und Adrenalin schoss mir mit einem Knall in den Kopf.

»Auch wieder wahr.« Er setzte sich neben mich auf die Tischkante und bemerkte, dass meine Hände leicht zitterten. »Alles klar bei dir?«, fragte Otto.

»Geht gleich wieder vorbei«, antwortete ich, atmete einmal tief ein und aus und strich über meine Hände.

»Also suchen wir jetzt nach dem blauen Büchlein der kleinen Dealerin und ihren Kunden«, meinte Otto.

»Ja, und nach Menschen aus Lenas Welt, bevor sie ein Hippie wurde. Vielleicht ergibt das eine heiße Spur?«

Otto zündete sich eine Zigarette an, dachte nach und drehte gedankenverloren den Aschenbecher im Kreis.

»Sollen wir die Gesprächsstrategie jetzt nachbesprechen?«, fragte ich.

Er blies den Rauch zu den Nasenlöchern aus. »Mein Fazit: guter Aufbau, direkt reingegangen. Das Konzept mit der Mithilfe hat gut funktioniert. Aber mit hohem Risiko, du spielst auf Ehrlichkeit und Vertrauen, und du gehst auf die persönliche Ebene, das macht dich angreifbar. Das kann nach hinten losgehen. Oder war das alles erfunden, mit deinem Vater und deinem Bruder? Die waren doch bestimmt stolz, dass du es zur Polizei geschafft hast. Oder nicht?«

»Nein, nicht im Geringsten. Das sorgte eher für Spott und Häme. Ich kann froh sein, dass die mich gehen ließen«, erklärte ich.

»Was ist mit deiner Mutter?«

»Tot.«

»Tut mir leid. Das wusste ich nicht.« Er tippte mich an der Schulter an.

»Schon okay.« Ich fühlte, dass Otto gern nachgefragt hätte. Aber er war so gut erzogen, nicht weiter nachzubohren, und das rechnete ich ihm hoch an. Meine Kolleginnen waren da vehementer.

Otto räusperte sich. »Ich weiß nur, dass Ruths Vater mächtig stolz ist, dass seine Tochter jetzt auch bei der Polizei ist«, meinte er und stand auf. Stellte sich vor mich.

»Meine Familie hat da anders reagiert. Wir haben seitdem auch nicht groß telefoniert, es herrscht Funkstille. Die sind immer noch sauer mit mir.«

»Was ist passiert?«, fragte Otto. »Erzähl mal.«

9

Sechs Monate vorher – Februar 1969

An meinem Abschiedstag, an dem ich mich nach Düsseldorf aufmachen wollte, waren mein Vater und mein Bruder ausgeflogen. Also ging ich gegen Mittag mit meinen zwei schweren Koffern die Straße hinunter zu ihnen in die Kneipe. Ich hatte ihnen »Möhren durcheinander« gekocht; der Topf stand auf dem Herd. Der weiße Schriftzug von Rudis Kneipe leuchtete im fahlen Licht dieses grauen, kalten Februartages. Die Luft roch nach brennenden Briketts und war dick wie Watte. Ich stellte die Koffer ab und zog die Tür zur Kneipe auf.

Warme, abgestandene Luft schlug mir entgegen, die nach Rauch, schalem Bier und Erbsensuppe roch. Aus den Lautsprechern der Jukebox erschallte Roy Black, »Das Mädchen Carina«. Neben der Treppe runter zum Klo dudelte ein Spielautomat und blinkte in fröhlichen Farben. Ich stellte die Koffer neben den Garderobenständer.

Papa saß mit seinem krummen Rücken allein auf einem der braunen Barhocker. Ein paar versprengte Gestalten lungerten an den Tischen über ihr Bier gebeugt. Papa setzte das Pilsglas an, ließ den Rest in den offenen Mund laufen und wischte sich über die Lippen.

Ich stellte mich neben ihn. »Papa, ich wollte Tschüss sagen, ich fahre jetzt«, sagte ich mit ruhiger Stimme.

Er zuckte kurz, als sei er in einem Tagtraum gefangen gewesen, wendete den Kopf und sah mich mit wässrigen Augen an. Sein Blick wanderte über meine ordentlich frisierten Haare, den grauen Wollmantel und den eierschalfarbenen Schal, den ich mir um den Hals geschlungen hatte.

»Deine Mutter war immer gern hier«, sagte er mit vernebeltem Blick.

Ich wusste, worauf er hinauswollte: Seine Frau war tot, und

nun verließ ich ihn auch noch. Anscheinend sollten Frauen in dieser Gegend nicht alt werden.

»Ich weiß. Ihr habt oft zusammen getanzt«, antwortete ich. Er beugte sich über den Tresen und brüllte: »Gerlinde, mach mir noch ein Pils und zwei Schnäpse. Einen für meine Tochter, hörst du?«

»Ich bin ja nicht taub«, rief die Wirtin aus der angrenzenden kleinen Küche heraus.

»Hier drüben haben wir getanzt«, erklärte mein Vater und zeigte in die Ecke mit der Jukebox. »Deine Mutter war eine famose Tänzerin. Und eines Tages saßen da ein paar Typen, die bemerkten, dass ich nicht so gut tanzen kann. Nicht so sicher.« Er tippte auf das eine Bein mit der Prothese. »Deiner Mutter war das schnurzpiepe. Einer der Typen lachte. ›Schau dir mal den Krüppel an‹, rief er. Deine Mutter ist wie eine Natter herumgefahren, ging zu ihm und gab ihm eine satte Ohrfeige. Da war er still und seine Freunde auch. Und sie sagte zu ihm, mit ausgestrecktem Zeigefinger: ›Du machst dich nie wieder über meinen Mann lustig. Nie wieder!‹«

Papa grinste kurz, dann fielen seine Mundwinkel wieder nach unten. Seine Augen füllten sich mit Tränen, und er blinzelte sie weg. Gerlinde stellte ihm sein Pils und zwei Korn hin und machte Striche auf den Deckel.

»Isses heute so weit?«, fragte sie mich. »Wann geht's denn los bei der Polizei?«

»Nächste Woche am Montagmorgen ist Dienstantritt.«

»Biste tüchtig aufgeregt?«

»Und wie. Ich warte darauf, dass sich herausstellt, dass es sich um einen Irrtum handelt.« Hätte ich in der Zeche als Sekretärin noch länger Briefe und Bestellungen tippen müssen, hätte ich mich umgebracht.

»Mach dir keine Sorgen.« Gerlinde nickte gütig. »Der Korn geht aufs Haus. Alles Gute für dich, Mädchen«, sagte sie. »Wird Zeit, dass du dieser Welt hier Lebewohl sagst.«

Ich nahm das Schnapsglas, prostete Gerlinde zu und stieß mit Papa an.

Er zwinkerte mir zu.

»Pass auf dich auf. Alt genug biste jetzt. Hau wech«, sagte er, und wir kippten den Korn in einem Zug weg und knallten die leeren Gläser auf die Theke.

Aus meinem Augenwinkel nahm ich den Schatten einer Person wahr, und ich wendete leicht den Kopf, und mir war, als stünde Mama da. In einem hübschen, einfachen Kleid, wie sie es auf dem Foto trug, das auf meinem Nachtschrank stand. Sie legte den Kopf schief, als wollte sie sagen: Nun mach es dir doch nicht so schwer, geh schon. Ich lächelte sie an, und sie lächelte zurück.

»Hast du die Zeitung abbestellt, die du immer liest?«, fragte Papa. »Die kostet zu viel Geld.«

»Nein, ich dachte, ihr wollt die vielleicht lesen.« Der Schnaps brannte fies in meinem Magen.

»Unfug. Dein Bruder und ich lesen keine Zeitung. Wir hören Radio.«

»Ja, aber nur Schlagermusik.«

»Na und? Das ist doch schön«, sagte er und sang die letzte Zeile des Liedes aus den Lautsprechern mit.

»Die meine erste große Liebe war, die ich fand auf dieser Welt.«

Die Tür ging auf, und mein Bruder kam hereingestiefelt. »Ey samma, kochst du heute nix?«, sagte er, hob einen Finger und bestellte bei Gerlinde ein Pils.

»Schönen guten Tag erst mal«, erwiderte ich. »Und wo warst du?«

»Was geht dich das an?«

»Ich fahre jetzt nach Düsseldorf, schon vergessen? Und euer Essen steht auf dem Herd.«

»Ach, deswegen haste dich so rausgeputzt. Biste jetzt was Besonderes, weil du zur Polizei gehst? Madame geht nach Düsseldorf. Ich kapier's nicht. Du hast ein Zuhause, eine gute Arbeit in der Zeche.«

»Ich bin 'ne olle Sekretärin«, sagte ich. »'ne Tippse. Das ist langweilig.«

»Ist das etwa nix?«, rief Henning. »Was willst du denn werden? Papst?«

»Nein, aber ich will einen Beruf haben, den ich wirklich mag, der mich voranbringt. Ich will etwas aus meinen Leben machen.« Henning schnaubte wie ein ungeduldiges Pferd und zuckte mit den Schultern. »Verbrecher jagen? Als Frau? So ein Humbug. Du wirst mit Pauken und Trompeten untergehen. Hasse jetz kapiert? Die nehmen dich doch nicht ernst. Lucia, hör auf mit de Fisimatenten. Und wer kocht jetzt für uns? Und der Haushalt? Das bleibt an Papa und mir kleben. An uns denkst du doch gar nicht. Vollkommen egoistisch.«

»Ach, darum geht's«, erwiderte ich. »Und wieso bist du mit sechsundzwanzig Jahren immer noch nicht verheiratet? Ich sag es dir. Weil du nur im Puff rumhängst.«

Gleich knallt er mir eine, dachte ich. Aber er feixte nur.

»Jedem Tierchen sein Pläsierchen«, sagte er.

Wir standen uns gegenüber, uneinig und lieblos, kläfften einander an wie blöde Straßenköter, die sich immer anranzten, wenn sie sich sahen, und es nie sein lassen konnten.

Ich sah auf die Uhr. »Ich muss jetzt los, die Vermieterin wartet auf mich.«

Ich umarmte Papa, und er drückte mich ein paar Sekunden fest an sich wie selten zuvor. Sein Atem roch nach Bier. Er strich mir mit der flachen Hand über meine Wange.

»Du bist so frech wie deine Mutter«, sagte er leise, und es klang stolz.

»So, ist gut jetzt. Reicht. Tschüss, Schwesterherz, sieh zu, datte Land gewinnst.« Henning konnte gefühlvolle Momente noch nie ertragen. Er drückte mich und blieb dabei steif wie ein Stock. Es war eher ein kurzes Vorbeugen.

An der Tür der Kneipe sah ich mich noch mal zu den beiden um. In Düsseldorf kannte ich keine Socke, aber hier konnte ich auch nicht bleiben.

»Denk daran. Du kannst nicht werden, was du nicht sehen kannst«, rief mein Bruder mir nach und hob das Pilsglas an.

Die Uhr hinter dem Tresen schlug zwölf, und Gerlinde schüttelte mit genervter Miene den Kopf und winkte mir zu, nach dem Motto: Geh schnell, bevor es noch schlimmer wird. Und schlimmer konnte es eigentlich nicht werden, fand ich.

10

Ich stand auf und schloss das Fenster im Verhörraum. Drückte die Ermittlungsakte an meine Brust.

»So viel zum Thema, deine Familie ist bestimmt stolz auf dich, dass du jetzt bei der Polizei bist«, sagte ich.

Otto verschränkte die Arme. »Tut mir leid für dich.« Er schob seinen Kiefer vor und zurück und starrte ein Loch in die Wand. »Und habt ihr seitdem nicht mehr telefoniert?«

Ich schüttelte den Kopf. »Nicht richtig. Ich hatte es ein paarmal versucht, aber entweder ging keiner ran, oder mein Bruder nahm ab und legte wieder auf. Er ist halt ein blödes Sackgesicht.«

Otto sah mich irritiert an. »Darf ich dich was fragen? Ich will dich nicht aushorchen, aber: Erzählt dir Ruth von mir?«

Ich wusste, dass diese Frage eines Tages kommen würde. Mein Gesichtsausdruck muss deutlich genug gewesen sein.

»Nee, vergiss es«, sagte Otto. Er fuhr sich mit der Hand über den Mund. »Ich meinte eigentlich, ob Ruth *gern* von mir spricht. Ob du glaubst, dass ich eine Bedeutung in ihrem Leben habe. Haben könnte.« Sein Blick flirrte hin und her. Er räusperte sich. »Ach, ich bin schlecht in solchen Sachen«, sagte er und kratzte sich an der Stirn.

Ich tippte auf seine Schulter. »Wir sollten die Dinge nicht mischen. Arbeit und Privates meine ich. Job ist Job ...«

»... und Schnaps ist Schnaps. Hab's verstanden.«

Er seufzte, zog die Nase hoch. »Dann mal an die Arbeit, Kollegin. Montag will Potthoff einen neuen Stand haben. Mal sehen, was wir ihm liefern können.«

Ich ging zurück zu meinem Schreibtisch. Otto wollte bei der Kriminaltechnik nachfragen, ob irgendwelche privaten Gegenstände sichergestellt worden waren, von denen wir noch nichts wussten, in der Hoffnung, dass das Büchlein dabei sei oder wenigstens Reste davon, die nicht dem Brand zum Opfer gefallen waren. Toni sah mich in den Raum kommen und winkte von

Weitem, ich grüßte zurück und setzte mich direkt an meinen Schreibtisch. Er sprang auf und schlenderte zu meinem Platz.

»*Ciao, bella.*«

Die Außenjalousien waren heruntergelassen und warfen Querstreifen auf seinen Oberkörper und auf sein Gesicht. Hinter mir klingelte ein Telefon. Ich fischte mir meine Telefonliste mit den Kommilitonen aus der Mappe und legte sie neben den Apparat. Es war später Vormittag, und die Chancen standen nun gut, einen der Studenten zu erreichen, die jetzt hoffentlich nicht mehr schliefen.

»Was ist, Toni? Ich muss arbeiten. Ich habe 'ne ganze Liste von Leuten, die ich abtelefonieren muss.«

Er hielt einen Zettel in der Hand. »Anruf für dich, du solltest zurückrufen«, sagte er und leckte mit der Spitze seiner Zunge über seinen Oberlippenbart.

Ich streckte die Hand nach dem Zettel aus. Ein unbekannter Name und eine Düsseldorfer Nummer. »Danke. Wie war das Eisessen mit Lilli?«

»Ich muss weiter, hab noch einiges zu tun in dem Fall des getöteten Polizisten.« Er senkte die Stimme. »Wenn wir Glück haben, stehen wir bald kurz vor einer Festnahme.« Er deutete mit dem Kopf hinter sich auf Potthoffs Büro. »Wenn das der Durchbruch ist, wird Potthoff sehr zufrieden sein.«

»Und was habe ich davon?«

»Glücklicher Chef, glückliche Mitarbeiter.«

Toni drehte sich auf dem Absatz um und ging. Sein würziges, moschusartiges Parfüm hing noch einen Moment in der Luft. Ich wählte die Nummer auf dem Zettel und kaute auf dem Kugelschreiber, während es in der Leitung tutete.

»Bock.« Eine zackige männliche Stimme.

»Specht.«

Sofort senkte Herr Bock seine Stimme, und sie wurde weich wie flüssige Butter. »Fräulein Specht, wie schön. Wir sollten uns bald sehen und uns über Lena Malberg unterhalten. Das tote Mädchen.«

Seine Stimme war auf Verkäufermodus geschaltet.

Ich nahm den Kugelschreiber aus dem Mund. »Wer sind Sie?«, fragte ich.

»Ein Freund. Ich kann Ihnen sehr nützlich sein.«

»Für wen arbeiten Sie, Herr Bock?«

Er seufzte tief. »Dass ihr Polizisten immer so misstrauisch seid. Ich bin von der Presse. Fotoreporter.«

Es klickte in der Leitung. Die Verbindung wurde unterbrochen.

Ich sah Ottos Hand auf der niedergedrückten Gabel meines Telefons liegen und ließ den Hörer langsam sinken. Holte Luft, um ihn anzuranzen. Sein Blick war ernst. Die Augenbrauen zusammengeschoben.

»Wir sprechen nicht mit der Presse«, erklärte Otto in einem ruhigen Tonfall, nahm mir den Hörer aus der Hand und legte ihn auf die Gabel. »Und du tust gut daran, diese Anweisung zu befolgen.« Seine Augenbrauen gingen wieder auseinander, und die Stirn wurde glatt. »Die Kriminaltechnik hat kein Notizbuch sichergestellt. Wir fahren noch mal zum Tatort und suchen dieses verdammte Ding.«

Eine halbe Stunde später gingen wir still im Treppenhaus nach oben, lösten das Polizeisiegel an der Tür und betraten Lenas Wohnung. Es war stickig hier drin, als sei alles Leben abgesaugt worden. Otto schritt zum Fenster und zog es weit auf. Nichts hatte sich verändert, es war wie in meiner Erinnerung. Ich lugte in die Küche und sah auf die Stelle, wo sie gelegen hatte. Wenn der Tatort nach Abschluss der Ermittlungen wieder freigegeben würde, kämen die Handwerker, rissen den Boden raus, weißelten die Wände, und die nächsten Mieter hätten keine Ahnung, was hier einmal passiert war. Dass hier ein junger Mensch getötet worden war.

»Wo fangen wir an?«, fragte ich.

Otto tippte sich an den Kopf. »Mit Nachdenken. Wo würdest du so ein Büchlein verstecken, das wichtig ist und nicht jeder sehen soll?«

Ich dachte kurz nach. »An einem Ort, wo es keiner vermutet. Bei meiner Unterwäsche oder zwischen meinen Vorräten vielleicht. Oder aber genau dort, wo es überhaupt nicht auffällt. Zwischen meinen Schreibsachen und Unikram. Im Bücherregal.«

Otto nickte anerkennend. »Dann mal los.«

Wir suchten die Bude ab, jeden Winkel, selbst im Badezimmer zwischen den Klopapierrollen, aber es gab kein blaues Büchlein. Da war nichts.

Otto kratzte sich am Kopf. »Es ist entweder verbrannt, unabsichtlich oder absichtlich. Oder der Täter hat es mitgenommen«, stellte er fest.

»Um was damit zu tun?«

»Um die Spur zu sich selbst auszulöschen, wenn sein Name darin steht. Oder um eine Liste von Personen zu haben, die er damit erpressen könnte.«

»Das entspricht der Annahme von Johnny, dass der Täter definitiv nicht aus den eigenen Reihen kommt.«

Otto schloss das Fenster wieder. »Oder eine Person, die rein gar nichts mit Lenas Leben zu tun hat. Bislang.«

»Alles recht unklar, das wird Potthoff nicht gefallen.«

Otto machte ein unzufriedenes Gesicht. »Ich spreche nachher noch mal mit ihm.«

»Soll ich dazukommen?«

Otto sah mich einen Moment nachdenklich an. »Nein, es ist besser, wenn ich mit ihm allein spreche.«

Wir gingen zur Wohnungstür und stellten uns in den Hausflur. Otto kratzte das alte Siegel ab und holte ein neues aus seiner Hosentasche.

»Potthoff will mich eigentlich nicht dabeihaben, oder?«, fragte ich.

Otto sah kurz zu mir, während er das neue Siegel aufklebte.

»Nein, das ist es nicht. Potthoff kann sich nur langsam mit dem Gedanken anfreunden, dass Frauen Ermittlungsarbeit machen.«

»Nun, es brechen neue Zeiten an«, sagte ich.

»Das ist schon längst passiert«, erwiderte Otto.

II

An diesem Freitagabend stand Ruth pünktlich um neunzehn Uhr vor meiner Wohnungstür.

»Du bist noch nicht umgezogen«, sagte sie zur Begrüßung. »Diesen Abend wirst du nicht vergessen, glaube es mir«, verkündete sie und schwenkte eine Flasche Schaumwein in ihrer Hand.

Obwohl wir nahe beieinander wohnten, trafen wir uns meist bei mir. Ruths möblierte Bude war mit dunklen, altbackenen Möbeln ausgestattet. Nur das Schlafzimmer mit dem massiven Ehebett taugte etwas, was für ihre Interessen genau das Richtige war. Meine Zwei-Zimmer-Dachmansarde war klein, aber wohnlich. Wir saßen stets in der winzigen Küche an dem quadratischen Tisch unter dem geöffneten Giebelfenster. Im Radio lief der britische Sender BFBS, der die beste Musik brachte. Vor allem keinen deutschen Schlager, den ich nicht mehr hören konnte, weil er mich stets an die bierseligen Abende mit meinem Vater und meinem Bruder erinnerte. Ich stellte eine Schale mit Erdnüssen hin.

»Der Carstens SC ist nicht richtig kalt«, meinte Ruth und befühlte die Flasche. Sie trug einen Wildlederminirock und ein Oberteil aus gelbem Seidenjersey, das gut zu ihren dunklen Haaren und ihrer dezenten Bräune passte.

»Warte mal, ich habe Eiswürfel«, sagte ich, kniete vor meinem Kühlschrank und öffnete das winzige Eisfach.

»Geht das denn mit Eis?«

Ich nahm die Aluschale heraus und schlug sie fest auf den Rand der Spüle. »Sieht ja keiner außer uns. Ich kenne mich mit so was nicht aus. Mir kannst du jeden Wein vorsetzen, ich habe keine Ahnung, ob der gut ist.«

»Mir ist Bier ohnehin lieber«, erwiderte Ruth und stopfte sich Erdnüsse in den Mund.

Wir stießen klirrend an, und der eiskalte Schaumwein sauste

in Sekunden in meine Blutbahn. Kein Wunder, ich hatte auch nicht viel gegessen. Bei der Wärme hatte ich wenig Appetit.

»Jetzt zieh mal das neue Kleid an, von dem du erzählt hast«, forderte sie mich auf und hielt mir dabei ihr leeres Sektglas hin. »Wir wollen ja gleich los. Aber vorher bitte noch mal nachfüllen.«

Ruth hatte wieder einen ordentlichen Zug drauf. Im Gegensatz zu mir vertrug sie einiges und hatte in der Vergangenheit schon den einen oder anderen Typen unter den Tisch gesoffen. Männer mochten das an ihr. Ich nahm die Flasche aus dem Kühlschrank und schenkte ihr vorsichtig nach. Das Kleid war gestern der dritte Vorschlag der Verkäuferin gewesen. Aller guten Dinge sind drei, hatte Mutter immer gesagt. Ich zog es an und besah mich im Spiegel im Flur, nickte mir zu und hielt die Luft an, als ich in dem neuen Kleid die Küche betrat.

Ruth stieß einen Pfiff aus. »Du bist bereit für die Sünde«, sagte sie mit tiefer Stimme, sprang von dem Hocker auf. »Die Männer werden Schlange stehen, das prophezeie ich dir.«

»Ist es zu gewagt?«

Es war das kürzeste Kleid, das ich nun im Schrank hatte. Ärmellos mit tiefem Ausschnitt, aus weißem Stoff. Das Raffinierte war: Die Vorderseite wurde nur von einer breiten Schnur zusammengehalten, die im Zickzack vom Ausschnitt bis zum Saum verlief. Anders gesagt, ich war verschnürt wie ein Putenrollbraten, und wenn jemand die obere Schleife öffnen würde, könnte er mich freilegen. Dazu hatte ich mir passende weiße Sandalen mit einem Keilabsatz besorgt.

»Die Königin der Nacht«, sagte Ruth. »Fehlt nur das richtige Make-up.«

»Du übertreibst.« Ich spielte es herunter. »Es hat etwas mehr gekostet, als mein Budget hergab, aber ich musste es haben. Mein marodes Liebesleben wird es mir danken.«

Ruth sah mich mit einer Mischung aus Mitleid und Neugierde an. Natürlich dachte ich in dem Moment an den letzten Mann, an Harry, von dem ich Ruth immer noch nicht erzählt hatte. Den Mann, mit dem es furchtbar geendet hatte.

Ruth reichte mir mein Sektglas und bemerkte, dass ich in Gedanken war. »Woran denkst du gerade?«

»An den letzten Mann. Harry.«

Ruth wurde hellhörig. »Jetzt schminke ich dich, und du erzählst mir von ihm, so schlimm kann es nicht sein«, sagte sie und holte ihre Tasche aus dem Flur. »Länger lass ich mich nicht auf die Folter spannen.«

»Das hatte ich befürchtet.« Der Sekt machte mich leicht im Kopf und lockerte meine Zunge. Im Radio lief gerade »All You Need Is Love«, und ich sang den Refrain mit und begann, Ruth von den Männern meines Lebens zu erzählen.

»Es waren fünf«, sagte ich.

»Fünf?« Ruth staunte, das war ein Pensum, das sie locker in einem Monat bewerkstelligte.

Wir waren in dem Punkt grundverschieden.

»Nummer eins, ein Fußballkumpel meines Bruders. Nicht der Rede wert. Nummer zwei war eine Kneipenbekanntschaft, wo ich naiverweise dachte, er würde mich heiraten wollen. Nummer drei saß acht Wochen später neben mir im Kino, während der Film lief, es war im Halbdunkel. Ich war mit meiner Freundin Siggi im Kino in Essen, in der Lichtburg, und wir schauten uns ›Tanz der Vampire‹ an. Mit Sharon Tate.«

»Den Film liebe ich!«, warf Ruth dazwischen und schob mit einem Finger sanft mein Kinn nach oben.

Ich weiß nicht, ob es der Alkohol war, aber plötzlich wollte ich ihr alles erzählen. »Jedenfalls setzt er sich neben mich, und nach einem Viertel des Films flüstert er mir zu: ›Gefällt dir der Film?‹ – ›Dir nicht?‹, frage ich. ›Nein, ich finde ihn nicht lustig. Sollen wir was trinken gehen?‹, fragt er. ›Ich bin mit meiner Freundin hier‹, sage ich. ›Ich warte auf dich‹, sagt er und geht. Zehn Minuten später treffe ich ihn im Foyer.«

»Was wurde daraus?«

»Er hieß Alexander und war auf Brautschau. Wir haben uns fast drei Monate gesehen, in denen ich tunlichst vermieden habe, ihn nach Hause zu bringen. Alexander war groß und ungelenk, sein Tanzstil war furchtbar, und er hatte wenig Humor.

Er war verknallt in mich, und als er mir einen Antrag machen wollte, bin ich aus seinem Käfer geflüchtet.«

Ruth sah mich mit großen Augen an. »Das war's mit ihm«, sagte sie, drehte einen Lippenstift auf und machte einen kleinen Strich auf ihren Handrücken.

»Ein halbes Jahr später heiratete Alexander übrigens meine Freundin Siggi, zu der ich seitdem keinen Kontakt mehr habe«, antwortete ich und schielte auf den Lippenstift. »Aber nicht so einen tiefroten, das sieht billig an mir aus.«

»Schon gut, wir wollen aus dir ja keine Bordsteinschwalbe machen. Weiter.«

»Und weißt du, was mein Bruder, dieser Idiot, zu mir sagte?« Ich ahmte seine Stimme nach. »›Du steckst deine Nase nur in Bücher, was soll das werden? Kein Mann will eine Frau, die mittelmäßig kochen kann und den ganzen Tag nur Bücher liest.‹«

Ruth lachte laut und leerte ihr Glas. »Das eine Auge ist bereits fertig«, sagte sie und nahm sich mein rechtes Auge vor.

»Alfred war ein verstockter Arztsohn und die Nummer vier.«

»Wer heißt heute denn noch Alfred?«, fragte Ruth. »Mit einem Arzt hatte ich noch nichts. Aber immerhin mit einem verheirateten Bankdirektor. Was war mit Alfred?«

»Der war steif und langweilig und in seinem konservativen Lebenskorsett gefangen. Den überspringe ich jetzt aber. Kommen wir zu Nummer fünf, auf den du scharf bist. Der Letzte. Harry.«

»*Yes*, und ich will alles wissen.«

Ich seufzte laut.

»Was war mit Harry?«, fragte Ruth und trug mit einem Pinsel Lidschatten auf.

Ich schloss die Augen und sah Harry vor mir, mit seinem kantigen Kinn, den vollen Lippen und den kräftigen Händen. Ich konnte hören, wie er meinen Namen sagte.

»Harry war das Gute und das Schlechte in einer Person. Er sah gut aus und konnte küssen. Er konnte charmant sein, mich wie eine Prinzessin behandeln. Aber wenn er keine Lust auf mich hatte, war er abweisend und kalt. Dann nörgelte er herum und putzte mich herunter. Mit dem Hinweis, dass ich froh sein konnte, dass er sich mit mir abgeben würde, wo ihm doch so viele Frauen den Hof machen würden.«

»Was für ein Arschloch«, sagte Ruth und trat zurück.

»Ja, aber ich kam nicht los von ihm. Harry nicht zu sehen war wie ein Zuckerentzug.«

»Wie ging es aus?«

»Er bändelte gleichzeitig mit einer anderen Frau an.«

»Wie lange ist das her?«

»Etwas über ein Jahr. Und jetzt sage nicht: ›Was? Du hattest seit einem Jahr keinen Sex?‹!«

Ruth hob beschwichtigend die Hände. »Keine Sorge, Liebelein, das bekommen wir hin. Versprochen.« Sie streichelte meine Wange.

»Später habe ich erfahren, dass er mit allen Frauen diese Schau abzog. Ich habe mich natürlich sofort von ihm getrennt.«

Ruth sah mich ernst an. »Aber er hat es nicht zugelassen, stimmt's?«

Ich schüttelte den Kopf. »Nein, das akzeptierte er nicht und folgte mir. Er stand zum Feierabend vor der Zeche oder tauchte plötzlich vor dem Haus auf. Selbst als ich ihm sagte, ich hätte längst einen anderen. Was nicht stimmte. Eines Tages sagte er: ›Ich beobachte dich seit drei Wochen, da ist kein anderer Macker. Du hast gelogen.‹«

Ruth lachte schallend. »Der spinnt ja wohl. Mach noch mal die Augen zu.«

Ich schloss die Augen, spürte den schmalen Pinsel über meine Lider gleiten und erzählte weiter.

»Eines Abends, es war Anfang Dezember, gab ich seinem Drängen nach, und wir gingen noch mal aus, erst essen und dann in eine Kneipe. Weil er da noch was regeln müsste. Harry hatte merkwürdige Geschäfte am Laufen, immer wieder kamen Typen an unseren Tisch und tuschelten mit ihm, oder er verschwand kurz vor die Tür und kam wieder. Geldbündel in der Hand, die er geschwind in die Tasche steckte. Ich fühlte mich nicht wohl, also sagte ich, dass mir übel sei und ich nach Hause wolle. Wir fuhren am Rhein entlang, es war eiskalt in der Nacht, die Straße war gefroren, und das Auto brach immer wieder auf Eisschollen aus. Er lachte, und ich dachte mir, ich wünschte, das hier wäre alles endlich vorbei.«

Harry sah in den Rückspiegel. »Ein Auto folgt uns«, sagte er.

Ich sah mich um und sah ein Paar Scheinwerfer, aber die waren in einem normalen Abstand.

»Schau besser nach vorne«, meinte er.

Er machte sich eine Zigarette an, rauchte und kurbelte das Seitenfenster herunter. Die kalte Luft strömte herein, und ich zog meinen Schal fester um meinen Hals. Er blickte abwechselnd nach vorne und in den Rückspiegel und schnippte die Asche aus dem Fenster. Dann bog er mit einem Mal, ohne zu blinken, scharf ab, das Auto rutschte zur Seite, ich schrie auf und hielt mich krampfhaft fest.

»Die lassen sich nicht abschütteln«, sagte Harry, fuhr viel zu schnell im Zickzack durch enge Straßen und bog dann auf eine Hauptstraße ab und beschleunigte. Ich sah mich um und entdeckte ein helles Lichterpaar, das jetzt näher kam. Die klebten förmlich an uns.

»Warum sind die hinter uns her?«, fragte ich.

»Es ist besser, wenn du es nicht weißt. Glaube mir, Lucia.«

Harry ging mit einem Mal vom Gas. »Kommt schon, kommt schon«, rief er aus dem Fenster. »Ich mach euch fertig, ihr Arschgeigen!«

»Wer ist das?«, fragte ich. »Was wollen die von dir?«

»Meine Kohle, aber die bekommen sie nicht.«

Das andere Auto holte auf und fuhr jetzt fast auf gleicher Höhe neben uns.

»Runter mit dir«, rief er plötzlich und drückte meinen Kopf vornüber nach unten, in Richtung Fußraum. Ein Schuss krachte laut in meinen Ohren. Glas splitterte. Klirrte. Ich schrie auf. Der Druck seiner Hand ließ nach.

Ich sah hoch.

Das andere Auto gab gerade Gas und fuhr weiter. Wir wurden langsamer. Harrys Kopf lag auf die Brust gesunken. Er hielt wie eine leblose Puppe das Lenkrad locker in der Hand. Die Kugel war durch seinen Kopf durchgegangen und hatte die Scheibe auf meiner Seite durchschlagen. Sein Fuß hatte sich im Gaspedal verkeilt, und so fuhren wir ungebremst weiter. Ich rüttelte an seinem Bein, griff in das Lenkrad und steuerte den Wagen auf ein Straßenschild zu, gegen das wir krachten. Ende der Fahrt. Ich atmete stoßweise ein und aus. Mir war speiübel. Ich sah an mir herunter, und mein Mantel war blutbespritzt. Für einen Moment war ich wie gelähmt und schnappte nach Luft.

»Was hast du getan? Hast du die Polizei gerufen?«, fragte Ruth.

»Bist du verrückt? Nein, ich habe meine Handtasche genommen und bin weggelaufen. Ohne mich umzusehen. Ich stand unter Schock. Und während ich nach Hause stapfte, dachte ich mir: Kein Wort zu niemandem, das hatte ich mir in jener Nacht geschworen.« Ich hielt sie am Handgelenk fest. »Ruth, ich hab das bis heute niemandem erzählt, du bist die Erste, die es erfährt. Ich hatte damals Angst, dass es die Typen auf mich abgesehen hätten. Der Unfall stand zwei Tage später in der Zeitung. Ich war nervös und dachte mir, jede Minute steht die Polizei vor der Tür und verhaftet mich. Da lief schon meine Bewerbung für die Ausbildung bei der Polizei.«

»Und die Polizei stand nie vor deiner Tür? Die haben dich doch in der Kneipe gesehen mit ihm.«

Klug beobachtet, dachte ich. »Ganz ehrlich? Die in der Kneipe hatten alle Dreck am Stecken, da wird keiner irgendwas erzählt haben.«

»Kein Wunder, dass du gerade keine Lust auf Männer hast. Von mir erfährt keiner etwas. Großes Ehrenwort.« Sie legte den Pinsel beiseite und klappte die kleine Lidschattenpalette zu. »Du bist fertig. Und du bist wunderschön.«

Ich nahm einen großen Schluck von dem Schaumwein. Mir

war furchtbar heiß, und ich hatte das Gefühl, meine Wangen glühten. Ruth reichte mir einen kleinen Spiegel, und ich besah mich darin. Sie hatte ganze Arbeit geleistet.

»Ich denke, ich wäre jetzt bereit für Mann Nummer sechs«, sagte ich.

Ruth erhob ihr Glas. »Auf Nummer sechs. Wo auch immer du gerade stecken magst. Wir werden dich finden.«

Eine Stunde später trafen wir die anderen im »Uerige« in der Altstadt. Einem traditionellen Brauhaus, das jedes Wochenende Hektoliter von Alt ausschenkte. Hier trafen sich in Düsseldorf alle, egal, ob reich oder arm, und tranken miteinander in fröhlicher Einigkeit. Jeder war willkommen. Weil es ein lauer Sommerabend war, standen die Kolleginnen bereits draußen unter den großen Markisen an einem Stehtisch. Außer Petra, die heute Abend mit ihrem Anwaltsehemann ein Dinner hatte.

Mein neues Kleid wurde ausgiebig gewürdigt. Ich spürte die Blicke der Männer, die links und rechts von uns standen, und für einen Moment tanzte meine Unsicherheit Cha-Cha-Cha. Ein paar der Typen prosteten mir zu. Sogar Lilli ließ sich zu einem »Steht dir gut« hinreißen. Aus den Lautsprecherboxen drang Schlagermusik, gerade sang Roberto Blanco »Heute so, morgen so«, und der Köbes verteilte eine Runde Alt und machte Striche auf unsere Bierdeckel.

Unsere Arbeit in den Dezernaten war trotz des Feierabends immer Thema, und jede erzählte von ihren aktuellen Fällen. Lilli von dem Vermisstenfall eines kleinen Jungen, der zwei Tage verschwunden war und schließlich in einem Kellerschacht gefunden wurde, in den er gestürzt war. Mieze von einer Razzia in einem Lagerraum am Hafen, die sie zwar vorbereiten, aber nicht mitverfolgen durfte, weil es für eine Frau zu gefährlich sei. »Warum stecken sie mich denn dann ins Drogen- und Rauschgiftdezernat? Also wirklich.«

Renate stellte sich zu mir. »Schöne Grüße von Jens, er schafft es heute nicht mehr. Er sieht bereits aus wie eine weiße Maus.

Ich habe ihm vorgeschlagen, er könnte sich eine Luftmatratze unter den Schreibtisch legen.«

»Er ist ehrgeizig. Habt ihr noch was gefunden?«

»Ein paar Textilfasern an ihrem Oberkörper, aber nichts Besonderes. Baumwolle. Farbig. Könnten von jedem stammen, der Lena umarmt hat und Körperkontakt mit ihr hatte. Und Haare. Blonde. Übrigens: Ich glaube, Jens mag dich. Aber er traut sich nicht.«

Ich nahm schnell einen Schluck Altbier. »Also, falls du Interesse hast, ich stehe dir nicht im Weg. Bestimmt nicht.«

»Nein, ich bin nicht interessiert«, sagte Renate. Sie starrte mich an und rümpfte die Nase, weil sich jemand in dem dichten Gedränge an ihr vorbeischob. Sie fühlte sich offenbar unwohl. »Ich bin erst seit zwei Wochen in der Kriminaltechnik und möchte dort nie wieder weg. Ich weiß jetzt schon, wo ich für den Rest meines Lebens arbeiten will.«

Ein Mann am Nebentisch schielte zu uns rüber, ich bemerkte es aus dem Augenwinkel, aber seine Aufmerksamkeit galt nicht mir, sondern Renate. Der Mann war bestimmt zwei Meter groß und sah zu uns herüber.

»Da hat jemand ein Auge auf dich geworfen. Recht groß«, sagte ich. »Fünf Meter weiter, auf zwei Uhr.«

Renate war noch schlechter im Flirtgeschäft als ich. Subtil zu sein war nicht ihre Stärke. Sie sah zu dem Mann hinüber, rief ihm »Vergiss es« zu und schaute mich mit unbeeindruckter Miene wieder an. Der Mann ließ resigniert die Hand sinken. Für Renate einen Mann zu finden würde auf jeden Fall eine größere Herausforderung werden.

»Dein neues Kleid ist 'ne Wolke. Ich könnte so was nie anziehen, aber dir steht es.« Renate trug lieber Hosen. Sie lächelte mich an. »Die Typen werden dir hinterherlaufen.«

Ich sah demonstrativ hinter mich, aber da stand keine Horde von willigen Männern. »Im Moment hält sich der Strom der interessierten Männer in Grenzen. Noch ein Alt?«

Ich winkte den Köbes heran, und wir stießen mit frisch gezapftem Bier an.

»Ich bin heute noch verabredet, zu einem Stammtisch«, erklärte Renate und biss sich auf die Unterlippe. »Daher werde
ich gleich gehen, aber ich will nicht, dass die anderen das mitbekommen. Ich mach 'nen Polnischen.« Sie sah mich schief
an.

Renate. Du bist voller Geheimnisse, aber ich habe den Eindruck, ich bin die Einzige, der du vertraust. Alles an ihr schrie:
Frag mich!

»Was für ein Stammtisch ist das denn?«, fragte ich, klappte
meine Zigarettenpackung auf und nahm eine Kippe heraus.
Steckte sie mir zwischen die Lippen.

»Es geht um Simone de Beauvoir, diese französische Autorin, sie diskutieren ihre Bücher in der Runde. Ich wollte mal
vorbeischauen und es mir anhören. Kennst du die Bücher von
ihr?« Die Begeisterung in ihrer Stimme war unverkennbar. Sie
nahm einen großen Schluck aus ihrem Glas.

»Nein, ich habe zuletzt Eric Malpass gelesen«, sagte ich und
schämte mich.

Renate sah mich mit ihren großen Augen verständnislos an.

Ich fuhr fort. »›Wenn süß das Mondlicht auf den Hügeln
schläft‹?« Als ich den Titel des Buches aufsagte, fühlte ich mich
schrecklich banal in meiner Buchauswahl. Aber der Roman war
immerhin ein Verkaufshit. »Und was schreibt diese Simone
Dingsbums?«, fragte ich.

»Beauvoir. Emanzipatorische Bücher, über das weibliche
Geschlecht. Sie ist die Partnerin von Jean-Paul Sartre, dem
berühmten Philosophen aus Paris. Sie sagt: Die Menschheit
ist männlich, und der Mann definiert die Frau nicht an sich,
sondern in Beziehung auf sich; sie wird nicht als autonomes
Wesen angesehen.«

Ich wiederholte den Satz im Kopf und hatte zugleich keinen
blassen Schimmer. Renate sah auf ihre Armbanduhr und leerte
das Glas.

»Ich bin jetzt weg. Wir sehen uns am Montag«, sagte sie.
Drückte kurz meinen Unterarm zum Abschied, drehte sich
um und verschwand im Strom der trinkenden und lachenden

Menschen. Ich sah ihrem Haarschopf, der aus der Menge ragte, noch einen Moment hinterher.

Ruth stellte sich zu mir. »Hallo, schöne Frau«, sagte Ruth. »Bitte belästigen Sie mich nicht«, sagte ich, und Ruth kicherte. »Mein Kleid scheint gut anzukommen, ich bekomme viele Blicke, aber mein Radar schlägt nicht aus. Totenstille. Kein Piepen. Nicht mal ein einziger brauchbarer Mann.« Ich machte ein langes Gesicht. »Das ist hier auch nicht der Marktplatz für dich. Wir sollten weiterziehen. Mieze kommt mit. Lilli hat wohl noch was vor, ist mit Toni verabredet. Interessant, nicht?«

Das »Trocadero« war eine kleine gemütliche Cocktailbar, die rustikal eingerichtet war. Sitzecken aus geflammtem Holz mit Ziegenfellen. Im Hintergrund lief schmissige Jazzmusik. Der Laden war nach kurzer Zeit rappelvoll, und die Leute schoben sich durch das Gedränge. Rauchschwaden schwebten über unseren Köpfen. Wir standen an der Bar, wo ein Barkeeper mit hochgerollten weißen Hemdsärmeln den Cocktailshaker durch die Luft wirbelte. Zwei junge blonde Frauen an der Bar johlten ihm zu und klatschten in die Hände.

»Was für ein Luftikus«, sagte Ruth mir ins Ohr, verdrehte die Augen und leerte ihr Bierglas.

Mieze bestellte drei Gläser Sekt beim Barkeeper. »Damit wir hier mal überschäumen«, rief sie ihm zu und erntete ein verschwörerisches Grinsen.

Er starrte ihr unverhohlen in den Ausschnitt.

»Wie heißt du?«, rief sie ihm zu.

»Peer«, rief er.

»Ich bin Mieze.« Sie warf ihre roten Locken zurück.

»So siehst du auch aus«, antwortete er, grinste, und seine Oberlippe zuckte dabei.

Ich beobachtete die zwei und sagte zu Ruth: »Siehst du, das ist es, was ich meine. Mieze wirft ihren Ausschnitt auf die Theke und macht den Barkeeper an. Einfach so.« Ich schnippte mit den Fingern. »Sie könnte ihn einfach aufreißen. Tut sie aber nicht. Ich wäre gern so locker, habe aber keine Ahnung, was ich sagen soll, und stehe mir selbst im Weg.«

Ruth legte den Arm um mich. »Ach, Lucia. Du machst es eben auf deine Art. Hauptsache, du machst es.« Ruth hatte schon gut einen sitzen und küsste mich auf die Wange.

Mieze drückte jeder von uns ein Sektglas in die Hand. »Mit Liebe eingeschenkt, wurde mir versichert.«

»Wer's glaubt, wird selig«, sagte Ruth.

Wir drei sahen uns in die Augen und tranken.

»Oberstes Gebot, Lucia«, erklärte Mieze mir. »Wir flirten nur mit dem Barkeeper, damit wir an dem Abend gut versorgt werden und die Drinks immer vor den anderen Hühnern erhalten und der Eichstrich nicht das Maß aller Dinge ist. Wir wollen aber nichts vom Barkeeper.«

»Nein? Aber warum nicht?«

»Weil er der Barkeeper ist.« Sie zwinkerte mir zu, hob die Zigarette, die zwischen Zeige- und Mittelfinger steckte, in die Höhe und bat den Typen neben sich um Feuer.

»Frag Tante Mieze, die kennt sich aus«, bemerkte Ruth und sah dabei in Richtung Eingang. »Oh, verdammt.« Ruth duckte sich.

»Was ist?«, fragte ich.

Ich reckte den Kopf und erkannte ihn sofort. Da war Otto. Unsere Blicke trafen sich, und er bewegte sich durch die Menge langsam auf uns zu.

Ruth zischte: »Hast du ihm gesagt, dass wir hier hingehen?«

»Ich weiß es nicht mehr. Ja, vielleicht. Sag mal, weiß Mieze von deinem Techtelmechtel mit Otto?«

»Bist du verrückt? Du bist die Einzige, die das weiß, und so soll es auch bleiben.«

»Er kommt auf uns zu. Was machen wir jetzt?« Ich zupfte an meinem Ohrläppchen.

»Cool bleiben«, erwiderte Ruth und zündete sich eine Zigarette an. Ihr Gesichtsausdruck schwenkte mit einem Mal über zu gelangweilt.

Otto hatte sich zum Ausgehen schick gemacht. Er trug ein

hellblaues Hemd mit abgerundeten Kragenspitzen und eine schwarze, engere Hose. Ich bekam eine Ahnung, was Ruth mit dem privaten Otto meinte.

»Guten Abend«, rief Otto und sah erst mich an und dann Ruth, die mit einem spitzen »Hi« antwortete und sich mit Rauchen beschäftigte, Kringel in die Luft aufsteigen ließ und sich vollkommen unbeeindruckt gab.

»Schöner Laden«, sagte Otto und blickte sich dabei um.

»Ja, bis auf die Ziegenfelle«, sagte ich und deutete in die Richtung der Sitzbereiche, die von Gästen verdeckt wurden. Otto sah mich belustigt an. Dann wanderte sein Blick langsam nach unten bis zu meinen Zehen und wieder zurück. Als er den Kopf wieder hob, war da etwas in seinen Augen, was ich nicht einordnen konnte. Das Blut schoss mir in die Wangen. Ruth atmete neben mir laut aus.

»Ich habe vorhin noch mit Potthoff gesprochen. Er hat vor, den Fall Lena Malberg nächste Woche direkt zu schließen, sollten wir keine heiße Spur aus dem Hut zaubern.«

»Aber wir haben eine Spur, die Sache mit dem Drogenverkauf und das Büchlein«, entgegnete ich.

Otto zuckte kurz mit den Schultern. »Alles zu vage. Ich wollte nur, dass du das weißt und nicht überrascht oder enttäuscht bist.«

Mieze redete immer noch mit dem Typen, der ihr Feuer gegeben hatte, und ich stieß sie von der Seite an. Sie reagierte sofort. Sah mich an und sagte: »Der Typ hier ist Anwalt. Spezialisiert auf NS-Verbrechen. Sehr interessant.« Erst jetzt entdeckte sie Otto. »Ach, der Herr Hagedorn«, sagte Mieze. »Was machst du denn hier, Otto? Ist doch gar nicht dein Revier.« Sie hob eine Augenbraue und lachte.

»Hallo, Mieze, wie geht's dir?« Otto grinste.

»Ziemlich gut, ich habe eine reizende Begleitung und viel Durst.« Sie hob die Hand zu Peer, dem Barkeeper, der prompt reagierte, und sie gab ihm ein Zeichen. Noch eine Runde Sekt.

»Läuft hier. Du trinkst doch einen mit uns, oder? Wir sind ja nicht im Dienst.«

Neben Otto tauchte mit einem Mal eine fremde Frau in einem gelben Kleid auf, sie hatte ihre Haare mittig gescheitelt und glatt gebürstet. Um den Hals trug sie einen auffälligen Schmuck aus schwarzen Ketten und großen Ringen und rauchte dünne Zigaretten. Ich fand sie affig, und kaum hatte sie den Mund geöffnet, bestätigte sich mein Eindruck.

»Hallo, isch bin Elena«, sagte sie und legte ihren Arm um Ottos Hüfte.

Ich starrte sie fassungslos an. Ruth täuschte einen Hustenanfall vor. Mieze verwickelte Ottos Begleitung direkt in ein Gespräch, und Ruth und ich tauschten Blicke aus.

»Was passiert hier?«, flüsterte Ruth. »Wer zum Henker ist das?«

»Ich meinte, einen kleinen Akzent herauszuhören. Französisch.«

»Der kann mich mal. Abflug.«

Otto beteiligte sich an dem Gespräch mit Mieze, aber schaute immer wieder mit einem Auge zu uns.

»Er will dich eifersüchtig machen«, stellte ich fest.

»Ich gehe jetzt auf die Toilette, mache mich frisch, und dann hauen wir zwei Hübschen ab. Teil drei unseres Abendprogramms, und da wird sich Herr Hagedorn nicht rumtreiben, da bin ich mir ganz sicher. Außerdem geht mir diese Jazzmusik auf den Zeiger.«

Es war kurz vor Mitternacht, als wir ins »Creamcheese« einfielen; im wahrsten Sinne des Wortes. Das »Creamcheese« kannte ich nur vom Hörensagen. Ich stolperte an der Schwelle und fiel förmlich in den Laden hinein, prallte gegen einen männlichen Rücken, der sich daraufhin umdrehte und mich erstaunt anfunkelte. Ich wäre vor Scham gern in die Knie gegangen und in einem Erdloch verschwunden, aber Ruth hielt mich am Arm fest. Ich entschuldigte mich und hoffte, dass man mir meinen Alkoholpegel nicht zu sehr anmerkte. Aber der Rücken lächelte mich an. Ruth entschuldigte sich ebenfalls für mich – »Sie ist manchmal so ungeschickt« – und zog mich den Flur entlang, dessen Wände gespickt waren mit einer Tapete mit Zeitungsschlagzeilen, die im Vorbeigehen durch mein Hirn sprangen.

Ruth führte mich in einen Raum in flackerndem Schwarz-Weiß-Licht mit einer gigantisch langen Bar aus Edelstahl und pflanzte mich auf einen freien Barhocker.

Ich sah mich wie in Zeitlupe um und nahm wahr, wo ich hier überhaupt gelandet war. Mir stand der Mund offen.

»Wo sind wir hier?«, sagte ich und schnappte nach Luft.

Ruth lachte laut auf. »Ich wusste, dass du hierhergehörst und das genau dein Laden sein würde.«

Mein alkoholgetränktes Hirn fuhr mit einem Mal Achterbahn. Das »Creamcheese« war eine Reise in eine andere Welt, die die Sinne schärfte und die Ränder meiner Wahrnehmung ausweitete. An der einen Wand hingen Fernsehgeräte, mehr als ein Dutzend, auf deren Mattscheiben absurde Filme liefen, zerstückelte Szenen in Schwarz-Weiß und Farbe, verstörende Nahaufnahmen, die einen heranzogen, Unschärfen, die mein Auge traktierten, Bildstörungen, die darüberwirbelten und mich fassungslos daraufstarren ließen.

»Ich besorg uns 'nen Drink«, rief Ruth, und ich starrte die Menschen hier an, als wäre ich in einer anderen Zeit gelandet, auf einem anderen Planeten, so fremd und entrückt wirkte alles auf mich. Und dazu lief aus den Boxen eine Musik, die ich nicht kannte. Das war nicht nur eine Bar, es war aber auch keine Diskothek und definitiv mehr als eine Kneipe. Ruth stupste mich von der Seite an, und ich drehte mich um und sah einem auffallend hübschen Barkeeper in die Augen, in dessen Mundwinkel lässig eine unangezündete Kippe hing. Die Wand hinter dem Tresen bestand aus einer großen Spiegelwand mit langen Alulamellen, die Licht und Bewegung aus dem Raum reflektierten und veränderten. Die dunklen Augen des Barkeepers waren weit und groß, und ich starrte ihn nur an, und er lächelte zurück.

»Sag ihm, was du trinken willst«, forderte Ruth mich mit leicht genervter Stimme auf.

Ich checkte wie immer nichts, aber zugleich musste ich in meinem Inneren kichern, weil ich mich über mich selbst amüsierte. »Etwas Starkes«, erwiderte ich laut. »Einen wirklich starken Drink.«

Er nickte, nahm einen Cocktailshaker, befüllte ihn mit einer Handvoll Eis, zog Flaschen aus einer Schublade und mixte meinen Drink. Aber ohne das Trara drum herum, ohne herumgewirbelte Flaschen und dämliche Akrobatik. Währenddessen zündete er sich mit einer Hand nebenbei die Zigarette an. Ich ließ den Blick schweifen und sah mir die Leute an, mit wilden Frisuren und schrägen Klamotten, die ich so noch nie gesehen hatte, ganz in Schwarz oder Weiß gekleidet. Allgemein wenig Textil und viel Haut. Und es war warm hier drin und die Stimmung aufgekratzt und ausgelassen. Es fühlte sich an, als warteten alle darauf, dass gleich jemand eine Bühne betrat.

»Den Club haben Künstler von der Kunstakademie eingerichtet. Die toben sich hier aus«, erklärte Ruth, deutete auf die Wand aus Fernsehern und eine Lichtinstallation und reichte mir meinen Drink. Sie selbst trank Bier.

»Woher kennst du das ›Creamcheese‹?«, fragte ich und nahm ihr das Y-förmige Glas ab, das außen beschlagen war und in dem eine lange, schmale Zitronenschale schwamm.

»Och, ich war letztes Jahr schon mal hier, da kam ein Künstler mit Trenchcoat und Hut, den kannte ich nicht, und hat mit seinen Händen eine Show veranstaltet. Er nannte das Handaktion. So.« Ruth öffnete und schloss ihre Hände, als würde sie winken. »Na, wie auch immer. Und weißt du, wer das war? Das war der Beuys gewesen!« Sie lachte laut. »Ich hab's nicht kapiert, was er mir mit den Händen sagen wollte, aber ich fand's schön schräg. Gefällt es dir hier?«

»Ja«, rief ich, als sei ich ein Kind und in einer Bonbonfabrik aufgewacht. »Das ist irre hier.« Ich nahm einen ersten Schluck von dem Cocktail. Er war eiskalt und hochprozentig. Ich schmeckte Wodka, Gin und etwas Bitteres. Ich hob dem Barkeeper meinen Daumen entgegen.

»Tipptopp. Was ist das?«, fragte ich ihn.

Er lehnte sich mir über die Theke entgegen. »Ein Vesper«, erklärte er.

Ich trank weiter und hatte das Gefühl, über meinem Barhocker zu schweben.

»Schau sie dir an, die Künstler und Möchtegern-Bohemiens dieser Stadt. Diese Intellektuellen«, sagte Ruth. »Haben alle 'nen Sockenschuss.«

Ich drehte mich zur anderen Seite, mein Glas an den Lippen, und nippte an diesem starken Gesöff und sah in ein männliches Augenpaar, das gleichauf mit mir war.

Oh, hallo, dachte ich. Wer bist du denn?

Hellblaue Augen mit kräftigen Augenbrauen, die über seinem Glas schwebten. Scharf konturierte Lippen nippten an dem glasklaren Drink, in dem drei grüne Oliven an einem Zahnstocher aufgespießt waren. Er schloss die Augen. Ich sah auf lange dunkle Wimpern, eine niedrige, nahezu rechteckige Stirn und braune, feste Haare, die er zu einem aufgetürmten, lockeren Scheitel trug und seine Ohren bedeckten. Die Kante eines Ohres lugte hervor, und mir war klar, dass sie leicht abstanden. Die feinen Gesichtszüge, mit einem scharf geschnittenen Kinn, an dem eine Horde Bartstoppeln zu sehen waren. Eine gerade Nase mit fein geschwungenen Nasenflügeln. Ein tiefes, wohliges »Ah« kam aus seinem Mund, als er die Augen wieder öffnete. Wir starrten uns an, und ich kam mir ertappt vor, weil ich sein Gesicht studiert hatte. Jetzt sag schon etwas zu ihm, rief eine Stimme in meinem Kopf. Plaudere. Sag einfach, was dir in den Kopf kommt. Mach es auf deine Art, wie Ruth sagte. Ich schaute auf die aufgespießten Oliven in seinem Glas.

»Was machen die Oliven da drin?«, fragte ich ihn.

Er stutzte. »Baden?«

»Sicher? Sind die nicht tot?«, fragte ich. »Weil sie aufgespießt sind. Wer überlebt denn so was?«, erklärte ich.

Er runzelte eine Sekunde lang die Stirn, dann entspannte sich sein Gesicht wieder. »Ich denke, du hast recht.«

Ich nahm den Zahnstocher aus seinem Glas und aß eine Olive ab. Kaute.

»Schmeckt recht gut. Deine tote Olive.«

»Möchtest du vielleicht auch einen Schluck dazu?«, fragte er und bot mir sein Glas an. »Was trinkst du denn da?«

»Einen Vesper«, antwortete ich fachmännisch, nahm einen Schluck von seinem Drink, der wie ein göttliches Feuer in meiner Kehle brannte und in den Magen hinabstieß. »Donnerwetter, das ist mal was. Noch besser als meiner. Was ist das?«

»Ein klassischer Martini«, erwiderte er und lächelte.

»Wie viele kann ich davon trinken, bevor ich tot umfalle?«, fragte ich.

»Du hast es mit dem Tod, oder?«

Ich winkte lässig ab. »I wo. Also, wie viele?«, fragte ich.

»Zwei?«, antwortete er mit einem belustigten Gesichtsausdruck.

»Das ist ein billiger Trick, darauf falle ich nicht rein.« Ich gab ihm sein Glas wieder.

»Darf ich deinen Vesper auch probieren?«, fragte er, und seine Stimme knarrte und schnurrte wie eine frisch geölte Maschine.

»Klar.«

Seine Lippen legten sich an mein Glas, und er trank vorsichtig einen winzigen Schluck. Hob anerkennend eine Augenbraue.

»Gute Wahl«, sagte er, und ein Lächeln erschien auf seinem Gesicht, das mich umhaute. Er entblößte dabei eine Reihe von gleichförmigen Zähnen, und seine Augen glitzerten mich in dem flackernden Licht an. Ich spürte, wie mich ein großes inneres Lachen flutete, aufstieg und mir ein Grinsen ins Gesicht zauberte.

Ruth rempelte mich an und griff meinen Oberarm.

»'tschuldigung«, sagte Ruth zu dem Mann, dessen Namen ich nicht mal kannte. »Ich muss mal stören, aber wir müssen jetzt tanzen. Komm mit«, befahl sie und zerrte mich weg von der Bar.

»Aber warte mal«

»Du musst dich ja nicht gleich dem erstbesten Schönling an den Hals werfen.« Sie zog mich weiter durch das feiernde Getümmel. Ich sah mich über die Schulter um.

Der unbekannte Mann stand da, hob das Glas in die Höhe, lachte breit und prostete mir zu.

Die Tanzfläche war in einem Raum nebenan. Hier gab es keine Farben. Hier gab es nur Schwarz und Weiß. Licht. Schatten. Es war, als würde ich einen Traum betreten. Tanzende Menschen waren für Sekunden sichtbar und verschwanden für einen Moment wieder im Dunkel, um in der nächsten Sekunde in gleißendem Licht wiederzukehren. Ihr Tanz war ekstatisch und bestand aus lauter einzelnen Bewegungen, die durch das Flackerlicht in kurze Stücke zerhackt und verfremdet wurden. Ruth nahm mir mein mittlerweile leeres Glas ab, stellte es auf einen Stehtisch und zog mich mit beiden Händen auf die Tanzfläche.

Die Menschen waren wie ein Schwarm Fische, der sich öffnete, uns in seine Mitte eintauchen ließ und sich schloss. Ich sah die weit ausholenden, exaltierten Bewegungen der Männer und Frauen. Manche Männer tanzten mit nackter, knochiger Brust, hatten die Augen geschlossen und bewegten sich mit verschwitzten Gesichtern zu den stampfenden Rhythmen einer Musik, die ich nicht kannte und die sich in mein Ohr schraubte wie beschwörender Flötengesang. Ruth begann sich in schlangenhaften Bewegungen zur Musik zu bewegen, und ich wiegte meine Schultern nach links und rechts. Aber meine Beine waren schwer, und meine Arme hingen herab.

»Mach die Augen zu«, schrie Ruth mir über die Musik zu, »lass dich fallen!«

Ich schloss die Augen, mein Hirn war weich, und selbst hinter meinen Lidern nahm ich das flackernde Licht wahr. Ich hörte in mich hinein. In meinen Resonanzkörper. Ließ die Musik durch mich hindurchfließen. Meine Arme waren wie Tang, der sich in strudelndem Wasser bewegte, und ich ließ sie aufsteigen, als hätte jemand Luftballons darangebunden, bis sie über meinem Kopf schwebten. Ich bewegte meinen Kopf und ließ ihn kreisen, als wären der Tanz und die Musik schäumende Wellen, in denen ich badete. Ich tanzte weiter, ein Glücksgefühl durchflutete mich, und in meinem Kopf waren Bilder, die schnell kamen und gingen, die ich nicht greifen konnte.

Ich verlor das Gefühl für Raum und Zeit. Schwebte zur Decke des Raumes. Durchbrach sie und hob ab. Flog in den nächtlichen Augusthimmel.

Den Sternen entgegen.

Als ich aus meiner Ekstase wieder erwachte, war Ruth weg. Keine Ahnung, wie lange ich getanzt hatte. Ich sah mich zögerlich auf der Tanzfläche um, kniff die Augen zusammen, um etwas zu erkennen, aber konnte sie nirgends ausmachen. Das flackernde Licht schmerzte in meinen Augen, und plötzlich war die Musik zu laut für meine Ohren. Meine Augen tasteten die Ränder der Tanzfläche ab, wo Menschen standen, ich wankte auf sie zu, aber die Gesichter glitten an mir vorbei und verschmolzen zu lachenden Fratzen, die ich nicht scharf stellen konnte.

Ich muss hier raus, dachte ich und hatte das Gefühl, keine Luft mehr zu bekommen. Eine große Windmaschine, die einen Höllenlärm machte, wehte mir eine Mischung aus Rauch und Gerüchen ins Gesicht, und mir wurde übel. Genug, dachte ich und ging den Gang entlang, durch den wir gekommen waren. Zurück zur Bar. Mein Hirn war vernebelt. Ich merkte, dass ich betrunken war und ziemlichen Durst hatte, und torkelte auf die Bar zu, die vor meinen Augen unscharf schwankte. Mein Sichtfeld war schmaler geworden, und ich hatte auch nicht mehr das Gefühl zu schweben, sondern eher zu staksen wie ein ungelenkes Kitz, ohne besonders festen Grund unter meinen Füßen.

Ich rempelte ein paar Leute an. »Entschuldigung.« Ich hob die Hände. »Keine Absicht«, warf ich hinterher. Meine Stimme war schleifend.

Ruth, verdammt, wo bist du? Ich ging den Gang entlang in Richtung der Toiletten, eine Hand an der Tapete, und spürte deren raue Struktur an meinen Fingerspitzen. Erreichte die Klos, zwei Frauen standen an der Wand und rauchten, eine war über das Waschbecken gebeugt und malte ihr gesamtes Gesicht mit rotem Lippenstift an. Eine andere saß bei weit geöffneter Tür heulend auf der Kloschüssel. Ich rief Ruths Namen, klopfte an die verschlossenen Kabinentüren. Hier war sie nicht. Vielleicht war sie vor die Tür gegangen? Luft schnappen? Oder mit einem Typen eine rauchen und quatschen, weil das bei dem Lärm drinnen nicht möglich war? Ich sah ein letztes Mal in den Barraum und torkelte schließlich hinaus auf die Straße. Die frische, kühle Luft traf mich hart, und ich musste mich an der Hauswand anlehnen. Ich atmete tief ein und aus, sah mich um. Unter dem Lichtschein einer Laterne stand eine Gruppe von Menschen, und ich meinte, Ruths Gesicht dort zu sehen. Ich schritt auf die Gruppe zu. Sie hörten auf zu sprechen. Ich schaute reihum in ihre Gesichter, die mich fragend ansahen. Aber keine Ruth. Fehlanzeige.

»'tschuldigung. Falscher Alarm, ich such eine Freundin«, erklärte ich, ging weiter und hörte noch, wie einer sagte: »Wie ist die denn drauf?«, und die Truppe lachte.

Ruth war weg. Mein Gefühl sagte mir, sie war nicht mehr hier in der Nähe, sie war bereits gegangen, aus welchen Gründen auch immer. Ich würde es morgen erfahren. Geh nach Hause. Genug für heute. Also marschierte ich los. Die Bewegung und die frische Luft taten mir gut, schon nach wenigen Minuten wurde mein Kopf klarer, und ich versuchte, mich zu orientieren. Wie waren wir hierhergekommen? War es diese Straße? Nach hundert Metern bog ich in eine schmale Seitenstraße ab, die mir bekannt vorkam und die jetzt leer war. Mit dunklen Fenstern und schummrigen Hauseingängen. Am Ende machte diese Gasse einen Knick nach rechts, die Straßenlaterne dort war defekt, und es herrschte Dunkelheit, die schlagartig meine Sinne wachrüttelte.

Da musste ich durch. Gefahr, schrie mein Verstand. Ich ging zügig weiter, blieb nicht stehen, aber während ich auf die Dunkelheit zusteuerte, die mich schließlich wenige Meter später umgab, wurde mein Atem flach, und ich konnte die Bedrohung fühlen.

Und in dem Moment musste ich an Mama denken. An ihre letzten Minuten. Bevor sie starb.

Es war der 4. August gewesen. Abends. Ein Dienstag. Meine Mutter war länger im Friseursalon geblieben, weil so viele ihre Haare geschnitten haben wollten, vor allem die Männer. Sie hatte wie jeden Abend die abgeschnittenen Haare am Boden mit dem Besen zusammengefegt, die Waschbecken kontrolliert und die Shampooflaschen nachgefüllt. Die Zeitschriften ordentlich aufgefächert, die Handtücher gefaltet, weil die Gehilfin es nicht ordentlich machte. Sie löschte die Lichter und schloss ab. Beschloss, die Abkürzung durch die unbebaute Grünfläche zu gehen, wo tagsüber die Kinder in den Ruinen eines verfallenen Hauses spielten. Abends hingen dort gern ein paar Gestalten ab. Im Winter machte sie einen großen Bogen darum, aber jetzt war es noch hell. Sie fühlte sich im Hellen sicher. Was sollte dort schon passieren? Mitten im Sommer? Dort, in einem Gebüsch, so ziemlich in der Mitte, neben einem Baum, in den einmal der Blitz gefahren war, der ihn gespalten hatte, musste er ihr aufgelauert haben, so hatte es später die Polizei gesagt. Sie fanden Fußabdrücke. Und er musste angetrunken gewesen sein. Sie fanden vier kleine leere Schnapsflaschen. Kurze. Und er musste länger dort gewartet haben. Sie fanden sieben bis zum Stummel aufgerauchte Kippen. Und als meine Mutter zügig durch den Park ging, weil sie spät dran war und uns Abendessen kochen wollte, war er aus dem Gebüsch gesprungen und hatte sie rücklings angefallen.

Ich wischte die Erinnerung zur Seite. Hörte ein helles Frauenlachen von den Häuserfassaden widerhallen, eine Flasche, die laut klirrend zerbrach, gefolgt von heftigem Fluchen. Ich merkte, dass ich mich versteifte. Du bist bei der Polizei, sagte ich mir. Du kannst Judo. Du brauchst vor gar nichts Angst zu haben. Ich straffte meine Schultern und ging mit festen Schritten voran, marschierte weiter durch die finstere Gasse. Hinter mir bog eine Gruppe von Leuten singend in die Gasse ein, ich hörte ihren Gesang so plötzlich, als hätte jemand die Lautsprecher aufgedreht. Ihr fröhliches Singen wurde von den

Wänden zu mir getragen. Ich lief durch das Stück Dunkelheit. Meine Augen weit geöffnet, um alles zu sehen.

»Warte mal«, sagte jemand hinter mir, und ich wusste nicht, ob es mir galt, aber ich beschleunigte meine Schritte und ging jetzt zackig weiter. Zugleich wollte ich nicht wie ein Opfer wirken. Nicht wie eine schwache, wehrlose Frau. Meine Mutter war keine schwache, wehrlose Frau gewesen. Aber sie war trotzdem zu einem Opfer geworden. Ich war ihr damals entgegengelaufen. Wollte sie abholen. Kleingeld klimperte in meiner Rocktasche. Der Asphalt war warm, ich trug Sandalen, die auf dem Gehsteig bei jedem Schritt patschten. Und als ich dem Park näher kam, hörte ich einen Menschen rufen. Es waren Rufe, wie ich sie vorher noch nie aus einer menschlichen Kehle gehört hatte. Ein Schnauben und Ächzen, ein lautes »Lass mich los«, das eine weibliche Stimme wiederholte, und ich blieb stehen, um zu hören, woher das kam. Da waren dumpfe Schläge. Das Zerreißen von Stoff. Rascheln im Gebüsch. Das Knacken von Ästen, die brachen, und mir wurde klar: Es war in dem Gebüsch, wenige Meter vor mir. Auf der anderen Straßenseite. Jemand war in Gefahr. Wurde angegriffen. Und innerhalb einer Sekunde dachte ich an die Zeitungsartikel, die ich heimlich gelesen hatte. Von den jungen Frauen, die in letzter Zeit von einem Unbekannten hinterrücks angegriffen, vergewaltigt und getötet worden waren. Ich stand bewegungsunfähig da, als ich jemanden im Gebüsch wahrnahm. Ich sah den Haarschopf meiner Mutter aufblitzen, und in der Sekunde bemerkte ich in meinem Augenwinkel den Laster, der wie aus dem Nichts auf der Straße erschien und auf mich zuschoss. Ich sah hoch zum Führerhaus. Entdeckte das Gesicht des Fahrers, der auf die Flamme eines Benzinfeuerzeugs in seinen Händen starrte, mit der er sich eine Zigarette anzündete. Ich riss die Arme in die Höhe und schrie. Schrie und hörte nicht auf. Presste alle Luft aus meinen Lungen. Schrie gegen diesen Moment an.

Mutter sprang zwischen den dichten Büschen hindurch auf den Gehweg. Durch harte Zweige. Wie ein Sportler im Weitsprung. Landete auf einem Bein. Schwankte. Fing sich und lief weiter. Auf die Straße. Ich rief nach ihr. Aber sie hörte mein Rufen nicht, nicht das lang gezogene »Maaamaaaa«. Und sie hörte auch nicht das plötzliche Hupen des Lkw, das einsetzte und in meine Ohren brüllte. Sie war getrieben von dem Gedanken, ihm zu entkommen. Wegzulaufen. Irgendwohin. Ich spie einen spitzen Schrei aus, der fast das Schrillen der Bremsen übertönte, die gellten und ächzten. Der voll beladene Lkw, diese gewaltige Masse, begrub meine Mutter einfach unter sich. Zerbrach sie. Die Bremsen des Lastwagens seufzten und pfiffen. Dann schwang er sich ächzend wie eine alte Frau zur Ruhe. Und stand schließlich.

Ich schüttelte die Erinnerung an Mamas Tod ab. Diese letzten Sekunden verfolgten mich immer wieder. In meinem Träumen. In meinem Alltag. Sie waren in meinem Kopf eingebrannt wie eine Filmsequenz, die ich nie mehr loswurde.

Bleib jetzt bei dir, sagte ich mir, und ich hatte das dunkle Stück der Gasse passiert, bog um die Ecke und erreichte eine befahrene Straße. Hier war es heller. Laternen leuchteten. Ein Taxi fuhr an mir vorbei und wurde langsamer. Der Fahrer schaute zu mir, aber ich winkte ab, und er gab Gas und fuhr weiter. Für ein Taxi hatte ich kein Geld mehr, ich wusste, dass ich nur noch wenig Kleingeld in der Tasche hatte, das höchstens für ein letztes Bier reichen würde. Ich stand da und starrte für einen Moment gedankenverloren auf die Straße.

Da spürte ich eine Hand auf meiner Schulter.

In meinem Kopf machte es klick. Im Reflex packte ich den Arm, und ohne mich umzusehen, stieß ich einen Schrei aus und wirbelte die Person über meine Schulter auf den Asphalt, wo sie mit einem lauten Ächzen landete.

Der Mann am Boden hob abwehrend die Hände. Rief: »Stopp! Das bin nur ich.«

Es war der Martini-Mann aus dem »Creamcheese«.

»Bist du irre?«, schrie ich ihn an. »Du hast mir einen höllischen Schrecken eingejagt.«

Ich zappelte aufgeregt und stampfte mit einem Fuß auf, während das Adrenalin mich überflutete.

»Und du erst«, konterte er und setzte sich auf. Ich reichte ihm meine Hand und half ihm beim Aufstehen.

»Sehr aufmerksam, junges Fräulein«, sagte er mit schmeichelnder Stimme und betont höflich. Rückte sein Hemd zurecht und klopfte sich die Hose ab. Ich blies die Backen auf. Atmete tief ein und aus, um mich zu beruhigen.

»Tut mir leid«, sagte ich zerknirscht.

»Nein, es war mein Fehler, das hätte ich nicht tun sollen«, erwiderte er. »Ich bin übrigens Eric Dasche. Wir hatten vorher nicht die Möglichkeit, uns vorzustellen.« Er streckte mir seine Hand entgegen, und ich sah ihn mir im Schein der Straßenlaterne genauer an. Die oberen Knöpfe seines flaschengrünen Hemdes waren auf, darunter kam eine braun gebrannte Brust, leicht behaart, zum Vorschein. Seine Figur war schlank und muskulös zugleich und erinnerte mich an Mick Jagger. Sehnig und kraftvoll. Er trug einen breiten Gürtel mit einer großen Schnalle, enge Jeans, die leicht ausgestellt waren, und schwarze, spitze Schuhe.

»Ich bin Lucia Specht«, sagte ich und nahm seine Hand. Ich spürte weiche Handinnenflächen und einen festen Griff. Nach einer Sekunde wollte ich wieder loslassen, aber er hielt meine Hand weiterhin fest und zog mich sanft ein Stück zu sich heran. Ich konnte sein herbes Parfüm riechen, in das sich der Schweiß des Abends gemischt hatte. Seifig und grasig roch es wie ein intensives Kraut. Salbeiähnlich.

»Die heilige Lucia«, sagte er. »Die Leuchtende. Das Licht.«

»Was ist das für ein Parfüm?«, fragte ich unverblümt. »Riecht gut.«

»Oh, du beginnst, ein Interesse an mir zu entwickeln.« Er lächelte und ließ meine Hand los.

Schade, dachte ich, das hatte sich gut angefühlt.

»Das ist ein französischer Duft«, erklärte er. »›Vétiver‹. Von Guerlain. Sagen Sie mal, Fräulein Specht, war das gerade Karate, was Sie mit mir gemacht haben?« Er rieb sich demonstrativ die Schulter. »Da hat es ordentlich in meinem Nacken geknackt beim Aufprall.« Er lachte und sagte leise: »Ich hoffe, du bist nicht immer so brutal, Lucia.«

Mir war das mit einem Mal schrecklich peinlich. Ich kramte in meiner Handtasche und zählte mein Kleingeld. »Ich könnte dich auf ein Bier einladen. Als Wiedergutmachung«, sagte ich. »Ich hab noch eine Mark und zehn Pfennig. Okay, wir könnten uns ein Bier teilen«, schlug ich vor. »Wäre zumindest ein Anfang, oder? Und es war übrigens Judo.«

»Warum kannst du das?«, fragte er.

»Ist Teil meiner Ausbildung.«

Eric sah mich erstaunt an. »Was ist das für eine Ausbildung? Ich finde das sehr interessant«, sagte er und deutete die Straße runter. »Ich kenne eine Kneipe in der Nähe, die noch aufhat. Keine Sorge, ich habe noch Geld in der Tasche. Wir müssen uns kein Bier teilen. Und ich bin ganz brav. Einmal auf dem Asphalt landen genügt mir für heute.«

Eine Viertelstunde später saßen wir im »Dä Spiegel«, einer gemütlichen Kneipe, die Anfang des Jahres aufgemacht hatte. Eric fand einen Platz in einer schummrigen, aber gemütlichen Ecke. Es liefen französische Lieder, gerade sang France Gall »Ein bisschen Goethe«, das kannte ich und wippte mit dem Kopf im Takt und sang mit. Die Wirtin hieß Marianne, eine blonde, fröhliche Frau, die wie die deutsche Version von France Gall aussah. Sie begrüßte Eric mit einem Kuss auf die linke und die rechte Wange und servierte uns zwei kalte Biere.

»Nimm dich vor ihm in Acht«, raunte sie mir zu, »er ist gut in dem, was er tut«, machte zwei Bleistiftstriche auf den Bierdeckel und verschwand mit dem leeren Tablett in der Hand.

»Was meinte sie damit?«, fragte ich und griff nach dem Bier, während France Gall zum dritten Mal sang: »Ein bisschen Mut, ein bisschen Geist. Wenn ich nur wüsste, wo er wohnt und wie er heißt.«

Eric erhob sein Glas und stieß mit meinem an. »Auf dich, Lucia. Die erste Frau, die mich aufs Kreuz gelegt hat.«

Wir lachten.

»Oben, im ersten Stock, ist übrigens ein französisches Restaurant, da sollten wir mal hingehen, das ›Bel Étage‹«, schlug er vor. Seine Augen strahlten mich an. Er war älter als ich, ich schätzte ihn auf Anfang dreißig.

»Sag schon, was meinte die Wirtin damit?«, hakte ich nach.

»Ich denke, Marianne meinte, dass ich ein verdammt guter Buchhändler bin.«

»Oh, in welcher Buchhandlung arbeitest du?«

»In meiner eigenen«, sagte er, nahm einen Schluck und wischte sich Schaum von der Lippe. »Die Buchhandlung Dasche, direkt hinterm Hauptbahnhof. Komm doch mal vorbei.«

Ich war beeindruckt. »Gibt es bei euch auch … Simone dö Bowar?«, fragte ich und tat intellektuell. Versuchte klug und gebildet rüberzukommen. Eric war von meiner Aussprache des Namens der Schriftstellerin amüsiert.

»Du liest die Beauvoir? Wirklich?« Er sah mich erwartungsvoll an. »›Das andere Geschlecht‹? ›Alle Menschen sind sterblich‹?«

Ich sah Eric ernst an und sagte nichts. Er kannte sich aus, und ich war eine Blenderin, wie mein Bruder es prophezeit hatte. »Du kannst nichts, und das werden die schnell durchschauen«, hatte er gesagt. Schließlich schüttelte ich leicht den Kopf.

»Dachte ich mir, du siehst auch nicht aus wie eine dieser Philosophiestudentinnen.«

Philosophie? Studentin? Da dachte ich trotz meines übernächtigten Hirns an Lena Malberg. »Wie sind diese Studentinnen denn so?«, fragte ich.

»Anders als du. Streitbarer. Konfrontativer. Diskutieren viel. Aber lass uns lieber über Bücher sprechen«, fuhr er fort. »Weißt du, ich mag Menschen, die lesen. Egal, was. Hauptsache, sie lesen. Wenn ich mit der Straßenbahn fahre, verrenke ich mir den Hals, um den Titel entziffern zu können. Es gibt kein falsches Buch, es gibt nur Menschen, die mit einem Buch nichts anfangen können. Und mit denen kann ich nichts anfangen. So einfach ist das.« Er zuckte mit den Schultern und grinste mich an. »Erzähl mir, was du zuletzt gelesen hast«, forderte er mich auf.

Um etwas Zeit zu schinden, fingerte ich eine Zigarette aus der Schachtel und zündete sie mir an. Blies den Rauch zur Seite aus und trank einen Schluck Bier.

»Komm schon, du hast lange genug nachgedacht. Oder liest du am Schluss gar nichts?«, forderte Eric mich heraus.

Ich holte tief Luft. Sollte ich so tun, als ob ich kluge, schwierige Bücher lesen würde? Ich war mir sicher, Eric kannte sie alle, also würde ich ihm unmöglich etwas vormachen können.

»Doch, ich lese. Sogar ziemlich gern.«

»Was war das letzte Buch, das du gelesen hast?«

Ich wusste, dass diese Frage kommen würde. Ich räusperte mich. »Also gut. Das war Malpass.«

Eric beugte sich mir entgegen. »Der ist gut. Er schreibt mit Leichtigkeit, das ist eine hohe Kunst. Weiter.«

»Davor: ›Die Deutschstunde‹. Von Siegfried Lenz.«

Eric nickte anerkennend. »Ein starkes Buch, allein die Idee, einen Gesinnungsaufsatz zu schreiben, der zugleich ein Aufsatz für alle Leser ist. Welche Szene hast du noch im Kopf?«

»Als die Mühle abbrennt und mit ihr all die herrlichen Gemälde. Da hatte ich Tränen in den Augen.«

Eric erzählte mir, was ihm an dem Buch gefallen hatte, und es entspann sich eine lebhafte Diskussion zwischen uns. So hatte ich mich noch nie mit jemandem über ein Buch ausgetauscht. Lesen war bislang für mich eine einsame Sache gewesen. Meine Flucht aus der Welt und ihren Problemen und Sorgen. Eine Flucht in eine andere Welt, in der es mal schöner und mal hässlicher war. Und beides war gut. Eric wollte alles wissen. Nach Siegfried Lenz sprachen wir über die anderen Bücher, die ich zuletzt gelesen hatte und mochte. Simmel mit »Alle Menschen werden Brüder« und Böll, »Das Brot der frühen Jahre«, und Max Frisch, »Mein Name sei Gantenbein«.

»Wenn wir über Bücher sprechen, müssen wir Wein trinken. Einen französischen Roten.«

»Natürlich«, sagte ich, und er bestellte eine Flasche Beaujolais, die Marianne mit zwei Bistrogläsern servierte.

»Warst du mal in Frankreich?«, fragte er.

Ich verneinte und erzählte ihm, dass bisher ein Urlaub in Dänemark die weiteste Reise war, die ich je gemacht hatte. Ich hatte keine Ahnung von Frankreich. Meine Mutter war Rheinländerin gewesen und mochte die Franzosen nicht, eine alte Feindschaft. Französisches gab's nur in ihrer kölschen Sprache, wie Fassong, Paraplü, Bredullje und das Plümmo. Eric schwärmte von Paris, von Montmartre und Sacré-Cœur, den kleinen Buchläden am Ufer der Seine. Von Fischrestaurants mit eiskaltem Champagner zu Austern, engen, kleinen Cafés und der Mona Lisa im Louvre. Wir plauderten weiter über Bücher, und ich gab schließlich zu, dass ich die Anne-Golon-Reihe um »Angélique« gelesen hatte. Er lachte laut und sagte, dass die Autorin klug sei und viel Geld damit verdiene. Er im Übrigen auch. Wir lachten zusammen, und er fragte mich, was ich denn nun beruflich machen würde.

»Was glaubst du denn, was ich mache?«, erwiderte ich.

»Ich habe keine Ahnung. Du bist für mich nicht greifbar«, antwortete er. »Ich habe keine Ahnung, was eine Frau macht, die Männer über die Schulter wirft.«

»Das steht in keinem deiner Bücher?«, fragte ich.

»Nein, solche Figuren sind mir in der Belletristik noch nicht untergekommen. Kämpferinnen schon. Wie Jeanne d'Arc.«

»Sagt dir die Fernsehserie ›Mit Schirm, Charme und Melone‹ etwas?«

»Emma Peel? Ich liebe sie!«, rief er und beugte sich verschwörerisch nach vorne. Flüsterte. »Du bist eine Agentin, in geheimer Mission. Stimmt's?«

»Fast. Ich mache eine Ausbildung zur Kriminalistin. Hier im Polizeipräsidium.«

Er sah mich erst erstaunt an. Sein Gesichtsausdruck wechselte zu einem freudigen Lächeln. »Verstehe, daher das Judo. Auch Schießen?« Eric rutschte unruhig auf seinem Hocker hin und her.

»Ja, das auch. Im Schießen bin ich sogar recht gut.«

Eric staunte. »Ich will alles von dir wissen!«, rief er. »Du kleine Emma. Du schießender Wirbelwind. Hast du Hunger?«

Ich sah auf die Uhr, es war kurz nach drei Uhr morgens, und mein Magen war vollkommen leer. Beim Gedanken an Essen fing er an zu rumoren. Ja, ich hatte einen Bärenhunger.

»Lass uns zu mir gehen, ich wohne nicht weit weg von hier. Ich koche uns Spaghetti aglio e olio. Mit viel Knoblauch. Magst du das?«

»Aber ja!«, rief ich ohne Nachdenken. Eric war voller Überschwang. Er wollte mich erobern. So ein Mann war mir noch nicht untergekommen. Und ich wollte mich erobern lassen.

»Ich esse eigentlich alles«, erwiderte ich, und er lehnte sich vor, nahm meinen Kopf in seine beiden Hände, zog mich zu sich heran und küsste mich sanft auf den Mund.

Es waren die weichsten Lippen, die ich je gespürt hatte.

12

Samstag, 9. August 1969

»Ihr hattet keinen Sex? Warum in aller Welt habt ihr nicht miteinander geschlafen?« Ruth sah mich mit großen Augen an, schob ihre Sonnenbrille zurück auf ihre Nase, legte sich neben mich auf den Rücken und starrte in den wolkenlosen Himmel. »Wenn er doch so toll ist, wie du sagst. Ich kapier's nicht.« Es war Nachmittag. Wir lagen in unseren Bikinis am Rheinufer in Lörick, während um uns herum Kinderhorden zum Rheinufer stürmten und tote Fische aus dem Rhein bargen, die immer noch angeschwemmt wurden. Es hatte in der Zeitung gestanden. Fischsterben wegen Schadstoffen im Rhein. Aber wir waren ohnehin nur zum Sonnenbaden hier. Ruths Transistorradio lief, und ab und zu kam ein Motorboot vorbeigerauscht, mit Männern in knappen weißen Hosen, die johlten und uns zuwinkten. Ich fand, dass Ruth heute blass um die Nase war. Gestern im »Creamcheese« hatte sie sich auf dem Klo übergeben. Weil sie mich nicht gefunden hatte, war sie allein nach Hause gegangen. Ich verzieh es ihr und hatte zugleich ein schlechtes Gewissen, dass ich mich nicht um sie gekümmert hatte.

»Was ist denn eigentlich mit Otto und dieser Elena, die er gestern im Schlepptau hatte? Wurmt dich das nicht?«, fragte ich und cremte meine Unterarme mit Tiroler Nussöl ein.

Ruth kräuselte die Nase. »Heute Vormittag hat das Telefon geklingelt. In einer Tour. Ich wusste genau, dass er es ist. Hängt abends mit so einer Uschi rum und ruft mich am nächsten Morgen an. Irgendwann bin ich drangegangen. Er hat gesagt: ›Ich möchte mir dir reden.‹ Daraufhin habe ich gesagt: ›Aber ich nicht mit dir.‹ Und habe wieder aufgelegt. Ende der Geschichte. Das ist wirklich ein ganz billiger Trick mit dieser Elena. Und triffst du deinen Dreamboy wieder?«

»Er will mich heute Abend zum Essen ausführen. In ein
französisches Restaurant. Hast du schon mal Froschschenkel
gegessen?«

»Bist du jeck? Ich esse doch keine Frösche, das ist eklig«,
protestierte Ruth. »Bei dem Gedanken an Essen wird mir sofort
wieder schlecht.« Sie hielt sich die Hand vor den Mund.

»Eric ist so anders«, sagte ich. »Der ist so klug und gebildet.
Charmant. In seiner Wohnung sind Dutzende von Scheiben,
viele französische Interpreten, und überall Bücher, sogar auf
dem Klo. Er ist aufmerksam, und er kann gut küssen.« Ich
drehte das Sonnenöl zu und legte mich rücklings neben sie.
»Und er kann kochen. Ich kenne keinen Mann, der kochen
kann.« Ich war aufgeregt und konnte nicht still liegen.

»Lucia, es waren nur Nudeln. Aber ich hoffe inständig, dass
es heute Abend passiert. Verlieb dich bitte nicht in den Typen,
hörst du?«

»Warum nicht?«

»Weil er dir den Verstand raubt. Ich kenne solche Kerle.«

»Ich dachte, so sollte es beim Verlieben sein? Kennst du
eigentlich den Unterschied zwischen Bordeaux und Beaujolais?«, fragte ich.

»Willst du mich verarschen?« Ruth setzte sich auf.

»Ich weiß es seit heute Nacht, zur Pasta gab's verschiedene
Rotweine.«

»Ja, deswegen bist du heute auch mächtig verkatert.«

»Stimmt. Aber die Nacht war nicht nur zum Vergnügen
da«, erklärte ich Ruth. »Er hatte im Frühling was mit einer
Philosophiestudentin. Sie heißt Iris. Eine Kommilitonin von
Lena.«

Ruth nahm die Sonnenbrille ab. »Du hast ihn ausgefragt,
während er dich bekocht hat? Du bist mir ja eine. Anwärterin
Specht, das haben Sie gut gemacht. Du hast aber nichts von
dem Fall erzählt?«

»Natürlich nicht. Er wollte meine Judogriffe sehen und wissen, wie es ist, mit einer Waffe zu schießen.« Ich bohrte mit
meinen Zehen im Sand. »Diese Iris hatte vielleicht Kontakt

mit Lena. Ich frag ihn heute Abend weiter aus. Und Montag schaue ich auf unserer Liste der Studenten nach.«

»Du hast dich in diesen Lena-Fall richtig festgebissen«, sagte Ruth in einem ernsten Ton und legte ihre Hand auf meinen Unterarm. »Süße, vielleicht taugt der Fall nicht, um dir damit die ersten Lorbeeren zur verdienen. Von dem, was du erzählst, hat er wenig Aussicht, gelöst zu werden.«

»Du klingst wie Potthoff.«

Ruth legte sich wieder hin. »Schlechte Spurenlage erschwert die Ermittlungen«, zitierte sie. »Aber weißt du was? Bleib dran. Gib nicht auf.« Ruth schob ihre Sonnenbrille auf die Nase. »Es ist zu warm. Viel zu warm. Mein Kreislauf macht das heute nicht mit.«

Wir lagen Kopf an Kopf und sahen in den Himmel, wo eine Schar von Schwalben kreischend Sturzflug übte. Ein stahlharter Ehrgeiz war in mir erwacht, den ich so an mir nicht kannte. Ich wollte es Potthoff und allen anderen beweisen und den Mörder von Lena Malberg überführen. Ich wollte es schaffen.

So schick wie im »Bel Étage«, dem französischen Restaurant, in das Eric mich am Abend ausführte, war ich noch nie essen gewesen. So was kannte ich nur aus Filmen. Der Holzboden war schwarz gestrichen. Auf quadratischen Tischen mit gestärkten weißen Tischdecken brannten lange Kerzen. Kleine Vasen mit frischen Blumen schmückten jeden Tisch. Hohe Weingläser standen bereit. Die Decke war mit kleinen speckigen Engeln und Trompeten bemalt. Über allem schwebten das sanfte Murmeln der Gäste und eine leise, klimpernde Klaviermusik. Mein blau-weiß kariertes Etuikleid hatte ich genau richtig gewählt. Eric hatte die oberen Knöpfe seines rosafarbenen Seidenhemds offen gelassen und sah aus wie ein französischer Filmstar. Der Tisch, an dem wir saßen, war so klein, dass sich unsere Knie unter dem Tisch berührten. Ich schaute sorgenvoll auf das Besteck, das links und rechts vom Teller lag. Der Ober, ein drahtiger Herr mit Fliege, begrüßte uns mit einem vergnügten *Bonsoir*. Eric holte sich von mir die Erlaubnis, für uns bestellen zu dürfen, und orderte auf Französisch. Es ging hin und her zwischen den beiden, und ich verstand kein Wort.

»Sie dürfen sich freuen, Mademoiselle«, sagte der Ober mit französischem Akzent und entfernte sich nahezu lautlos von unserem Tisch.

»Was hast du bestellt?«, fragte ich, kaum dass er außer Hörweite war.

»Sechs Gänge, du wirst es lieben.« Er nahm meine Hand und drückte sie sanft.

»Meine Güte«, entfuhr es mir, und Eric lachte. »Was heißt ›meine Güte‹ auf Französisch?«, fragte ich.

»*Mon Dieu.*«

Ich wiederholte es leise. Wir legten uns die gestärkten Stoffservietten auf den Schoß und stießen mit einem Glas Champagner an. Aßen dazu Häppchen. Ein Entenpâté auf winzigem gerösteten Brot, gefolgt von einem Teller mit Austern. Eric zeigte mir, wie ich sie essen sollte, und nebenher erzählte er von den Urlauben mit seinen Eltern in Frankreich, als er klein war, seinem Studium der Germanistik und Romanistik. Er zelebrierte dieses Essen, und natürlich wusste ich, worauf es hinauslief. Und ehrlich gesagt, das, was hier serviert wurde, war bereits wie Sex für mich. Nie hätte ich gedacht, dass man so essen könnte. Fischfilet mit Tropfen einer köstlichen Zitronensoße. Zartes Entrecôte mit knackigen grünen Bohnen. Ein fruchtiges Ratatouille. Süßes Halbgefrorenes aus Himbeeren. Wir rauchten zwischen den Gängen und erzählten uns Geschichten, wobei er deutlich mehr erzählte als ich. Tranken Wein. Kräftigen Weißen und leichten, süffigen Roten.

Die Teller kamen und gingen, und nach jedem Gang fragte Eric: »Und?«

»*Mon Dieu!*«, rief ich jedes Mal aus und bekam einen freudigen Kuss von Eric dafür.

»Dir beim Essen zuzusehen, Emmalein, das ist eine pure Freude.«

Zu vorgerückter Stunde fragte er: »Meinst du, das Dessert passt noch rein?«

Mittlerweile war es proppenvoll in dem Restaurant, und die Kellner flitzten flink hin und her und brachten Weinkühler mit Ständern neben die Tische und warfen sich auf Französisch Anweisungen zu.

Ich nickte hastig. »Auf jeden Fall. Ich stapele schon mal in meinem Magen.«

Nach der Süßspeise, einer Zitronentarte, die mich zum Schwärmen brachte, kam auf einem Steinbrett eine kleine Käseauswahl.

Ich staunte. »Hört es nie auf?«, fragte ich und nahm das kleine Messer und zerteilte einen Käse, der fast zerlief. »Ich platze jeden Moment. Wie kann man Essen so zelebrieren? Ich liebe Frankreich jetzt schon.«

»Nur noch einen Kaffee. Und einen Digestif, etwas zur Verdauung. Dann ist es vorbei.«

Ich hauchte ein »*Mon Dieu*«.

Arm in Arm verließen wir das Restaurant. Es dämmerte, und wir folgten den langen Schatten in den schmalen Gassen der Altstadt gen Osten. Setzten uns auf eine Bank im Zoopark und küssten uns, bis die Sonne untergegangen war und die Dunkelheit uns umhüllte. Anschließend schlenderten wir zu ihm. Wir hatten es nicht eilig, er drängte mich nicht, ganz im Gegenteil. Er legte eine Platte auf von einer französischen Sängerin, Nicoletta, die ein Lied sang, das ich gern mochte, auch wenn ich es nicht verstand: »Il est mort le soleil«. Es klang düster und dramatisch.

»Wovon handelt es?«, fragte ich.

»Von einem Sommer, der vorbei ist, und einer Liebe, die endet.«

»Sind alle Französinnen so leidenschaftlich?«

»*Oui.* Ich will dir was aus einem Buch vorlesen«, sagte er, zündete mir eine Zigarette an und reichte mir einen Pastis. Er hob das Buch hoch und zeigte mir den Titel. Henry Miller. »Stille Tage in Clichy«. Ich schlug die Beine übereinander, starrte auf das Konzertplakat von Nina Simone, rauchte und lauschte einer Passage, die er mir vorlas, in der ein Mann einem

Mädchen auf der Straße hinterherlief und sie verführte. Als er das Buch zuklappte, stellte ich mein leeres Glas zur Seite.

»Ich hätte auch ohne dieses Buch mit dir geschlafen.«

Er stand auf, kam auf mich zu, küsste mich, hob mich hoch und trug mich in sein Schlafzimmer, als wäre ich leicht wie eine Feder. Und ich ließ es geschehen. Alles ließ ich geschehen und floss dahin zwischen kühlen Laken.

Als wir hinterher im Bett lagen, ich mit dem Kopf auf seiner Brust, und zusahen, wie der Zigarettenrauch zur Decke stieg, war mir klar, dass ich nun wusste, warum Ruth so scharf auf guten Sex war. Und ich wusste, warum Eric solche Romane las.

»Bleibst du über Nacht?«, fragte Eric.

»Zum Frühstück? Natürlich«, antwortete ich und hob den Kopf. Sah in sein entspanntes Gesicht im fahlen Schein der Nachttischlampe. »Das lasse ich mir doch nicht entgehen. *Mon Dieu.*«

Teil 2

Der Verdacht

1

Montag, 11. August 1969

Das Wochenende war wie ein surrealer, aufregender Traum gewesen, der mit einem Schlag vorbei war, als der Wecker am Montagmorgen klingelte. Trotzdem brannte in mir ein Licht, das mich beschwingt mit dem Rad ins Präsidium radeln ließ, während ich »All You Need Is Love« trällerte. Kurz nach halb acht war ich dort, befüllte die Kaffeemaschine in der nahen Teeküche, öffnete die Fenster sperrangelweit und setzte mich an meinen Schreibtisch. Ging die Liste mit den Studenten durch, ließ meinen Finger Name für Name nach unten wandern und suchte nach Iris. Der Studentin, mit der Eric etwas hatte. Aber auf der Liste gab es keine Iris.

Hatte Eric gelogen? Oder hatte ich mir den Namen womöglich falsch gemerkt? Am Samstag hatte ich vergessen, noch mal nachzuhaken. Das ärgerte mich jetzt.

Das Telefon klingelte, und ich nahm ab.

»Legen Sie nicht sofort auf. Hören Sie mich an«, sagte eine männliche Stimme. Die Stimme hatte ich schon mal gehört, kam aber nicht drauf, wer es war.

»Wer spricht denn da?«

Kurze Stille. Ich hörte ein angestrengtes Einatmen. »Sind Sie allein? Können Sie sprechen?«, fragte der Mann am anderen Ende. Ruhig. Sachlich.

Ich sah mich zur Sicherheit prüfend im Raum um. Die anderen Schreibtische waren nach wie vor verwaist, auch Potthoffs Büro. »Ja«, antwortete ich. »Worum geht es?«

»Um Lena Malberg. Ich kannte Lena. Gut sogar.«

Ich setzte mich aufrecht hin und wusste, wer der Mann am anderen Ende war. »Sie sind Rolf Bock. Von der Presse. Sie wissen, dass ich mit Ihnen nicht über den Fall sprechen darf.«

»Haben Sie denn den Täter schon gefasst? Oder suchen Sie

noch? Ich glaube, dass Sie den Fall deswegen nicht bekannt machen, weil mehr dahintersteckt als ein Mädchen, das versehentlich seine Bude abgefackelt hat und dabei gestorben ist. Stimmt's?«

»Wie kommen Sie darauf?«

Ein heiseres Lachen. »Das wäre nicht das erste Mal. Man macht so seine Erfahrungen. Ich schicke Ihnen einen Umschlag. Achten Sie darauf, dass nur Sie sehen, was drin ist. Und wenn Sie meinen, dass es Ihnen helfen könnte, melden Sie sich. Dann kommen wir ins Gespräch. Der Kurier macht sich gleich auf den Weg zu Ihnen ins Präsidium. Bis dann.«

Er wartete meine Antwort gar nicht ab, sondern legte einfach auf. Ich starrte den Hörer einen Moment fassungslos an.

In der Morgenrunde kam es genau so, wie Otto prophezeit hatte. Aber zuerst wurde die erfolgreiche Festnahme des Kollegen-Mörders vermeldet. Toni war mit im Team gewesen. Der Täter, Hans Staller, war vor der Tat aus dem Gefängnis in Dortmund ausgebrochen. Er saß wegen Raub und Erpressung ein. Mit dem Gesetz war er zudem wegen Trunkenheit am Steuer und Diebstahl in Konflikt geraten. Am Freitag tagsüber hatten sie den untergetauchten Verdächtigen nach einem Hinweis aus der Bevölkerung beschattet, und Freitagnachmittag schnappte die Falle schließlich zu, und nach einer kurzen Verfolgungsjagd hatten sie ihn. Was der Grund war, warum Toni abends Lilli versetzt hatte, wie er mir kurz zuvor noch zugeflüstert hatte.

»Das ist eine Erfahrung, die sich immer wieder bestätigt. Jene, die bereits aktenkundig sind, begehen erneut Straftaten. Einmal Täter, immer Täter. Ich freue mich, dass Sie dieses Tötungsdelikt an unserem geschätzten Kollegen Heiner Müller innerhalb einer Woche aufklären konnten. Bravo. Eine ausgezeichnete Arbeit. Ich danke Ihnen sehr.«

Potthoff klatschte Beifall, und seine Wangen leuchteten rot. Die ganze Runde stimmte ein, inklusive mir. Er war stolz auf seine Truppe: ein weiterer aufgeklärter Fall. Bislang war seine Bilanz in diesem Jahr lupenrein. Alle Mordfälle, die erfasst worden waren, waren gelöst worden, und ich fragte mich, wie viele nicht sichtbar wurden. Mordfälle, die wie Unfälle aussahen.

Potthoff berichtete von der anstehenden Trauerfeier und dass wir alle geschlossen hingehen und dem Kollegen das letzte Geleit geben würden. Am Freitagvormittag. Elf Uhr. Zentralfriedhof. Schwarze Kleidung. Die Kollegen der Schutzpolizei in Uniform.

Weiter ging's in der Reihe unserer aktuellen Fälle mit einem vermeintlichen Mord an einem Ehemann. Die Ehefrau hatte ihrem Mann mit einem Küchenmesser in die Brust gestochen, aber der hatte wie durch ein Wunder überlebt. Statt mit seiner Ehefrau Zeit zu verbringen, ging der Ehemann lieber angeln, was in unserer Runde kurz für Heiterkeit sorgte und unflätige Zwischenrufe erzeugte.

»Gibt's ein Foto von der Frau? Die will ich sehen!«

»Wer weiß, wie die drauf ist!«

»Vielleicht mag sie keinen Fisch? Oder sie kocht so schlecht!«

Der nächste neue Fall war der Leichenfund eines älteren Mannes am Spee'schen Graben am Sonntagmorgen gegen sechs Uhr. Ein unbekannter Mann mit einer Unterkieferprothese. Die Fotos des Leichnams wurden an die Wand gepinnt, und der Kollege Stutenbrock berichtete, was sie bislang wussten.

»Die Rechtsmedizin hat ihre Untersuchung noch nicht abgeschlossen, auf den ersten Blick gibt es aber keine Hinweise auf Fremdverschulden. Fortsetzung folgt. Die Presse ist informiert und die Bevölkerung aufgefordert, Hinweise zur Identität des Toten abzugeben. Morgen steht es in der Zeitung.«

Schließlich waren Otto und ich an der Reihe. Ich berichtete von der Befragung des Zeugen Johnny und seinen Hinweisen auf den Drogenhandel des Opfers und unserer Suche nach dem Büchlein am Tatort.

»Und haben Sie es gefunden? Liegt es vor? Enthält es wichtige Hinweise, ergeben sich daraus neue Spuren, die Ihre Ermittlungen vorantreiben?«, fragte Potthoff.

»Nein, Herr Potthoff«, erwiderte ich, und er sah mich weiterhin an.

Die anderen waren still.

Er ruckte kurz mit dem Kopf. »Was ist Ihr Plan?«, fragte er einlenkend mit einem bemüht freundlichen und wohlwollenden Tonfall.

»Wir gehen gerade die Liste der Kommilitonen durch und befragen sie zu Lena Malberg. Die Kriminaltechnik prüft sichergestellte Gegenstände und den Tatort auf Rückstände von Marihuana.«

»Nicht dass der Fall Ihnen noch die Sinne vernebelt«, sagte Potthoff und lachte laut über seinen eigenen Scherz. »Oder hat er das schon?«

Ein paar lachten mit und begannen sich gegenseitig zu fragen, ob sie eigentlich schon mal Hasch geraucht hätten.

»Ich? Was, nie! Bist du verrückt?«

»Also mir reicht ein schönes Herrengedeck vollkommen aus.«

»Ich bin doch kein Hippie!«

»*If you want to be a hippie, put a flower in your pipi.*«

Für einen Moment hatten wir eine wilde Pfadfinderatmosphäre, und Toni sah mich mit einem Achselzucken an. Aber ich hatte mich langsam daran gewöhnt, es war ihre Art, mit den Fällen umzugehen. Die Dinge zu relativieren. Bei der Sitte, berichtete Ruth, sei es ebenso. Je markiger die Sprüche, umso härter war der Fall. Nachdem sich alle wieder beruhigt hatten, fuhr Otto fort.

»Wir sollten das Drogendezernat involvieren.«

Potthoff sah Otto an und legte den Kopf schief. Dachte nach. »Sie haben recht, Otto, auch ich tippe auf einen bekannten Kleinganoven. Nehmen Sie mal die Kollegen mit ins Boot. Auch wenn die Datenlage mehr als dürftig ist.« Potthoff sah mich mit einem triumphierenden Gesichtsausdruck an. »Wenn unser Opfer mit Drogen handelte, stützt es unsere Theorie, dass es sich um einen Raubmord handelt. Wir führen weiter einen Abgleich der Fingerabdrücke mit unserer Datenbank durch. Alle weiteren Maßnahmen stellen Sie ein.«

Ich sah ihn empört an. »Aber die Befragung der Studenten?«

Er wischte es mit einer Handbewegung zur Seite.»Keine Sorge, Sie bekommen schon noch Ihren Fall, meine Liebe.« Er klatschte in die Hände. »Gute Arbeit. Machen wir weiter.« Alle strömten an ihre Arbeitsplätze, ich blieb stehen und beobachtete Otto, der mir ein Zeichen gab, ihm auf den Flur zu folgen.

»Wie ich es dir prophezeit habe«, sagte Otto. Sein Hemd war perfekt gebügelt, die Krawatte ordentlich gebunden, aber sein Gesicht war zerknittert. Ich sah ihn verständnislos an. Er hatte heute deutliche Ringe unter den Augen.

»Ich habe ihm berichtet, dass deine Befragung sehr gut war, aber dieser Fall wird im Laufe des Jahres nebenbei gelöst. Entweder erzielt die Kriminaltechnik einen Treffer in der Datenbank der Fingerabdrücke, der zum Täter führt, oder wir nehmen einen Täter in anderer Sache fest, und es klärt sich auf diese Weise auf. Die Studenten zu befragen ist vertane Zeit, das Bild ist klar. Der Täter kommt nicht aus ihren Reihen. Verbeiß dich nicht.«

Ich verschränkte die Arme vor der Brust. »Ich muss dich das fragen. Verfolgt Potthoff nur die Fälle, die wir auf jeden Fall auflösen können? Und wenn ja, wofür? Für seine Statistik? Damit er gut dasteht? Geht es darum?«

Otto sah mich streng an. »Du solltest mit solchen Aussagen vorsichtig sein. Und sie vor allen Dingen nicht laut auf dem Flur herumposaunen. Das ist alles, was ich dazu sage. Du gehst jetzt zu den Kollegen von Drogen und Rauschgift und bindest sie in den Fall ein.«

Ich hatte ins Wespennest gestochen.

Mieze absolvierte ihre erste Station beim Drogen- und Rauschgiftdezernat, und weil sie als Kneipiertochter am Zapfhahn aufgewachsen war, kannte sie sich mit dem Rausch fremder Menschen gut aus und war prädestiniert für dieses Dezernat. Das Dezernat war im zweiten Stock des Haupthauses untergebracht.

»Du wurdest angekündigt«, begrüßte mich Mieze, als ich

eintrat, und zwei junge Kollegen, die hinter ihr saßen, reckten die Hälse. Mieze stand auf, legte den Arm um meine Schulter und stellte mich vor. Ich wurde freundlich begrüßt und dabei unverhohlen gemustert.

»Mein Chef hat mich gebeten, mir euren Fall anzuhören«, sagte Mieze mit einem offiziellen Tonfall und bat mich in ein Besprechungszimmer nebenan. Als sie die Tür hinter uns schloss, ließen wir die Förmlichkeiten fallen.

»Der Potthoff hat meinen Chef angerufen. Wegen Lena Malberg. Die beiden hängen das Ding nicht sonderlich hoch. Ich glaube, deswegen haben sie es uns gegeben, aber ich würde sagen, da haben sie sich geschnitten, oder?«, sagte Mieze.

»Der Potthoff will den Fall schließen«, erklärte ich. »Er meint, den Mörder finden wir durch Zufall als Beifang einer anderen Ermittlung.«

Ich zeigte ihr die Akte, und sie sah sich die Fotos von der Leiche und vom Tatort an und blätterte in den Berichten und dem Gesprächsprotokoll von Johnny. Mieze machte ein nachdenkliches Gesicht.

»Die Drogenszene in Düsseldorf ist relativ überschaubar, das habe ich schnell gelernt. Wir haben ein paar Informanten in bestimmten Kreisen, die wir anzapfen können. Muss ich vorher natürlich abstimmen.«

»Welche Kreise? Wo befinden die sich? Kann ich da auch hingehen?«

Miezes Gesichtsausdruck schwankte zwischen Belustigung und Ernst, schließlich blieb sie ernst. »Die Ansage lautet: keine Frauen in zwielichtigen Etablissements oder bei Razzien. Mich juckt es höllisch in den Fingern, vor Ort zu ermitteln und nicht nur Innendienst zu machen. Aber wenn eine von uns zu Schaden käme, wäre das äußerst schlecht fürs Experiment.«

»Dann sollten sie uns doch alle bewaffnen, dann können wir uns auch verteidigen. Übrigens, ich habe Freitagnacht einen Mann aufs Kreuz gelegt. Schulterwurf.«

»Ist nicht wahr. Erzähl!«, sagte Mieze, und ich berichtete

ihr alles von Eric, von den Martinis an der Bar, dem Schulter-
wurf, dem nächsten Abend und der Nacht. Es sprudelte aus
mir heraus, und Mieze drückte freudig meine Hand.
»Du strahlst richtig. Hast du dich verknallt?«
Mit meiner Hand zeigte ich einen schmalen Abstand zwi-
schen Daumen und Zeigefinger. »Ein bisschen vielleicht«, ant-
wortete ich. »Dafür ist es noch zu frisch.«
»Seht ihr euch wieder?«
»Ja, wir wollen heute Abend ins Kino gehen.«
»Welcher Film?«
Ich zuckte mit den Schultern. »Keine Ahnung, Eric wollte
den aussuchen.«
Mieze winkte ab. »In dem Stadium ist es eigentlich völlig
egal, was auf der Leinwand läuft. Ich platziere mal den Fall von
Lena bei den Informanten. Sehen wir uns zum Mittag?«
»Da ist noch was«, sagte ich und blickte zu Boden. »Ich
bräuchte deine Hilfe. Du hast doch die Altakte von Bartsch
angesehen. Nun, ich brauche eine Altakte zu einem Fall aus
Essen. Von 1959. Aus dem Altaktenarchiv.«
Mieze sah mich fragend an. »Wieso forderst du die Akte
nicht selbst an?«
»Weil das Opfer so heißt wie ich. Es ist meine Mutter.«
Mieze pfiff durch die Zähne und schob mir schließlich einen
Block zu. »Schreib das Datum auf und den vollen Namen. Ich
erledige das für dich. Versprochen.«
Ich war froh, dass sie nicht weiter nachfragte, und atmete
erleichtert aus. »Ich danke dir.«

Elke blickte mich über den Rand ihrer Brille an, als ich wieder
ins K1 zurückkam. »Da ist Post für dich«, sagte sie und deutete
mit dem Kinn auf einen braunen Umschlag. »Kam gerade mit
einem Kurier.«
»Ach ja, danke. Darauf hatte ich gewartet«, antwortete ich
und nahm den Umschlag beiläufig an mich. Tat so, als ob da
nichts Besonderes drin wäre. Dabei hätte ich ihn gern auf der
Stelle aufgerissen und reingesehen.

»Gab es schon eine Rückmeldung auf deine Kontaktannonce am Samstag?«

Sie schüttelte den Kopf. »Nein, dafür ist es wohl zu früh. Die Zeitung schickt am Mittwoch die eingegangenen Chiffrezuschriften an mich. Wenn überhaupt etwas kommt.« Sie seufzte laut und sah bekümmert drein.

»Och, Elke, natürlich kommt da was, und letztlich ist die Menge der Zuschriften doch egal. Du willst doch nur *einen* Mann, oder? Also brauchst du im Grunde auch nur *eine* passende Zuschrift.«

Ihr Gesicht hellte sich auf. »Du hast recht. Warten wir's ab. Aufgeregt bin ich jetzt schon.« Sie öffnete die Schublade und steckte sich rasch eine Praline in den Mund. »Cognacpralinen«, sagte sie mit vollem Mund. »Willst du auch eine?« Sie zeigte auf die offene Schublade.

»Danke, ich hatte genug Alkohol am Wochenende. Ich muss weiter.«

Ich schnappte den Umschlag und ging schnurstracks zur Damentoilette. Ging in eine Kabine, senkte den Deckel und setzte mich darauf. Mein Name war getippt worden, darunter stand »PERSÖNLICH«. Der Umschlag war mit einem Klebestreifen verschlossen. Mit den Fingernägeln knibbelte ich ihn auf und ließ den Inhalt in meinen Schoß gleiten. Es waren sechs Fotos darin, alle schwarz-weiß, sonst nichts, kein Zettel und kein Absender. Ich blätterte sie durch. Sie zeigten alle Lena Malberg. Drei Fotos mussten vor ihrer Hippiephase gemacht worden sein. Sie hatte ihre Haare sittsam hochgesteckt, war dezent geschminkt und posierte in einem schwarzen Kleid an einem Klavier. Sitzend auf dem Schemel oder stehend daneben. Sie reckte das Kinn, selbstsicher und kokett. Lena wusste zu posieren. Die Aufnahmen zeigten einen alten Konzertsaal mit Kristalllüstern.

Die nächsten beiden Fotos waren in einem kahlen weißen Raum am Fenster gemacht worden. Lena war ungeschminkt, trug die Haare offen, Jeans und T-Shirt und saß mit einer Pobacke auf dem Fensterbrett. Auf einem Foto sah sie direkt in die Kamera. Das überdeutliche Posieren war weg, sie wirkte natürlich und verletzbar, was durch das ungeschminkte Gesicht verstärkt wurde. Ihr Gesichtsausdruck war aufmerksam und ernst. Auf dem zweiten Foto blickte Lena verträumt aus dem Fenster. Jetzt erkannte ich, wo die Fotos gemacht worden waren. Ich erkannte es an den Bäumen und der Häuserfassade auf der anderen Straßenseite. Die Fotos waren in Lenas Wohnzimmer entstanden. Bock kannte Lena, und er wusste mehr über sie. Das war meine Chance. Ich ließ die Fotos in meiner Handtasche verschwinden und ging zurück an meinen Platz. Rolf Bock ging nach dem zweiten Klingeln ran. »Sie haben meine Fotos erhalten?«, fragte er am anderen Ende der Leitung. Ich fragte mich, ob er am Klingeln erkannt hatte, dass ich es war. »Ich möchte Sie zu der Person auf den Fotos befragen«, sagte ich.

»Das klingt sehr förmlich. Möchten Sie mich vorladen?« Er lachte. »Wie wäre es, wenn wir uns kurz in Ihrer Mittagspause treffen? Sie essen vermutlich wie alle Polizisten im ›Trompeter‹. Ich warte da um die Ecke auf Sie, soll ja nicht jeder mitbekommen. Dann sprechen wir. Auf eine Zigarettenlänge.«

»Woran erkenne ich Sie?«

Er schnalzte einmal mit der Zunge. »Schwarze Sonnenbrille. Und 'ne Kamera, wie es sich für einen Fotografen gehört. Und Sie? Welche der Damen auf dem Foto sind Sie?«, fragte er. »Ich tippe auf die links außen. Das passt zu Ihrer Stimme, Fräulein Specht.«

Ich hatte keinen blassen Schimmer, wovon er sprach. »Von welchem Foto sprechen Sie?«

Er lachte. »Der Artikel im STERN. Heute frisch erschienen. Die Schlagzeile lautet: ›Künftig nicht nur Männersache: In Düsseldorf und Köln jagen jetzt auch Frauen Mörder und Ganoven‹. Und Ihr Name ist in dem Artikel erwähnt. Klingelt's? Ganz Deutschland weiß nun, wer Sie sind.«

Ich konnte das Lächeln in seiner Stimme hören. Aber mir war nicht zum Lächeln zumute.

»Gut, dann bis später«, sagte ich betont lässig und legte auf, aber meine Hand zitterte leicht.

Der Typ war gerissen. Für einen Moment überlegte ich, Ruth oder Mieze einzuweihen, aber ich kam zu dem Schluss: Das ziehst du allein durch. Vorerst.

Mittagessen im »Trompeter«. Ruth war mit dabei, sie hatte sich von ihren Kollegen vor Otto verleugnen lassen, weil sie keine Lust auf ein Gespräch mit ihm hatte. Wir quetschten uns mit Renate auf eine Bank, packten unsere Zigaretten aus und rauchten direkt eine vor dem Essen. Heute gab es Sülze mit Bratkartoffeln.

»Und ein Alt für mich!«, rief Petra. »Ich bin am Verdursten«, und am Nebentisch lachten drei Polizisten in Uniform.

Lilli sah den einen schmachtend an, und als sie meinen Blick bemerkte, seufzte sie nur und grinste dämlich. Was reitet dich eigentlich?, dachte ich.

»Jungs, alles klar bei euch?«, rief Ruth zu den Kollegen rüber, und als Antwort hoben die drei ihre vollen Gläser in die Höhe und prosteten ihr zu.

»Widerlich«, sagte Renate neben mir. »Genau das ist das Problem.« Sie trank einen großen Schluck von ihrer Fanta.

Ich blickte sie von der Seite an. »Was meinst du?«

Renate sah mich ernst an, und in ihren Augen war ein Flackern, das ich vorher nicht gesehen hatte. »Dass die Männer uns so unverhohlen angaffen. Uns nachpfeifen. Wir wollen als Frauen keine Objekte ihrer Lust sein«, sagte sie leise, aber bestimmt.

Ruth auf meiner anderen Seite senkte die Stimme und sagte in mein Ohr: »Den links kenn ich, glaube ich, Hans oder so. Schmucker Typ.«

Renate saß wie ein Stück Holz auf der Bank und verzog keine Miene mehr.

Ruth bemerkte es, hob die Augenbraue. »Renate, ist alles okay bei dir?«

Renate sah Ruth streng an, als wollte sie ihr eine Gardinenpredigt über ihr liederliches Liebesleben und ihren Hunger auf Männer halten. Aber falsch gedacht.

»Ich trage keinen BH mehr. Damit ist jetzt Schluss«, verkündete sie, und die anderen verstummten und sahen ihr auf die Brust. Es fiel ehrlich gesagt nicht sonderlich auf, denn Renate hatte ohnehin eine knabenhafte Oberweite.

Mieze war die Erste, die etwas sagte. »Tu, was du nicht lassen kannst«, pflichtete sie ihr bei. »Aber ich trage meinen weiter, sonst fliegen mir die Dinger um die Ohren.« Die anderen lachten. Nur Renate nicht. Mieze bemerkte es und griff über den Tisch und legte ihre Hand auf Renates Unterarm.

»Dir geht es um was ganz anderes, Renate«, sagte Mieze verständnisvoll. »Das habe ich wohl verstanden. Wir Frauen lassen uns nichts mehr gefallen. Ich habe meinem Verlobten gesagt: Wenn er nicht kochen lernt, würde ich ihn nicht heiraten. Was soll ich sagen? Spiegeleier gehen schon mal ganz gut.«

Jetzt zuckte ein Lächeln in Renates Mundwinkel.

»Per aspera ad astra«, sagte Petra. »Auf steinigen Wegen zu den Sternen. Darauf trinken wir. Mein Eheleben ist gerade sehr steinig, aber ich habe die Sterne wohl im Blick.« Sie setzte schnell ein Lächeln auf und überspielte ihren Frust. Hob uns ihr Glas entgegen, und wir stießen an. Mit Fanta, Apfelschorle und Alt.

Petra packte den aktuellen STERN aus und klatschte ihn auf den Tisch. »Habt ihr das Heft schon gesehen, Mädels? Schaut mal.« Wir steckten die Köpfe zusammen. Die Männer an dem anderen Tisch reckten die Hälse.

»Wir sehen furchtbar aus«, sagte Renate und deutete auf das Foto, auf dem wir unsere Dienstmarken vor das Auge hielten, und wir lachten lauthals los.

»Schrecklich«, sagte Ruth. »Aber was soll's? Jetzt ist es schon veröffentlicht. Nächste Woche kommt ein neues Heft heraus, und dann ist das hier Schnee von gestern.«

Mieze schüttelte den Kopf. »Wir sehen aus wie Sekretärinnen auf einem Ausflug. Wenn das nun das Bild der Menschen in Deutschland von der neuen Generation von Kriminalistinnen ist, na dann prost Mahlzeit.«

Das Essen kam aufs Stichwort. Rosi stellte die Teller auf den Tisch. »Jetzt esst erst mal und stärkt euch, der Kampf geht weiter. Nach der Mittagspause«, sagte sie in verschwörerischem Tonfall zu uns. Und zu den drei Polizisten am Nebentisch: »Und ihr drei nehmt euch in Acht, sonst machen euch die Kolleginnen hier die Hölle heiß.«

Die drei schauten sie mit untertellergroßen Augen an.

»Lasst euch nicht unterkriegen, meine Täubchens.« Sie grinste, und ihre Wangen leuchteten wie reife Äpfel.

Wir aßen mit großem Appetit, und in die Stille hinein fragte Ruth: »Habt ihr von diesem Massaker in Los Angeles gelesen? Sie haben diese Schauspielerin abgeschlachtet. Hochschwanger. Sharon Tate. Und mit ihrem Blut das Wort ›PIG‹ an die Wand geschrieben.«

»Was?«, fragte Renate und konnte es nicht glauben. »Das erfindest du gerade.«

»Es stimmt. Ich hab's heute früh in der Zeitung gelesen«, sagte ich. »Wartet mal.« Ich öffnete meine Handtasche und zog die Zeitung heraus, breitete sie auf dem Tisch aus und blätterte zu »Vermischtes«. Tippte auf den Artikel.

»Och, Leute, nicht beim Essen«, mokierte sich Petra.

»Tja, Petra, wenn du bei der Polizei arbeitest, solltest du einen stabilen Magen entwickeln.«

»Ich bin aber im Dezernat für Wirtschaftskriminalität und Banküberfälle, da wird keiner aufgeschlitzt.«

»Wer tut denn so was?«, fragte Renate mit Blick auf den Artikel. »Wer tötet eine schwangere Frau? Ich dachte, diese Zeiten hätten wir hinter uns gelassen.« Sie legte ihre Gabel zur Seite und sah bedrückt drein.

Mieze las vor: »›Blutbad in Luxusbungalow. Fünffacher Mord entdeckt. Filmschauspielerin Sharon Tate unter den Opfern der grausamen Tat.‹«

»Das ist die aus ›Tanz der Vampire‹«, erklärte Lilli und ließ ihre Gabel sinken. »Oh mein Gott, sie war so hübsch. Ihr Mann ist Roman Polański. Wie schrecklich für ihn. Wie kann man da weiterleben? Das ist ja furchtbar.«

»Jetzt schaut doch mal als Kriminalistinnen drauf«, forderte ich, und die anderen sahen mich an. »Die Polizei geht von einem Ritualmord aus. In dem Artikel berichten sie, dass alle Betten durchwühlt waren. Es sah nach einem Kampf aus. Die anderen Opfer sind Freunde des Paares. Sharon Tate hatte die Schlinge eines Nylonseils um den Hals.«

Lilli schlug die Hand vor den Mund.

Ich fuhr fort. »Das Seil war über einen Deckenbalken gezogen und einem anderen Opfer um den Hals geschlungen. Aber das Merkwürdige ist wohl, dass es den Anschein macht, dass sie eben nicht erhängt wurden. Was mich zu der Frage führt, ob es entweder ein schlechtes Ablenkungsmanöver war, der Täter ein Dilettant ist oder es nur eine symbolische Geste sein soll, die etwas ausdrücken soll. Was für den Ritualmord spricht.«

Die Runde sah mich aufmerksam an.

»Weiter«, sagte Ruth.

»Aber ein Ritual ist Teil eines Glaubens, oder nicht? Die Frage ist, was die fünf Opfer getan haben, wofür sie getötet wurden. Schwanger sein? Prominent? Haare frisieren? Was ist es?«

»Gibt es eine Spur zum Täter?«, fragte Renate.

»Der vermeintliche Täter ist ein neunzehnjähriger Hausangestellter, der wachte gerade auf, als die Polizei kam. Er ließ sich widerstandslos festnehmen. Ist das nicht merkwürdig? Ein Täter, der bei den Leichen bleibt, als sei nichts geschehen?«

»Da waren hundertprozentig Drogen im Spiel«, sagte Ruth.

»Hat er gestanden?«, fragte Mieze. »Ich würde ihn zu gern verhören«, sagte sie und rieb sich die Hände.

»Davon steht nichts im Artikel. Aber ich wette mit dir: Er war es nicht.«

»Was da wohl dahintersteckt?«, sagte Mieze, nahm die Gabel wieder in die Hand und aß weiter. »Halte uns auf dem Laufenden, Lucia.«

»Schon so spät? Ich muss los«, rief Renate mit Blick auf die Uhr über der Tür und legte Geld auf den Tisch. »Bitte zahlt für mich mit.« Sie sprang auf, winkte uns zu und verschwand.

»Sie hat irgendein Geheimnis«, sagte Ruth mir zu. »Aber das bekomme ich auch noch heraus.«

Ich hatte einen Verdacht, aber ich grinste nur in mich hinein und hielt schön die Klappe. Das sollte Ruth doch mal selbst herausfinden. Und ich hatte meines. Mit dem Pressefotografen. Meinem neuen Informanten.

Nach dem Essen traf ich ihn. Ich erkannte den Pressefritzen sofort. Bock stand an der Straßenecke. Schwarze Sonnenbrille, ein kariertes Kurzarmhemd. Er lehnte lässig an einem Laternenpfahl, hielt locker seine Kamera in der Hand, die Finger von unten um das Objektiv geschlossen. Rauchte. Wir gingen an ihm vorbei, die anderen nahmen keine Notiz von ihm, er hob knapp den Kopf, nickte mir fast unmerklich zu, löste sich von der Laterne und folgte uns. Ich ging langsamer, ließ die anderen vorausgehen und behauptete, ich müsste noch schnell Zigaretten besorgen am Kiosk. Dann bog ich in die nächste Straße ein und blieb nach ein paar Metern stehen.

»Was sagen Sie zu meinen Fotos?«, fragte Bock, nahm seine Sonnenbrille ab. Hellbraune Augen. Ein leicht verschlagener Blick.

Er warf die brennende Kippe in den Rinnstein. Er war ein kleiner Mann, so groß wie ich, schlanke Statur. Seine Unterarme waren sehnig, und die bläulichen Venen stachen hervor. Haare in fadem Braun. Kurzum, er war kein Mann, nach dem ich mich auf der Straße umgedreht hätte.

»Interessant. Lena hatte ein Leben vor der Hippiezeit. Gibt's noch mehr Fotos von ihr?«

Er verengte die Augen zu Schlitzen. »Ja, da ist noch mehr. Viel mehr. Auch brisantes Zeug. Aber der Reihe nach.« Er machte ein wissendes Gesicht, das mich sofort neugierig werden ließ.

»Was wissen Sie über Lena Malberg? Woher kannten Sie Lena?«, fragte ich.

Er lächelte. Seine Schneidezähne waren schief und überlappten sich an der Spitze. Bock hob abwehrend eine Hand. »Nicht so hastig. Bevor ich Ihnen erzähle, was ich über Lena weiß, möchte ich wissen, was ich dafür bekomme. Das ist hier schließlich ein Geschäft.«

»Und zuvor muss ich wissen, ob sich dieser Austausch auch lohnt oder doch nur verplemperte Zeit ist.«

Ich fand, das klang selbstbewusst, aber mein Herz pochte, als ich es sagte. Er taxierte mich und überlegte, ob er es mit mir aufnehmen sollte, das konnte ich genau sehen.

»Warum wurde die Presse nicht ausführlich informiert über den Fall? Ein Wohnungsbrand. Ein Mensch kam ums Leben. Mehr bekamen wir nicht.«

»Wir hatten unsere Gründe.«

»Hatten? Haben Sie die nicht immer?«

»Nun, die Dinge verändern sich. Es gibt eine neue Situation.« Ich sah mich um, ob uns jemand sah oder beobachtete. Die Luft war rein.

»Als ich im Polizeipräsidium anrief und fragte, wer den Fall bearbeitet, bin ich in der Mordkommission rausgekommen.« Er hob eine Augenbraue an.

»Was wissen Sie über Lena Malberg?«, konterte ich.

»Sie sind echt unerbittlich. Also gut. Ich habe Lena vor zwei Jahren kennengelernt, bei einem Konzert, wo sie Klavierstücke gespielt hat«, begann er. »Eine Benefizveranstaltung, hier im Schubertsaal. Wir haben uns ein paarmal bei solchen Gelegenheiten getroffen. Wir haben uns angefreundet, und ich habe sie immer mal wieder fotografiert. Kein Schmuddelkram. Das war nicht ihr Ding und ist auch nicht mein Stil.«

»Hatten Sie ein Verhältnis?«, fragte ich und überlegte mir in Windeseile, ob Bock der Täter sein könnte. Welchen Grund könnte er haben, Lena Malberg zu ermorden? Eifersucht? Ein abgewiesener Liebhaber? Und wollte er mich mit diesen Fotos von seiner Täterschaft ablenken? Das wäre clever. Andererseits war er bislang gar nicht verdächtig gewesen.

Er schnalzte einmal mit der Zunge. »Diese Frage beantworte ich nicht, das ist privat. Aber ich kann sagen, dass Lena ein außergewöhnlicher Mensch ist. Ich meine, war.«

Seine Augen leuchteten, als er von ihr erzählte. Lenas Bild

formte sich immer weiter für mich. Bekam mehr Konturen und Tiefe.

»Wollen Sie mehr erfahren? Da gibt es noch mehr Personen, die an ihr Interesse hatten, auch aus Ihren Reihen«, sagte Bock verschwörerisch, aber ich dachte mir, dass er womöglich bluffte. Er wollte eine Story haben, da war ich mir sicher, und er würde mir die Infos erst geben, wenn ich ihm etwas lieferte.

Er hob die Kamera an und sah durch den Sucher. Richtete das Objektiv auf mich. »Darf ich?«

Ich legte meine Hand vor die Linse, und er nahm den Apparat herunter und sah mich enttäuscht an.

»Schade. Ich hätte Sie gerne mal fotografiert.«

»Abgesehen davon, dass unsere Verbindung keine Spuren hinterlassen sollte, bin ich nicht fotogen.«

Er lächelte mich verschmitzt an. Meine forsche Art schien ihm zu gefallen.

Ich fuhr mit meinem Plan fort. »Es darf auf keinen Fall herauskommen, dass Sie die Informationen von mir haben«, erklärte ich. »Eine Hand wäscht die andere. Ich brauche Sie. Und Sie brauchen mich.«

»Ich bin ganz Ohr«, erwiderte er.

»Lena Malberg wurde vermutlich ermordet. Ich will, dass Sie es morgen veröffentlichen. Unter der Bedingung, dass ich die anderen Fotos und Infos erhalte.«

Er setzte die Sonnenbrille auf. »Wir sind im Geschäft.«

2

»Was ist heute nur los?«, fragte Elke, als ich zurückkam. »Da ist noch mal Post für dich. Ich dachte, ich lege es dir besser nicht auf deinen Schreibtisch. Du weißt ja, wie neugierig hier alle sind. Vor allem einer.«

Noch mal Post von Herrn Bock?

Elke bückte sich und hielt mir mit beiden Händen ein Paket entgegen, das in braunes Papier verpackt und mit einer Kordel verschnürt war. Ich lugte um die Ecke, ob uns jemand zusah, aber die Luft war rein.

»Ist von der Buchhandlung Dasche«, erklärte sie und reichte mir eine lange Papierschere aus ihrer Schublade.

Elke stützte die Ellbogen auf, legte ihr Kinn in die Handflächen und beobachtete mich dabei, wie ich die Paketschnur durchschnitt. Darin war ein in Geschenkpapier verpacktes Präsent.

»Von einem Verehrer?«, fragte sie, und ich fühlte meine Wangen heiß werden. »Oh, du wirst rot. Ich habe ins Schwarze getroffen.« Sie senkte ihre Stimme. »Wer ist es denn? Ich verrate es niemandem«, flüsterte sie.

Ich antwortete nicht, sondern riss das Papier auf. In dem Paket waren vier Bücher. Elke reckte den Hals. Obenauf lag »Wer die Nachtigall stört« von Harper Lee. Und als Nächstes: »Das Delta der Venus«. Von Anaïs Nin. Ich drehte es um und las den Klappentext.

»Oh, unzüchtige Schriften«, sagte Elke, und ich sah sie erstaunt an. »Nicht dass ich es gelesen hätte, Gott bewahre«, versicherte sie. »Aber ich habe davon gehört.«

»Ich kann es dir gern leihen, wenn ich damit durch bin«, bot ich an, aber Elke winkte ab und kräuselte dabei die Nase.

Und noch zwei Bücher. Jean-Paul Sartre, »Das Spiel ist aus«, und Doris Lessing, »Das goldene Notizbuch«. Ich hatte keines der vier Bücher gelesen. Von Doris Lessing hatte ich gehört, und das von Anaïs Nin hätte ich nicht gewagt zu kaufen, geschweige denn zu lesen. Zu Hause hätte ich das niemals lesen dürfen. Die meisten meiner Bücher hatte ich aus der Bücherei der Zeche ausgeliehen und peinlich darauf geachtet, keine Flecken auf die Seiten zu machen und sie stets vor Ablauf der Frist zurückzubringen. Zwischen die Bücher war eine Karte geklemmt. Auf der Vorderseite war ein Schwarz-Weiß-Foto von Lilien in einer hohen Glasvase zu sehen, und auf der Rückseite stand in einer geschwungenen Handschrift mit blauer Tinte:

Vier Bücher.
Eines für den Verstand, eines für die Liebe.
Eines für die Moral. Und eines für die Hoffnung.
Ich denke die ganze Zeit an dich.
E.
PS: Ich hoffe, ich kann dir damit neue Welten eröffnen.

Elke schnalzte mit der Zunge. »Du bist verliebt, das sehe ich gleich. Ich hoffe, er ist es auch«, kommentierte sie meinen Gesichtsausdruck.

Hatte sie recht? War ich verliebt? Ich dachte auch immerzu an ihn, aber im Alltag, der heute wieder einkehrte, kam mir die Begegnung wie ein merkwürdiger Tagtraum vor, der jetzt vorüber war.

Ich zuckte mit den Schultern. »Ich weiß es nicht«, erwiderte ich, grinste über beide Ohren und warf das zusammengeknüllte Packpapier in den Mülleimer, wo Elke es sofort herausfischte und mit den Worten glatt strich: »Das kann man doch noch verwenden. Ach, ihr jungen Leute, ihr seid so unbekümmert mit diesen Sachen. Ich hoffe, er ist es wert«, sagte sie streng. »Sonst werde ich ihm die Leviten lesen.« Sie zwinkerte mir konspirativ zu.

»Ich sehe ihn heute Abend. Wünsch mir Glück«, bat ich sie.

»Sieht er gut aus?«

»Oh ja. Aber nicht nur das.«

Elke kicherte wie ein kleines Mädchen. »Ich drück dir die

Daumen. Meine Lucia hat einen Verehrer. Das bleibt natürlich unter uns«, sagte sie, und mit der Hand schloss sie einen imaginären Reißverschluss über ihrem Mund.

Ich setzte mich an meinen Schreibtisch und war hin- und hergerissen. Erics Geschenke, seine Aufmerksamkeit und seine Zuneigung zu mir, die er ungeniert zeigte, begeisterten mich. Nie zuvor hatten Männer mich so umworben. Die waren sonst eher einfacher Natur gewesen. Ein Blumenstrauß und eine Packung Pralinen; nicht besonders einfallsreich, aber sicherlich gut gemeint. Eric hingegen wusste genau, wie es ging. Er hatte mich am Wickel. Andererseits war ich unsicher, ob ich ihm trauen konnte. Seine Philosophiestudentin Iris gab es nicht auf unserer Liste. Hatte er mich angelogen? Die Geschichte erfunden, um sich interessanter zu machen?

»Woran denkst du, *cara mia*?«, fragte Toni plötzlich neben mir und lümmelte sich auf meiner Tischplatte.

»Ach, nichts Besonderes. Glückwunsch noch mal zu dem gelösten Fall. Warst du schon bei Lilli? Ich glaube, sie ist sauer, dass du sie versetzt hast.«

»Ja, das stimmt, aber dafür hatte ich einen guten Grund. Wir haben den Täter geschnappt und waren feiern. Verständlich und sicherlich verzeihbar. Oder? Ich spreche nachher mit ihr.«

Toni sah mich belustigt an. Er legte den Kopf schief und beobachtete mich. Ich dachte an Eric. In meinem Kopf spielten sich Szenen vom Wochenende ab. Wie er am Sonntagmorgen nur mit einer Schürze bekleidet in der Küche stand und Spiegeleier briet, während im Hintergrund John Coltrane lief. »A Love Supreme«. Er nahm ungehörig viel Butter, öffnete nebenbei eine halbe Flasche Champagner, küsste mich. Röstete Brot vom Vortag. Kochte Kaffee auf der Herdplatte mit einer kleinen italienischen Kaffeemaschine, wie ich vorher noch nie eine gesehen hatte. Strich meine Haare aus dem Gesicht und sagte mir, ich sei so schön am Morgen.

»Willst du es mir erzählen?«, fragte Toni und holte mich aus den Tagträumereien zurück, spielte dabei mit meinem Kugelschreiber und ließ ihn durch seine Finger gleiten.

»Nein«, sagte ich schnell und nahm ihm den Kuli weg.
»Ha! Erwischt«, rief Toni und zeigte erfreut auf mich. »Ich wusste es. Da ist ein anderer Kerl im Spiel.«

Ich schlug ihm mit der flachen Hand auf den Oberarm. »Mistkerl!«

Er lachte und stand auf. »Was meinst du, *bellissima*? Gehen wir Mittwoch wieder tanzen? Du und ich?«, fragte er und machte ein paar schlangenartige Tanzbewegungen. »Komm schon, du willst es doch auch«, sagte er mit tiefer Stimme.

»Wir werden sehen, ich weiß noch nicht, ob ich Zeit habe.«

Das war pure Koketterie. Die Tanzabende mit Toni waren stets ein großer Spaß. Toni stoppte seinen Schlangentanz neben meinem Schreibtisch und verzog beleidigt den Mund. »Du bist jetzt aber nicht eifersüchtig. Wegen Lilli, meine ich.«

»Toni, ich muss jetzt weitermachen. Lass dich nicht aufhalten«, sagte ich, winkte ihn weg und schnappte mir den Telefonhörer. Ich rief Eric in der Buchhandlung an. Als ich seine Stimme hörte, hatte ich sofort einen Kloß der Unsicherheit im Hals und zugleich ein warmes Gefühl in der Brust.

»Hallo, hier ist Lucia«, sagte ich.

Seine Stimme war weich und warm. *»Bonjour, Lucia.«*

»Hallo, Eric«, sagte ich mit piepsiger Stimme. Und für einen Moment wusste ich nicht, was ich sagen sollte.

»Geht's dir gut?«, fragte er, und seine Stimme machte Purzelbäume.

»Störe ich?«

»Überhaupt nicht. Wie geht's dir?«

»Ich … mir geht's gut. Ich habe die Bücher bekommen«, brachte ich stockend hervor. »Vielen Dank dafür.«

Mein Hirn war leer. Ein Haufen graues Nichts. Ich legte meine Hand auf die Sprechmuschel, atmete einmal tief ein und aus und blickte mich über die Schulter um, ob mich jemand beobachtete. Otto war bei Potthoff im Büro, und die beiden waren in ein Gespräch vertieft. Alle anderen in ihre Arbeit. Niemand nahm Notiz von mir.

Aus dem Hörer drang ein verwundertes »Hallo?«.

»Entschuldigung, ich bin auf der Arbeit.«

»Das dachte ich mir. Kennst du denn die vier Bücher schon? Oder hatte ich Glück?«

»Ich kenne keines davon und werde sie alle vier lesen, ich freue mich riesig. Auch auf heute Abend. Wo sollen wir uns treffen? Ich habe noch Schießtraining später.«

»Schießen? Oh, là, là, das gefällt mir, meine kleine Emma«, sagte er mit französischem Akzent. »Soll isch disch abholen?«

»Was? Hier im Präsidium?«, fragte ich erschrocken und malte mir aus, wie das wäre. Wenn er vor der Tür stünde.

»Ja, genau dort.«

»Aber du wartest vor der Tür. Auf der anderen Straßenseite.«

Er lachte auf. »Du bist ein verrücktes Flintenweib. Wir können uns auch vorm Kino treffen, wenn dir das lieber ist.«

Nein, dachte ich mir, das wollte ich auch nicht, und mein Puls klopfte laut an meinen Schläfen. Sollen die anderen doch sehen, was ich mir für einen schicken Typen geangelt hatte. Warum eigentlich nicht?

»Nein, das ist schon in Ordnung. Ich muss weitermachen, bis später, ja?«

»*À bientôt, Lucia*«, sagte er, und ich legte schnell auf. Und gab einen kurzen freudigen Quieker von mir.

Beim Schießtraining am frühen Abend war ich nicht in Form.

»Sag mal, das ist jetzt aber nicht wegen dieses frankophilen Beaus, oder?«, sagte Ruth, die mit einem Kopfschütteln meine Einschusslöcher auf der Pappe betrachtete. »Lass dir nicht den Kopf verdrehen, du brauchst den jetzt.«

»Er hat einen Namen. Er heißt Eric.«

»Dann eben Eric. Kopfverdreher-Eric.«

»Was hast du gegen ihn? Du kennst ihn doch gar nicht!«

»Der ist zu schön für dich.«

Das saß. Jetzt wurde ich sauer. Und während die anderen ihre Magazine auf den Schießbahnen neben uns leer ballerten und der Geruch in der Luft hing, feuerte ich meine Salve nun auf Ruth ab.

»Du meinst, dass ich das nicht verdient habe? Ich habe noch nie so einen hübschen Mann gehabt, immer nur die Proleten, ohne Charme und mit billigen Blumensträußen. Solche, an denen du auf der Straße vorbeigehen würdest. Die im Bett wie ein Nudelholz waren, ohne Takt und Raffinesse. Und du findest, ich hätte Eric nicht verdient? Weil du reihenweise einen nach dem anderen aufreißt, heißt das nicht, dass du über andere urteilen kannst.«

Ruth stand der Mund offen.

»Mund zu, es zieht«, sagte ich, setzte meine Ohrenschützer auf und ballerte auf den Pappkameraden am Ende des Raumes. Kein Schuss ging daneben. Als ich mich umdrehte, sah mich Ruth mit zusammengeschobenen Augenbrauen an.

»Entschuldige. Weißt du, Lucia, ich möchte gern, dass du einen ganz wunderbaren, klugen und hübschen Mann be- kommst. Der gut zu dir passt, mit dem du Freude hast und der nicht so blöde alte Ansichten hat.«

Ich schluckte einmal hohl. »Worauf willst du hinaus?«

Ruth fuhr fort. »Ich denke, ich habe mehr Erfahrung mit Männern als du, damit meine ich nicht nur, körperlich. Wenn ich einen Typen sehe, kann ich dir sofort sagen, ob er etwas taugt. Wie er drauf ist. Wenn ich so etwas zu dir sage, dann weil ich dich davor beschützen will, dass du Schiffbruch erleidest, Süße. Denn ich sehe, du bist auf dem besten Weg, dich Hals über Kopf in diesen Typen zu verknallen. Wenn es nicht schon zu spät ist.« Sie blickte mich mit besorgter Miene an. »Es tut mir leid, wenn ich dich gekränkt habe. Das wollte ich nicht. Auf keinen Fall.«

Ich sah betreten zu Boden und schämte mich für meinen Ausbruch. Ich suchte nach Worten, um Eric zu beschreiben. »Eric ist wirklich wunderbar. Er ist aufmerksam und gebildet. Er redet nicht über Autos und Fußball, und er behandelt mich wie etwas Besonderes. Hofiert mich.« Ich berichtete von dem Bücherpaket, und Ruth umarmte mich, und ich roch ihr Shampoo in ihren Haaren.

»Und ich muss dir noch was sagen«, sagte Ruth.

»Was denn?«

»Wenn er gut im Bett ist, hat es sich gelohnt. Deswegen: Nimm mit, was du mitnehmen kannst.«

Unser Trainer stand mit einem Mal neben uns. »Die Damen, Sie sind nicht zum Spaß hier. Trainieren Sie bitte weiter Ihre Schießfähigkeiten und vertrödeln Sie Ihre wertvolle Zeit nicht mit Schwatzen. Das können Sie nach Feierabend machen, aber nicht hier.«

Unser Trainer rauschte ab. Ruth machte ein nachäffendes Gesicht, und er rief uns im Weggehen zu: »Und ich sehe Ihren Gesichtsausdruck, Fräulein Bellroth. Ich habe meine Augen überall.«

Wir beide verdrehten die Augen.

Ruth zuckte mit den Schultern, setzte die Ohrenschützer auf, stellte sich in einen sicheren Stand, zielte und schoss das Magazin leer. Ich drückte auf den Knopf, und der Pappkamerad schwebte wie ein Gespenst surrend auf dem gespannten Seil auf uns zu.

Hielt mit einem Ruck an. Schwankte noch leicht hin und her.

Ruth hatte mit jedem Schuss ins Schwarze getroffen.

3

Eric stand zur verabredeten Zeit gegenüber dem Präsidium auf der anderen Straßenseite. Als ich ihn sah, wurden mir die Knie weich, und mein Herz knisterte vor Freude. Er lehnte an der Hauswand einer Bäckerei und war in ein Buch vertieft. Bemerkte nicht, wie ich mich zwischen den Autos durchschlängelte, um zu ihm zu gelangen. Ich stand vor ihm. Leicht außer Atem. Er klappte das Buch lässig mit einer Hand zu und blickte langsam an mir hoch. Von den Schuhen über meine nackten Schienbeine, den weißen Rock und die luftige blaue Bluse bis zum Dekolleté, den Hals hinauf bis zu meinen Lippen. Er küsste mich.

»Meine kleine Emma«, sagte er. »Wie war das Schießen? Hast du getroffen?«

»Mitten ins Herz.«

Ich schmeckte ihn. Wollte ihn aufessen, hier vor allen Leuten auf der Straße. Es war mir egal, was Passanten von uns dachten. Wir küssten uns mitten auf dem Trottoir. Hätte einer meiner Kollegen aus dem Fenster des Präsidiums gesehen und mich entdeckt, ich hätte keine Ausrede parat gehabt. Eine Frau, die sich so ungeniert in der Öffentlichkeit gab, musste unmoralisch sein. Ich war liederlich, auch noch vor der Behörde, lag in den Armen eines schönen Mannes, der ebenfalls kein Gefühl für Scham hatte und keine Anstalten machte, seine Lippen von meinen zu lösen. Womöglich würden sie sagen, dass eine Beamtin so etwas nicht tat, sondern sich in der Öffentlichkeit zu benehmen wusste. Ein Vorbild für andere war. Eine anständige Frau. Aber das war ich nicht.

In dem Moment fiel alles von mir ab. Jeder schlechte Kuss, an den ich mich erinnerte. Jedes lieblose Wort. Jede halbherzige Umarmung, jede schlechte Berührung streifte ich ab und flog in dem Luftzug der vorbeifahrenden Autos davon. Das war der Moment, in dem ich merkte, dass ich mich in diesen Mann verknallt hatte. Irgendwann lösten wir uns voneinander und schwebten über den Asphalt zum Kino. Redeten. Lachten. Küssten uns immer wieder. Berührten uns an den Händen. Wenigstens am kleinen Finger. Wir wollten uns nicht loslassen, die Verbindung nicht aufgeben, als wären wir siamesische Zwillinge. Ich würde ihn nähren und er mich, und wir würden zu einem Kreislauf werden.

Wir saßen Schulter an Schulter im Kino, und als die Lichter gedimmt wurden, wurden die anderen Kinogänger von dem Dunkel verschluckt. Nun waren nur noch wir zwei übrig und die Leinwand und das Licht des Projektors, das uns eine Geschichte erzählte. Es war ein kleines Programmkino. Der Wein in unseren Gläsern war schon warm geworden. Wir rauchten und sahen zu, wie die Rauchschwaden in lockigen Bewegungen aufstiegen und sich im Licht des Projektors brachen. Der Film hieß »Belle de Jour«, natürlich ein französischer Film. Ein Farbfilm. Und er war ab achtzehn. »Ein Erwachsenenfilm«, hatte Eric mir an der Kasse zugeraunt und seine Zunge in mein Ohr gesteckt. Während die Reklame lief, drückte Eric seine Schläfe an meine.

»Kennst du Catherine Deneuve?«, fragte Eric leise. »Die Hauptdarstellerin?«

»Nein, du?«

Er lachte so laut auf, dass sich ein Pärchen vor uns ruckartig umdrehte und uns irritiert ansah.

»Tut mir leid, aber sie ist einfach zu köstlich«, flüsterte er den beiden zu und deutete auf mich.

Zum Glück sah niemand, wie ich rot wurde. Ich nippte am lauwarmen Weißwein, während gerade eine Werbung für Miele-Spülmaschinen lief, in der eine ganze Buttercremetorte in die Maschine gelegt wurde, die hinterher vollkommen verschwunden war. Ich runzelte die Stirn.

»Worum geht es in dem Film?«, fragte ich.

Eric drehte sein Gesicht zu mir und berührte fast meine Nasenspitze. »Um eine Frau, die mit ihrem Mann nicht intim werden kann und daher in einem Bordell arbeitet. In Frankreich bezeichnet man eine Frau, die tagsüber als Prostituierte arbeitet, als *belle-de-jour*. Die Schöne des Tages.«

»*Belle-de-jour*«, wiederholte ich langsam. »Das klingt schön. Und ich dachte immer, die arbeiten nur nachts.«

Die Reklame war vorbei, die Leinwand wurde schwarz, und die roten Samtvorhänge links und rechts zogen sich weiter zurück.

»Jetzt geht's los«, flüsterte Eric mir zu.

Das Murmeln um uns herum wurde leiser. Und dann ertönte Musik, und der Film begann. Der Film faszinierte mich und ließ mich auf der vorderen Kante des Kinosessels sitzen, so gespannt war ich. Eric machte sich lustig und flüsterte mir zu, ich würde gleich in die Leinwand kriechen. Und so war es fast auch. Ich folgte gebannt ihrer Geschichte. Dieser Frau, die diesen gut aussehenden Arzt zum Ehemann hatte und gelangweilt war von ihrer bürgerlichen Existenz.

Als der Film zu Ende war, saß ich immer noch gebannt da, während der Abspann lief und die ersten Leute bereits aufstanden, quasselten und den Kinosaal verließen. Die Luft war abgestanden.

»Und?«, fragte Eric.

Ich blieb noch sitzen. »Das Ende habe ich nicht verstanden. War alles nur in ihrer Phantasie? Waren alles nur Tagträume? Das glaube ich nicht.«

»Ich habe den Film nun zum dritten Mal gesehen, und ich muss gestehen, dass ich jedes Mal meine Meinung ändere. Komm, wir gehen.« Er streckte mir die Hand entgegen und zog mich hoch. »Gehen wir zu mir. Ich habe eine Überraschung für dich.«

Wir liefen Hand in Hand durch die warme Nachtluft nach Hause zu ihm und sprachen auf dem Weg über den Film. Über die Frau, ihre Rolle, ihre Sexualität. Eric erzählte über Buñuel, den Regisseur. Er kannte das Buch von 1924, auf dem der Film basierte, und erklärte mir, was er wusste, ohne dass ich mir dumm oder ungebildet vorkam. Er erzählte es in einem Plauderton, nebenbei, ohne sich zu produzieren. Er fragte mich, wie ich diese oder jene Szene gefunden hätte. Keiner meiner Männer hatte mir nach einem Kinobesuch solche Fragen gestellt, und ich fand es wunderbar. *Formidable*, wie Eric sagte, und ich begann, ein paar Brocken Französisch mit ihm zu üben.

»Vielleicht solltest du einen Kurs machen, es klingt schön, wenn du Französisch sprichst«, sagte er, als er seine Wohnungstür aufsperrte.

Er holte eine Flasche Weißwein aus dem Kühlschrank und schenkte uns zwei Gläser ein. Ich saß auf dem Hocker an seiner Küchenzeile und sah ihm dabei zu.

»Warte, ich habe etwas für dich«, sagte er, und ich nickte zur Bestätigung, und er verschwand.

Ich nippte am Wein. Eric kam einen Moment später zurück und streckte mir einen weißen, flachen Karton mit einer weißen Schleife darauf entgegen.

»Für dich«, sagte er und lächelte dabei.

»Was ist das?«, fragte ich, legte die brennende Zigarette in dem Aschenbecher ab und stellte das Weinglas zur Seite. Ich nahm ihm den Karton ab und löste vorsichtig den Deckel. Sah Seidenpapier, das mit einem rosa Band verschlossen war. Darin fand ich teure weiße Spitzenwäsche. Ein Büstenhalter, Strümpfe und ein Strumpfhalter, ein Höschen. »Das ist ja die Wäsche, die die Denöff getragen hat.«

Er grinste nur.

Mit spitzen Fingern nahm ich die Wäsche hoch. »Was ist, wenn sie mir nicht passt?«

»Wird sie. Glaube mir. Madame Deneuve, wenn Sie jetzt bitte die Wäsche anziehen würden«, sagte er wie ein Filmregisseur. »Damit wir die Szene mit Eric drehen können.«

Ich verschwand im Bad und zog die Reizwäsche an. Solche hatte ich noch nie besessen. Meine Mutter hatte einfache Strümpfe gehabt, in einem langweiligen Ocker oder Schwarz, die sie im Waschbecken ausgewaschen und auf der kleinen Leine über der Sitzbadewanne aufgehängt hatte. Als ich mich anzog, dachte ich an Catherine Deneuve, ahmte ihre Bewegungen nach, summte eine wiegende Melodie, die mir in den Kopf kam. Griff in meine Handtasche, die auf dem Spülkasten stand, und zog meinen Lippenstift nach. Tuschte meine Augen nach. Ich sah in den Spiegel, und was ich sah, war wie eine andere Person. Eine andere Frau.

»Hallo, Fremde«, sagte ich zu meinem Spiegelbild. »Schön, dich kennenzulernen. Sehen wir uns jetzt häufiger?«

Schließlich stieß ich die Badezimmertür auf und blieb im Türrahmen stehen, lehnte mit der Schulter am Türstock. Einen Arm über den Kopf gelegt. Den Bauch eingezogen. Die Brust herausgedrückt.

»*Mon Dieu*«, rief er, und ich stellte kokett ein Bein aus, hob es an und schwenkte es leicht hin und her. »Ja, das ist sie«, fuhr er begeistert fort. Seine Augen strahlten. »Bereit für den Dreh, Catherine?«, rief er mit französischem Akzent.

»*Oui*«, hauchte ich und bewegte mich in einem Tanz auf ihn zu.

Ich war wie in einem Film. Meinem eigenen Film. Mein sonst so besorgtes Ich war verschwunden und machte einer anderen Lucia Platz, die aus dem Dunkel hervorgetreten war und nun übernahm. Der Alkohol machte meinen Kopf leicht und meinen Körper weich und biegsam. Erics Augen quollen über vor Freude, und er nahm eine Spiegelreflexkamera und sah mich durch den Sucher an, visierte mich mit dem Objektiv, dessen großes schwarzes Auge mich anstarrte. Ich musste an Lena denken und den Fotografen Bock. Solche Fotos konnten nicht einfach so entstehen. Genau solch eine Stimmung war notwendig. Anders konnte ich es mir nicht vorstellen.

»Ja, das ist gut, weiter so«, ermunterte Eric mich, und der Verschluss klickte in einem fort. Für einen Moment fragte ich mich, ob überhaupt ein Film drin war, aber es war mir egal, ich spielte meine Rolle weiter. Und da kam mir die Frage in den Sinn, die ich ihm den ganzen Tag hatte stellen wollen.

»Wer ist eigentlich diese Iris, mit der du etwas hattest? Diese Philosophiestudentin.«

Er hielt inne und ließ die Kamera sinken. »Wie kommst du denn jetzt darauf?«

»Fiel mir gerade ein«, sagte ich, ohne meinen Tanz zu unterbrechen. Eric war sichtlich irritiert.

»Wie sieht sie aus? Sag schon.«

»Schlank. Sehr blond. Mit einem Kajalstrich wie eine Sphinx.«

Ich schüttelte meinen Körper wie eine Tempeltänzerin. »Ist sie überhaupt Studentin hier in Düsseldorf?«, fragte ich und steuerte mit wiegenden Schritten auf ihn zu. Er setzte sich auf einen Stuhl und legte die Kamera zu Seite. Ich nahm auf seinem Schoß Platz. »Sag mir alles, was du über sie weißt«, flüsterte ich und mimte die Femme fatale.

»Was willst du wissen?«, fragte er und legte seine Hände auf meine Brüste, und ich schob sie sanft zur Seite. Ich beugte mich vor. Knabberte an seinem Ohr. Er atmete schneller. »Iris, sie ist Studentin hier. An der Uni. Macht dich das an, dass ich etwas mit ihr hatte?«, fragte er mit erstauntem Gesichtsausdruck.

»Vielleicht«, erwiderte ich. »Und wer ist sie wirklich?«

»Du bist wirklich erstaunlich. Ja, in der Tat. Sie heißt gar nicht Iris. Es ist ihr Pseudonym. Sie gibt sich als jemand anderes aus.«

»So wie ich jetzt gerade?«

Eric nickte, und sein Miene war leicht besorgt. Seine Erregung zog sich zurück. »Sie heißt eigentlich Nadja. Aber wieso willst du das wissen?«

Ich legte meinen Zeigefinger auf seine Lippen. »Schscht. Eine Frau braucht ihre Geheimnisse. Du musst nicht alles von mir wissen.« Ich knöpfte langsam sein Hemd auf und entblößte seine Brust. »Was hättest du eigentlich getan, wenn ich den Film blöd gefunden hätte?«

Er ergriff mein Handgelenk, hielt es einen Moment so fest, dass es fast wehtat, und strafte mich mit einem strengen Blick. »Das erkläre ich dir oben«, sagte er und zog mich an sich.

4

Dienstag, 12. August 1969

»Was machst du denn schon so früh am Morgen hier?«, fragte ich Toni, der um Viertel vor acht im Präsidium war. »Bist du aus dem Bett gefallen?«

Viel geschlafen hatte ich selbst nicht, aber ich sprühte vor Energie und fand mich unerhört gut aussehend, als sei über Nacht eine Transformation mit mir passiert.

Toni sah mich vier Sekunden an und sagte: »Deine Glückshormone sind schrecklich. Was hast du angestellt?«

Ich konnte mir ein Grinsen kaum verkneifen, aber verriet ihm nichts, obwohl ich fast platzte. Dieses überschäumende Gefühl in mir wollte ich für mich behalten. Wenigstens bis zum Mittagessen.

»Wer war das?«, fragte Toni mit gespielter Entrüstung.

»Ohne meinen Anwalt sage ich gar nichts«, erwiderte ich. »Du hast aber auch nicht viel geschlafen«, stellte ich mit Blick auf seine Augenringe fest. »Warst du gestern feiern?«

»Nein, keinesfalls. Ich habe nur nicht so gut geschlafen«, antwortete er und setzte ein falsches Grinsen auf.

Du lügst, dachte ich, ich sah es ihm an der Nasenspitze an, aber ich ließ ihm seine kleine Lüge durchgehen.

»Hat es mit Lilli zu tun? Mir kannst du es sagen.«

Er schnappte nach Luft. »Bist du irre?« Er bemerkte gleich, dass es ein Fehler war.

Lilli war es also nicht, die ihn um den Schlaf brachte.

»Lucia, ich erzähle es dir ein anderes Mal, ja? *Bellissima.* Aber nicht jetzt. Okay? Wir sind *amici. È claro?*«

Hinter uns kamen die Kollegen rein, wünschten einen guten Morgen, und wir grüßten zurück. Die ersten Telefone begannen zu klingeln.

Ich zog die Schublade auf und holte die Liste mit den Studenten hervor, ging sie langsam durch und suchte Nadja. Toni stand immer noch neben mir.

»Ist noch was?«, fragte ich ihn.

Er knabberte auf seinem Fingernagel herum und sah mich mit diesem Blick an, der schwankte zwischen »Nun frag doch endlich« und der Antwort »Ich kann es dir nicht erzählen«.

»Ist es sehr schlimm?«, fragte ich ihn, eher amüsiert und neckend, aber Toni lachte nicht. Er verfiel nicht in sein helles, ansteckendes Lachen, vollführte kein Tänzchen und sorgte nicht für gute Laune. Die Falte zwischen seinen Augenbrauen wurde tiefer, und er sah mich besorgt an.

»Womöglich«, entgegnete er.

Er wandte sich abrupt ab und lief zu seinem Schreibtisch und vergrub den Kopf in den aufgetürmten Akten.

Mein erster Impuls war, ihm hinterherzulaufen und ihn in eine stille Ecke zu ziehen und auszufragen. Nun erzähl endlich. Was ist passiert? Er hob den Kopf. Nickte mir dankbar und zugleich nachdenklich zu und versenkte sich wieder in den Akten.

Ich ging die Liste der Studenten durch und fand tatsächlich eine Nadja. Nadja Christensen. Mit Telefonnummer und Adresse. Die Straße und Hausnummer, nicht weit weg von meiner Wohnung, notierte ich mir auf einem Zettel und steckte ihn ein. Ich nahm den Telefonhörer ab und wollte gerade wählen, da warf mir jemand mit einem lauten Klatscher die Tageszeitung auf meinen Schreibtisch. Es war Otto. Er blitzte mich wütend an. Sein Gesicht war rot, und oberhalb des schneeweißen, engen Hemdkragens schlängelte sich eine pochende Ader den Hals entlang.

»Warst du das?«

»Wovon redest du?«, fragte ich erstaunt, und er bemerkte meine Reaktion, kniff ein Auge zu, um abzuschätzen, ob sie echt war oder gespielt. Ich kannte diese überschäumende Aufgebrachtheit von meinem Bruder, der eine ziemlich kurze Zündschnur besaß, und daran hatte ich mich gewöhnt. Das half mir in dem Moment, ruhig zu bleiben.

»Der Artikel in der Zeitung.«

»Ich habe heute noch keine Zeitung gelesen. Warum? Worum geht es?«

Es dämmerte mir. Otto blätterte schnell die Zeitung durch, schlug Seite um Seite um, bis er an der richtigen Seite ankam, und pikste mit dem Zeigefinger auf den Artikel.

»Das meine ich«, sagte er, und seine Stimme war scharf wie eine Rasierklinge.

»WER TÖTETE DAS BLUMENMÄDCHEN? Tote Studentin nach Wohnungsbrand entdeckt«.

Meine Augen flogen über den Artikel. Bock hatte dick aufgetragen, es fielen Begriffe wie »unschuldig« und »tragisch«, viel Pathos und die bohrende Frage, wer denn ein so junges, hübsches Mädchen mit einer »glänzenden Zukunft« so »brutal aus dem Leben« reißen konnte.

Er hatte ganze Arbeit geleistet. Immerhin verzichtete er darauf zu schreiben, dass die Polizei das Detail des Mordes »verschwiegen« hatte. Ich hörte hinter mir Potthoff sein »Guten Morgen« in den Raum bellen und meinte, darin eine gewisse Wut auszumachen. Er warf uns im Vorbeigehen den Befehl »Mitkommen. Alle beide« zu, stiefelte in sein Büro, stellte sich an sein Fenster und wartete, bis wir beide eingetreten waren und die Tür hinter uns geschlossen hatten. Er ließ die Knöchel seiner Finger knacken. Einen nach dem anderen. Wir standen nebeneinander und warteten. Potthoff trug eine schwarze Krawatte. Kein gutes Zeichen. Er wirbelte herum. Seine Augen waren zu Schlitzen verengt, die Farbe seiner sonst grünlichen Iris war nun zu einem dunklen Ton verändert. Otto legte die Zeitung mit dem aufgeschlagenen Artikel auf den Tisch.

»Wer hat die Presse informiert?«, fragte Potthoff scharf, und beim letzten Wort ging seine Stimme steil nach oben. Er feuerte weitere Fragen ab. »Wer hat diese Informationen an die Presse durchgestochen? Bislang haben wir Details zu diesem Fall absichtlich nicht kommuniziert. Das muss doch klar gewesen sein.«

Er ging hin und her. Kratzte sich am Nacken, eine Stelle unter dem rechten Ohr.

Ich beschloss, nichts zu sagen, wie bei meinem Bruder. Das Gewitter vorbeiziehen zu lassen.

Otto ergriff das Wort. »Wir haben uns gerade dazu ausgetauscht, Fräulein Specht und ich. Von unserer Seite wurde definitiv nichts weitergegeben.« Er schielte mit einem schnellen Blick zu mir, der nach Bestätigung verlangte, und ich nickte. Nun war ich an der Reihe, etwas zu sagen.

»Der Reporter hat mich letzte Woche angerufen, aber ich habe mich an die Anweisung gehalten und keine Informationen am Telefon weitergegeben.«

Das stimmte sogar.

»Finden Sie heraus, wer ihm die Infos gegeben hat«, befahl Potthoff und nickte Otto mit dem Kinn zu.

»Ich hätte da durchaus eine Vermutung«, fuhr ich fort, und Potthoff hob eine Augenbraue und kratzte sich wieder am Nacken. Dieselbe Stelle.

»Wir haben den Freund von Lena Malberg befragt, Johnny. Er gehört mit zum Freundeskreis von ihr, und die Hippies sind nicht besonders erpicht darauf, mit der Polizei zu kooperieren. Womöglich hat er sich an die Presse gewandt.« Ein kluger Schachzug, dachte ich. Potthoff stand da wie vom Donner gerührt und regte sich nicht. Seine Stille irritierte mich.

»Wollen Sie mir sagen, dass Sie dem Zeugen brühwarm erzählt haben, dass das Opfer ermordet wurde? Sind Sie eigentlich von allen guten Geistern verlassen?« Potthoffs Kopf wurde schlagartig rot und explodierte fast. Eine Haarsträhne war verrutscht. »Was glauben Sie eigentlich, wer Ihre Beurteilung schreibt?«, herrschte er mich an und trat einen Schritt auf mich zu.

Ich starrte ihn nur an, sagte nichts.

»Raus!«, brüllte er. »Bringen Sie das wieder in Ordnung!«

Ich hielt die Luft an, sah zu Otto, der ebenfalls etwas bleich um die Nase war, und wir gingen aus Potthoffs Zimmer. Schlossen vorsichtig seine Bürotür, als würde es den Anschiss schmälern, den wir kassiert hatten. Im Raum war es mucksmäuschenstill. Unsere Kollegen standen wie festgefroren da und starrten uns an. Einen solchen Wutausbruch hatte es bislang wohl noch nicht gegeben.

Potthoff ließ ratternd die Jalousien an den Fenstern herunter und rief durch die Scheibe: »Ihr sollt arbeiten und nicht rumstehen.«

»Machen wir weiter«, sagte Otto.

Ein Ruck ging durch uns alle, jeder ging wieder seiner Arbeit nach, und Otto stellte sich zu mir an meinen Schreibtisch, nahm den Hörer ab, rief die Redaktion der Rheinischen Post an und ließ sich mit Bock verbinden.

»Kommissar Hagedorn. Polizeipräsidium. Mordkommission. Wir haben eine Rückfrage zu einem heute erschienenen Artikel.« Seine Stimme war ruhig und streng und duldete keinen Widerspruch. Ich konnte die Stimme von Bock am anderen Ende hören, aber nicht verstehen, was er sagte. Er klang fröhlich, fast entspannt. Es musste ihm eine diebische Freude bereiten, dass die Polizei anrief. Und zugleich wusste ich, dass ich mit ihm noch eine Rechnung offen hatte.

Otto fuhr fort. »Wir haben diese Informationen nicht an die Presse weitergegeben. Wer hat Sie informiert? Und kommen Sie mir jetzt nicht mit Informantenschutz.« Otto lauschte in den Hörer und sah mich dabei an. Seine Miene verriet nichts. Sie war wie versteinert. Ich versuchte, äußerst unschuldig zu wirken, und stellte mir vor, ich sei ein Lamm. Ein kleines weißes Lamm, das ahnungslos in die Welt blickte.

Ottos Mund war ein gerader Strich. »Auf Wiederhören, Herr Bock«, sagte er schließlich und legte auf. Wischte sich mit einer Hand durch sein Gesicht.

»Was hat er gesagt?«, fragte ich und saß kerzengerade. »Nun sag schon.«

»Wir sollen unsere Arbeit machen, er würde seine machen. Er verrät seine Informanten nicht. War klar. Dieser blöde Schmierfink, pfuscht uns immer ins Handwerk. Aber so viel würde er mir verraten, es sei ein junger Mann.«

Wir sahen uns für ein paar Sekunden an, und keiner sagte etwas. Und ich dachte mir nur: Er hält sich an unsere Abmachungen.

»Ich informiere Potthoff«, erklärte Otto. »Vermutlich war es so, wie du gesagt hast.«

Ich nickte. Mein Kopf war aus der Schlinge. Vorerst.

»Ich bin nach wie vor der Meinung, dass es richtig war, Johnny mit der Wahrheit zu konfrontieren, um in der Befragung einen Schritt weiterzukommen«, ergänzte Otto. »Aber Johnny hätte keinen Vorteil davon, es öffentlich zu machen. Es muss jemand anderes gewesen sein.«

Mein Magen fuhr Achterbahn. Otto war ein verdammt guter Polizist. Wenn er mir auf die Schliche käme, wäre ich geliefert.

Elke kam aufgeregt zu uns gelaufen, mit einem Zettel in der Hand, den sie uns bereits im Gehen entgegenstreckte.

»Da kam gerade ein Anruf für euch beide«, sagte sie atemlos. »Eine Melanie Brecht. Sie wohnt in dem Haus, in dem es gebrannt hat. Sie sagt, es sei jemand in der Wohnung über ihr, wo die Leiche gefunden wurde. Ein Dienstwagen steht vor der Tür bereit. Eine Streife ist bereits unterwegs.«

»Dann mal nix wie los«, sagte Otto, und wir stürmten aus dem Raum.

Die Streife war vor uns da, aber sie kam zu spät und konnte niemanden in der Wohnung vorfinden. Wer auch immer dort gewesen war, die Person war bereits über alle Berge. Melanie Brecht trafen wir im Flur, und sie berichtete uns mit großen Augen, dass sie gerade den Kleinen ins Bettchen gelegt hatte und es still war, als sie dieses Splittern von Holz hörte und sich dachte, dass es nicht die Polizei sein konnte.

Wir gingen die Treppe nach oben zu Lenas Wohnung. Otto starrte dabei angestrengt auf den Boden.

»Was suchst du?«, fragte ich.

»Fußabdrücke, aber hier sind keine. Dachte ich mir aber, draußen ist es schließlich trocken. Kein Regen, der hätte helfen können.«

Wieder was gelernt, dachte ich. Wir standen vor Lenas Wohnungstür. Das Siegel an der Tür war zerschnitten, die Tür aufgebrochen.

»Ruf die Kriminaltechnik, die sollen Fingerabdrücke nehmen und Fotos machen«, sagte Otto.

»Ich funke sie gleich aus dem Dienstwagen an.«

Otto ging mit dem Auge nah dran und untersuchte den Türrahmen auf Spuren. »Manchmal gibt es kleine Fasern, die hängen bleiben«, erklärte er. »Ich tippe darauf, dass die Presseveröffentlichung den Täter aufgeschreckt hat. Jetzt ist ihm klar geworden, dass wir ihn suchen. Bislang hat er sich in Sicherheit gewiegt, weil von dem Fall nichts bekannt war. Diese Tarnung ist nun weg. Die Person muss vor dem Haus gewartet haben, bis einer der Bewohner heute Morgen das Haus verlassen hat, und ist dann schnell in den Flur geschlüpft, bevor sich die Haustür schloss. Dann die Treppe hoch, bei Melanie Brecht vorbei. Vermutlich hat er ein Stemmeisen oder vielleicht auch nur einen Schraubenzieher benutzt. Die Tür ist nicht besonders sicher, das sind billige Türen, die sind einfach aufzuhebeln.«

Wir betraten die Wohnung, und sofort stieg mir wieder der Brandgeruch in die Nase. Wir ließen den Flur links liegen und gingen ins Wohnzimmer. Sahen uns aufmerksam um, jeder auf seine Weise. Ließen unsere Blicke schweifen, über den Boden, die Möbel, die Wände bis zur Decke.

Otto stand in der Mitte des kleinen Raumes und drehte sich einmal langsam um die eigene Achse. »Sieht etwas anders für dich aus? Fehlt etwas? Was denkst du?«

»Nein, hier nicht, würde ich behaupten.« Ich betrat die Küche, schaute auf die Stelle am Boden, wo sie gelegen hatte. Schaute zum Herd, zur Spüle. Zu dem kleinen Tisch am Fenster. Dem winzigen Gewürzregal an der Wand. Es sah aus wie in meiner Erinnerung.

Fast. Es sah fast so aus wie in meiner Erinnerung.

Da war ein Störgeräusch in meinem Kopf. Ein kleiner Widerspruch, ein Haken, winzig, aber mein Hirn sagte mir, dass hier etwas anders war. Aber ich sah es nicht. Ich konnte den Unterschied nicht ausmachen.

Ich sagte laut zu Otto: »Eine Theorie besagt: Der Täter kehrt zum Tatort zurück. Der Grund ist: Der Täter erlebt die Tat noch einmal. Und womöglich genießt er es. Wenn die Tat ihn befriedigt hat. Viel wahrscheinlicher ist sicherlich, dass der Täter sichergehen will, dass seine Spuren beseitigt sind. Oder er hat etwas am Tatort vergessen, das ihn identifizieren könnte.«

Otto stand hinter mir und schnalzte mit der Zunge. »Das klang jetzt ein bisschen auswendig gelernt, aber es stimmt. Unser Täter hat etwas vergessen.«

»Aber was?«, fragte ich und drehte mich zu ihm um.

Er sah mich mit großen, konzentrierten Augen an. »Etwas, das uns zu ihm führen würde. Es war die ganze Zeit hier, aber wir haben es nicht gesehen. Oder übersehen. Es gab etwas in dieser Wohnung, was ein Hinweis auf den Täter war.«

»Egal, was es war, dann müssten wir es fotografisch festgehalten haben, auf einem der vielen Tatortfotos«, meinte ich. »Die Jungs von der Kriminaltechnik haben jede Nische fotografiert. Ich bitte Jens, die Tatortfotos mitzubringen, und vergleiche sie mit dem jetzigen Zustand.«

Dieser Fall war noch nicht beendet. Otto war mittendrin, sein Spürsinn lief auf höchster Flamme, er war angefixt. Wir würden weiter in dem Fall ermitteln, und Otto würde es Potthoff verklickern, dessen war ich mir sicher. Otto sah einen Moment gedankenverloren ins Leere und nickte langsam.

»Ja, gute Idee, Lucia. Mach das.« Er legte eine Hand auf meine Schulter. Ich spürte sie warm durch mein Kleid hindurch. »Ich dachte schon, du seist das Vögelchen gewesen, das der Presse etwas gesungen hat. Aber ich habe mich getäuscht. Und ich bin ganz froh darüber.«

Er lächelte. Seine Stirn war jetzt entspannt und glatt, seinen Mund umspielte ein kleines Lächeln. Er ließ die Hand wieder sinken. Ich starrte ihn an und dachte mir nur: Ich bin ein Lamm. Ein großes, unschuldiges Lamm. Mäh.

Über den Funk im Dienstwagen informierte ich die Kriminaltechnik, während Otto bei allen Hausbewohnern und den Nachbarn klingelte und fragte, ob sie heute Morgen etwas Verdächtiges beobachtet hätten. Eine Person, die vor dem Haus herumgelungert und gewartet habe.

Jens war zwanzig Minuten später da und kam atemlos im oberen Stockwerk an und überreichte mir einen braunen Umschlag.

»Die Tatortfotos.« Er keuchte.

»Danke. Bist du hierher gerannt?«

Jens deutete auf die Stufen hinter sich. Stützte sich mit einer Hand an der Wand im Treppenhaus ab und atmete laut aus. Sein Gesicht war rot angelaufen. Als sich sein Atem wieder beruhigt hatte, richtete er sich auf.

»Ich bin gefühlt seit Wochen mal wieder draußen. Es ist Sommer. Wusstest du das?«, sagte er scherzhaft.

»Du solltest ernsthaft in Erwägung ziehen, Sport zu treiben.«

Er kniete nieder und ließ die Verschlüsse seines Untersuchungskoffers aufspringen.

Ich fuhr fort. »Schwimmen zum Beispiel. Oder Laufen.«

Er suchte eine Pinzette heraus sowie Rußpulver, einen Pinsel und Klebefolie. »Ich kann nicht schwimmen«, antwortete er beschämt. »Aber ich könnte es mal mit Laufen versuchen.«

»Aber Fahrrad fahren kannst du, oder?«

Jens sah mich streng an. »Ich bin zwar eine Laborratte, habe aber durchaus einen Gleichgewichtssinn und kann ein Fahrrad lenken. Ich habe sogar eines.«

»Was ist das Problem?«, fragte ich, lächelte und ließ die Fotos aus dem Umschlag in meine Hand rutschen.

»Beide Reifen sind platt«, sagte er, und als er meinen Blick sah, schob er hinterher: »Ja, ja, ich repariere es. Versprochen. Und jetzt an die Arbeit.«

Ich nahm die Abzüge und sortierte sie in meiner Hand nach den Räumen und Detailaufnahmen, ging Foto für Foto durch.

Was könnte der Täter vergessen haben, das auf ihn hindeuten könnte? Was wäre so unauffällig, dass wir es übersehen hatten? Es musste etwas Banales sein. Alltägliches. Nichts Ungewöhnliches. Etwas, das in einer Wohnung herumlag und nicht auffiel. Wie ein Schlüssel oder ein Geldbeutel. Eine Notiz. Ein Streichholzbriefchen. Foto für Foto ging ich durch, zuerst das Wohnzimmer. Die Aufnahmen des Bodens, der Wände, der verbrannten Matratze, des Tischs und des kleinen Bücherregals. Finde den Fehler. Nach dem Wohnzimmer nahm ich mir das Bad vor. Auch das war fotografiert worden, aber den Raum hatten wir bislang nicht groß in Betracht gezogen. Ich öffnete den Spiegelschrank über dem Waschbecken und sah mir Lenas Toilettenartikel an. Die wenigen Artikel standen akkurat und ordentlich aufgereiht da, mit dem Etikett nach vorne gedreht. Ein paar Medikamentenpackungen waren der Größe nach aufeinandergestapelt. Lena war ordentlich und genau. Sie war kein bisschen schlampig, wie ich erwartet hatte. Sie war sortiert und legte Wert auf Ordnung und Überblick.

Als ich Samstag das erste Mal bei Eric gewesen war, hatte ich ebenfalls seinen Allibertschrank geöffnet, während er nebenan einen Drink mixte. Alles stand durcheinander. Gesichtscremes. Pomade. Das französische Eau de Toilette und sein Aftershave. Aspirin, Kondome und Alka Seltzer. Nagelfeile, Nassrasierer und dergleichen. Sein Schrank war wie er. Wild.

Ich erinnerte mich an den Badezimmerschrank meiner Mutter, der mir als kleines Kind wie ein Heiligtum vorkam. Er musste etwas Magisches beinhalten, denn jeden Morgen verschwand sie im Morgenrock mit einer Tasse Kaffee im Bad, und wenn sie eine halbe Stunde später herauskam, war sie ein anderer Mensch geworden. Ihre Augenringe waren verschwunden, ihre Haut schien ebenmäßig, die Augen strahlten groß, und ihre Lippen leuchteten rot und feucht wie in Sirup eingelegte Kirschen. Sie duftete gut. Ihre Haare waren perfekt frisiert, und der Geruch von Taft und Parfüm waberte aus der geöffneten Badezimmertür in den Flur. Ich schlüpfte damals schnell ins Bad, suchte nach dem Geheimnis, das meine Mutter zu der Person gemacht hatte. Öffnete jedes Fläschchen. Jeden Tiegel. Jedes Schächtelchen. Jede Schatulle. Jedes Etui. Ich roch daran, tippte meinen Finger hinein, verrieb es zwischen meinen kleinen Fingern. Anschließend verschloss ich alles wieder und stellte es zurück an seinen Platz.

Meine Mutter bemerkte meine Neugierde, und eines Tages zeigte sie mir ihr Geheimnis. Ich stand auf einem Schemel und besah mich im Spiegel. Meine Mutter stand hinter mir und frisierte meine Haare, toupierte sie. Trug Lippenstift auf meine Lippen auf, und ich spürte seine fettig-feste Konsistenz. Ich schloss meine Augen, während sie mit einem Pinselchen über meine Lider strich, was kitzelte, und ich musste kichern.

»Halt still und Augen zu«, sagte sie und strich über meine Wimpern. Ich hielt die Luft an, so aufgeregt war ich.

»Fertig. Schau dich an.«

Ich betrachtete mich im Spiegel. Mama stand hinter mir, ihr Kopf schien über meinem zu schweben. Wir staunten beide. Ich sah aus wie eine jüngere Version von ihr.

»Ich bin fertig«, sagte Jens und riss mich aus den Gedanken. Er stand im Türrahmen und sah mich aufmerksam an.

»Is gut.« Ich schloss die offene Tür des Allibertschranks.

»Ich muss noch die Küche prüfen.«

»Dann fahr ich schon mal los, bis später.« Er schnappte seinen Koffer, und ich hörte, wie er die Treppe runterstapfte. Ich ging in die Küche und verglich die Fotos mit dem Raum vor mir. Achtete auf jedes Detail, das ich auf dem Foto sehen konnte. Otto kam von seiner Befragung zurück, blieb im Türrahmen stehen und sah mir zu, wie ich vor dem Backofen kniete und ein Foto mit dem Inhalt des Ofens verglich.

»Und?«, fragte ich.

»Nichts. Und du?«

»Ich kann keinen Unterschied feststellen zwischen den Fotos und heute. Die Räume wirken auf mich unverändert. Ich habe mir die Details angesehen und verglichen.« Dass mir mein Gefühl immer noch sagte, dass hier etwas nicht stimmte, etwas Entscheidendes fehlte, erwähnte ich nicht.

Er zuckte mit den Achseln. »Schade. Die Idee war gut. Fahren wir zurück ins Präsidium.«

Die Morgenrunde hatten wir verpasst, aber Toni berichtete mir, dass Potthoff den Vorfall um Johnny mit keiner Silbe erwähnt hatte. Das fand ich erstaunlich, da alle seinen Unmut mitbekommen hatten. Otto wurde direkt nach unserer Rückkehr zu ihm zitiert, ich blieb erst mal außen vor.

Ich nahm an meinem Schreibtisch Platz und sortierte mich. Hinter mir telefonierte Toni mit einem offenbar schwerhörigen Zeugen, der den Toten im Spee'schen Park kannte. Ich nahm den Hörer in die Hand und versuchte, Nadja zu erreichen. Viel Hoffnung hatte ich nicht. Es tutete lange, und als ich bereits auflegen wollte, wurde abgenommen, und eine schwere weibliche Stimme sagte: »Hallo?«

In der Sekunde fiel mir auf, dass ich mir gar keine Taktik für das Gespräch mit ihr überlegt hatte. Geschweige denn wusste, ob die beiden sich überhaupt kannten. Ich wollte ihr nicht auf die Nase binden, dass dies eine laufende Ermittlung und ich eine Polizistin war.

»Nadja?«

»Ähm, ja, am Apparat. Mit wem spreche ich denn?«

»Hallo, hier ist Lucia«, sagte ich. »Ich bin eine Freundin von Eric. Er hat mir deine Nummer gegeben, wegen einer Anfrage für einen Artikel.«

»Ah, okay.« Sie klang verschlafen.

»Habe ich dich geweckt? Tut mir leid.«

»Schon okay. Wie viel Uhr ist es?«

»Kurz nach elf.«

»War 'ne lange Nacht«, erklärte Nadja, und ich hörte nackte Füße, die über den Boden patschten.

»Warst du feiern?«, fragte ich.

»Nee, arbeiten. Im ›Goldkopf‹. Woher kennst du Eric?«

»Ausm ›Creamcheese‹«, sagte ich schnell.

»Der Eric.« Sie seufzte laut. »Und du bist jetzt seine neue Ische?«

Ich räusperte mich. Nun hatte ich eine Idee. So könnte es funktionieren.

»Es geht um Lena«, sagte ich. Für einen Moment war Stille in der Leitung, und ich dachte schon, sie habe aufgelegt. »Bist du noch dran?«

»Ja«, antwortete sie. »Das mit Lena ist schlimm. Ich mochte sie wirklich gern.«

»Ich arbeite an einem Porträt über sie, für die Zeitung, und ich dachte, vielleicht könnten wir uns mal treffen, und du kannst mir von ihr erzählen. Ihr wart doch befreundet, oder? Ich fände es wichtig, dass sie richtig porträtiert wird. Sie war wohl ein außergewöhnlicher Mensch.«

Nadja lachte heiser. »Ja, das war Lena, sie war wirklich verrückt. Was haben wir für Nächte erlebt und gefeiert.«

»Ich bin mal spontan. Würde es dir heute Abend passen?«

»Ja, klar. Vielleicht vor der Arbeit, so um halb sieben. Ich hänge vorher gern im Hofgarten ab, am ›Jröne Jong‹. Passt dir das?«

Ich hatte keine Ahnung, wo das sein sollte, und kritzelte es auf einen Block. »Na klar kenne ich das«, log ich. »Um halb sieben.«

Sie gähnte. »Prima. Bis später«, antwortete sie und legte auf. Es war still im Raum. Kein Telefon klingelte. Ich sah mich um und stellte fest, dass die anderen ausgeflogen waren. Womöglich in der Mittagspause oder unterwegs zu Befragungen. Durch die dünnen Wände konnte ich Otto und Potthoff reden hören, und ich spitzte die Ohren, was sie sagten. Ihre Stimmen waren recht gut verständlich. Ich wagte kaum zu atmen und hielt die Luft an.

»Du musst sie härter rannehmen. Dann wird sie schon einknicken.«

»Sie arbeitet gut. Hat Ideen und ist aufmerksam.«

»Mag sein, aber unterm Strich ist sie ungeeignet für den Polizeidienst. Viel zu emotional. Und sieht aus wie eine Sekretärin, die nimmt niemand ernst. Du schreibst das in den Bericht. Wir haben schließlich eine Vereinbarung.«

Dann klingelte wieder ein Telefon auf dem Schreibtisch hinter mir, und ich verstand nichts mehr. Aber was ich gehört hatte, genügte mir vollkommen. So lief das also. Otto musste einen Bericht über mich verfassen. Und sollte mir attestieren, dass ich ungeeignet war. Sodass am Schluss der Ausbildung was übrig bliebe? Langweiliger Innendienst? Archiv aufräumen?

Ich schnappte nach Luft. Mein Blut rauschte laut in meinen Ohren, und ich dachte, ich kippe gleich vom Stuhl.

Ich stand langsam auf und ging ohne Hast zur Toilette, an Elke vorbei, der ich ein verkrampftes Lächeln schenkte. Ich schloss die Toilettentür hinter mir und lehnte mich dagegen. Schlug einmal den Hinterkopf gegen die Tür. Du kannst nicht sein, was du nicht siehst, hatte mein Bruder gesagt. Sein Satz hallte in meinem Kopf nach. Ich stützte mich mit den Händen links und rechts am Waschbecken ab. Drehte den Kaltwasserhahn auf. Sah mir selbst in die Augen, bis mein Spiegelbild so gestochen scharf war, dass es fast schmerzte. Ich lauschte dem Rauschen des Wassers, das gluckernd im Abfluss verschwand. Das beruhigte mich.

Du hast unrecht, lieber Henning. Die Dinge haben sich geändert; ich sah mich nun ganz genau. Ich sah das Bildnis meiner selbst in der Zukunft. Ich ließ mich nicht beirren, ich würde eine erfolgreiche Kriminalistin werden und mich nicht von meinem Weg abbringen lassen. Auf keinen Fall.

Ich wusch mir die Hände, trocknete sie mit Papiertüchern ab, öffnete meine Handtasche und schminkte mich nach. Etwas kräftiger als sonst, was mir einen entschiedeneren Gesichtsausdruck verlieh. Ich trat einen Schritt zurück und besah mich. Mag sein, dass ich noch wie eine Sekretärin aussah. Meine Garderobe stammte zu einem großen Teil aus der Zeit als Sekretärin in der Zeche, adrett und weiblich. Wie sollte eine Kriminalistin von heute aussehen? Eine moderne Frau, eine erfolgreiche Frau, die ihren Weg geht? Bei der Polizei waren wir Frauen keine Zierde fürs Büro. Wir waren mehr als das.

Ich beschloss, meinen Stil zu ändern. Ich würde zwar nicht in einem Lederdress wie Emma Peel herumrennen, aber niemand sollte mich mehr für eine Sekretärin halten. Auf keinen Fall.

Ich verließ die Toilette und lief an Elke vorbei.

»Alles in Ordnung, Liebes?«, fragte sie.

»Nein, aber das ist gut so. Die Dinge müssen sich ändern.«

Elke rollte mit den Augen.

»Fräulein Specht, kommen Sie bitte in mein Büro«, hörte ich Potthoff rufen.

Er stand vor seiner geöffneten Bürotür und winkte mich heran. Hielt mir die Tür auf. Eine Geste, die mir heuchlerisch vorkam. Ich ging an ihm vorbei, betrat sein Büro und setzte mich neben Otto auf den freien Stuhl vor seinem Schreibtisch. Otto sah mich nicht an. Potthoff setzte sich uns gegenüber hinter seinen Schreibtisch und schloss die Schublade, die sich bei ihm in Bauchhöhe befand. Mir fiel in dem Moment das erste Mal auf, dass Potthoff müde aussah. Seine Augen waren Irrlichter, die umherschwirrten wie nervöse Fliegen in einer von einem nahenden Gewitter aufgeladenen Luft. Er kratzte sich wieder die Stelle am Nacken.

»Otto und ich haben uns besprochen«, begann er in ruhigem Tonfall.

Mir lag schon auf der Zunge, zu sagen: Ich weiß, ich habe euch schließlich gehört und weiß, was hier läuft.

»Durch die Presseveröffentlichung ist der Druck der Öffentlichkeit dazugekommen, wir müssen diesen Fall zügig schließen und ein Ergebnis präsentieren. Die telefonischen Anfragen häufen sich. Was ist Ihr Plan, Fräulein Specht? Welche Spur sehen Sie, außer dem zweiten Einbruch von heute Morgen?«

»Ich habe eine Freundin und Kommilitonin ausfindig gemacht, die ich treffen werde. Nadja Christensen. Von dem Kontakt erhoffe ich mir einen Hinweis auf das engere Umfeld.«

»Sie wollen es nicht glauben«, sagte Potthoff. »Das wird

ausgehen wie das Hornberger Schießen, aber ich lasse Sie machen. Sie sind in der Ausbildung und sollten Ihren jungen Instinkten folgen und Erfahrungen sammeln. Sie reportieren Ihre Ermittlungsschritte an Otto, und Donnerstag, zwölf Uhr, ist Schluss. Dann möchte ich einen ausführlichen Bericht und einen klaren Lösungsvorschlag, damit wir den Fall schließen können. Also, Donnerstag, zwölf Uhr, hier in diesem Büro. Keine Ausreden.«

Potthoff erhöhte den Druck. Das waren noch zwei Tage. Heute war Dienstag. Otto und ich müssten ordentlich Gas geben, um eine heiße Spur zu präsentieren, ansonsten würde Potthoff den Fall schließen, und mein erster Fall wäre ungelöst. Nicht gerade eine Bilanz, mit der ich in meiner Ausbildung glänzen konnte.

»Und, Fräulein Specht, das fließt in Ihre Bewertung ein. Nicht vergessen.«

Er hob eine Augenbraue an. Das war ein abgekartetes Spiel. Es ging nicht darum, den Fall zu lösen. Der Plan war klar. Die Sache würde als Raubmord definiert, der Täter war bereits über alle Berge. Sie würden einen Zusammenhang mit den Einbrüchen herstellen und den Fall schließen, und Lena wäre ein Opfer eines gewalttätigen Einbrechers geworden. Ottos Rolle in dem Spiel war für mich nicht ersichtlich. Was würde er für seinen Bericht bekommen? Konnte ich ihm noch trauen?

Ich sah Otto von der Seite an. Er blickte starr geradeaus. Was spielst du hier für ein Spiel, Otto? Wenn du mich ausspionierst, was machst du dann mit Ruth? Ist sie ebenfalls auf deiner Liste? Ist das der Plan? Uns loszuwerden? Den Beweis zu erbringen, dass wir als Frauen für diese Arbeit nicht geschaffen sind? Dass wir doch besser an den Herd gehören, als Verbrecher zu jagen?

»Sie haben den Bericht bis Donnerstag, zwölf Uhr«, sagte ich mit entschiedener Miene und sah Potthoff direkt in die Augen. Hielt seinem wirren, fiebernden Blick stand, bis er aus dem Fenster sah und sich am Nacken kratzte.

»Worauf warten Sie noch?«, sagte er mit tiefer Stimme.

Ich schnappte meine Handtasche und ging schnurstracks aus dem Büro. Auf dem Weg zur Mittagspause im »Trompeter« betrat ich eine Telefonzelle in einer Seitenstraße und rief Bock in der Redaktion an. Die Nummer konnte ich bereits auswendig.

»Wie gefällt Ihnen der Artikel? Sie haben bekommen, was Sie wollten«, sagte er in einem süffisanten Tonfall.

Ich blieb ernst. »Geben Sie mir alle Infos, die Sie über Lena haben. Ich weiß, dass Sie mir nicht alles gesagt haben, was Sie wissen.«

»Unter der Bedingung, dass ich diese Geschichte exklusiv bekomme, wenn Sie einen Täter haben. Und mich auf dem Laufenden halten.«

Ich biss mir auf die Lippe. Solche Zusagen konnte ich nicht machen, andererseits war ich jetzt schon so tief reingerutscht in den Schlamassel, da kam es auf das auch nicht mehr an.

»Natürlich«, antwortete ich und hörte mir dabei selbst zu, wie einfach und überzeugend ich diese Lüge aussprach.

»Was wollen Sie wissen?«

Ich nahm einen Notizblock aus meiner Handtasche und legte ihn oben auf den Münzsprecher, klemmte den schwarzen Hörer zwischen Ohr und Schulter und zückte einen Kuli.

»Hatten Sie ein Verhältnis mit ihr?«

Bock zögerte kurz. »Wir hatten einmal was miteinander, nachdem ich Fotos von ihr gemacht hatte. Später fand ich heraus, dass das ihre Masche war. Sie verführte alle, von denen sie etwas wollte. Ich war nicht der Einzige, der in ihre Falle tappte, und hätte es, ohne mit der Wimper zu zucken, wieder getan.«

Das fand ich interessant, und es warf ein anderes Licht auf sie. War Lena Malberg letztlich viel durchtriebener gewesen, als ich gedacht hatte? Hatte sie sich damit Feinde geschaffen?

»Was war Lenas Ziel? Worauf arbeitete sie hin?«, fragte ich und sah auf die Uhr. Ich war schon spät dran. Langsam wurde es in dieser Telefonzelle stickig.

»Unabhängigkeit. Grenzenlose Freiheit. Egal, wie. Sie war

nicht wie diese APO-Studentinnen, sie war null politisch und ging nur auf Demos, um neue Freunde zu gewinnen. Übrigens: Die APO-Studenten waren mit ihren Freundinnen so konservativ wie ihre Väter, sie mussten für die Herren arbeiten, Flugblätter drucken.«

Mein Gedanke war, dass Lenas Freunde ihr nichts wollten, die bewunderten sie, schliefen mit ihr oder sie mit ihnen. Aber das waren nicht ihre Feinde. Es musste jemand sein, der ihren neuen Lebenswandel verabscheute und langsam eine Wut aufgebaut hatte, die sich schließlich entlud. Blinde Wut.

»Wer hatte ein persönliches Interesse an Lena außerhalb ihres Kreises von Liebhabern und Freunden?«, fragte ich.

Einen Moment sagte Bock nichts. »Sie würden es nicht glauben, wenn ich es Ihnen erzählte. Ich habe Ihnen ja gesagt, dass es noch mehr Fotos gibt. Nach dem Mittag haben Sie diese per Kurier. Sie werden deren Brisanz sofort feststellen. Aber! Die haben Sie nicht von mir. Das ist ein Vertrauensangebot«, antwortete er. »Und Sie halten mich auf dem Laufenden, und ich bekomme von Ihnen die Geschichte, wenn Sie den Täter geschnappt haben. Ich möchte ungern von meinem Druckmittel Gebrauch machen, dass Sie mein Informant sind.«

»Dieses Gespräch hat nie stattgefunden«, erwiderte ich. Mir wurde heiß und kalt zugleich.

»Passen Sie auf sich auf, Fräulein Specht. Ich meine es ernst.«

Die anderen saßen bereits beim Essen, bei Rührei mit Rahmspinat und Salzkartoffeln, und ich wurde mit knappem Handzeichen begrüßt. Ich setzte mich zwischen Mieze und Ruth und begann kurz zu erzählen, was es Neues im Fall Lena Malberg gab: die Presseveröffentlichung und den erneuten Einbruch. Natürlich ohne preiszugeben, dass ich diejenige war, die es losgetreten hatte. Und ich erzählte vom erneuten Besuch am Tatort und vom Abgleich der Fotos.

»Du hattest doch diese Zeichnung gemacht«, meinte Ruth

und nippte an ihrem Spezi. »Mit Bleistift, die in deiner Handtasche lag. Hast du die noch?«

Das hatte ich in der Tat vergessen. »Stimmt. Die liegt bei mir zu Hause, gut, dass ich sie noch nicht entsorgt habe.«

Rosi stellte mir ein Radler vor die Nase, und ich trank einen großen Schluck.

»Was gibt's Neues von dem Mord um Sharon Tate?«, fragte Mieze. »Ich wüsste gern, wie es weitergeht.«

Ich zog die Zeitung aus meiner Tasche und blätterte sie durch. »›Neue Bluttat gibt Rätsel auf‹«, las ich laut vor. »›Hollywood zittert. Jetzt Doppelmord‹.«

»Moment mal, es gab weitere Morde?« Petra sah uns erstaunt an.

»Als ob die anderen nicht schon grausam genug waren«, murmelte Mieze.

»Nur achtundvierzig Stunden später wurden ein Supermarktbesitzer und seine Frau erstochen. Wollt ihr das wirklich hören?«

»Natürlich, los, lies schon vor«, drängte Renate mich.

»›Ähnlich wie beim Mord in der Villa des Filmregisseurs war der Kopf der Ermordeten mit einem Tuch bedeckt. Der Kopf seiner Frau war in ein Nachthemd eingehüllt. Auf dem Kühlschrank des Ehepaars stand mit Blut geschrieben: ›Death to Pigs‹. Tod den Schweinen. In die Brust des Mannes hatte der Mörder außer dem Wort ›Krieg‹ auch mehrere Male den Buchstaben X geschnitten. Wie die Polizei erklärte, bestehen gewisse Parallelen zwischen den Morden in der Polański-Villa und dem Doppelmord von Hollywood. Es könne jedoch noch nicht eindeutig gesagt werden, ob es einen direkten Zusammenhang zwischen den beiden Bluttaten gibt. Es könne auch sein, dass es sich im zweiten Fall lediglich um eine Kopie des Verbrechens im Hause Polański handele.‹«

»Das ist keine Kopie«, sagte Renate. »Auf keinen Fall.«

»Warum nicht?«, fragte Lilli.

»Die Nachahmung ist zu schnell, oder nicht? Gerade mal achtundvierzig Stunden sind vergangen. Hey, ich kenne auch ein paar Schweine, die murkse ich auch mal ab und mache es, wie ihr das gemacht habt. Tolle Idee.«

Mieze und Ruth lachten.

»Guter Punkt, Renate«, sagte Ruth. »Klingt wie ein Rachefeldzug. Und was soll das mit den Schweinen?«

»Wenn ihr mich fragt, ist das kranker Kram«, sagte Mieze. »Das ist eine Erweiterung der Gründe, warum man einen Menschen tötet, möchte ich meinen. Es geht eigentlich immer nur um das eine: um Geld oder um Sex. Hier geht es um irgendeinen irren Fanatismus.«

»Wartet mal, hier steht noch was am Ende des Artikels«, unterbrach ich die Runde. Rosi kam an unseren Tisch und servierte mir das Essen.

»›Die naheliegende Vermutung, dass ein geisteskranker Sexualpsychopath die Villen prominenter Schauspieler umschleicht, hat zu ungewöhnlichen Sicherungsmaßnahmen geführt.‹«

Rosi trat an den Tisch und stemmte die Hände in die fülligen Hüften. »Jetzt ist aber mal gut mit Mord und Totschlag, meine Täubchens. Jetzt wird gegessen. Und du, Lucia, legst die Zeitung weg.«

Zurück im Präsidium reichte Elke mir beim Hereinkommen kommentarlos einen hellbraunen, schmalen Umschlag mit meinem Namen darauf und dem Vermerk »persönlich«. Bock hielt also Wort. Ich verschwand damit auf der Damentoilette, klappte den schwarzen Klosettdeckel herunter und setzte mich darauf. Der Umschlag enthielt Abzüge seiner Fotos, die mit einem Gummiband fixiert waren und noch chemisch rochen. Es waren fünf Fotos. Alles Schwarz-Weiß-Aufnahmen. Auf dem ersten war wieder der altehrwürdige Konzertsaal zu sehen. Vor einem aufgeklappten Flügel stand Lena im schwarzen Etuikleid und in Pumps, die Haare waren hochgesteckt und streng aus dem Gesicht gekämmt, und hielt einen Strauß mit weißen Rosen in der Hand. Sie stand gerade, ihre Knie berührten sich. Das Kinn war emporgehoben, und sie sah mit einem leicht hochmütigen Blick in die Kamera. Eingerahmt war sie von zwei Männern, die in dunklen Anzügen mit schwarzen Krawatten sehr offiziell aussahen. Ich kannte beide nicht. Auf dem zweiten Foto saß sie am Klavier und spielte, die Finger auf den Tasten ruhend, die Augen geschlossen. Ich blätterte weiter und sah Foto Nummer drei. Mir stockte der Atem. Blätterte weiter.

Betrachtete Foto Nummer vier und fünf.

Ich atmete laut aus. »Verdammt«, murmelte ich.

Die Fotos waren an einer Bar aufgenommen. Modernes Interieur. Der weiße Rosenstrauß von dem anderen Foto lag nun auf dem Bartresen. Davor saß Lena auf einem Barhocker, die Beine übereinandergeschlagen, ein Sektglas in der Hand haltend. Sie sah entspannt aus. Ein Mann stand links neben ihr, in einem strengen Anzug und mit exakt gescheiteltem Haar, ihre Schultern berührten sich. Die Gläser und Flaschen hinter ihnen reflektierten das Blitzlicht des Fotografen. Ich kannte diesen Mann.

Es war Potthoff.

Er hielt ein Whiskeyglas in der Hand. Grinste in die Kamera, wie Männer triumphierend grinsen, die beim Fischen einen besonders großen Hecht gefangen hatten. Er genoss die Nähe zu dieser schönen Frau.

Auf dem nächsten Foto hatte sich rechts von Lena ein weiterer Mann dazugestellt, den ich nicht kannte. Er hatte eine Hand hinter ihrem Rücken. Der Mann wirkte anders, sein breites Lächeln war mindestens ebenso großspurig, aber er stand breitbeiniger, nicht so steif wie Potthoff, eine Zigarette zwischen den Fingern. Den Kopf zur Seite geneigt, eine Augenbraue hochgezogen. Der Anzug saß eng, und er verströmte auf dem Foto einen Sex-Appeal, der mich den Atem anhalten ließ.

Wer war dieser Mann?

Ich musste sofort Bock anrufen. Ich verstaute die Fotos in meiner Handtasche, in dem Fach mit dem Reißverschluss, schmiss den Umschlag in den Mülleimer und verließ die Toilette. Otto kam gleichzeitig aus der Herrentoilette. Wir sahen uns kurz an, aber keiner verzog eine Miene.

»Sollen wir reden?«

»Ich wüsste nicht, worüber«, antwortete ich. »Ich habe zu tun und muss meine Studentenliste abtelefonieren.«

»Das bringt doch nichts. Potthoff wird den Fall schließen, wenn die Fingerabdrücke vom zweiten Einbruch nichts ergeben. Wir haben nichts. Keine Spur. Du hast dich verbissen.«

Ich sah ihn mit einem scharfen Blick an, der klarmachte, dass er heute nicht mit einem Gespräch zu rechnen brauchte. »Otto. Wenn ich etwas rausfinde, wirst du es als Erster erfahren. Ganz sicher. Schließlich arbeiten wir gemeinsam an dem Fall.«

Er hörte den Sarkasmus in meiner Stimme, murrte etwas Unverständliches und verzog sich.

Den Nachmittag über arbeitete ich weiter, spürte Ottos Blicke in meinem Rücken und schrieb an dem Bericht, den Potthoff von mir verlangte. Ich würde liefern, was er wollte. Würde meine Theorien und Annahmen niederschreiben, wie ich es gelernt hatte. Aber ein Gedanke ließ mich nicht los: Wenn Otto einen Bericht über mich schreiben sollte, in dem Unwahrheiten standen, musste ich mit Ruth darüber sprechen und sie warnen: Du darfst ihm nicht trauen!

Kurz vor siebzehn Uhr, Otto war gerade gegangen, löste ich mich von meinem Schreibtisch und ging bei Ruth in der Sitte vorbei, weil sie nicht an ihr Telefon ging. Ihre Kollegen meinten, sie habe einen Termin außer Haus und sei schon weg. Ich wunderte mich, denn eigentlich erzählte mir Ruth so ziemlich alles, an manchen Tagen riefen wir uns mehrfach an. Wo steckte sie nur? Was heckte sie wieder aus? Ich war unruhig, also lief ich in den ersten Stock zu Mieze. Sie saß am Schreibtisch, in ihre Arbeit vertieft. Als sie mich bemerkte, weiteten sich ihre Augen.

»Gedankenübertragung«, rief sie, schnappte sich eine graue Mappe, stand auf und zog mich am Arm auf den Flur. Schaute links und rechts, ob uns auch niemand belauschte. Wir stellten uns ans offene Fenster im Flur und zündeten jede eine Zigarette an. Sie hielt mir die graue Akte hin. »Ich hab da was für dich. Aus dem Altaktenarchiv. Dein Wunsch war mir Befehl.«

Die Akte von Mama, schoss es mir durch den Kopf. »Das ging aber schnell.«

»Ich habe dir eine Kopie der Akte von 1959 erstellt, das Original ist bereits wieder zurückgeschickt.«

Sie hielt mir die kopierte Akte hin, und für einen Moment zögerte ich. Die Akte über meine Mutter. Über ihren Fall. Die Ermittlungsarbeit der Essener Polizei. Darin standen, so hoffte ich, die Antworten auf die vielen Fragen, die mich seit ihrem Tod beschäftigten.

»Nun nimm schon«, sagte Mieze. »Ich habe kurz reingesehen, es ist nicht viel. Tut mir leid. Wer weiß davon?«

Ich nahm die Akte an mich. Drückte sie gegen meine Brust.

»Nur Ruth und du.«

»Wenn ich dir helfen kann, sag Bescheid. Das bleibt unter uns.« Mieze strich mir über meinen Oberarm. »Aber deswegen bist du nicht gekommen, oder? Dein Gesicht spricht Bände. Du solltest dir ein Pokergesicht zulegen.«

Ich rang mit mir. Sollte ich Mieze wirklich einweihen? Der Handel mit Bock? Die Fotos? Dass Potthoff womöglich in der Sache mit drinsteckte? Die Tote kannte? Ich rauchte einen letzten Zug und drückte die Kippe in dem kleinen Aschenbecher auf der Fensterbank aus.

»Darfst du darüber reden?«, fragte Mieze.

Ich schüttelte den Kopf.

»Hast du etwas angestellt?«

Ich nickte knapp.

»Okay. War es legal?«

Ich schüttelte den Kopf.

Sie atmete laut aus. »Führt diese Aktion womöglich zu einem neuen Verdächtigen in dem Fall um Lena Malberg?«

Ich nickte.

Sie sah mich mit großen Augen an und schimpfte leise mit mir. »Scheiße, Lucia, du bist in der Ausbildung. Du kannst nicht die Befehlskette durchbrechen und auf eigene Faust ermitteln.« Ihre Strenge verschwand schnell aus ihrem Gesicht. »Andererseits, ich bin aus Köln. In Köln sind fünfe immer gerade. Also gut, der Weg, den du beschritten hast, ist kein formal abgesegneter Ermittlungsschritt gewesen, wie du es in der Theorie gelernt hast. Richtig?«

Ich nickte erneut. »Du machst es spannend. Warte, ich muss nachdenken.« Mieze löste den Blick von mir und sah hinaus in den Hof. Ich studierte ihr Profil, ihren kleinen Nasenhöcker, das leicht geschwungene Kinn. Nach einem langen Moment drehte sie den Kopf zurück zu mir und blickte mir direkt in die Augen. »Pass auf«, sagte sie. »Erzähl es mir nicht. Behalt es für dich. Du musst aushalten, dass du etwas weißt, was du niemandem erzählen kannst.«

Das kommt mir bekannt vor, dachte ich mir. Wenn ich eines konnte, dann Dinge in meinem Inneren in eine dunkle Ecke stellen, bis es Zeit war, sie wieder ans Licht zu holen.

»Verstanden, geht klar«, erwiderte ich.

Mieze fuhr fort. »Du sagst es niemandem. Kein Sterbenswörtchen, und du machst in der Sache weiter.«

Ich nickte. »Okay. Habt ihr schon etwas von der Anfrage bei euren Informanten erhalten?«

Mieze ließ Rauch durch die Nasenlöcher ausströmen. »Morgen gibt es womöglich Infos«, sagte sie mit geheimnisvoller Miene und grinste.

Meine Neugierde war größer als meine Geduld. Ich musste los und hatte keine Zeit, aber so lange hatte ich darauf gewartet, und endlich war es so weit. Ich schloss mich in einer Kabine in der Damentoilette auf Miezes Stockwerk ein und klappte die Akte auf. Atmete tief durch und begann, sie zu studieren.

Zuerst betrachtete ich die Zeichnungen vom Tatortgelände. Die mutmaßlichen Bewegungsschritte des Angreifers waren rot gestrichelt eingezeichnet, die meiner Mutter grün. Der Park, der eher eine grün überwucherte Brachfläche war, hatte an der Hausruine ein rotes X. Dort musste der Angreifer ihr aufgelauert haben. Am Boden fanden sich Zigarettenkippen und kleine Schnapsfläschchen. Davon gab es Fotos. Schwarzweiß. Noch in der Dämmerung gemacht. Mit Blitz. Wobei die Polizei nicht sicher sagen konnte, ob sie dem Angreifer gehörten, da sich dort abends viele Menschen tummelten. Aber sie hatten Fußabdrücke sichergestellt und fotografiert, ein Profil von schweren Stiefeln, das sich im Staub verewigt hatte und sich zumindest in Teilen auf dem Weg fand, den die beiden genommen hatten.

Ich legte das Blatt zur Seite und studierte die Zeugenaussagen, überflog sie. Viele waren es nicht, denn niemand hatte den Angriff mitbekommen, geschweige denn beobachtet. Die Zeugen waren Kolleginnen meiner Mutter und Nachbarn, die bezeugten, wann sie sie an dem Tag zuletzt gesehen hatten. Einhellig war: Es gab keine Anzeichen für das, was passiert war.

Die Polizei ermittelte in die Richtung eines Täters, der bereits einige junge Frauen in der Zeit im Ruhrgebiet vergewaltigt und getötet hatte. Aber der hatte ein Alibi für den Tag, und zudem befand die Polizei, dass meine Mutter zu alt war, denn die Opfer des Mörders waren allesamt unter zwanzig Jahren, und davon war meine Mutter zum Zeitpunkt ihres Todes weit entfernt. Ich sah auf die Uhr und erschrak. Es war Viertel vor sechs. Ich musste längst unterwegs zu dem Treffpunkt mit Nadja sein. Hastig klappte ich die Akte zu und stopfte sie in meine Handtasche.

Um zehn nach sechs kam ich völlig außer Atem am Hofgarten an und erkannte Nadja sofort. Eric hatte sie mir treffend beschrieben: Schlank. Sehr blond. Mit einem Kajalstrich wie eine Sphinx. Nadja saß barfuß auf einem Handtuch auf dem Grünstreifen am »Jröne Jung«, dem großen Brunnen mit dem muskulösen Gott in der Mitte, der grün überwuchert war und neben einer Wasserfontäne mit dem Flusspferd kämpfte. Elke hatte es mir erklärt. Nadjas Schuhe lagen neben ihr im Gras. Sie trug einen roten Minirock zu einem weißen, engen Oberteil, hatte die Knie zusammengestellt und rauchte, mit einer Hand locker aufgestützt, und starrte auf die Wasserfläche. Ihre beißend blonden Haare trug sie am Hinterkopf auftoupiert.

Als ich schon Luft holte, um sie zu begrüßen, wandte sie unvermittelt den Kopf und sprach mich an.

»Hallo, bist du Lucia?« Sie musterte mich und lächelte. »Du bist ja mal eine super Biene«, sagte sie. Das war frech. Nix von wegen verschlafen wie noch heute Morgen am Telefon. Ihr Blick war aufmerksam.

»Entschuldige, es hat länger gedauert bei mir. Darf ich?«, fragte ich, und Nadja nickte, und ich nahm neben ihr auf dem Handtuch Platz. »Bist du gerne hier?« Ich packte meine Zigaretten aus und zündete eine mit den Streichhölzern eines Briefchens aus dem »Creamcheese« an.

Sie bemerkte es. »Toller Laden. Eric wirft wirklich überall seine Netze aus.«

»Wie meinst du das?«

Nadja wischte sich über die Nase. »Keine Ahnung, was ihr zwei am Laufen habt, ist mir auch egal. Das mit ihm und mir war nur eine kurze Episode. Eric ist ein Mann, den du nie für dich allein hast. Nicht dass du dir falsche Hoffnungen machst.«

Es klang verbittert, aber mich traf dieser Hinweis nicht, und er erschütterte auch nicht mein Gefühlsleben. Im Gegenteil. Ich wollte das mit Eric so, wie es war. Ich wollte diese Verführung und von einem Mann wie ihm begehrt werden. Ich wollte, dass er alle Register zog, seine Musik auflegte, mich zum Essen ausführte, mir Buchpakete schickte und so mit mir schlief, wie er mit Frauen schlafen wollte. Ich ließ ihn machen, und er machte seine Sache gut. Warum sollte ich das anders wollen?

»Es ist gut so, wie es ist«, erwiderte ich, und Nadja sah mich einen Augenblick prüfend an und nickte schließlich knapp.

»Was willst du über Lena wissen?«, fragte sie.

»Woher kennst du sie?«

»An der Uni hatten wir wenig Kontakt, aber ich habe Lena in der Bar wiedergesehen, wo ich nebenher arbeite, um mein Studium zu finanzieren. Im ›Goldkopf‹. Lena spielte auf dem Klavier und half an der Bar aus. Sie war ein Schmetterling, der umherflog und sich sanft auf Menschen setzte und sie berührte. Ich habe mich damals direkt in sie verknallt.«

Ich kritzelte mir ein paar Stichworte auf meinen mitgebrachten Notizblock.

»Was war dein erster Gedanke, als du gehört hast, dass sie tot ist?«

Nadja starrte auf das Wasserbecken. »Mein erster Gedanke war: Das kann nicht sein. Lena schien für mich unzerstörbar. Diese wunderbare Frau war tot? Verbrannt in ihrer Bude? Unmöglich.«

Ich kritzelte weiter auf meinem Notizblock. »Die Polizei meint, sie ist getötet worden. Erwürgt.«

Nadjas Blick wurde aufmerksam. »Das habe ich auch gehört.«

»Was glaubst du, wer das war? Hast du eine Idee?«

Nadja zuckte mit den Schultern. »Ganz ehrlich, ich weiß es nicht. Keine Ahnung. Ist das nicht die Aufgabe der Polizei, das rauszufinden?«

Wo sie recht hatte, hatte sie recht. »Wer waren ihre Feinde?«, fragte ich weiter. Ich fand, ich machte mich gut als vermeintliche Reporterin.

Nadja sog die Luft laut durch die Nasenlöcher ein. »Ihre Feinde waren diese Spießer und die Gesellschaft, die nicht akzeptiert, dass man so sein möchte, wie man ist. Ich glaube, es war genauso ein krankes Spießer-Arschloch, das sie auf dem Gewissen hat.«

Das brachte mich nicht weiter. Ich musste anders an die Sache herangehen. Einen weiteren Zugang finden.

»Erzähl mir von deiner ersten Begegnung mit ihr, bitte.«

Nadja erzählte mir, wie sie sich in der Bar angefreundet und bis spät in der Nacht zusammen Schnaps getrunken hatten. Wie Lena ihr von San Francisco erzählte und Nadja mit zu den Treffen von Lenas Freunden ging, die so anders waren mit ihrer Selbstbestimmung und dieser grenzenlosen Freiheit.

»Und trotzdem bist du selbst kein Hippie«, stellte ich fest.

»Zumindest äußerlich.«

»Das stimmt. Und weißt du, warum? Weil sie sagen: Jeder Mensch soll so sein, wie er sein möchte. Weißt du was?« Sie berührte meinen Unterarm. »Morgen Abend ist wieder ein Treffen im Hafen, da gibt es ein altes Lagerhaus. Es soll eine kleine Gedenkfeier für Lena sein, nichts Trauriges, ganz im Gegenteil, wir wollen sie feiern. Komm doch auch, dann lernst du noch ein paar Freunde von ihr kennen. Vielleicht wäre das was für deinen Artikel?«

Das war perfekt für mich, und ich wäre gern aufgesprungen und hätte jubiliert, aber ich wollte lässig rüberkommen. »Ja, warum nicht. Danke für die Einladung.«

Nadja klatschte freudig in die Hände und bot mir freundschaftlich eine weitere Zigarette an. »Komm, wir rauchen noch eine, dann muss ich los.«

Wir rauchten und plauderten. Ich log ihr eine Biografie vor, die ich mir auf dem Weg überlegt hatte, und es war mir egal, ob es eines Tages herauskäme. Kurz darauf musste Nadja los. Wir verabschiedeten uns, und als sie sich schrittweise von mir entfernte, ratterte es in meinem Kopf bereits, und ich überlegte mir, was ich zu dem Hippiefest anziehen und wen ich mitnehmen würde.

Als ich zu Hause ankam, hatte ich einen Plan. In meiner Wohnung war es stickig, und ich riss alle Fenster auf und schälte mich aus meiner Bluse, die mir am Rücken klebte. Es war der letzte der vielen warmen Sommertage gewesen. In der Zeitung stand, dass es kühler werden würde, und für Freitag waren sogar Gewitter angesagt. Ich ging in die Küche, schaltete das Radio ein, zog unterm Tisch die Weinkiste mit den alten Zeitungen hervor und kramte nach meiner Zeichnung, an die mich Ruth heute Mittag erinnert hatte.

Etwa in der Mitte des Stapels fand ich sie. Ich war verblüfft. Ruth hatte recht, sie war ziemlich detailgetreu. Ich legte das Foto daneben, das ich aus meiner Handtasche holte. Erst dachte ich, ich hätte mich geirrt, aber auf meiner Zeichnung war tatsächlich etwas zu sehen, was es auf den Fotos vom Tatort nicht gab. Zwischen dem Krimskrams auf dem Küchentisch lag ein Gegenstand, der auf den Fotos nicht zu sehen war.

Eine Uhr. Genauer gesagt: eine Herrenarmbanduhr.

Ziemlich modern. Chic. Ich erinnerte mich an den Moment, als ich in der Küche gestanden und mir alles genau angesehen hatte. Und es gab zwei Personen, die bei mir gewesen waren, bevor Jens und sein Chef von der Kriminaltechnik kamen und diese Fotos schossen: der Notarzt und Potthoff. Eine Person schied für mich aus: Notarzt Kalle. So blieb nur eine Person übrig, die sich die Uhr geschnappt haben könnte: Potthoff.

Und ich fragte mich: Warum? Und wo war die Uhr jetzt? Hatte Potthoff am Ende mit Lenas Tod zu tun?

Teil 3

Die Dämonen erwachen

1

Mittwoch, 13. August 1969

7:38 Uhr.
Vor Aufregung hatte ich unruhig geschlafen, aber immerhin hatte ich am nächsten Morgen einen Plan. Potthoff schloss abends seine Bürotür ab und deponierte den Schlüssel bei Elke. In dem Fach über den Pralinen. Ein dämliches Versteck, weil Elke diesen Teil des Schreibtisches nie abschloss. Elke kam meist gegen Viertel vor acht, ich musste mich also beeilen. Mit einem Stofftaschentuch nahm ich den Schlüssel aus der Schublade, um Fingerabdrücke zu vermeiden. Wenn mich irgendjemand in Potthoffs Büro sehen würde, wäre ich geliefert. Aber das Risiko ging ich ein. Ich lief schnurstracks mit gezücktem Schlüssel zu seiner Tür, steckte den Schlüssel ins Schloss, schloss auf und betrat seinen Büroraum.

Warme, abgestandene Luft schlug mir entgegen. Ich sah noch mal hinter mich. Niemand zu sehen oder zu hören. Schnell umrundete ich seinen Schreibtisch und zog die Schubladen links neben seinem Stuhl auf. Darin waren die üblichen Büroutensilien: Spitzer. Tinte. Bleistifte, Papierstapel. Umschläge. Vordrucke der Polizei. Saure Drops in einer Dose. Im unteren Fach lag eine kleine, flache Flasche ohne Etikett mit einer bernsteinfarbenen Flüssigkeit. Vermutlich Weinbrand. Ein leerer, sauberer Aschenbecher. Eine Zigarre in Schutzfolie. Die Belohnungszigarre für besondere Leistungen. Ich konnte mir förmlich vorstellen, wie er die Füße demonstrativ auf den Tisch legte und sich die Zigarre mit großem Gepaffe anzündete und den Rauch zur Decke blies.

Bevor ich die Schubladen auf der rechten Seite aufzog, sah ich hoch und überprüfte, ob jemand im Anmarsch war. Das Gute war, dass die Schritte im weiten Flur hallten, und wenn es leise war, konnte man hören, ob sich jemand näherte. Aber nichts war zu hören. Keine Schritte. Die Wanduhr zeigte sieben Uhr vierzig an. Ich hatte nur noch wenige Minuten, dann würde Elke kommen. Ich zog an der rechten Schublade, rutschte jedoch ab. Sie war verschlossen. Dann gab es noch die große, flache Schublade, die direkt unter der Tischplatte horizontal verlief. Sie ließ sich schwerer öffnen, war leicht verzogen und quietschte. Ich suchte mit den Augen die Fächer ab. Hob einen kleinen Block an, so groß wie eine Postkarte, der unbeschriftet war, auf dem obersten Blatt hatten sich Buchstaben vom Schreiben durchgedrückt.

Und da war sie. Dort lag die Uhr. Ich erkannte sie sofort wieder.

Ein Pfeifen ertönte. Eine Folge von Tönen, auf- und abschwellend. Jemand pfiff ein Lied auf dem Flur und kam näher. Ich griff die Uhr, drückte die Schublade zu, die dabei ein Quietschen von sich gab. Hastete um den Schreibtisch herum. Zog leise die Bürotür zu.

Das Pfeifen kam näher. Wurde lauter.

Ich drehte den Schlüssel im Schloss um.

»Lucia?«

Ich reagierte blitzschnell. Hielt den Telefonhörer an mein Ohr und tat so, als würde ich telefonieren. Sprach in den Hörer. Elke stand im Raum und sah mich fragend an. Ich nickte ihr freundlich zu.

»Nein, natürlich freue ich mich auf dich. Das war meine Kollegin. Elke.«

»Oh, du telefonierst«, sagte Elke, wedelte zur Entschuldigung mit ihrer Hand und verschwand in ihrem Vorzimmer.

Ich legte auf und ging ihr nach. »Guten Morgen, Elke. Warum so fröhlich heute?« Ich strahlte sie an, die Hand mit dem Schlüssel in der Tasche des Rocks. Der Schlüssel brannte förmlich in meiner Handinnenfläche.

»Das könnte ich dich auch fragen«, sagte sie.

Ich räusperte mich. »Du, Elke, wegen gerade eben, als du reinkamst –«

Sie unterbrach mich. »Das Telefonat? Ach, sei nicht kindisch, wir telefonieren alle mal privat.« Sie hob mahnend den Finger. »Aber lass dich nicht dabei erwischen, wenn Potthoff in der Nähe ist. Da wird der fuchsig. Jetzt gibt's erst mal Kaffee.« »Gute Idee«, sagte ich, obwohl mein Blutdruck bereits ordentlich hoch war.

Elke schnappte sich die Kaffeekanne und ging in den Flur zu der angrenzenden kleinen Teeküche. Ich hörte das Wasser rauschen, zog ihre Schublade auf und legte den Schlüssel zurück. Schob sie zu. Elke kam trällernd zurück. Ich lehnte an der Tischplatte und überprüfte meinen Nagellack.

»Ist noch was?«, fragte Elke und legte leicht den Kopf schief. »Nein, ich war nur in Gedanken.«

»Na, dann mal ran an die Arbeit. Ich rufe dich, wenn der Kaffee fertig ist.«

Nach und nach trudelten sie alle ein im K1. Otto nickte mir zu, und ich nickte mit halb freundlicher Miene zurück. Waffenstillstand. Er setzte sich an seinen Platz, packte seine hart gekochten Eier aus und trank einen Pott Kaffee dazu. Las die Zeitung und schielte gelegentlich zu mir herüber. Ich tat sehr geschäftig.

Potthoff kam herein, begrüßte uns lautstark und schloss seine Bürotür auf. Ich verfolgte ihn mit einem Auge, wie er um seinen Schreibtisch herumging. Die Aktenstapel mit den Ermittlungsberichten zur Seite schob, den Telefonhörer abnahm und mit einem spitzen Finger drei Nummern wählte. Eine Durchwahl im Präsidium. Mit angehaltenem Atem beobachtete ich ihn möglichst unauffällig. Die Uhr hatte ich erst mal in meinem Schreibtisch deponiert, eingewickelt in das Stofftaschentuch.

Während der Morgenrunde dachte ich fieberhaft darüber nach, was ich jetzt mit der Uhr anfangen und wie ich weiter vorgehen sollte, und hoffte inständig, dass mir niemand ansah, dass ich etwas verheimlichte. Ich hoffte, mein frisch geborenes Pokergesicht hielt allen fragenden Blicken stand. Potthoff informierte uns in der Morgenrunde lediglich, dass der Fall geschlossen werde, wenn keine weiteren Spuren auftauchten, und dass Otto und ich letzten Hinweisen nachgingen. Das war's. Er übergab uns nicht das Wort. Otto blickte mit stoischer Miene in die Runde und sagte nichts.

Nach der Morgenrunde steckte ich das Taschentuch mit der Uhr in die Rocktasche und ging auf die Damentoilette. Schloss mich in einer Kabine ein, lauschte, ob ich allein war (war ich) und sah mir die Uhr an. Es war eine Omega. Mit einem metallenen Gliederarmband. Ich kannte mich mit Uhren kein bisschen aus, aber sie sah teuer aus. Sie war recht schwer in meiner Hand. Das war kein billiges Modell. Am Glas hatte sie oben links bei der »11« einen winzigen Kratzer. Ich drehte sie um. Auf der Rückseite der Uhr war eine Gravur. Mit geschwungener Schrift stand dort:

Brigitte
12. Oktober 1966

Daneben ein Symbol von zwei ineinandergreifenden Ringen. Ein Hochzeitsdatum? Das bedeutete für mich, der Besitzer der Uhr war ein Mann und seine hieß Frau Brigitte. Aber warum hatte Potthoff diese Uhr vom Tatort mitgenommen? War es seine Uhr? War Potthoff zuvor in der Wohnung gewesen und hatte sie dort liegen gelassen? Kannte er am Schluss Lena Malberg besser als wir alle zusammen? Hatte er ein Verhältnis mit ihr?

Meine Kopfhaut juckte bei der Vorstellung. Potthoff und Lena? Verband die beiden etwas? Mir fiel kein vernünftiger Grund ein, warum Potthoff diese Uhr während unserer Ermittlung dort ablegen und wieder anziehen sollte. Mir wurde schlecht bei dem Gedanken. Ich schloss die Augen und sah die Uhr vor mir, wie sie auf dem kleinen Tisch in Lenas Küche lag. Potthoff hatte eine Armlänge davon entfernt am offenen Fenster gestanden. Sie hatte dort zwischen dem ganzen anderen Kram gelegen. Wenn es seine Uhr war, warum versteckte er sie in seiner Schublade? Wem gehörte diese Uhr?

Ich musste herausfinden, wie Potthoffs Frau hieß. Ich verließ die Toilette und trat an Elkes Schreibtisch.

»Elke, ich muss dich etwas fragen.«

»Wenn du es schon so ankündigst, bin ich auf das Schlimmste vorbereitet«, antwortete sie.

Mit leiser Stimme fragte ich:»Wie heißt Potthoffs Frau?«

Elke starrte mich an. Ich reckte ihr den Kopf entgegen. Niemand sollte uns hören können.»Bitte beantworte nur die Frage. Stell keine Gegenfrage. Es ist wichtig.«

Drei Sekunden vergingen.

»Sybille«, antwortete Elke, legte ihre Hände auf die Tastatur und tippte in einem Stakkato los, als wäre ich gar nicht da.

»Danke«, sagte ich,»du hast was bei mir gut«, und rannte in den Flur.

Meine Schritte hallten laut wider. Ich lief den Gang entlang zum Treppenhaus. Nahm zwei Treppenstufen auf einmal und sprang bis zum Untergeschoss, eine Hand am Geländer. Mein Rock flog hoch, so wirbelte ich um die Ecken. Niemand kam mir entgegen. Als ich bei Renate ankam, war ich außer Atem.

»Renate, du musst mir helfen«, stieß ich hervor.

Sie zog mich in ihren Untersuchungsraum und schloss die Tür hinter uns.»Was ist passiert?«

»Ich darf es dir nicht sagen. Es ist …«

Ich zögerte. Sollte ich Renate einweihen in die Sache mit der Uhr und meinen Verdacht? Wenn ich ihn einmal ausgesprochen hatte, würde ich es nicht zurücknehmen können. Es würde im Raum stehen. Groß wie ein Elefant.

»Ich muss ein Hochzeitsdatum herausfinden«, sagte ich. »Ich habe nur einen Vornamen und ein Datum.«

Sie sah mich streng an. So streng, wie Renate aus der Wäsche schauen konnte. Es war eher ein ernstes, konzentriertes Gesicht.»Wir könnten eine Abfrage beim Standesamt vornehmen«, erwiderte sie.

»Wie lange dauert das?«

Sie zuckte mit den Schultern.»Keine Ahnung. Drei, vier Tage womöglich?«

»Was? Das ist zu lang. Können wir das nicht beschleunigen?«

Renate legte einen Finger auf ihre Lippen und dachte nach. Sie drehte sich auf ihrem Laborstuhl, nahm den Telefonhörer ab und wählte drei Ziffern.

»Petra? Hier ist Renate. Wir brauchen deine Hilfe. Also, Lucia braucht sie. Wir benötigen eine Auskunft zu einem Hochzeitsdatum.«

Renate schob mir einen Block und einen Bleistift zu. Ich kritzelte schnell die Inschrift der Gravur auf das Papier. Renate las es Petra vor. Ich konnte nicht hören, was Petra am anderen Ende sagte, aber Renate lauschte, nickte und legte schließlich auf. Sah mich mit einem leicht triumphierenden Gesichtsausdruck an.

»Sie hatte gerade mit dem Standesamt in einer anderen Sache zu tun. Sie sagt, es wird dich teuer zu stehen kommen. Unter einer Flasche Sekt macht sie es nicht.«

»Ich zahle jeden Preis.«

Kaum war ich zurück, winkte mich Otto heran. Nahm mich am Unterarm und führte mich in die Besprechungsecke.

»Wir müssen reden«, sagte er.

»Worüber?«

Er ließ meinen Arm los, und sein Blick stierte mich an. »Wo ist Ruth?«

Mit allem hatte ich gerechnet. Mit einer Standpauke, einer Entschuldigung. Einer billigen Erklärung für sein Verhalten von gestern. Einem Friedensangebot. Ja, sogar mit einer neuen Spur. Aber nicht damit. Er bemerkte meine Irritation.

»Ich bitte dich, mir zu helfen.«

»Du bittest *mich*, dir zu helfen? Wieso sollte ich das tun?«, erwiderte ich.

»Weil du die Einzige bist, die ich fragen kann«, sagte er leise.

»Warum fragst du Ruth nicht selbst?«

Er presste die Antwort zwischen seinen Zähnen hindurch. »Weil ich sie nicht erreiche. Sie hat sich heute krankgemeldet.«

Ich sah ihn verständnislos an. »Und was ist dein Problem damit?«

»Sie ist nicht zu Hause. Ich war dort. Sie macht die Tür nicht auf und geht auch nicht an ihr Telefon.« Eine Sorgenfalte erschien auf seiner Stirn.

»Ich kann dir nicht helfen«, sagte ich in barschem Tonfall.

»Ich weiß nicht, wo Ruth ist. Ich finde, wir sollten uns auf den Fall Lena Malberg konzentrieren«, schlug ich vor. »Zumindest für die verbleibende Zeit, die uns Potthoff zugestanden hat. Dieser Reporter von der Zeitung, glaubst du eigentlich, dass der sauber ist?«

Otto hob eine Augenbraue hoch. »Warum fragst du das?«

»Was ist, wenn er ein Verdächtiger ist und sein Interesse an der Aufklärung etwas kaschieren soll? Vielleicht kannte er Lena?«

Otto Gesicht sprach Bände. Es wechselte von einem ersten Erstaunen in ein blitzschnelles Grübeln, ob an meiner Theorie etwas dran sein könnte. Und damit hatte ich Otto genau da, wo ich ihn haben wollte.

»Befrag ihn offiziell. Wenn du meinst, dass es was bringt«, gab Otto lapidar zurück. »Und schreib es in den Bericht.«

»Das werde ich tun.«

Otto hatte keine Lust mehr auf den Fall. Er war ihm egal geworden, das merkte ich deutlich. Die gestundete Zeit bis morgen um zwölf Uhr war ihm wurscht, für ihn hatte sich die Sache längst erledigt. Der Fall würde geschlossen werden. Aber nicht für mich. Ich würde bis zur letzten Minute daran arbeiten. Ich war auf mich allein gestellt und musste vorsichtig sein.

Ich ging unverzüglich an meinen Platz. Wenn alle beim Mittagessen waren, könnte ich die Uhr wieder zurücklegen, aber Potthoff schien nicht hungrig zu sein. Er saß in seinem Büro und telefonierte und wirkte nicht so, als wollte er gleich aufstehen und sich auf den Weg machen. Ich musste einen Moment abwarten, wenn er kurz auf die Toilette ging oder zu Elke, damit ich reinflitzen und die Uhr wieder hineinlegen konnte. Bei dem Gedanken wurde mir speiübel. Ich wählte die Nummer der Zeitung, aber Bock ging nicht ans Telefon, und ich ließ es klingeln. Als ich schon auflegen wollte, klickte es in der Leitung, und eine junge Frau meldete sich. Ich ließ ausrichten, dass er mich zurückrufen solle. Es sei dringend. Ich nannte meinen Namen und die Nummer im Polizeipräsidium, um dem Ganzen einen offiziellen Anstrich zu geben.

Zur Mittagszeit ging ich bei Ruth vorbei, um sie abzuholen, aber die Kollegen bestätigten, dass sie sich krankgemeldet hatte. Ich fragte mich, was sie hatte, und machte mir Sorgen. Sonst rief sie mich an und sagte mir Bescheid, wenn es ihr nicht gut ging. Von einem Flurapparat wählte ich ihre Nummer zu Hause. Immerhin hatte Ruth, im Gegensatz zu mir, einen Telefonanschluss; ich ging nach wie vor in die Telefonzelle. Es tutete endlos, aber sie nahm nicht ab. Vielleicht war sie beim Arzt oder schlief tief und fest. Vermutlich war sie gestern unterwegs gewesen und hatte einen draufgemacht. Wenn es ernsthaft gewesen wäre, dann hätte sie mich angerufen. Da war ich mir sicher.

Unsere Mittagsrunde im »Trompeter« war heute deutlich ausgedünnt. Neben Ruth fehlten auch Lilli und Mieze, und so waren es nur Renate, Petra und ich. Die Fenster standen weit auf. In den Wänden der Gaststätte hatte sich die sommerliche Hitze gestaut, und jetzt, wo es draußen kühler geworden war, gaben sie die Wärme ab wie ein Ofen. Wir saßen diesmal direkt am Fenster an einem kleinen Tisch. Eine leichte Brise wehte uns ins Gesicht.

»Was machen die Tate-Morde? Gibt's was Neues?«, fragte Petra und nahm den ersten Schluck von ihrem Altbier.

Ich trank heute Wasser, denn ich wollte einen klaren Kopf bewahren. »Hab heute noch gar nicht in die Zeitung gesehen. Warte mal.«

Rosi kam zu uns an den Tisch, um die Bestellung entgegenzunehmen. »Kleine Runde heute? Wo habt ihr die anderen gelassen?«, fragte sie, beugte sich vor und stemmte die kräftigen Hände auf die Tischplatte.

»Ruth ist krank, und die anderen haben Termine.«

Sie sah mich genau an. »Und was beschäftigt dich? Ich höre es rattern.«

»Ich habe nur viel um die Ohren«, erwiderte ich und senkte den Blick auf die Tageszeitung.

»Steckt da ein Mann dahinter?«

»Woher weißt du das?«, fragte ich.

»Wie bitte?«, rief Petra. »Und wir wissen nichts davon?«

Ich winkte ab.

»Das klärt ihr mal unter euch. Wat dr Mensch bruch, dat moss hä hann!«, erwiderte Rosi in ihrem rheinischen Singsang. »Heute: Kartoffeleintopf mit Wurst. Brötschen dazu?«

Alle nickten.

»Da sag noch einer, Frauen wären kompliziert.«

Ich las den Artikel über die Morde in Hollywood. »Immer noch keine Spur‹, heißt die Überschrift.«

»Wie schade«, sagte Petra. »Gibt's denn neue Erkenntnisse? Ich freue mich jetzt schon auf die Station in der Mordkommission. Das Thema Wirtschaftskriminalität ist doch recht trocken, muss ich gestehen.«

Ich überflog den Artikel und fasste zusammen. »Den verdächtigen Hausangestellten haben sie freigelassen. Es gibt keinerlei Zeugen des Verbrechens. Sie ermitteln jetzt im Freundeskreis von Sharon Tate, und die Polizei glaubt nicht an einen Zusammenhang zwischen den beiden Bluttaten.« Ich ließ die Zeitung sinken.

»Nicht? Aber es sieht aus wie ein Muster«, sagte Renate und trank einen kleinen Schluck von ihrer Sinalco. »Das gibt's doch nicht.«

»Das ist alles?« Petra machte ein enttäuschtes Gesicht. »Ich hatte mehr erwartet.«

»Tja, ich kann euch heute nicht mehr bieten«, erwiderte ich.

Petra rutschte etwas näher an mich heran und senkte die Stimme. »Gut. Aber jetzt erzähl mir mal von dem Typen. Von meinem Ehemann gibt's nichts Neues, außer dass er gestern wieder mal gesagt hat, dass es wohl ein Fehler gewesen sei, mir die Ausbildung zu erlauben, und dass er sich auf das nächste Kind freue. Das willst du nicht hören, oder?« Sie sah mich mit einem spitzen Gesicht an.

»Du machst aber weiter, du hörst jetzt nicht auf«, sagte ich erschrocken.

»Sollte ich schwanger werden, würde ich unterbrechen müssen.«

»Und nie wieder zurückkehren«, vollendete ich den Satz. »Ich will keine Kinder kriegen«, fuhr ich fort. »Auf keinen Fall.« Alles in mir versteifte sich bei dem Gedanken.

»Nun, ich habe Vorkehrungen getroffen, von denen mein Mann nichts weiß«, sagte Petra. »Du glaubst doch nicht, dass ich mir davon meine Karriere kaputtmachen lasse. Nimmst du die Pille?«

Plötzlich dachte ich daran, wie es wäre, wenn ich nun von Eric schwanger wäre. Das wäre eine Katastrophe.

Petra bemerkte meinen Gesichtsausdruck. »Du hast was mit einem Typen und verhütest nicht?«, fragte sie mit einem schockierten Gesicht. »Ernsthaft, Lucia?«

Natürlich hatte ich meine unfruchtbaren Tage im Kopf, als ich mit Eric in die Laken gestiegen war, und außerdem hatte er ein Kondom verwendet. Es klang wie ein Warnschuss aus weiter Ferne, der nun endlich bei mir angekommen war. Vorher hatte ich mir wegen Verhütung keine Gedanken gemacht, weil ich keine Liebhaber hatte und den Geschlechtsverkehr als mühselig oder langweilig empfand. Dem ganzen Akt nichts abgewinnen konnte. Und bei keinem Mann hatte ich bisher das tiefe Empfinden gehabt, dass ich wollte, dass er mich schwängerte und zur Mutter machte. Ich hatte Ruth im Ohr, die mir schon im Frühling erzählt hatte, dass sie die Pille nahm und dass ich das auch tun sollte. Und dass sie einen sehr verständnisvollen modernen Arzt an der Hand habe.

Ich presste die Lippen aufeinander. »Ich kümmere mich drum. Versprochen.«

Petra nickte. »Wenn du Hilfe brauchst, melde dich. Wir können das unbürokratisch lösen.«

Wenigstens eine Sache, die sich lösen ließ.

Auf dem Weg zurück ins Büro beeilte ich mich, um vor meinen Kollegen zurück zu sein. Aber Potthoff saß immer noch in seinem Büro. Verdammter Mist. Für einen Moment dachte ich daran, das Beweisstück zu vernichten. Potthoff konnte nicht wissen, wer die Uhr genommen hatte. Jeder wäre in der Lage, an seinen Schreibtisch zu gehen. Ich rief Bock erneut an, währenddessen kehrten meine Kollegen aus der Pause zurück. Als Bock meinen Namen hörte, lachte er.

»Na, habe ich Ihnen zu viel versprochen? Damit hätten Sie nicht gerechnet.«

»Herr Bock, Sie sind jetzt offiziell ein Zeuge«, sagte ich ernst, und sein Lachen verstummte. »Daher muss ich Sie hiermit zum Mord an Lena Malberg befragen. Falls Sie mit einer telefonischen Befragung nicht einverstanden sind, können Sie auch ins Präsidium kommen.«

»Das ist ein Scherz«, antwortete er. Die Belustigung hatte sich aus seinem Tonfall geschlichen.

»Nein, Herr Bock, das ist kein Scherz«, sagte ich laut und deutlich, damit die anderen um mich herum es genau hören konnten.

»Verstehe. Sie sollen jetzt mit mir reden. Offiziell. Wir machen das jetzt telefonisch. Schießen Sie los.«

»Sie haben Lena Malberg gekannt? Woher?«

»Ich habe Sie bei mehreren Anlässen fotografiert für die Zeitung.«

»Wann war das erste Mal, dass Sie auf Lena getroffen sind?«

»Das war 1967. Vor zwei Jahren. Am 23. Mai. Lena Malberg ist damals bei einer Feier aufgetreten, im Schubertsaal, hier in Düsseldorf. Bevor sie ein Hippie wurde. Als sie noch ein großbürgerliches Mädchen war, das Klavier spielte. Ein Benefizkonzert zugunsten eines Kinderheims, das neu eröffnet wurde. Eine Art Wohltätigkeitsveranstaltung mit Nachwuchsmusikern.«

»Haben Sie Lena danach wiedergetroffen?«

»Ja, mehrfach. Sie ist öfter als Pianistin aufgetreten bei solchen Veranstaltungen. Sie hat vor allem Chopin gespielt. Übrigens sehr gut.«

»Hatte Lena damals einen Verehrer? Einen Mentor?«

Er wusste, worauf ich hinauswollte.

»Ersteres.« Bocks Stimme war grabestief, und ich konnte den Abscheu, den er gegen diese Personen hegte, in seiner Stimme hören.

»Wie hieß die Person?«

»Manfred Drechsler.«

Ich hielt die Luft an, und zwischen uns entstand eine Stille, in der nur das Klappern von Schreibmaschinen hinter mir und Telefongemurmel zu hören war. Ich hatte das Foto vor Augen. Der Mann rechts von Lena an der Bar war also Manfred Drechsler. Und ich hatte es nun offiziell. Als verwertbare Aussage.

Bock fuhr fort. »Drechsler ist der Besitzer von verschiedenen Kneipen und Etablissements in Düsseldorf. Unter anderem gehört ihm die Bar ›Goldkopf‹.«

»Goldkopf«. Das war die Kneipe, in der Lena Klavier gespielt hatte. Wo Nadja arbeitete. Es würde mich nicht wundern, wenn Potthoff dort ebenfalls verkehrte. Oder zumindest eine Zeit lang ein und aus gegangen war.

»Kann ich Ihnen sonst noch behilflich sein?«, fragte Bock in einem fast süffisanten Tonfall.

Das war clever, dass er Potthoff nicht erwähnte. Er wusste, dass ich unmöglich Potthoff in einer Zeugenaussage belasten konnte und dass es ihm selbst Ärger bereiten würde. Ich hielt den Hörer weiter an mein Ohr und sah zu Potthoff. Er stand in seinem Büro an der großen Glasscheibe und sah mich mit einem vernichtenden Blick an. Seine Augen waren stechend, und sein Mund hatte sich zu einem tiefen Strich in sein Gesicht gegraben. Er war um Jahre gealtert. Wir starrten uns einfach an, und ich war mir sicher, dass er die Uhr vermisste und eine Ahnung hatte. Ich dachte mir nur: Ich lege die Uhr nicht zurück. Ich behalte sie erst mal. Sie ist mein Pfand. Meine Sicherheit. Wer weiß, was Potthoff gegen mich ausheckt.

»Hallo? Fräulein Specht?«, sagte Bock in mein Ohr.

Ich senkte den Blick wieder auf meine Notizen. »Entschuldigung, ich war kurz abgelenkt«, sagte ich. »Sie müssten heute vorbeikommen und die Zeugenaussage unterschreiben. Würden Sie das bitte tun?«

»Goldkopf«. Manfred Drechsler, der Kneipier. Wer war der Typ? Ich wüsste zu gern, was die Sitte über Manfred Drechsler in den Akten hatte. Heute Abend würde ich Nadja auf dem Hippiefest über ihren Chef ausfragen. Es wurde Zeit, die Abendplanung einzuläuten. Ich ging rüber zu Toni und stellte mich vor seinen Schreibtisch.

Er sah zu mir hoch. »*Bella*, heute Abend ist Judotraining. Was machen wir danach? Gehen wir tanzen?« Er bewegte rhythmisch seinen Oberkörper.

»Planänderung. Wir gehen zu einer Party, einer ganz besonderen Party. Es wird dir gefallen. Ich muss dort etwas herausfinden.«

Er legte den Kopf schief. Verengte die Augen und taxierte mich. »Du führst was im Schilde. Was ist es?«

»Geheime Mission.«

Er musste mir angesehen haben, dass ich es ernst meinte und das kein blödes Geplänkel war. Er lächelte. Eine Augenbraue zuckte.

»Was soll ich anziehen?«, fragte er schließlich.

Ich hätte ihn knutschen können und lächelte erleichtert. »Irgendetwas, das den Anschein erweckt, dass du ein Hippie sein könntest.«

2

Toni sah aus wie eine Mischung aus einem Stricher und einem Verrückten. Er lehnte an einer Litfaßsäule vor einer Werbung für Afri Cola, die aus drei Nonnen bestand, die lüstern hinter einer beschlagenen Scheibe standen. Neben der Litfaßsäule war die Kneipe mit dem bezeichnenden Namen »Zur Schabracke« mit Butzenfensterscheiben aus bräunlichem Glas. Toni winkte mir zu. Er trug ein Hemd aus Polyester mit einem wilden Mustermix in Schwarz und Orange, weit aufgeknöpft, darunter blitzte auf seiner gebräunten Brust eine Goldkette. Dazu hatte er eine hellblaue Jeanshose mit Schlag und ausgelatschte gelbe Turnschuhe angezogen. Seine Haare standen wild vom Kopf ab, als hätte er in eine Steckdose gefasst. Auf seiner Nase thronte eine weiße Sonnenbrille. Ich musste lachen.

»Du lachst mich aus?« Er stemmte beide Hände in die Hüfte.

»Entschuldige, es ist einfach zu komisch.« Ich zeigte auf seine Haare. »Das ändern wir wieder.«

»Und was ist bitte schön mit deinen Haaren passiert?«, fragte Toni, runzelte die Stirn und sah bekümmert auf meine zotteligen Haare. Ich hatte etwas Niveacreme reingeschmiert, um sie anzufetten und strähnig zu machen, und mir ein Halstuch als Stirntuch umgebunden. »Aber der Wildlederminirock ist hübsch«, schob er schnell hinterher.

Über dem Rock trug ich einen breiten Gürtel mit Schnalle und passende Ledersandalen, die ich eigentlich schon wegschmeißen wollte. Eine weiße, zerknitterte Bluse, ungebügelt und an den Ärmeln hochgekrempelt. Billigen Straßenschmuck und ein Lederband. Es fühlte sich wie Karneval an.

»Was machen wir denn nun hier?«, fragte Toni. »Ein geheimer Einsatz? Weiß Potthoff davon?«

Ich hob abwehrend die Hand.

»Hallo, ihr zwei«, sagte eine weibliche Stimme hinter uns. Wir drehten uns um.

»Mieze?«, fragte Toni.

»Bin ich zu spät?«, fragte sie und drehte sich einmal um die eigene Achse. Sie trug ein langes Batikkleid und auf dem Kopf einen Strohhut, der etwas abgegriffen aussah. Mieze hatte sofort Ja gesagt, als ich sie gefragt hatte.

»Wo hast du das her?«, fragte ich und umarmte sie.

»Von meiner Nachbarin, sie hat es mir geliehen. Ich habe ihr hoch und heilig versprochen, es wiederzubringen. Auf jeden Fall.« Mieze lachte ein schepperndes Lachen.

»Kommt mit, wir trinken in der ›Schabracke‹ erst mal ein Bier und besprechen uns«, sagte ich und deutete auf die offen stehende Tür der Kneipe, aus der es nach vielen Zigaretten, verschüttetem Bier und billigem Fusel roch.

Die Hippiefeier fand in einem alten Gebäude am Hafen statt. Wir irrten erst ein wenig umher, bis wir es fanden. Die Ecke am Hafen war keine vertrauenswürdige Gegend, aber hier waren die Hippies ungestört und müssten nicht fürchten, dass spießige Bürger die Polizei riefen und ihre Feier auflösten. An einem Gatter hing ein selbst gemachtes Pappschild, auf dem in aufrechter roter Schrift »Flower Treff« stand, mit gemalten Blumen und einem Pfeil, dem wir folgten. Schmale Gleise entlang, die von Unkraut überwuchert waren. Es dämmerte bereits, und wir kamen zu einem dreistöckigen Gebäude, einem alten Backsteinbau, dessen obere Fensterfront dunkel war, mit eingeschlagenen Scheiben, die wie hohle Augen aussahen. Rote Grablichter am Boden wiesen uns den Weg zum Eingang in der Mitte des Gebäudes. Links und rechts brannten Kerzen, und es waren Vasen mit Wiesenblumen aufgestellt. Über dem Eingang schwang ein Glockenspiel im Abendwind, und die Luft erzitterte von seinem hohen, feinen Klang.

»Seid willkommen, ihr schönen Seelen«, hauchte ein groß-äugiges Mädchen in einem knappen Batikkleid und mit einem Lederband um die Stirn. Über einem ihrer beiden Arme hing bestimmt ein Dutzend Blumenkränze. Sie streifte Toni eine Blumenkette über und küsste ihn auf den Mund. Er zuckte zusammen. »Du darfst hier ganz du selbst sein«, sagte sie mit einer gütigen Stimme und strich einmal seinen Unterarm entlang. Toni sah sich hilflos nach uns um. Wir lächelten verkrampft.

»Willkommen«, sagte das Mädchen mir zu und streichelte meine Wange. »Du hast so schöne Augen, so tiefgründig.« Sie hängte mir den Kranz um den Hals.

Ich nickte nur, war zu verdattert und ging zu Toni, der zwei Meter weiter wartete. Hinter uns standen drei langhaarige Jungs mit merkwürdigen Musikinstrumenten, die sich über die Doors unterhielten.

»Hallo, du Fruchtbare«, sagte das Mädchen zu Mieze und strich über ihre Schultern.

»Ich hoffe, das mit der Fruchtbarkeit lässt noch auf sich warten«, antwortete Mieze.

Das Mädchen legte ihr den Blumenkranz um. Dabei fiel mir auf, dass an ihrem linken kleinen Finger ein Fingerglied fehlte.

»Na, das kann ja heiter werden«, sagte Toni.

Wir betraten das Gebäude, ein merkwürdiger Geruch hing in der Luft, es roch feucht und modrig. Ein schwacher Duft von Patschuli und Gras. Ich hörte entfernt die quietschenden Töne von Rockmusik und Gitarrenriffs. Wir gingen mit unserem Blumenschmuck um den Hals den schummrigen Gang entlang, auf dessen Wänden mit großen Buchstaben gepinselt stand: »Lena, wir lieben dich«, »Wir vergessen dich nicht«, »Die Liebe ist in dir«, und der zu einem Treppenhaus führte. Die Treppe nach oben war mit Stühlen verbarrikadiert. Die Feier fand unten statt. Auf den Treppenstufen standen Grabkerzen, die flackerten und Schatten an die hohen Wände warfen, auf die mit schwarzer Farbe Gesichter gemalt waren, die mich an Höhlenmalereien erinnerten. Je weiter wir auf der Treppe nach unten gingen, desto lauter wurden Stimmen, Musik und das Lachen, und umso stärker wurde ein beißender seifiger Geruch in der Nase.

»Was ist das?«, fragte ich.

»Räucherstäbchen«, meinte Mieze. »Davon bekomme ich immer Kopfschmerzen.«

Wir erreichten einen großen Raum, in dem schon einige

Gäste versammelt waren und der in einem schummrigen Licht gehalten war. Es war wie ein großes, gemütliches Wohnzimmer, mit einer Landschaft aus ausrangierten Sesseln und Matratzen, überall lagen Kissen verteilt, auf denen sich Männer und Frauen fläzten. Rauchschwaden stiegen auf. Es roch süßlich nach Gras und Marihuana. An den Wänden hingen große gebatikte Tücher oder Banner von Demos mit politischen Parolen. Alte Wohnzimmerstehlampen waren verstreut aufgestellt, mit und ohne Schirme, manche eingerissen, manche mit roter Farbe angemalt, und jede warf ein anderes Licht auf diese Szenerie. An der Fensterseite des Raumes war aus leeren Bierkästen eine Bar aufgebaut. Ein paar langhaarige Jungs in engen T-Shirts und schlotternden Hosen mit engem Bund standen davor, rauchend, und tranken Bier aus Flaschen. Lachten und hauten sich auf die Schenkel. Die Mitte des Raumes diente als Tanzfläche. Ein Mädchen, barbusig und nur mit einem Rock bekleidet, tanzte barfuß und selbstvergessen mit geschlossenen Augen zu der Musik, wiegte sich im Takt, und ihr Körper bewegte sich wie ein schlängelnder Aal. Ich starrte sie an, ihre nackten Brüste, ihr Gesicht, ihre Miene, die mich an die Bilder einer Heiligen erinnerte. Sie wurde von einem bunten Licht beleuchtet, das unter der Decke angebracht war und in kreisenden Bewegungen Lichtornamente auf Boden und Menschen warf.

Toni war der Erste, der seine Stimme wiederfand. »Ich brauch ein Bier«, stöhnte er.

»Bring mir eins mit«, sagte Mieze.

»Mir auch«, rief ich ihm hinterher.

Wir sahen ihm nach. Toni stand an der Bar, hob drei Finger in die Höhe und kramte Münzen hervor, und der junge blonde Kerl hinter der Bar mit der deutlichen Zahnlücke stellte ihm drei Flaschen vor die Nase.

»Wie viel?«, fragte Toni.

»So viel du geben willst und kannst«, sagte die Zahnlücke und deutete auf einen Pappkarton mit ausgeschnittenem Deckel. Toni warf Kleingeld hinein, prostete der Zahnlücke zu und kam mit lässigem Schritt zu uns zurück. Als hätte er mit einem Mal eine Rolle eingenommen in einem Theaterstück: Toni, du spielst jetzt den Hippie, einen ganz geschmeidigen Typen. Lässig.

Mieze und ich sahen uns kurz an und grinsten. »Lassen wir uns drauf ein«, sagte Mieze, und wir stießen mit den Bieren an und tranken. »Sieh es als eine Art Studie an. Wir trennen uns an der Stelle, wie verabredet, und schmeißen uns ins Getümmel. Los geht's.«

Das Mädchen saß auf einem Sitzsack. Ein Kerl kniete vor ihr mit ausgestreckter Hand. Neben den beiden stand eine alte Schreibtischlampe am Boden, und im Schein dieser Lampe begutachtete sie die Handinnenflächen des Typen. Deutete mit dem Zeigefinger darauf. Armreifen klirrten an ihren Handgelenken. Ich kniete mich dazu.

»Hallo, was macht ihr?«, fragte ich.

»Warte, ich bin gleich für dich da«, erwiderte sie. »Schau«, sagte sie zu dem Mann, der einen starken Moschusgeruch ausströmte. »Zwei Kinder.« Sie deutete auf zwei horizontale Kerben unterhalb seines Fingergelenks. »Ganz eindeutig.«

»Schade. Ich hätte Lust auf einen ganzen Stall voller Kinder. Kinder sind die Zukunft«, sagte er mit schwärmerischer Miene.

Sie beugte sich vor und küsste ihn auf den Mund, und er erwiderte den Kuss. Ich konnte ihre Zungen sehen, die wie kleine Schnecken zwischen den Lippen hervorkrochen und wieder verschwanden. Ich wollte aufstehen, aber andererseits war ich küssenden Menschen noch nie so nah gewesen. Ich war vollkommen fasziniert. Ihre Lippen lösten sich voneinander, der Typ stand auf und ging. Das Mädchen nahm eine brennende Zigarette aus dem Aschenbecher neben sich, sog einmal daran, inhalierte tief und reichte sie mir. Ich nahm sie reflexartig an und tat es ihr gleich.

»Nun zu dir«, sagte sie und blies den Rauch in einer kleinen Fontäne hervor. »Ich bin Anni.« Sie lächelte.

An ihrem linken Schneidezahn fehlte eine kleine Ecke. Ansonsten war sie bildschön, soweit ich das im Schummerlicht erkennen konnte. Mit fast katzenartigen Augen, die schräg standen und unglaublich groß waren. Der Rauch kratzte in meinem Hals, und mir war klar, dass das keine normale Zigarette gewesen war. Kurz waberte Panik in mir auf, aber Mieze war da, in der Nähe, und Toni. Und wenn ich etwas über Lena herausfinden konnte, dann hier. Entspann dich, sagte ich zu mir selbst. Lass es laufen.

Anni nahm sanft meine Hand und führte sie in den Lichtkegel. Ich zog noch einmal an dem Joint, der knisterte, und Anni nahm ihn mir ab und legte ihn in den Aschenbecher, fuhr mit der Kuppe ihres Zeigefingers über die Linien meiner Handinnenfläche.

»Kopflinie. Tief und ausgeprägt. Starker Wille«, erklärte sie.

»Aber deine Herzlinie ist unterbrochen. Schau, sie wird immer wieder unterbrochen. Hier sind es nur noch Striche.«

»Was bedeutet das?«

»Du musst an deinem Herz arbeiten. Du musst die Dinge mit der größten Überzeugung tun. Lass dich nicht von deinem Weg abbringen. Und du musst an deiner Liebesfähigkeit arbeiten. Lerne zu vertrauen. Du kannst deine Handlinien selbst verändern. Sie wachsen mit dir und sind dir stets einen Schritt voraus. Deine Hände zeigen dir deine Zukunft.«

Ich starrte auf meine Handinnenfläche. Da waren tiefe Linien, aber auch ganz viele kleine, fast oberflächliche. Das fiel mir nun zum ersten Mal auf. Ich staunte ein wenig, und Anni strich mir eine Strähne aus dem Gesicht.

»Wir können alles sein. Du musst es nur wollen«, sagte sie, und dann nahm sie meine Finger und rollte sie zusammen wie das Blatt eines Baumes.

»Können wir auch den Tod darin sehen?«, fragte ich, und sie legte den Kopf schief. »Meinst du, Lena hätte ihren Tod darin sehen können?«, fragte ich.

Anni schüttelte den Kopf, und ihr Körper wackelte mit, und die Armreifen klirrten. »Nein, das ist nicht möglich. In unseren Händen liegt nur, was wir zu Lebzeiten tun können.

Und in Lenas Händen lagen viele Dinge, die uns alle eine Zeit lang sehr froh gemacht haben. Kanntest du sie?«

»Nein, nicht wirklich, habe sie nur am Schluss kurz kennengelernt.«

»Ah, du hast mit ihr studiert?«

Mist. Jetzt wurde mir schwummerig. Meine Zunge war schwer. Mein Mund trocken. Ich trank gierig an meinem Bier und dachte schnell nach, wie ich aus der Sache rauskam.

»Nee, ich bin eine Freundin von Nadja.«

Anni senkte den Blick und sortierte ihr Kleid und die vielen kleinen Perlenfransen, die daranhingen. »Ich habe Lena geliebt«, sagte sie und kämmte die Fransen parallel zueinander.

»Darf ich?«, fragte ein schlaksiger Junge und setzte sich zu uns. »Ich habe gehört, du liest heute aus der Hand.« Hinter seinem Ohr klebte eine Zigarette mit Filter. In seiner Hand hatte er eine Flasche mit Hochprozentigem, die er jetzt einladend schwenkte.

»Danke, Anni«, sagte ich und stand wie in Zeitlupe auf. Sie lächelte mich an, und ich bewegte mich durch den Raum, als würde ich auf Watte gehen. Der Raum war jetzt erfüllt mit Menschen, die tanzten und lachten. Die Musik klang wie indische Sitar-Musik. Zitternd. Bebend. Plink. Plonk. Beng. Bengbengbeng. Beng. Ich wackelte im Takt zu der Musik und begann zu tanzen. In langsamen kreisenden Bewegungen. Das kannte ich von den Beatles. Von »Love You To«. Von dem Album »Revolver«, auf dem sie singen:

Love me while you can
Before I'm a dead old man.
A lifetime is so short
A new one can't be bought.

Eigentlich mochte ich diese psychedelischen Lieder nicht so gern, aber jetzt, in dem Moment, hatte ich den Eindruck, dass ich sie neu betrachten könnte.

»Die Beatles sind in Indien gewesen«, sagte ich unvermittelt zu dem Mann, der plötzlich neben mir stand und ebenfalls tanzte.

Er war groß, seine Hüfte schmal und sein Hemd war aufgeknöpft, und ich sah seine spärlichen orangefarbenen Brusthaare, die sich vor meinen Augen auf und nieder bewegten im Takt der Musik.

»George Harrison hat dort gelernt, die Sitar zu spielen«, erklärte ich und sah zu ihm hoch.

Er hatte ein verschmitztes Gesicht, seine roten Haare schimmerten in dem Licht. Auf seinem Nasenrücken war ein Meer von Sommersprossen, als hätte jemand Konfetti daraufgestreut.

»Ich weiß«, erwiderte er mit heller Stimme. »*Turn off your mind. Relax and float downstream*«, zitierte er.

»Das kennst du?«

»Natürlich. Das ist ein toller Song. ›Tomorrow Never Knows‹. Und ein tolles Album. Hey, sollen wir zusammen auf eine Reise gehen?«, fragte er und fasste mich an den Händen, bewegte mich zum Takt der Musik und drehte mich um die eigene Achse.

Ich wusste nicht, was er meinte, aber es klang nach Drogen. Nach einem Trip. Ich wusste, dass die Beatles für das Album mit LSD experimentiert hatten, aber ich hatte mächtigen Respekt vor so was. Und abgesehen davon: Ich war Polizistin.

»Och du, nachher vielleicht«, erwiderte ich. »Ich muss noch was erledigen.«

Ich hatte immer noch einen Auftrag und war nicht zum Spaß hier. Er drehte mich erneut um die eigene Achse, löste seine Hände von mir, und ich bewegte mich weiter zu der Musik, und als ich mich umsah, weil ich mir sein Gesicht merken wollte, war er bereits verschwunden.

In der einen Ecke, die etwas im Halbdunkel lag, entdeckte ich mit einem Mal ein Klavier. So eines, wie es in Kneipen steht, wo jemand zu vorgerückter Stunde sein Bier oben abstellt, den Deckel hochklappt und in die Tasten haut. Das Holz war ausgeblichen, hatte Macken und Katscher. Jemand hatte mit schwarzem Filzstift Bilder daraufgemalt und Namen hineingeritzt. Botschaften. Oben auf dem Klavier standen vier Kerzen, die brannten und deren Wachs auf das Holz tröpfelte. Ich sah in die Flammen, die gerade mit langem Docht gen Decke brannten. Neben den Kerzen waren zahllose runde Ränder von Flaschen und Gläsern auf dem Holz. Ich strich mit dem Finger darüber, streichelte das Klavier, glitt an den Seiten entlang und klappte den Deckel hoch. Legte einen Finger auf eine weiße Taste und drückte sie runter. Drückte sie schnell hintereinander, bis ich durch die Musik, die den Raum erfüllte, den einen Ton der Klaviersaite hören konnte.

Jemand hielt mit einem Mal sanft meine Hand fest. »Das darfst du nicht machen. Bitte nicht. Das ist Lenas Klavier.«

Ich sah hoch und erkannte eine Frau im Halbdunkel. Sie war etwa so alt wie ich, hatte langes dunkelblondes Haar und war recht schmal. Ihr Schlüsselbein trat hervor, und ich starrte in die Kuhlen, die links und rechts deutlich zu sehen waren.

»Das wusste ich nicht, tut mir leid.« Ich nahm die Hand zurück.

»Schon in Ordnung. Das war Lenas Klavier. Ich bin Penny.«

»Ich bin Lucia. Sag mal, kanntest du Lena gut?«, fragte ich und wischte meinen Finger an meinem Rock ab, als hätte ich etwas Klebriges angefasst. Plötzlich brach mir der Schweiß aus, und meine Knie wurden zu Pudding.

»Ja, ich kannte sie recht gut«, antwortete sie und beobachtete mich. »Bist du okay?«

»Ich glaube, ich würde mich gerne setzen«, sagte ich, und mir war, als würde mein Kopf auf meinem Hals hin und her wackeln. Mir wurde übel.

»Komm mit, du musst dich ausruhen«, sagte Penny und ergriff meine Hand.

Ihre Finger waren kühl, und das fühlte sich gut an. Sie zog mich langsam hinter sich her und führte mich aus dem Raum zurück in den Flur, wo überall Kerzen brannten, ich konnte es riechen, die Luft hier unten war stickig, und Penny zog mich weiter. Da waren überall Räume ohne Türen, in denen andere Menschen waren. In einem wurde in Zeitlupe zu einem roten

Licht getanzt, während eine Stimme aus einem Lautsprecher auf Englisch Dinge flüsterte, die ich nicht verstand. In einem anderen saßen sie am Boden und meditierten im Schneidersitz, jemand schlug eine Klangschale an, und der Ton vibrierte und schraubte sich in mein Ohr. Penny führte mich in den dritten Raum, der größer war, eine Art Bettenlager, wie Himmelbetten, die einzelnen Betten waren mit dünnen Gazevorhängen abgetrennt. In den Ecken standen Lavalampen. In einer löste sich gerade ein Tropfen und schwebte nach oben.

»Wo sind wir hier?«

»Das ist der Raum der Ruhe«, sagte sie und zog mich zu einem der Himmelbetten.

»Spielt hier jemand Klavier?«, fragte ich, weil ich sachte Klänge hörte. Oder irrte ich mich und bildete mir das ein?

»Das ist ein Tape, ein Klang-Experiment, die Musik soll dich beruhigen«, erklärte Penny. Vor mir lag eine Kissenlandschaft aus bunten Kissen. »Komm, wir legen uns hin«, lud sie mich ein, und auf allen vieren robbte sie über die Matratze und warf sich mit Schwung rücklings in die Kissenpracht. Sie lachte. Ich fand das lustig und tat es ihr gleich. Wir lagen nebeneinander und lachten. Der Schwindel wurde besser.

»Oh, das tut gut, so zu liegen. Penny, du hattest recht. Das ist himmlisch.« Ich stöhnte vor Erleichterung.

»Nicht wahr?« Sie streichelte meine Wange und fuhr mit spitzen Fingern durch meine Haare. »Ich mag deine Haare«, sagte sie mit verträumtem Gesichtsausdruck.

»Erzähl mir von Lena«, bat ich sie und schloss die Augen.

»Was war dein schönstes Erlebnis mit ihr?« Ich dachte an Blumenwiesen und Sonnenschein, an glitzerndes Wasser eines Sees, auf dem sich das Licht spiegelt und mich blendet. Ich hörte das Ratschen eines Feuerzeugs neben mir, wie es knisterte und Penny inhalierte. Roch den brennenden Tabak. Es roch gut.

»Lena war so lebendig. Und experimentell.«

»Was meinst du damit?«

»Sie probierte alles aus.«

»Du meinst Drogen?«

Penny kicherte und stupste mich in die Seite. »Nein, das auch, aber ich meinte was anderes. Sie war so frei.«

»Sex?«, fragte ich.

Penny legte ihre Lippen an mein Ohr. »Jaaa«, hauchte sie. »Diese Filme, sie nannte es ihr Tagebuch der Ekstase. Sie konnte so oft kommen, das habe ich noch nie erlebt.« Durch mich ging ein Ruck. Ich drehte den Kopf und sah in Pennys Augen.

»Was für Filme?«

Sie blinzelte mich an. »Warum willst du das wissen?« Ich starrte zur Decke. Mein Hirn war durchtränkt von Watte. Ich brauchte einen Moment, um mich zu sammeln. »Ich bin Journalistin und will ein Porträt über sie schreiben. Über Lena. Nadja hat mich eingeladen hierherzukommen. Ich will Lena so zeigen, wie sie war. Sie soll weiterleben.«

»Das ist so schön, was du da sagst«, sagte Penny.

»Was sind das für Filme?«

»Willst du einen sehen?«, sagte Penny mit einem fast lüsternen Ton. »Komm mit«, sagte sie und zog mich hoch.

Am Ende des Flurs gingen wir zu einem schwarzen Vorhang, den wir zur Seite schoben, um hindurchzuschlüpfen. Dahinter verbarg sich ein Kino, das in einem kleinen Raum eingerichtet war. Auf der Leinwand sah ich nackte Brüste in Großaufnahme. Ich hörte leises Stöhnen. Eine weibliche flüsternde Stimme. Vor mir lagen und saßen nackte Männer und Frauen, liebkosten sich, soweit ich das im flackernden Licht des Films erkennen konnte. Bewegten ihre Körper. Stöhnten.

»Sie lieben sich heute für Lena. Denn die Liebe vergeht nicht. Schau, das ist sie.« Penny deutete zur Leinwand und legte ihren Arm um meine Taille.

Lena blickte von der Leinwand zu mir herab. Und ich sah sie mit einem Mal als lebendige Person. Ihre langen Haare fielen auf ihre nackten Brüste, und sie strich durch sie hindurch, legte sie frei, ihre Brustwarzen, die wie kleine Knospen aussahen. Sie legte den Kopf schief und schürzte die Lippen. Ein paar Männerhände schoben sich links und rechts unter ihren Achseln hindurch, sie waren behaart und strichen in kreisenden Bewegungen über ihre eingeölten Brüste. Ich hörte Lena aufstöhnen, und die Kamera wanderte langsam nach unten, bis ein Kopf am unteren Bildrand erschien, der offenbar zwischen ihren Schenkeln ruhte.

»Wer hat diese Filme gedreht?«, fragte ich.

»Keine Ahnung«, sagte Penny neben mir. »Ist sie nicht eine Bombe? Ich bekomme Lust, wenn ich das sehe.«

Sie stöhnte auf und fuhr sich mit ihren Händen durch das Gesicht und die Haare, zog mich am Hals zu sich heran und küsste mich. Ich erwiderte den Kuss, ihre Lippen waren weich und schmeckten süßlich, und ich brauchte einen Moment, um zu verstehen, was hier passiere. Ich löste mich von Penny und deutete auf die Leinwand.

»Gibt es noch mehr davon?«

»Na klar. Dutzende.« Sie tastete mit ihren Fingerspitzen meinen Hals ab, vom Kinn bis zum Schlüsselbein.

Mit einem Mal war ich wach. Fast nüchtern. Wer hatte bitte diese Filme mit Lena gedreht? Was war mit ihnen passiert, außer dass sie auf solchen Festen gezeigt wurden? Verkaufte sie jemand? War Potthoff involviert und Manfred aus dem »Goldkopf«? Pornofilme für die Freiheit und das Hippieleben? Mein Mund war staubtrocken.

»Ich brauch was zu trinken«, presste ich hervor, wankte, drehte mich um, rüttelte an dem Vorhang, fand die Lücke und ließ das Kino hinter mir.

»Da bist du ja.«

Mieze stand mit glühenden Wangen vor mir, ein bubihafter Kerl mit flackerndem Blick hing an ihrem Arm.

»Wir müssen reden, komm mit«, sagte ich und nahm sie am Arm.

»Bin gleich wieder da«, sagte sie zu ihrem Anhängsel, der sie widerwillig losließ. »Mutti muss mal eben was besprechen.«

Er schürzte die Lippen, und Mieze gab ihm einen Klaps auf den Po. Er blieb artig stehen und schwankte leicht.

»Da ist aber auch nicht mehr viel zu holen«, meinte ich.

»Warten wir's ab«, erwiderte Mieze.

Wir verdrückten uns ein paar Meter weiter in eine Ecke des Flurs, unterhalb einer Flurlampe, die mit lila Krepppapier ummantelt war und ein Licht abgab, in dem wir wie scheintot aussahen.

»Diese Lena scheint ein wildes Geschöpf zu sein«, sagte Mieze. »Die Urgestalt eines Hippiemädchens. Der junge Hüpfer hier weiß etwas, aber will nicht richtig mit der Sprache rausrücken. Ich bleibe dran. Könnte mir ehrlich gesagt schlimmere Ermittlungsarbeit vorstellen.« Sie grinste und strich ihre Locken aus dem Gesicht. Auf ihrem Nasenrücken glitzerten Schweißperlen.

»Warst du schon im Kino?«, fragte ich und deutete hinter mich. »Es gibt Filme mit Lena, freizügige Filme, meine ich. Pornografie.«

»Du meinst, sie hat Filme gedreht? Professionell? Das wäre was für die Sitte.« Mieze sah mich an und hob eine Augenbraue.

Ich schüttelte den Kopf. »Nein, ich glaube, es war Teil ihres Lebensplans, grenzenlose Freiheit zu erleben. Aber ich weiß nicht, ob jemand damit gehandelt hat. Sie verkauft wurden.«

Mieze war schnell. »Du meinst, Lena ist womöglich mit den Filmen erpresst worden? Mit solchen Filmen wird florierender Handel getrieben. Ich höre mich mal um.« Sie nickte und blickte einmal rüber zu ihrem Mündel, das rauchend an die Wand gelehnt stand. »Wir treffen uns in einer Stunde oben am Ausgang, wie ausgemacht.«

Ich nickte zur Bestätigung und umarmte Mieze schnell.

»Wo ist Toni?«, fragte ich.

»Wenn du mich fragst, horcht er immer noch das Barpersonal aus. Bis später.« Mieze winkte und zog mit dem Jüngling ab.

Ich war unschlüssig, wo ich weitermachen sollte. Jemand tippte mir auf die Schulter. Lange blieb auf der Party niemand allein. Es war mein rothaariger Beatles-Freund von der Tanzfläche.

»Kennst du dich mit Filmen so gut aus wie mit den Beatles?«, fragte ich ihn.

»Natürlich«, sagte er im Brustton der Überzeugung. »Aber erst gehen wir auf eine kleine Reise.«

Er legte ein winziges Stück Papier auf seine Zungenspitze, trat an mich heran und schob mir seine Zunge sanft in den Mund. Küsste mich. Ich war überrascht, wollte protestieren, aber seine Lippen waren fest, und er küsste gut, mit dem richtigen Druck, und hielt mit einer Hand sanft meinen Nacken.

»Komm«, sagte er schließlich. Seine Augen leuchteten, und ich wollte etwas sagen, aber er legte seinen Zeigefinger auf meine Lippen. »Vertrau mir.«

Wir gingen in den Raum der Ruhe. Ganz hinten wurde gerade eine Liegefläche frei. Zwei Frauen standen kichernd von der Matratze auf und deuteten uns an, dass sie frei sei.

»Wie heißt du?«, fragte ich den Rotschopf.

»Was meinst du? Bin ich eher ein John? Ein Ringo? Oder eher ein Paul?«

Er schob den Gazevorhang zur Seite und streckte sich lang auf der Matratze aus, schlüpfte aus seinen Schuhen. Ich legte mich neben ihn.

»Du bist ein Paul.«

»Den magst du am liebsten von allen.«

»Ja. Schon immer. Es war immer Paul, nie einer der anderen.«

»Schließ die Augen«, sagte er.

»Willst du nicht wissen, wer ich bin?«

»Das weiß ich längst«, erwiderte er tonlos.

Mein Kopf wurde schwer. »Woher?«, fragte ich leise. Starrte an die Decke, wo jemand weiße Sterne aufgemalt hatte, die im Dunkeln leuchteten.

»Von Nadja. Und jetzt warte. Gleich beginnt deine Reise. Denk an einen Moment in deiner Vergangenheit, der weiter zurückliegt. Lass dich fallen. An einen besonderen Moment. Der sich dir eingeprägt hat.«

Seine Stimme war weich und hörte sich an wie flüssiges

Wachs. Ich starrte weiter an die Sterne, bis ihre Konturen sich langsam auflösten und sie ineinander verschwammen.

Ich schloss die Augen.

Eine Erinnerung tauchte auf. Ich war zwölf. Es war Sommer. Ein Ausflug im Sommer mit dem Zug zum Drachenfels. Ohne Mama. Da war das Eis, das wir aßen, mit dem Blick auf den breiten Rhein, auf dem Ausflugsschiffe mit flatternden Fähnchen vorüberfuhren, mit sonnenbebrillten Menschen auf dem Deck, die winkten. Aber kaum hatte sich das Bild aufgebaut, verschwand es wieder, und es wurde dunkel um mich herum. Ich hatte das Gefühl, die Augen sperrangelweit geöffnet zu haben, aber was ich sah, war ein großes Nichts.

»Warte«, sagte mein Beatles-Mann neben mir. »Gleich geht's los.«

Und so war es auch.

Es begann mit einem kleinen Licht, das in der tiefen Dunkelheit explodierte und langsam näher kam. Von den Seiten stürmten Kaskaden von farbigen Blitzen herein, die wie ein Feuerwerk zerplatzten und sich in einer Blume aus Licht ausbreiteten, schwächer wurden und restlos verschwanden. Meine Furcht war verflogen, und ich schien zu schweben. Auf meinem Gesicht spürte ich die Sonne. Der Klang von Autos und spielenden Kindern wurde lauter, und ich öffnete die Augen. Es war Sommer. August. Das wusste ich sofort. Ich ging in meinen Sandalen die Straße entlang, um meine Mutter abzuholen. Von der Arbeit im Friseursalon. Ich ging schneller, sagte zu meinem jüngeren Ich: »Beeil dich, dann kannst du sie vielleicht retten.« Und ich schlug die Absätze in den Asphalt und rannte los, der Stelle entgegen, wo sie aus dem grünen Dickicht kommen würde. In der Netztasche in meiner rechten Hand hatte ich Kartoffeln, die beim Rennen wie ein Pendel vor- und zurückschwangen.

»Wenn ich vor der Zeit da bin, kann ich vielleicht alles ungeschehen machen«, sagte ich laut und hörte meine Stimme, die mit einem Mal meine kindliche Stimme von damals war. Ich bog um die Ecke und sah in der Ferne den Bierlaster nahen, rannte ihm entgegen, keuchte laut. Warf die Kartoffeln von mir und zog die Knie beim Rennen hoch. Der Laster kam näher, viel zu schnell. »Fahr langsamer«, rief ich ihm entgegen, den Blick wechselnd zwischen Gebüsch und Laster. Es waren nur noch wenige Meter, da kam meine Mutter aus dem Gebüsch gerannt, und ich schrie: »Halt! Warte! Nicht!«

Aber sie hörte mich nicht, sie sah hinter sich und rannte weiter, setzte zum Sprung an. Ich fuchtelte mit den Armen, stolperte und fiel der Länge nach hin. Da war es wieder. Wie in jedem Traum. Das Quietschen der Reifen. Das Ächzen. Das Klirren der Bierflaschen auf der Lade. Meine Mutter, die hinter sich sah, kaum dass sie aus dem Gebüsch gestürmt kam.

Das war neu.

Ich folgte ihrem Blick und sah in die Richtung und konnte sehen, was sie gesehen hatte.

Ich sah ein Gesicht.

Das Gesicht eines Mannes, das zwischen den Zweigen des Gebüschs durchlugte. Ich sah seine Augen. Seine Haare. Seinen Mund. Ich sah den Mann, der meine Mutter in den Tod getrieben hatte. Als würde ich aus tiefster Meerestiefe hochtauchen, holte ich schnappend Luft und setzte mich mit einem Ruck auf.

Zwei junge Mädchen mit gebatikten Sommerkleidern standen vor mir und starrten mich an.

»Alles in Ordnung«, beruhigte mich der Beatles-Paule. Er saß neben mir und streichelte meine Hand.

Ich musste hier raus. Ich bekam keine Luft mehr. Ich robbte vor zum Matratzenende. Beatles-Paule wollte mir aufhelfen.

»Geht schon«, erwiderte ich und wuchtete mich hoch.

Mir wurde sofort schwindelig, ich stützte mich mit einer Hand an der Wand ab und torkelte in Richtung Flur. Strebte nach der Treppe, die nach oben führte. Die Wände wölbten sich mir entgegen. Ich versuchte, Luft zu holen, aber meine Lungen gehorchten nicht. Schleppte mich die Treppe hoch, Stufen, die weich waren wie Teer im Sommer. Rempelte Menschen an. Das Bild des Mannes stand in meinem Kopf, als sei ein Film angehalten worden.

Sein Gesicht. Ich würde ihn wiedererkennen. Auf jeden Fall. Ich erreichte die letzte Treppenstufe, spürte einen Luftzug auf meinem Gesicht, folgte ihm und stürzte aus dem Gebäude in die Nacht. Japste nach Luft. Die Nachtluft war kühl und tat gut, und nach ein paar Metern blieb ich stehen. Beugte mich nach vorne, die Hände auf die Knie gestützt, und versuchte mich zu beruhigen. Ich zählte bis zehn. Im Takt eines Sekundenzeigers. Mein Kopf fühlte sich an, als würde er jeden Moment platzen, meine Schläfen brannten.

Atme flach. Atme ruhig. Konzentriere dich wie beim Judo auf den nächsten Schlag. Fokussiere deine Kraft. Fokussiere deinen Atem. Ich zählte von zehn wieder rückwärts. Und atmete nun flach in kurzen Atemzügen, und mit jedem Mal atmete ich länger ein und wieder aus, bis ich bei eins angekommen war. Aus meinem Kopf entwich der Druck mit jedem Atemzug. Von dem Gebäude hinter mir fiel ein langer Streifen eines orangefarbenen Lichts auf den Boden. Ich stand am äußersten Rand. Halb im Licht. Halb im Dunkel.

Du musst dich entscheiden, was du willst, dachte ich mir. Willst du nur tun, was die anderen von dir erwarten, oder willst du die Sache für dich entscheiden? Deinen eigenen Weg gehen? Dich nicht beeindrucken lassen?

Ich würde definitiv ins Licht treten und nicht zögern. Du zögerst nie mehr, hörst du, sagte ich zu mir selbst. Und du vertraust am besten nur dir selbst. Du lässt dich nicht beirren. Du hast genau den richtigen Riecher in der Sache. Mir war klar, dass die Filme der Schlüssel zu Lenas Tod waren. Lena war nicht gestorben, weil sie Marihuana verkauft hatte und ein Hippie war. Es sollte so aussehen, als sei das der Grund, die verhasste Hippielebensweise.

Aber hier ging es um etwas anderes. Jemand, der vorgab, etwas anderes zu sein, hatte die Finger im Spiel.

Ich war mir sicher, dass die Filme mich zu dem Täter brachten. Die Filme waren zum Problem geworden. Mein Problem war nur: Die Zeit war nicht auf meiner Seite.

Ich weiß nicht mehr, wie lange ich draußen in der Nacht

gestanden hatte. Mein Kopf schien wie ein Fremdkörper zu pulsieren, immer wieder tauchten winzige Blitze auf, und ich sah Gesichter in den Schatten der Bäume, die im Halbdunkel standen. Der Kran am Kai sah wie ein gigantischer Arm aus, der sich bewegte, was ich mit Belustigung bestaunte. Es war, als gäbe er mir geheime Zeichen, die nur ich verstand. Aus meiner Kehle kam ein tiefes Glucksen.

»Lucia?«

Mieze und Toni standen da. Wo kamen die denn plötzlich her? Hatten die schon die ganze Zeit dort gestanden? Sie sahen mich mit ernsten Gesichtern an. War jemand gestorben?

»Hallo, wie schön, euch zu sehen«, sagte ich und umarmte beide.

Mieze tippte auf ihr Handgelenk. »Es ist genau dreiundzwanzig Uhr, wir sind jetzt verabredet. Schon vergessen?«

Ich salutierte mit der Hand an einem imaginären Hut.

»Ach du liebes bisschen, Lucia, was hast du nur genommen?«, fragte Toni.

Ich lachte ein hexenhaftes Lachen, über das ich mich selbst amüsierte.

»Was hast du genommen?«, fragte Mieze. Sie klang streng.

»Ich habe das nicht *genommen*. Er hat es mir in den Mund gesteckt, mit seiner Zunge.« Ich streckte meine Zunge hervor und zeigte darauf.

»Wer war das?«, fragte Toni streng. »Wie heißt der Typ?«

»Eifersüchtig?«, fragte Mieze ihn.

»Nein«, erwiderte Toni. »Aber so können wir ja nicht mit ihr reden.«

»Das stimmt.«

»Worüber?«, fragte ich. In meiner Welt war alles weich und warm und schön. Toni lief ein paar Meter weiter ins Dunkel, zu einer Mauer.

»Wo rennt er denn hin?«, fragte ich.

Mieze machte ein fragendes »Mh«-Geräusch. »Er winkt uns her. Komm mal mit, du wildes Ding«, forderte sie mich auf, hakte mich unter und lief mit mir los. Auf Toni zu.

»Ganz schön dunkel hier.«

»Lucia, tritt einen Schritt näher«, sagte Toni, und seine Stimme war klebrig. Zu süß. Zu freundlich. Da war etwas im Busch.

»Warum?« Ich trat trotzdem artig einen Schritt auf ihn zu.

»Weil ich dich aufwecken muss. Von dem Trip, auf dem du gerade bist.«

Er stellte sich neben mich, legte seine Hand auf meinen Hinterkopf, und mit einer schnellen Bewegung drückte er meinen Kopf nach unten. Kaltes Wasser schlug mir wie eine Ohrfeige ins Gesicht. Ich spürte seine Hand immer noch auf meinem Kopf, wie er mich unter Wasser hielt. Adrenalin schoss in mein Hirn, und mein Pulsschlag hob an und polterte los. Ich zog den Kopf mit aller Kraft aus dem Wasser heraus. Prustete. Holte Luft. Keuchte. Das Wasser lief an mir herab und tropfte auf mein Kleid. Ich wischte mir über die Augen.

»Alles gut?«, fragte Mieze und hielt mich an den Unterarmen fest.

»Tut mir leid, aber das musste sein«, sagte Toni.

»Das war genau richtig«, sagte ich, starrte auf die Regentonne und schüttelte meinen Kopf wie ein Hund. Mein Hirn war mit einem Mal klar. Der Kran am Ende des Geländes war nur noch ein Kran. Die Bäume waren nur noch Bäume. Die Welt fühlte sich wieder normal an.

»Wo waren wir stehen geblieben?«, fragte ich, nahm das Taschentuch, das Mieze mir hinhielt, und tupfte damit mein Gesicht trocken. Die beiden stöhnten auf. Wir setzten uns auf einen Stapel von Paletten, die am Rande des Geländes standen.

»Ich sage euch, was ich herausbekommen habe«, begann ich und berichtete Mieze und Toni von den Filmen, die ich gesehen hatte.

Toni hob den Zeigefinger. Das tat er gern, wenn er Dinge rekapitulierte. »Lena drehte kleine Sexfilme für ihre Brüder und Schwestern. Ich habe mich gefragt, ob jemand damit womöglich Geld verdient hat oder immer noch verdient? Und womöglich Lena nicht ihren Anteil gab, der ihr zustand?«

Ich übernahm. »Lena wusste, dass die Filme plötzlich eine

Ware waren, mit der Handel betrieben wurde und die in falsche Hände gelangte. Sie wollte es stoppen, oder sie wollte ihren gerechten Anteil haben.«

Mieze schaltete sich dazwischen. »Solche Filme werden hoch gehandelt. Der Schwarzmarkt ist enorm. Dänemark hat Anfang Juli als erstes europäisches Land Pornografie freigegeben«, warf sie ein.

»Ich glaube, genau darüber kam es zum Streit. Die Person schlägt Lena nieder und würgt sie im Affekt. Lena geht bewusstlos zu Boden. Damit das Ganze nicht entdeckt wird, legt die Person ein Feuer und will es als Suizid kaschieren, was aber nicht funktioniert. Lena verstirbt am Boden in der Küche.«

Mieze berichtete weiter. »Mein kleiner Jüngling ist übrigens mit der Antwort herausgerückt. Ich sage euch, wer diese Filme gedreht hat.«

Wir sahen Mieze auffordernd an.

»Der Jüngling selbst. Er ist der Kameramann bei den Filmen. Es war ihm peinlich, es vor mir zuzugeben. Ich habe gesagt, ich würde gern mal mitspielen in so einem Film. Wo das stattfinde? Das sei eher geheim, erklärte er. Und da Lena nun tot sei, werde es keine weiteren Drehs mehr geben. Wo die Filme denn gedreht worden waren?, fragte ich. An verschiedenen Orten, meinte er. Mehr wollte er nicht sagen.«

»Aber er filmt ja nur«, sagte Toni. »Wer bekommt die Filme danach?«

Mieze grinste. »Auch das weiß ich mittlerweile. Ein Typ namens Sergej.«

»Ein Russe?«, fragte ich.

Mieze machte ein triumphierendes Gesicht. »Wie ich in meiner kurzen Zeit beim Drogendezernat gelernt habe, wird das nur ein Strohmann sein. Sergej arbeitet für jemanden, der im Hintergrund die Strippen zieht. Morgen im Präsidium werde ich herausfinden, ob Sergej bei uns bekannt ist und für wen er arbeitet.«

»Manfred«, sagte ich und starrte dabei in ihre beiden Gesichter. Und dann lauter: »Ich wette, es ist Manfred Drechsler.

Der Besitzer des ›Goldkopf‹, wo Nadja arbeitet, von der ich euch erzählt hatte. Die mich hierzu eingeladen hat.« Wo war Nadja heute eigentlich? Mir fiel auf, dass ich sie heute gar nicht gesehen hatte.

Während ich berichtete, nickte Mieze. Schließlich schlug sie sich vor die Stirn. »Drechsler! Der Typ ist bekannt bei der Sitte. Ich habe seinen Namen schon mal gehört. Er wird als Kontaktmann gehandelt.«

Mir fiel ein, was Ruth mir erzählt hatte. »Und jetzt ratet mal, wer früher bei der Sitte war und Lena ebenfalls kannte?«

»Wer?«, fragte Toni.

»Das dürft ihr niemandem erzählen. Niemandem.«

»Wer ist es?«, fragte Mieze, und sie witterte bereits etwas. »Du hast mein Wort darauf.«

»Potthoff.«

Ich wartete ihre Reaktionen ab. Die beiden sahen mich irritiert an.

Toni fand als Erster die Sprache wieder.

»Potthoff? Das kann nicht sein. Er ermittelt in dem Fall.«

»Tut er das?« Ich schüttelte den Kopf. »Hier läuft etwas ganz anderes, Leute. Die Sache ist längst klargemacht. Es wird keinen offiziellen Täter geben. Der Fall wird geschlossen.«

»Und Potthoff kennt den Täter? Und deckt ihn?« Mieze sah mich mit großen Augen an.

Ich wand mich bei der Frage und wackelte mit dem Kopf hin und her. »Potthoff hat durch seine Zeit bei der Sitte beste Kontakte zu seinen ehemaligen Informanten«, erklärte ich.

»Das würde bedeuten, dass du gegen deinen Vorgesetzten ermittelst. Das wäre der Genickbruch für deine Karriere als Kriminalistin.« Mieze atmete laut aus. »Verflucht«, sie schlug sich mit der Faust auf ihren Oberschenkel.

»Das klingt mir eine Nummer zu groß für uns«, sagte Toni. »Wenn das stimmt, bräuchten wir wasserdichte Beweise. Das sind massive Anschuldigungen, Lucia.«

»Es ist zu spät für neue Beweise«, erwiderte ich. »Die Frist läuft morgen um zwölf Uhr ab. Potthoff will mich auflaufen lassen. Er wird den Fall als ausermittelt darstellen, dazu nimmt er meinen Bericht. Zugleich demonstriert er damit den Kollegen, dass Frauen als Kriminalistinnen ungeeignet sind und nicht für den Polizeidienst taugen.«

»Du müsstest ausreichend Indizien haben, damit Drechsler vernommen werden kann«, stellte Mieze fest. »Und du brauchst eine vom Staatsanwalt angeordnete Hausdurchsuchung. Das würde Potthoff nicht erlauben, wenn deine Theorie stimmt.« Wo Licht ist, da ist auch Schatten. Ich dachte an die Uhr. An meine Fotos von Bock. »Ich habe euch schon weit genug in die Sache reingezogen, weiter, als ich eigentlich vorhatte zu gehen. Es tut mir leid, wenn ich euch damit belaste.« Ich stand auf und strich meine Handinnenflächen sauber.

»Das lass mal meine Sorgen sein«, sagte Mieze und stellte sich neben mich. »Noch bin ich dabei.«

Toni kaute angestrengt auf seiner Unterlippe. Ich sah ihm an, dass er mit diesen Geheimnissen haderte. »Was tun wir jetzt, gehen wir wieder rein?«, fragte er.

Ich sah auf meine Uhr. Es war kurz nach Mitternacht.

»Morgen ist der entscheidende Tag. Ich muss mich beeilen, wenn ich neue Beweise ins Feld führen will. Ich hau mich aufs Ohr. Abgesehen davon fühle ich mich wie ein begossener Pudel.«

Ich sah hinter mich zu dem erleuchteten Eingang des Hafengebäudes. »Mein Ausflug in die moderne Hippiewelt endet hier. Tschüss, ihr Verrückten.«

3

Donnerstag, 14. August 1969

Jemand war an meinem Schreibtisch gewesen. Das fiel mir an diesem Morgen als Erstes auf. Ich war pedantisch. Meine Stifte lagen stets akkurat nebeneinander, ein Überbleibsel aus der Sekretärinnenausbildung: Nur ein aufgeräumter Schreibtisch war ein guter Schreibtisch. Jedenfalls lagen meine Stifte leicht verschoben, ebenso mein Block. Und jemand hatte meine Schubladen durchsucht. Und versucht, es so aussehen zu lassen, als sei nichts passiert. Ich war mir sicher, dass Potthoff die Uhr suchte, die nach wie vor in meiner Handtasche war. Es wurde Zeit, ein neues Versteck dafür zu finden. Denn ich hatte den leisen Verdacht, dass sie bei mir nicht mehr sicher war. Wenn Potthoff mich auf dem Kieker hatte, würde er auch meine Handtasche und meine Wohnung durchsuchen lassen. Ich traute ihm in dem Punkt alles zu.

Über Nacht hatte ich mir einen Plan zurechtgelegt. Ich wollte direkt nach der Morgenrunde zu Lenas Nachbarin Melanie Brecht gehen und ihr das Foto mit Manfred Drechsler und Potthoff zeigen. Potthoff hatte geraten, ich solle meinen Instinkt verwenden, und der sagte mir, die Nachbarin wusste mehr, als sie zugab. Und ich wollte Drechsler genauer unter die Lupe nehmen, dafür bräuchte ich allerdings die Hilfe von Ruth aus der Sitte. Meine Idee war, so viele neue Verdachtsmomente in der Hand zu haben, dass der Fall nicht geschlossen werden konnte. Dafür hatte ich Zeit bis zwölf Uhr. Ich würde neue Spuren ranschaffen, damit ich eine Verlängerung bekäme. Wie ein Jagdhund würde ich stöbern und schnüffeln, mit der Pfote kratzen und so lange buddeln, bis ich sie zutage gefördert hätte.

Um kurz vor acht wählte ich Petras Durchwahl, um nachzuhören, ob sie etwas über die Inschrift auf der Uhr herausgefunden hatte. Und ich hatte Glück.

»Ich habe Neuigkeiten für dich«, stürmte sie los. »Bin schon seit sechs Uhr wach. Das Los der Mütter mit einem Kindergartenkind. Du klingst verschlafen, Lucia.«

»Guten Morgen, Petra, die Nacht war kurz«, nuschelte ich und nahm einen großen Schluck Kaffee.

»Du wirst gleich wach werden«, erwiderte sie. »Ich habe nämlich eine Rückmeldung erhalten vom Standesamt. Es gab an dem Tag nur eine Trauung, bei der die Frau Brigitte hieß.« Sie machte eine Pause. »Das Ehepaar Brigitte und Manfred Drechsler wurde am 12. Oktober 1966 um elf Uhr fünfzehn auf dem Standesamt im Rathaus zu Düsseldorf getraut.«

Die Nachricht überraschte mich nicht wirklich, aber trotzdem verschlug es mir für einen Moment die Sprache.

»Hallo? Bist du noch dran?«

Ich verschluckte mich an meinem Kaffee. Hustete und hielt den Hörer von mir weg. Räusperte mich. Als ich wieder normal sprechen konnte, sagte ich: »Das sind in der Tat Neuigkeiten.«

»Kannst du damit was anfangen?«

»Oh ja! Eine Bitte habe ich. Erzähl niemandem von dieser Anfrage und dem Ergebnis. Vergiss es einfach wieder. Irgendwann werde ich dir sagen, warum. Versprochen«, flehte ich.

Für drei Sekunden war Stille in der Leitung, und ich dachte schon, nun kommt ein Anschiss von Petra.

»Ich habe keine Ahnung, wovon du sprichst, Lucia. Wirklich nicht. Was für eine Anfrage?«, sagte sie in erstauntem Tonfall.

Ich schnaubte durch die Nase. »Ich danke dir so sehr«, flüsterte ich und legte auf.

Mein nächster Impuls war, Ruth anzurufen. Ich wählte ihre Nummer im Präsidium, aber sie war nicht da, und ich versuchte es wieder bei ihr zu Hause. Ich ließ es ewig tuten. Das Tuten klang wie ein Ruf eines Schiffes über ein weites, großes Meer, aber sie nahm nicht ab. Wo war Ruth? War ihr etwas zugestoßen? Sollte ich zu ihr fahren und von dem Zweitschlüssel Gebrauch machen, den sie mir gegeben hatte? Hinter mir wurde es laut, die Kollegen kamen an ihre Plätze, lärmten, rauchten, quatschten, und ich entdeckte Otto, der gerade seine Proviantblechdose öffnete und seine harten Eier herausholte. Ich stand auf und lief zu ihm. Stellte mich vor ihn an seinen Schreibtisch. Er blickte kauend hoch.

»Hast du was von Ruth gehört?«, fragte ich ihn ohne Umschweife. »Das ist kein Scherz, ich meine es ernst. Ich erreiche sie nicht, und ich brauche sie. Jetzt.«

Er sah mich prüfend an. Der Geruch von Kaffee und gekochten Eiern kroch mir in die Nase, und ich musste fast würgen. Otto schüttelte langsam den Kopf und sah mich mit einem verdunkelten Blick an.

Ich saugte meine Unterlippe ein und ließ sie wieder los. »Das gefällt mir nicht«, flüsterte ich. »Wenn du etwas weißt, musst du es mir jetzt sagen.«

Seine Augenbrauen schnellten nach oben. »Ich habe mich ehrlich gesagt noch nie so ahnungslos gefühlt wie in diesem Moment«, erwiderte er. Fast tat er mir leid. »Wir könnten zu ihr fahren«, schob er hinterher.

»Nicht jetzt, ich muss erst was erledigen.« Ich tippte zweimal mit meinem Zeigefinger auf meine Armbanduhr.

Er hob eine Augenbraue. »Was hast du vor?«, fragte er. »Eine neue Spur? Brauchst du Ruth deswegen? Wolltest du sie deswegen sprechen?«

Ich schwieg und dachte nach. »Ich werde mich noch mal mit der Nachbarin Melanie Brecht unterhalten.«

Er sah auf die Uhr an der Wand und schob die Eierschalenteile zu einem Haufen zusammen. »Ich muss mich jetzt um zwei andere Fälle kümmern. Wir sprechen uns um elf Uhr dreißig und gehen dann deinen Bericht durch, bevor wir damit zu Potthoff marschieren.« Er sah mich streng an.

Du hast nur Schiss, dass ich was rausbekommen habe und du nicht, wisperte eine Stimme in meinem Kopf.

»Gute Idee«, sagte ich zu ihm, zwinkerte Toni zu, der gerade den Raum betrat, und lief zu Elke, die mit einem feuchten Taschentuch einen Fleck aus ihrer Bluse rubbelte.

»Schokolade?«, fragte ich.

»Zahnpasta«, erklärte sie. »Wo brennt's?«

»Hast du was von Ruth gehört?« Ich kam ihrem Gesicht
näher. Konnte ihr Parfüm riechen. Den Duft ihrer Tagescreme.
Das Haarspray.

»Nein, ist was mit ihr?«

»Ich weiß es nicht.«

Elke nahm einen Schluck aus ihrer Kaffeetasse. Sie sah mich
mit großen Augen an und fuhr leise fort. »Kann ich etwas
tun?«

Potthoff ging an uns vorbei. »Guten Morgen«, sagte er mit
einem süffisanten Gesichtsausdruck, und Elke reichte ihm seinen Zimmerschlüssel. »Fräulein Specht, zur Erinnerung. Zwölf
Uhr. Und keine Minute später.« Er wartete meine Antwort
gar nicht ab, sondern ging mit gezücktem Schlüssel weiter.
»Morgenrunde«, bellte er im Gehen.

9:15 Uhr.
Nach der Morgenrunde machte ich mich auf zu Melanie
Brecht, um ihr die Fotos von Bock zu zeigen. Wir waren für
neun Uhr verabredet gewesen. Ich kam etwas atemlos an. Ich
war die Treppe hochgerannt und hatte zwei Stufen auf einmal
genommen. Wegen einer Baustelle hatte die Fahrt länger gedauert als geplant. Melanie Brecht stand wie ein ätherisches
Wesen im Gegenlicht im Türrahmen. In einem weißen Kleid
mit einem tiefen Ausschnitt, das Kind seitlich auf ihrer Hüfte
platziert. Das Kind sah mich, riss die Augen auf und streckte
mir seine kleinen speckigen Hände entgegen. Wir nahmen am
Küchentisch Platz, und ich klappte meinen Block auf. Sie setzte
das Kind in den Hochstuhl und gab ihm einen Plastiklöffel und
ein Tier zum Spielen, aber beides flog eine Sekunde später auf
den Fußboden, und sie hob es geduldig wieder auf.

»Er hat Energie für zwei«, seufzte sie. »Einen Kaffee vielleicht?« Ihr Blick irrte hin und her.

»Nein, keine Umstände, ich muss gleich wieder weiter.«

Weil ich in Eile war, kam ich ohne Umschweife zum Punkt
und legte ihr das Foto aus der Bar mit Manfred und Potthoff
und Lena auf den Tisch.

»Ich möchte Sie bitten, sich dieses Foto anzusehen und mir zu sagen, ob Ihnen Personen darauf bekannt vorkommen.«

Melanie nahm das Foto mit spitzen, sauber manikürten Fingern hoch, mit der anderen Hand hielt sie den Hochstuhl fest. Ihr Gesicht verriet mir, dass sie jemanden erkannt hatte. Es war ein Aufflackern in ihren Augen, das sofort wieder verschwand. Sie legte das Foto mit einem Seufzer ab.

»Welche Person haben Sie erkannt?«, fragte ich und schob die Fotografie zurück. Sie sah einen Moment darauf, und dann floh ihr Blick zum Küchenfenster.

»Den rechts von ihr, den kenne ich. Manfred. Den habe ich hier schon im Hausflur gesehen.«

Ihre Augen wanderten über die Gegenstände auf dem Tisch. Irgendetwas stimmte nicht mit ihr. Ich konnte es fühlen.

»Wann war er zuletzt da? Können Sie sich daran erinnern?«

Ihr Gesicht schien bei der Frage in sich zusammenzufallen.

»Hat er etwas mit dem Tod von Lena zu tun?«, fragte ich weiter.

Sie kratzte sich mit einem Fingernagel an den Augenbrauen, ging zum Wasserhahn, füllte ein Glas und trank es mit gierigen Schlucken im Stehen aus. Ich sah, wie Wasser aus ihren Mundwinkeln rann und auf ihr Kleid tropfte.

»Es ist nicht schlimm, wenn Sie es vergessen haben oder verdrängt. Und sich erst jetzt daran erinnern können. Wichtig ist, dass Sie es mir sagen.«

Melanie drehte sich zu mir, und ich sah, dass Tränen aus ihren Augen quollen und den Kajalstrich verwischten. Ihr Mund öffnete und schloss sich wieder. Das Kind hörte auf zu glucksen und sah uns aufmerksam an.

»Er war letzte Woche hier. Und die Woche davor auch. Er ist fast jede Woche hier.«

Ich staunte. »Sie haben den Mann jede Woche hier gesehen?«

Sie knetete ihre Hände. »Er ist der Grund, warum mein Mann nicht hier ist.«

Jetzt begriff ich gar nichts mehr. »Moment mal, Ihr Mann hat Sie doch verlassen, oder?«

Melanie schüttelte den Kopf und griff nach einer Banane, schälte sie langsam und gab dem Kind ein Stück davon, das es gierig in den Mund steckte.

»Das ist die offizielle Version. Ich dachte, Sie wüssten das längst.«

»Was weiß ich längst?«

»Dass mein Andreas im Gefängnis sitzt.«

Jedes Wort sprach sie aus, als verrücke sie schwere Steine.

»Was wurde ihm vorgeworfen?«

Sie kaute auf ihrer Lippe. »Vergehen gegen das Betäubungsmittelgesetz. Besitz und Verkauf von Drogen. Er hat achtzehn Monate bekommen.«

»Wann war das?«

»Vor fünf Monaten.«

»Aber die Drogen wurden weiterhin verkauft«, sagte ich und deutete zur Decke, zur Wohnung von Lena. »Von wem hat Lena den Nachschub bekommen?«

Melanie nahm einen Latz und wischte dem Kind den Bananenbrei vom Kinn. Sah mich verschämt an. »Von mir«, sagte sie.

Laus mich der Affe. Erst versorgt der Nachbar Andreas Lena. Und kaum ist der weg, kommt seine Frau und hält die Maschine am Laufen. Wie bei einem Fabelwesen, dem der Kopf abgeschlagen wird. Es wachsen zwei neue Köpfe dafür nach.

»Und die andere Person auf dem Foto?«, fragte ich und tippte auf Potthoff. »Was ist mit dem?«

Melanie schüttelte erneut den Kopf. »Nee, den habe ich hier noch nie gesehen.«

»Sie wissen, dass Sie sich mit einer falschen Aussage als Zeugin selbst belasten können. Momentan sind Sie noch eine Zeugin. Aber das kann sich auch ändern. Aus Zeugen könnten auch Verdächtige werden.«

Mit erschrockener Miene sah sie mich an. »Ich habe nichts getan, ich schwöre. Ich würde nie jemandem etwas antun, erst recht nicht Lena!« Jetzt kam sie in Fahrt. Stand hastig auf und sah mich eindringlich an. »Lena war mehr als nur eine Nachbarin für mich. Ihr Tod ist für mich viel schlimmer, als Sie denken, nicht wegen dieser Drogen, die sie verkaufte. Sie war mir eine Freundin.« Melanie rieb ihre Wange, eine Geste, als erinnere sie sich an etwas. Leise sagte sie: »Lena hat mich beschützt.« Ihre Augen wurden wässrig.

»Was hat Ihr Mann getan?«, fragte ich langsam und stand auf.

»Wir sind verheiratet. Er kann mit mir machen, was er will. Und niemand kann mir helfen, nicht mal die Polizei.« Sie fuhr dem Kind durch die Haare, ordnete sie zu einem Scheitel. »Ich bin froh, dass mein Mann im Knast sitzt«, sagte sie leise. »Und ich hoffe, er kommt nicht so bald wieder raus.«

Ich hatte genug gehört. Die Zeit raste. Ich wandte mich zur Tür.

»Sie müssten mir noch Ihre Zeugenaussage unterschreiben«, sagte ich, und sie nickte. »Und, Melanie, ich frage Sie das nur ein Mal: Wissen Sie, wer Lena Malberg getötet und das Feuer gelegt hat?«

Melanie stand mit nach vorne hängenden Schultern da, während das Kind mit rhythmischen Bewegungen in die Bananenmatsche auf dem Hochsitz patschte. »Ich weiß es nicht«, antwortete sie. »Ich weiß es wirklich nicht. Bitte glauben Sie mir.«

10:28 Uhr.
Auf dem Rückweg mit dem Dienstwagen fuhr ich bei Drechslers Meldeadresse vorbei. Einen Katzensprung entfernt. Ich wollte sehen, wo er wohnte. Den Dienstkäfer parkte ich auf der gegenüberliegenden Straßenseite, drehte das Fenster herunter und beobachtete das eierschalfarben getünchte Miets-haus. Eine Zigarettenlänge lang starrte ich auf die Haustür, in der Hoffnung, er würde jeden Moment herauskommen.

Aber was würde ich dann tun? Hinter ihm herlaufen, rufen: »Bleiben Sie stehen, ich bin von der Polizei, ich habe da ein paar Fragen an Sie. Sie haben Pornofilme mit Lena Malberg gedreht, und ich will wissen, ob Sie etwas mit ihrem Tod zu tun haben. Haben Sie die Filme verkauft? Kam es zum Streit? Haben Sie Lena Malberg etwas angetan? Ich weiß, dass Sie dort regelmäßig ein und aus gingen. Sie hatten was mit ihr. Nun rücken Sie schon raus mit der Sprache.«

Lächerlich. Natürlich ging es so nicht. Er würde mich auf der Straße auslachen und denken: Was für ein verrücktes Frauenzimmer steigt mir am helllichten Tag nach? Er würde seine Kontakte bei der Sitte anrufen und fragen, wer ich sei, und dafür sorgen, dass ich den Rest meiner Ausbildung in der Asservatenkammer oder im Archiv verbrachte. Vermutlich mit Renate zusammen, die das gar nicht so schlimm fände. Manfred Drechsler war sicherlich mit allen Wassern gewaschen, denn wer als Informant für die Sitte arbeitete, steckte tief im Sumpf der Unterwelt. Und wurde zugleich geschützt. Ich blies den Rauch zum Fenster hinaus und dachte mir, dass es mich nicht wundern würde, wenn Manfred hier nicht wohnte, sondern eine ganz andere Adresse hatte, die nur eingeweihte Freunde und die engsten Mitarbeiter kannten, die er um sich scharte. Wie Sergej vielleicht.

»Finde Sergej«, sagte ich laut zu mir.

Unsere Ausbilder lehrten uns: Ein Verbrechen ist ein nicht zu tolerierender Angriff auf unser Selbstverständnis. Manfred war der Dorn in meinem Fleisch. Der Stachel, den ich herausreißen musste. Ich schnippte die Zigarette aus dem Fenster, startete den Motor, der mit einem trockenen Rasseln aufjaulte, und düste zurück ins Präsidium.

11:04 Uhr.

Ich hastete die Steintreppen hoch. Der Bericht musste fertig werden, ich durfte keine Zeit verlieren, im Kopf hatte ich mir während der Fahrt alle Formulierungen parat gelegt; ich würde sie in Windeseile runtertippen. Als ich hineinstürmte, reichte mir Elke am langen Arm einen Zettel mit den Anrufen, die sie für mich entgegengenommen hatte.

»Halt! Da hat unter anderem ein Eric angerufen. Drei Mal. Er klang verzweifelt. Sehr sogar. Er hat gefragt, ob du noch am Leben bist. Ich habe gesagt, dass du bis vorhin noch recht lebendig warst. Ist er das?«

Ich pflückte ihr den Zettel aus der Hand. »Ja, das ist er. Was ist aus deiner Kontaktanzeige geworden? Sag schnell.«

Elke strahlte über beide Ohren. »Ich habe am Freitagabend eine Verabredung. Gestern haben wir telefoniert. Nur kurz, eine sehr sonore Stimme, und so höflich war er. Ich glaube, er ist blauen Blutes«, sagte sie und kicherte.

»Sehr gut.« Ich nickte. »Muss weiter, entschuldige.« Im Gehen starrte ich auf den Zettel.

»Mieze. Eric 3 x. Bock.«

Ich setzte mich an meine Schreibmaschine, spannte einen Bogen ein und tippte los. Schielte mit einem Auge auf die große Uhr an der Wand. Das Telefon klingelte, aber ich ging nicht dran. Ließ es klingeln. Tippte weiter. Zog den Bogen mit einem lauten Ratsch aus der Maschine und legte ihn zu den anderen in die Mappe. Spannte den nächsten Bogen ein und tippte weiter. Ich war so angespannt, dass ich gleichzeitig trinken und rauchen wollte, um mich zu beruhigen. Wieder klingelte das Telefon.

»Jetzt geh schon ran«, rief Kollege Stutenbrock hinter mir.

Ich nahm entnervt den Hörer ab und blaffte meinen Namen. »Specht!«

Für zwei Sekunden war Stille. Ich hörte jemanden atmen. Schwere Atemzüge. Die Stimme war dünn, und ich hätte sie fast nicht erkannt.

»Lucia«, sagte die Stimme.

»Ruth?« Ich legte meine Hand um die Sprechmuschel. »Oh mein Gott, was ist passiert? Wo bist du? Du bist so leise.«

»Da ist Blut. Überall ist Blut«, stöhnte sie kraftlos.

Jetzt bekam ich Panik. »Was für Blut? Wo bist du?«

Mit einem Mal sah ich Leichenbilder. Blut, das zusammenlief und in einen Teppich sickerte. Das an weißen Wänden herunterlief. Sich in großen Lachen sammelte. Nach Eisen roch.

»Ich bin so schwach«, sagte sie so leise, dass ich sie fast nicht hören konnte. »Schaffe es nicht.« Ihre Sprache war verwaschen.

Ich hatte Angst, dass sie bewusstlos wurde, bevor sie mir sagen konnte, wo sie war.

»Wo bist du? Von wo rufst du an?«

Ihr Atmen glich einem Rasseln, ihre Stimme war so klein und dünn, als wäre sie unter Wasser eingesperrt.

»Ich habe etwas getan. Ich musste es tun, kannst du mir helfen? Keine Polizei. Keinen Krankenwagen, das musst du mir versprechen.«

»Ruth, bist du zu Hause?«

Sie schniefte einmal. »Ja«, flüsterte sie.

»Ich bin auf dem Weg«, sagte ich und warf den Hörer auf die Gabel. Rupfte das beschriebene Blatt aus der Maschine und stopfte es in den Ordner. Schnappte meine Handtasche und eilte los.

»Was ist passiert?«, fragte Elke und spielte nervös an ihrem Kragen.

»Ich brauche sofort einen Dienstwagen, schnell, Elke. Es ist ein Notfall.«

Ich sprang von einem Bein auf das andere.

Elke hatte den Hörer schon in der Hand. »Bekommst du.«

Sie wählte die Nummer und sprach mit der Fahrbereitschaft.

Bitte habt einen freien Wagen, betete ich im Stillen.

»Kein Wagen verfügbar. Ich rufe ein Taxi«, sagte Elke.

»Brauchst du Hilfe?«, sagte eine männliche Stimme plötzlich neben mir.

Ich sah zur Seite. Da stand Toni.

»Ruth, sie braucht Hilfe. Komm mit.« Ich schnappte seine Hand, und wir liefen den Gang hinunter. »Hat was von Blut gefaselt. Wir müssen schnell zu ihr.«

Wir kamen an das Ende des Gangs, bremsten ab wie zu schnelle Rennhunde, trippelten auf einer Stelle und wollten gerade die Treppe runterstürmen, da stand Lilli vor uns. Sie sah uns Händchen halten, ihr Blick sagte alles. Sie verdammte uns in dem Moment, verwünschte uns. Sie hasste uns. Giftige Pfeile schossen aus ihren Augen.

»Aha, ihr zwei also. Na, das hätte ich mir ja gleich denken

können«, sagte sie und hob den Kopf. »Erbärmlich«, sagte sie zu Toni, machte auf dem Absatz kehrt und lief von uns weg.

»Lilli, jetzt sei nicht blöd«, rief ich ihr hinterher. Aber sie drehte sich nicht um und lief davon wie ein beleidigtes Kind.

»Egal, das muss warten«, sagte Toni. »Wir müssen los.«

Wir sprangen in das bestellte Taxi, das vor der Tür stand, und ich bellte dem Fahrer die Adresse entgegen. Er fuhr los, in aller Seelenruhe fädelte er sich in den Verkehr ein. Von hier waren es mit dem Auto nur knapp zehn Minuten. Aber ich hatte das Gefühl, jede Minute zählte und wir kämen nur im Schneckentempo vorwärts.

»Geben Sie Gas, es ist ein Notfall«, herrschte ich ihn an.

»Junges Fräulein, wegen Ihnen werde ich mir keinen Ärger mit der Polizei einhandeln, so viel ist schon mal sicher«, sagte er.

»Ich bin die Polizei«, erwiderte ich und zückte meine Dienstmarke. »Lucia Specht. Mordkommission. Er im Übrigen auch.« Ich deutete auf Toni.

»Na dann.« Der Taxifahrer drückte aufs Gas. Vor uns schaltete die Ampel auf Gelb, und er schoss über die Kreuzung. »Sind euch die Autos ausgegangen?«, fragte er. Den brachte nichts aus der Ruhe.

»Genauso ist es«, erwiderte ich und zeigte nach vorne auf die Straße. »An der nächsten Kreuzung nach links einbiegen und dann noch etwa hundert Meter«, sagte ich. Öffnete meine Handtasche und kramte Ruths Hausschlüssel hervor. Steckte Toni einen Zehn-Mark-Schein zu.

»Übernimm du das.«

Das Taxi hatte noch nicht mal angehalten, da sprang ich bereits aus dem Auto. Spurtete los, steckte den Schlüssel ins Schloss und öffnete die Haustür. Hechtete die Stufen nach oben zu Ruths Wohnung.

Sperrte ihre Wohnungstür auf.

Das Erste, was ich sah, waren dunkle Blutstropfen auf dem Fußboden. Eine Spur, die vom Bad in Richtung Wohnzimmer führte und in deren Verlauf die Tropfen größer wurden.

»Ruth!«, rief ich.

An der Schwelle zum Wohnzimmer war das Blut auf dem Boden verteilt, als sei sie darin ausgerutscht. Ein Handabdruck war am Türstock. Ruth lag neben dem blutverschmierten Telefon am Boden. In Seitenlage. Ihr Oberteil und die Hose waren im Schritt blutgetränkt. Dunkles Blut. Ich roch diesen feuchten metallischen Geruch. Ihre Augen waren geschlossen. Für einen Moment dachte ich, sie sei tot. Ruth so zu sehen rüttelte die unglaubliche Angst in mir wach, jemanden zu verlieren, den ich liebte. Denn mir war klar, Ruth war eine der wichtigsten Personen in meinem Leben geworden. Ich tätschelte ihre Wangen, strich ihr die Haare aus dem verschwitzten Gesicht. Als ich ihren schwachen Puls fand, jubelte ich innerlich. Sie öffnete leicht den Mund, und wie im Delirium flüsterte sie verworrenes Zeug durch ihre ausgetrockneten Lippen. Ich hörte Tonis Schritte näher kommen. Er stand atemlos im Türrahmen, und ich sah das Entsetzen in seinem Gesicht.

»Wo ist das nächste Krankenhaus?«, rief ich ihm zu.

»Nicht weit von hier. Wir nehmen sie mit«, antwortete Toni, ging in die Knie und hob Ruth mit einem lauten Ächzen vom Boden auf. Griff unter die Achseln und die Kniekehlen.

»Nicht … ins … Krankenhaus«, nuschelte Ruth. Ihr Kopf hing hintenüber. Ihre Augen waren geschlossen.

»Wir sollten einen Krankenwagen rufen«, sagte ich.

»Ich habe das Taxi nicht weggeschickt«, erklärte Toni. »Es steht noch vor dem Haus. Halt mir die Türen auf.«

Wir brachten Ruth durch den Hausflur nach unten auf die Straße. Der Fahrer reagierte blitzschnell, als er uns sah, sprang aus dem Wagen, warf eine Decke über den Rücksitz, und wir legten Ruth vorsichtig darauf. Ich stieg hinten mit ein und hielt während der Fahrt ihren Kopf auf meinem Schoß.

»Halt sie wach«, sagte Toni, und ich redete auf sie ein.

»He, Ruth, wach bleiben.«

Sie stammelte unverständliches Zeug. Brabbelte.

Der Fahrer gab Gas, und wenige Minuten später hielt er mit quietschenden Reifen vor dem Eingang des Evangelischen

Krankenhauses. Toni sprintete rein, und ich hörte, wie er rief:
»Polizei, ein Notfall, eine Kollegin. Schnell! Kommen Sie!«
Ruths Lider flatterten. Sie reagierte nicht mehr. Zwei weiß
gekleidete Krankenschwestern und ein Pfleger stürmten herbei.
»Was ist mit ihr? Wissen Sie mehr?«
»Nein, ich habe sie so gefunden.«
»Irgendwelche Schusswunden? War sie im Dienst?«
»Nein, wir haben sie zu Hause so gefunden.«
Ruth wurde auf eine Trage mit Rollen gehievt, und dann
ließen die drei uns stehen, liefen mit ihr im Stechschritt durch
das Foyer des Krankenhauses und riefen Anweisungen.
»Aus dem Weg. OP. Notfall. Chirurgie! Massiver Blutver-
lust!«
»Ich spüre keinen Puls mehr«, rief eine Schwester. »Wir
verlieren sie.«
Flügeltüren wurden weit geöffnet, und sie schoben Ruth in
einen langen weißen Gang. Während die Türen sich in Zeitlupe
schlossen, sah ich noch, wie eine Schwester Ruths Oberteil
zerriss, eine andere ihr eine graue Beatmungsmaske auf den
Mund presste und der Pfleger sich auf die Trage schwang und
mit einer Herzdruckmassage begann.
Dann verschwand sie aus unserem Blickfeld.
Toni und ich standen nebeneinander im Foyer. Ich war fassungslos, wusste nicht, ob ich schreien oder heulen sollte. Eine
Frau ging an uns vorbei und sah uns mitleidig an. Musterte uns.
Ich sah an uns herab und stellte fest, dass wir beide blutver-
schmiert waren. Erst jetzt bemerkte ich es: Toni hielt die ganze
Zeit meine Hand. Und ich seine. Wir sahen uns an, und eine
ganze Weile lang sagte keiner etwas. Die Worte der Schwester
echoten in meinem Kopf. »Wir verlieren sie.«
»Sie schafft es doch, oder? Oder?«, flüsterte er, als würde
Ruths Leben an meiner Antwort hängen.
Mein Mund war vollkommen trocken. Meine Kopfhaut
juckte, und ich starrte nur auf die Uhr über der Anmeldung.
Es war eine große Uhr mit langen schwarzen Zeigern, die beide
auf zwölf Uhr standen.

Genau jetzt müsste ich bei Potthoff sein.

»Das war's dann wohl«, sagte ich laut.

13:07 Uhr.

Eine Stunde nachdem Ruth eingeliefert worden war, kam eine Ärztin um die Ecke und schritt direkt auf uns zu. Wir saßen mit unserer blutverschmierten Kleidung in der Warteecke und standen reflexartig auf. Es war eine recht junge Ärztin, vielleicht Mitte dreißig, mit rotem Haar, das sie streng aus dem Gesicht gekämmt zum Pferdeschwanz trug.

»Guten Tag, ich bin Dr. Brunner, die Chirurgin, die Ihre Kollegin operiert hat.«

Als ich in das Gesicht der Ärztin sah, erinnerte ich mich sofort an das, was sie uns in der Ausbildung beigebracht hatten. Zumindest theoretisch. Den Umgang mit Todesmeldungen. Das Treffen von Angehörigen, denen wir mittteilen mussten, dass jemand verstorben war: Bleiben Sie ruhig. Verkünden Sie die Mitteilung ohne große Umschweife. Lassen Sie den Angehörigen Zeit. Laufen Sie nicht weg. Vermitteln Sie Kompetenz und Ruhe. Bieten Sie Hilfestellungen an. Versprechen Sie nichts. Bleiben Sie in Ihrer Rolle als ermittelnde Beamtin. Versuchen Sie, das Gespräch sanft in die Ermittlungsarbeit zu lenken.

Ich glaube, die Ärztin hatte einen solchen Kursus ebenfalls belegt. Ich sah in ihr Gesicht und versuchte darin zu lesen, wie die Nachricht, die sie uns gleich mitteilte, lauten würde. Hatte Ruth es geschafft? Und wenn ja, in welchem Zustand war sie? Die Nachricht über Leben und Tod. Die zugleich die Entscheidung war, was mit uns weiterhin passieren würde. Ich konnte mir diese Ausbildung, diesen Beruf, dieses neue Leben ohne Ruth nicht vorstellen. Was würde ich tun, wenn sie nicht mehr wäre? Ich starrte einen Moment auf die Hände der Ärztin. Ich hatte absurderweise erwartet, dass Blut daran war, aber sie waren sauber. Die Fingernägel kurz geschnitten, kein Nagellack. Die Chirurgin sah uns abwechselnd in die Augen, um sicherzugehen, dass wir sie verstanden. Wir nickten.

»Sie hat viel Blut verloren, aber wir konnten sie stabilisieren und notoperieren. Allerdings ist sie noch in einem kritischen Zustand. Sie erhält gerade Blutkonserven. Sie ist noch nicht über den Berg. Ich sage es Ihnen, wie es ist. Die kommende Nacht wird entscheidend sein.«

Ich schluckte. Ein paar Steine fielen mir vom Herzen, nur Kieselsteine, denn zugleich schlich sich der Gedanke ein: Es ist noch nicht vorbei, kein Grund zur Freude. Trotzdem war es eine gute Nachricht. Sie lebte.

»Sie schafft das«, sagte Toni neben mir. »Sie ist stark.«

Die Ärztin lächelte. Es war die erste Regung in dem strengen, sachlichen Gesicht. »Sind Sie der Partner der Patientin?«, fragte sie.

»Ich? Nein«, rief er, und wir sahen uns an. Die Ärztin war irritiert.

»Nein, wir sind beide Kollegen von Ruth Bellroth«, sagte ich. »Wir absolvieren zusammen die Ausbildung zum Kriminalbeamten.«

»Sie? Als Frau?«, fragte die Ärztin mich verwundert.

»Ja. Aber Sie sind doch auch eine Frau«, antwortete ich spontan.

Die Ärztin lächelte erneut.

»Kann ich zu ihr?«, fragte ich.

Sie sah mich einen Moment lang an. »Noch nicht. Kommen Sie bitte mal mit, ich muss mit Ihnen sprechen«, sagte sie zu mir. Und zu Toni gewandt: »Ich würde mit Ihrer Kollegin gern allein sprechen.«

Wir gingen den Flur entlang und betraten ein Büro. Ein brauner Schreibtisch, auf dem sich Papierstapel häuften, weiße, bodenlange Gardinen schirmten das Licht von draußen ab. Sie deutete mir an, vor ihrem Schreibtisch Platz zu nehmen. Ich wusste, da ist was im Busch.

»Was ist mit Ruth?«, fragte ich.

Dr. Brunner klappte eine Akte auf, nahm einen Kugelschreiber und kaute an dessen Ende. »Erzählen Sie mir von Ihrer Kollegin. Wer sie ist, was sie macht. Und in welcher Verbindung sie zu Ihnen steht.«

Ich holte Luft, berichtete von der Ausbildung, wie wir uns kennengelernt hatten, wo wir gerade arbeiteten, dass wir auch viel Freizeit miteinander verbrachten. Freundinnen waren. Uns mochten. Uns vertrauten.

Sie wiegte nachdenklich den Kopf. »Ihre Freundin hatte eine schwere Blutung aufgrund eines Aborts, der stümperhaft gemacht worden war.« Sie ließ ihre Worte im Raum stehen.

Abort? Abtreibung? Ruth?

»Wussten Sie davon?«

»Was sagen Sie da?«, fragte ich erstaunt. »Sie war schwanger?«

Mein Hirn ratterte. Es gab genau zwei Kandidaten. Otto und Eddy. Die Ärztin sagte nichts. Ein Abbruch ist illegal, dachte ich. Er verstieß gegen Paragraf 218. Das Abtreibungsverbot. Eine Straftat. Deswegen wollte Ruth nicht ins Krankenhaus gehen. Gerade vor wenigen Wochen hatte die Regierung den Paragrafen abgeändert. Der Schwangerschaftsabbruch wurde als Vergehen bestraft, nicht mehr als Verbrechen, das heißt, er würde mit einer geringeren Freiheitsstrafe oder Geldstrafe belegt. Die Ärztin würde den Abort melden müssen, und es käme zur Anzeige. Unser Arbeitgeber würde es erfahren und schnell auch die Kollegen auf dem Präsidium. Ruth wäre damit geliefert. Niemand wollte eine junge Beamtin weiterbeschäftigen, die sich einen solchen Fehltritt geleistet hatte, geschweige denn ausbilden. Fördern.

Ich erinnerte mich an eine Geschichte, als ich noch klein war. Eine Nachbarin hatte einer Frau geholfen, mit einer Stricknadel, meine Mutter hatte es flüsternd meinem Vater im Wohnzimmer erzählt. Ich hatte an der angelehnten Tür gestanden und gelauscht. »Das arme Ding ist gestorben. Und jetzt muss sie ins Zuchthaus, weil sie ihr geholfen hat. Stell dir das vor«, hatte meine Mutter empört geflüstert.

Die Ärztin und ich sahen uns an, und ich wusste, dass Dr. Brunner meine Gedanken lesen konnte. Ich rückte näher an den Schreibtisch und sah ihr tief in die Augen.

»Bitte«, sagte ich und knetete meine Hände. »Ruth ist eine der besten Nachwuchskriminalistinnen. Sie wird es weit bringen. Helfen Sie uns.«

Dr. Brunner lehnte sich auf ihrem Stuhl zurück, der dabei leicht knarzte. Ich wischte eine Strähne aus meinem Gesicht. Dr. Brunner hob den Zeigefinger.

»Ich musste ihre Gebärmutter entfernen. Es war dringend notwendig.« Sie sagte es in einem sachlichen, erklärenden Ton. »Das bedeutet, dass sie keine Kinder bekommen kann.«

Ich schnappte nach Luft, nickte, und Dr. Brunner fuhr fort.

»Es bestand akute Gefahr für die werdende schwangere Mutter. Der Abbruch war zwingend und medizinisch notwendig.«

Was sagte sie da? Ich kapierte es nicht. Medizinisch notwendig? Ich brauchte einen Moment, um es zu verstehen. Dr. Brunner deutete ein Nicken an, eine Art stumme Vereinbarung. Medizinisch notwendig. Moment mal. Sie sagte, sie selbst, Dr. Brunner, habe den Abbruch vorgenommen, weil eine Gefahr für die werdende Mutter bestand. Der Groschen fiel.

»Ich verstehe«, sagte ich. »Vielen Dank. Ich danke Ihnen sehr.«

Dr. Brunner rückte wieder näher an den Tisch heran. Nahm eine Lesebrille, setzte sie auf, zückte den Kugelschreiber und notierte etwas in einer krakeligen Schrift, die ich auf dem Kopf nicht entziffern konnte. Sie sah hoch. Ein kurzes konspiratives Lächeln zuckte in ihren Mundwinkeln.

»Gehen Sie jetzt nach Hause und kommen Sie morgen früh wieder. Und beten Sie für Ihre Freundin, dass sie die Nacht überlebt.«

14:05 Uhr.

Toni und ich fuhren mit einem Taxi zum Präsidium zurück, aber wir sprachen während der Fahrt kein Wort. Wir waren schockiert und starrten in entgegengesetzte Richtungen aus dem Fenster. Das Wetter hatte sich geändert. Es war kühler geworden, und über den Dächern türmten sich die Wolken aufeinander wie Schaumgebäck. Der Taxifahrer lud uns vor dem Präsidium ab, wünschte uns einen angenehmen Tag und brauste davon. Wir schlichen ins Gebäude. Toni ging auf die Toilette, um seine Kleidung notdürftig sauber zu machen. Ich ging, so wie ich war, mit den blutverschmierten Klamotten schnurstracks zu Potthoff. Klopfte an. Trat ein. Im Aschenbecher lagen vier ausgedrückte Zigarettenstummel, allesamt bis zum Filter aufgeraucht. Die Fenster waren geschlossen, die Luft verqualmt. Er stand mit dem Rücken zu mir und sah hinaus in den Hof.

»Schließen Sie die Tür hinter sich«, sagte er, ohne sich umzusehen. Eine brennende Zigarette in der rechten Hand. Mit der linken kratzte er sich an der Stelle am Nacken. Die Wunde war jetzt deutlich zu sehen, sie war kreisrund, rötlich und nässte.

Er betrachtete nach dem Kratzen seine Fingernägel und wischte sie an seiner Hose ab. Auf dem Tisch lag die Akte mit meinem Bericht. Ich stellte meine Handtasche auf dem Schreibtisch ab und nahm Platz. Nichts zu sagen schien mir die beste Lösung zu sein. Jedes kleine »Aber«, jede Verteidigung meiner Person hätte zu diesem Zeitpunkt meine Position geschwächt. Meine Gedanken waren wie ein schief aufgerolltes Wollknäuel, das ich erst entwirren musste. Zugleich dachte ich mir: Jetzt ist Schluss mit meiner Ausbildung. Er würde es mir nun in seiner direkten, unverblümten Art mitteilen.

Potthoff drehte sich um und setzte sich auf seinen Schreibtischstuhl. Er drückte die brennende Zigarette im Aschenbecher aus und schob diesen mit dem Handrücken zur Seite. Erst jetzt sah er hoch und bemerkte das Blut auf meinem Kleid. Seine Augen wanderten über meinen Körper und zurück in mein Gesicht. Er sah mir scharf in die Augen.

»Von wem ist das Blut an Ihrem Kleid?«, fragte er in vollkommen nüchternem Tonfall.

»Von Ruth Bellroth«, antwortete ich mechanisch.

»Sind Sie verletzt?«

»Nein.«

»Wie geht es Fräulein Bellroth?«, fragte er.

»Sie ist im Krankenhaus. Sie wurde operiert und wird hoffentlich die kommende Nacht überstehen.«

Er verengte die Augen zu Schlitzen. »Was haben Sie mir zu sagen?« Es war weniger eine Frage, vielmehr eine einmalige Chance einer Erklärung.

»Ich konnte unseren Termin nicht einhalten, es kam ein Notfall dazwischen. Ein Anruf von meiner Kollegin Ruth Bellroth, die dringend Hilfe benötigte.«

»Welche Form von Hilfe?«

»Medizinische. Sie hatte einen massiven Blutverlust und war kaum noch bei Bewusstsein. Ich habe dafür gesorgt, dass sie ins Krankenhaus kommt.«

»Woher kam der Blutverlust?«

»Das kann ich nicht sagen.«

»Können Sie es nicht, weil Sie es nicht wissen, oder wollen Sie nicht?«

»Ich weiß es nicht«, log ich.

»Warum haben Sie den Vorgesetzten von Fräulein Bellroth und Ihren Vorgesetzten nicht informiert, wie es Ihre Aufgabe gewesen wäre?«

»Es tut mir leid, das war in dem Moment nicht möglich. Bitte entschuldigen Sie.«

»Ich entschuldige hier gar nichts, Fräulein Specht. Es gibt eine Befehlskette, die für Sie ebenso gilt wie für alle anderen Beamten in diesem Präsidium, und ich dulde es nicht, wenn Sie eigenmächtig und ohne Hinzunahme Ihres Kollegen Otto Hagedorn agieren. Sie hätten ihn informieren können. Ihr Handeln war verantwortungslos gegenüber Ihren Kollegen und Ihrem Vorgesetzten. Ich halte Sie in dem Punkt nicht für teamfähig und sehe, dass es Ihnen schwerfällt, sich in vorhandene Vorgesetztenstrukturen einzufügen.«

Ich holte laut durch die Nasenlöcher Luft und starrte ihn mit einem finsteren Blick an. Er wollte mich loswerden. Er wollte dafür sorgen, dass meine erste Station meine letzte war. Ohne Wenn und Aber. Andererseits hatte ich einen Trumpf in der

Tasche. Ich habe immer noch deine Uhr, dachte ich mir. Und er musste das Gleiche gedacht haben.

»Öffnen Sie bitte Ihre Handtasche und entleeren Sie den Inhalt auf meinem Schreibtisch.«

Ich zögerte einen Moment und sah ihn fragend an.

»Das ist ein Befehl«, sagte er und kratzte sich am Nacken. Mit beiden Händen öffnete ich die Handtasche, drehte sie einmal um und ließ den Inhalt auf den Tisch purzeln. Am lautesten krachte die Dienstwaffe auf die Tischplatte. Ich schüttelte die Tasche und stellte sie daneben. Ein Lippenstift rollte davon und fiel zu Boden. Ich hob ihn auf und stellte ihn aufrecht hin, als sei es eine Patronenhülse. Er fischte die Dienstwaffe heraus und legte sie neben sich, nahm einen Kugelschreiber und schob damit den Inhalt der Tasche auseinander. Meine Schminkutensilien, den Kosmetikspiegel. Taschentücher. Buch. Notizblock. Stifte. Lose Blätter. Kassenzettel. Bonbons. Kaugummis. Kleingeld. Togaltabletten. Portemonnaie. Dienstmarke. Eine winzige Parfümflasche. Die Taxiquittung.

»Darf ich fragen, was Sie suchen?«, fragte ich ihn. »Kann ich behilflich sein?« Er konnte nicht wissen, dass ich die Uhr vorher herausgenommen hatte. Das Versteck kam mir zu offensichtlich vor.

Er wischte meine Frage mit einem mürrischen Gesichtsausdruck zur Seite. »Packen Sie das wieder ein«, sagte er schroff und tippte auf meinen Bericht.

Ich reagierte nicht und blickte ihm direkt in die Augen.

»Den werden Sie aktualisieren müssen, so nehme ich Ihren Bericht nicht an«, erklärte er. »Es gibt Neuigkeiten in dem Fall. Die Nachbarin, Melanie Brecht, hat ihre Aussage komplett zurückgenommen. Und während Sie im Krankenhaus waren, hat unsere Kriminaltechnik einen Treffer erzielt bei einem Fingerabdruck, den Sie mit dem Kollegen Hagedorn am Türpfosten fanden. Der Mann ist vorbestraft und finanziert seinen Lebensunterhalt mit Einbrüchen. Er ist zur Fahndung ausgeschrieben. Otto ist bereits zur Meldeadresse unterwegs, um den Mann dingfest zu machen. Schade, dass Sie nicht hier waren, er hätte Ihre Unterstützung sicherlich benötigt. Ich bin sehr zuversichtlich, dass wir den Fall abschließen können. Insofern war die Berichterstattung in der Zeitung eine gute Sache. Sie hat den Täter erneut aufgescheucht, und er wurde unachtsam und hat Spuren hinterlassen. Das war dumm von ihm, aber so ist das eben. Menschen machen Fehler. Nicht wahr?« Er sah mich mit einem triumphierenden Gesichtsausdruck an. »Ich beurlaube Sie für den Rest des Tages, bringen Sie Ihre Garderobe in Ordnung. Ich erwarte Sie morgen früh pünktlich zum Dienst.«

Ich packte alles wieder zurück in meine Handtasche.

Er legte seine Hand auf meine Dienstwaffe. »Die bleibt bis morgen bei mir«, sagte er, zog die Schublade auf und legte meine Walther PPK hinein. Schob die Schublade wieder zu und schloss ab. »Alles hat seinen Platz«, sagte er und fischte eine weitere Zigarette aus der offenen Schachtel neben dem Telefon, und sein Blick verriet mir, dass er genau wusste, dass ich die Uhr hatte. Unter seinen Fingernägeln klebte Blut.

15:37 Uhr.

»Du hast einen Treffer erzielt, hörte ich. Wer ist es?«, fragte ich eine Spur zu laut.

Jens fuhr herum und sah mich mit großen Augen an. Er wirkte noch bleicher als vorher, und ich überlegte mir, ob das eigentlich gesund sein konnte, so ganz ohne Sonnenlicht zu leben. Er zeigte auf das Blut auf meinem Kleid.

»Was hast du getan? Wo warst du?«

»Ist nicht mein Blut. Ein Notfall, ich musste helfen, ist gut gegangen. Ich geh gleich nach Hause und ziehe mich um. Und?«

Er sah mich konsterniert an, und es brauchte einen Moment, bis er seine Sprache wiedergefunden hatte. »Wir haben einen Treffer erzielt in unserer Fingerabdruckdatenbank«, erklärte er, und da schwang Stolz in seiner Stimme. »Von den neuen Spuren am Dienstag, hat etwas gedauert, aber wir haben was gefunden.«

»Potthoff hat es mir gerade gesagt.«

Jens machte bei dem Namen ein zerknirschtes Gesicht. »Ich sag es dir ganz offen. Ich mag ihn nicht sonderlich.«

Ich zuckte mit den Schultern. Mittlerweile wusste ich nicht mehr, ob es klug war, meine Meinung offen zu äußern. Ich witterte überall Fallen und Verrat, selbst bei dem milchweißen Jens in seiner kriminaltechnischen Gruft.

»Wer ist der Kerl?«, fragte ich.

»Siegfried Schlosser«, erwiderte er und blätterte in einem Notizblock. »Ein Einbrecher, der schon mal verurteilt worden ist, wegen Schlägerei und Hehlerei und Einbruch. Ist mit dem Fahrrad abends unterwegs und fährt Häuser ab. So hat er es damals berichtet. Sie vermuten, dass er mit anderen zusammen in diesem Sommer die Abwesenheit der Leute genutzt hat, um in Serie einzubrechen. Für wen er arbeitet, wissen wir nicht, vermutlich im Auftrag eines Hehlers. Potthoff meinte, damit wären zwei Fliegen mit einer Klappe geschlagen. Die Einbruchserie und der Mord an diesem Blumenmädchen.«

»Lena. Lena Malberg«, sagte ich nüchtern, und Jens hob beschwichtigend die Hände. »Sie ist nicht nur ein Blumenmädchen. Sie ist mehr als das«, ergänzte ich.

»Ja, aber das macht die Tote jetzt auch nicht mehr lebendig. Wie auch immer, jedenfalls suchen sie jetzt Siegfried Schlosser.«

»Ich weiß. Otto ist dran.«

»Und wieso du nicht?«

Sollte ich ihm erzählen, warum ich nicht dabei war? Dass ich mich um Ruth gekümmert hatte? Besser nicht. Behalte es für dich, sagte mir eine innere Stimme. Wer weiß, ob Jens so eine Schwatzbase ist wie viele andere hier im Präsidium. Soll Otto den Siegfried Schlosser mal schön suchen und festnehmen.

Und dachte mir: Ist das nicht merkwürdig, dass ein erfahrener, aktenkundiger Einbrecher sich an Lenas Wohnungstür zu schaffen macht? Einer, der bereits polizeilich erfasst ist, hinterlässt Spuren am Eingang? Ruth fehlte mir in dem Moment mehr denn je. Sie wäre die gewesen, mit der ich mich jetzt unterhalten hätte.

»Darf ich mal eben telefonieren?«, fragte ich und deutete auf den Apparat. Elke hatte mir beim Gehen einen Zettel in die Hand gedrückt, wer alles angerufen hatte. Eric (drei Mal). Renate. Petra. Mieze. Vor allem Miezes Name war dreimal unterstrichen. Das schien dringend zu sein. Jens nickte, und ich wählte Miezes Nummer im Drogendezernat. Sie war direkt dran und klang fröhlich.

»Du warst heute nicht beim Essen. Ruth auch nicht. Weißt du, was mit ihr ist? Ich habe sie schon seit Tagen nicht gesehen. Lilli meinte, sie sei krank.«

Ich räusperte mich und sah Jens an, der mich aufmerksam beobachtete.

»Tut mir leid, ich war ziemlich beschäftigt, du hattest angerufen«, sagte ich.

Ich konnte jetzt unmöglich die Geschichte auspacken und weiter mit dem blutverschmierten Kleid durch das Präsidium laufen. Und ich wollte nicht allen Ruths Geschichte erzählen, das ging nicht. Ich musste sie schützen und dafür sorgen, dass so wenige Menschen wie möglich davon erfuhren. Es war besser für sie. Und letztlich für alle Beteiligten.

»Ich habe was für dich«, sagte Mieze in die Stille. »Dieser Sergej, von dem wir gestern Abend erfahren haben, der heißt gar nicht so. Das ist sein Spitzname. Der Typ hat wohl ausgeprägte slawische Gesichtszüge, daher wird er so genannt. Scheint ein klassisches Geschöpf der Unterwelt zu sein. Der Typ ist Deutscher und stammt ursprünglich aus Aachen.«

»Verstehe, und wie heißt Sergej wirklich?«

»Auch das habe ich herausgefunden«, erwiderte Mieze. »Er heißt Siegfried Schlosser.«

Mein Mund klappte auf und zu wie bei einem erstickenden Fisch. Sergej war also Siegfried.

»Du glaubst nicht, was das für mich bedeutet. Behalte es erst mal für dich, Mieze.« Ich bedankte mich bei ihr und legte auf. Verabschiedete mich von Jens und machte mich auf den Weg nach Hause.

Sergej, ich glaube, ich habe eine Ahnung, wo du stecken

könntest, dachte ich mir, und ich weiß jetzt auch, was ich heute Abend machen werde. Ich werde dem »Goldkopf« einen Besuch abstatten. Denn es war an der Zeit, dass ich diesem Manfred endlich gegenüberstand. Aber vorher würde ich mich so lange in meine kleine Badewanne in ein heißes Schaumbad legen, bis die Haut an meinen Fingern schrumpelig wurde.

Und ich würde Eric anrufen und mich bei ihm entschuldigen, dass ich ihn vernachlässigt hatte. Und ihm sagen, dass ich ihn verdammt noch mal vermisste.

4

Die »Goldkopf Bar« lag in einer schmalen Seitenstraße der Altstadt und machte um zwanzig Uhr auf. Ich stand kurz vor acht auf der gegenüberliegenden Straßenseite in der Telefonzelle und tat so, als würde ich telefonieren. Blätterte ausgiebig im Düsseldorfer Telefonbuch, warf Münzen ein und führte Gespräche mit dem langen Tuten in meinem Ohr. Rauchte dabei zwei Zigaretten, dachte daran, dass ich Eric wieder nicht erreicht hatte, was mich ärgerte, und beobachtete den Eingang der Bar, eine schwarze Tür mit einem glänzenden Emailleschild in der Mitte. Gäste kamen, klopften und wurden eingelassen. Männer. Frauen. Paare.

Kurz vor halb neun kam er schließlich. Ich erkannte Drechsler sofort. Braun gebrannt, mit weißem Polo und beigefarbenen Hosen, mit spitzen schwarzen Schuhen, kam er rauchend um die Häuserecke, mit einem wiegenden, breitbeinigen Schritt, als gehörte der Bürgersteig ihm und die ganze Welt gleich mit. Ich fand ihn selbstgefällig und konnte mir schwer vorstellen, dass Lena diesen Typen wirklich gut gefunden hatte. Für meinen Besuch hatte ich mir einen Plan zurechtgelegt, wie ich an Manfred herankommen konnte.

Ich trat meine brennende Zigarette mit der Spitze meines Schuhs aus. Vorhin hatte es kurz geregnet, der Asphalt war noch feucht. Ich trug einen dünnen Regenmantel und darunter ein enges schwarzes Kleid. Mein Make-up war dramatisch, und ich hatte vor dem Spiegel damenhafte Posen geübt. Ich betrachtete das Ganze wie eine Rolle, die ich nun spielen musste. Zugegeben: eine Rolle, die ich vorsichtig spielen musste.

Ich klopfte. Die Tür wurde eine Sekunde später von einem Türsteher im nachtblauen Anzug geöffnet, der mich freundlich anlächelte, und ich trat ein. Das »Goldkopf« hatte ein Interieur, das einen sofort in seinen Bann zog: die verspiegelte Decke, der weiße Marmor des Tresens mit seinen weißen Barhockern, die

Bar selbst mit dem großen goldumfassten Spiegel dahinter, über dem der vergoldete Kopf einer Frau thronte. An den beiden Enden der Theke standen große Vasen mit weißen Blumen darin, die einen intensiven Duft verströmten. Jazzmusik perlte im Hintergrund. In der Ecke entdeckte ich das Klavier, an dem Lena gespielt haben musste. Merkwürdig fand ich die ausgestopften Vögel überall, sie hingen an den Wänden und starrten auf die Gäste herab. Sittiche, Kanarienvögel, Habichte oder Adler. Auch Füchse. Marder. Neben der Bar war ein großes Aquarium, in dem bunte Fische im bläulichen beleuchteten Wasser schwammen. Der Boden war wie bei einem Schachbrett schwarz und weiß gefliest. Die Bar war bereits gut gefüllt, am Tresen und in den Sitznischen saßen Leute und tranken. Lachten. Rauchten. Hinter dem Tresen stand ein junger blonder Mann und polierte Gläser. Ich trat an die Bar, und er sah hoch.

»Hallo, ist Nadja da?«, fragte ich.

»Wer?«

»Ähm, ich meinte Iris.«

»Die arbeitet heute nicht. Bist du eine Freundin von ihr?«

»Ja, genau. Sie meinte, ich sollte mich mal blicken lassen und vorstellen. Manfred würde mich mal kennenlernen wollen. Es gäbe vielleicht Arbeit für mich. Ich bin Studentin.«

Er lächelte mich wissend an. Lehnte sich mir entgegen. »Der Manni hat gerade noch zu tun. Willst du solange was trinken? Ich sag ihm Bescheid.«

»Ja. Einen Vesper Martini hätte ich gern.«

»Wie heißt du?«

»Lucia«, erwiderte ich.

Seine linke Augenbraue zuckte einmal, und er hob die Oberlippe an. »Geht klar.«

Er gab dem Türsteher ein Zeichen, der daraufhin verschwand, hantierte hinter der Bar und beobachtete dabei mit einem Auge, wie ich auf dem Barhocker Platz nahm, meine Zigaretten auspackte und mir eine anzündete. Ich stellte mir Lena vor, wie sie hier Klavier spielte. Auf dem Klavier waren Kerzenständer mit frischen weißen Kerzen. Eine leichte Melodie, nichts Schweres. Schnell verdientes Geld, ein bisschen spielen, ein bisschen lächeln, während sich der Rest in diesem dekadenten Etablissement gepflegt betrank. Der Barkeeper legte eine quadratische weiße Serviette vor mich und stellte ein Glas darauf ab, das von außen beschlagen war.

»Wohl bekomm's.«

Ich trank in kleinen Schlucken, rauchte und sah mich um. Drechsler war nirgends zu sehen. Es musste hier noch andere Räumlichkeiten geben, das war nicht alles, da war ich mir sicher. Die Bar kam mir wie ein Vorraum vor, der sich weiter füllte, überwiegend Männer in Begleitung von Frauen, die stark parfümiert und elegant bis aufreizend gekleidet waren und mit hoher Wahrscheinlichkeit nicht ihre Ehefrauen waren. Champagnerkorken knallten. War das nicht die Welt, aus der Lena entfliehen wollte? Oder hatte sie hier gearbeitet, weil sie aus dieser Welt kam und sich in ihr so gut auskannte und es ihr daher nicht schwerfiel?

»Lucia? Manfred hätte jetzt Zeit für Sie«, sagte der Türsteher neben mir.

Er war recht kräftig. Seine Miene war unbeweglich. Undurchdringlich. Ich rutschte von dem Barhocker und nahm den letzten Schluck aus dem Glas. Ich schnappte meine Handtasche und nickte dem Barkeeper zu. Der Türsteher führte mich neben der Bar hinter einen schweren Vorhang und dort einen Gang entlang, der mit einer wild gemusterten rot-weißen Tapete verkleidet war. An den Wänden hingen alle paar Meter zweiarmige rote Tütenlampen, die ein sanftes Licht verströmten. Drei schwarze Türen gingen von dem Flur ab. Wir passierten eine gut beleuchtete Wendeltreppe, die nach unten führte. Swingmusik und Lachen schwappten zu mir nach oben, gemischt mit Geräuschen, die ich nicht zuordnen konnte.

Der Türsteher öffnete die letzte Tür am Ende des Gangs. Sie war von innen gepolstert, zur Schalldämmung, das fiel mir sofort auf. Ich trat ein, und der Hüne folgte mir. Das war der Moment, in dem ich mir dachte, vielleicht war es doch keine so gute Idee, hier aufzukreuzen. Der Raum, den ich betrat, war in zwei Ebenen angelegt. Ein paar Treppenstufen führten nach unten zu einer gemütlichen modernen Sitzgruppe, die von zwei Stehlampen umrahmt war und auf einem schwarzen, hochflorigen Teppich stand. Süßlicher Zigarrenrauch hing in der Luft. In dem Sessel saß Manfred Drechsler und schwenkte einen Whiskeytumbler in seiner rechten Hand.

»Ah, Lucia. Kommen Sie zu mir, dann lernen wir uns ein wenig kennen.«

Er stand auf und reichte mir seine rechte Hand. Eine warme, weiche Hand. Sauber manikürte Fingernägel. Ein Siegelring am kleinen Finger. Kein Ehering.

»Es freut mich, Ihre Bekanntschaft zu machen, hübsches Kleid«, sagte er.

Seine Stimme war sonor und freundlich. Seine Art wirkte kein bisschen einstudiert. Sein Blick aus braunen Augen war wach und fesselnd, und ich konnte seine Anziehungskraft spüren. Er musterte mich wohlwollend.

»Bitte nehmen Sie Platz, was möchten Sie trinken?«

Ich sah mich blitzschnell um. Es gab keinen alternativen Ausgang außer der Tür, durch die ich gekommen war. Der Raum war fensterlos. Da war ein großer Spiegel an der Wand, in dem sich der Lampenschein spiegelte. An der anderen Seite hing ein Vorhang aus runden silbernen Scheiben, die sich leicht im Luftzug bewegten, was mich an die futuristische Mode von Paco Rabanne erinnerte. An die Decke war ein psychedelisches Lichtspiel projiziert, das gemächlich vor sich hin waberte.

»Ich nehme einen Brandy bitte«, sagte ich.

»André, wenn du bitte so nett wärst.«

Der Türsteher verschwand. Ich beobachtete Manfred, der ein silbernes Armband an seinem linken Handgelenk trug, das rasselte, wenn er den Arm bewegte. Er trank einen Schluck Whiskey.

»Sie suchen also nach einer Beschäftigung. Und sind eine Freundin von Iris?«

Ich nickte. »Ja, ich möchte mir etwas dazuverdienen. Iris meinte, ich könnte mich ja mal bei Ihnen vorstellen.«

Er lächelte. »Löblich. Wir suchen immer freundliches Personal. Für unsere besonderen Gäste.«

Die Tür öffnete sich. Ein Kellner brachte mein Glas auf einem Tablett herein, stellte es vor mir auf dem niedrigen Wohnzimmertisch ab und sah Drechsler freundlich an.

»Für mich gerade nichts, danke. Das wäre alles.«

Der Kellner legte den Kopf leicht schief, nickte und verschwand nahezu geräuschlos. Wir waren wieder allein. Drechsler hob sein Glas an und prostete mir zu. Ich tat es ihm gleich.

»Was studieren Sie?«

»Philosophie.«

»Das ist sicherlich ein anstrengendes Studium. So viele Gedanken. Da brauchen Sie einen Ausgleich, wenn das Hirn so viel rattert.« Er musterte mich. »Ihr Einsatz wäre unten, im Souterrain. An den Spieltischen. Von der Oberweite könnte das passen. Wir bevorzugen Frauen, die nicht üppig sind, das wirkt schnell vulgär. Das möchte unsere männliche Kundschaft nicht sehen, während sie ihr Geld verjubelt. Ihre Aufgabe ist es, mit Ihren Reizen dafür zu sorgen, dass die Herren den Champagner flaschenweise nachordern.«

Ich schnappte kurz nach Luft. Ich sollte als eine Oben-ohne-Animierdame arbeiten. Mit meinem Fuß wippte ich nervös auf und ab. Er bemerkte es, summte eine kleine Melodie vor sich hin, stand auf, bewegte mit einer Hand den Vorhang und brachte die Silberplättchen zum Klirren.

»Ich mag dieses Geräusch. Es hilft mir beim Denken. Und gerade denke ich mir: Warum wollen Sie eigentlich gerade bei mir arbeiten, Lucia?«

Ich richtete mich auf. »Ich denke, ich kann mit den Gästen hier sehr gut umgehen. Ich bin aufmerksam und höflich, und ich mag die Atmosphäre in Ihrer Bar.«

»Soso.« Er setzte sich wieder auf das Sofa und deutete auf meine Beine. »Und hübsch sind Sie dazu«, ergänzte er.

»Zumindest das, was ich sehen kann. Was können Sie denn noch?«

»Klavier spielen«, log ich. »Das ist doch sicherlich auch förderlich? Ich bin ja nicht die Erste, die hier Klavier spielt. Oder soll ich sagen: spielte?«

Er hielt in seiner Bewegung inne. Sah mich aufmerksam und leicht belustigt an. Sein Blick flackerte. Ich trank einen Schluck von dem Brandy, der auf meiner Zunge brannte. Er legte seine Zigarette in dem Marmoraschenbecher ab.

»Sie sind wirklich unverfroren, das hätte ich nicht gedacht«, sagte er. »Sie spazieren hier so mir nichts, dir nichts herein. Denken Sie wirklich, ich wüsste nicht, wer Sie sind, Fräulein Specht?«

Er lachte amüsiert, legte dabei den Kopf in den Nacken. Ich versteinerte in dem Moment. Sein Lachen verstummte. Er hob den Kopf und sah mich streng an.

»Oder sollte ich sagen: Fräulein Kriminalkommissarin in spe? Was machen Sie hier?«

»Ich bin privat hier. Ist Sergej eigentlich auch hier? Oder dreht er gerade Filme?«

Nun hatte ich den Bogen überspannt, das konnte ich in seinem Gesicht sehen.

»Den Namen kenne ich nicht. Und was wollen Sie jetzt von mir, Fräulein Specht? Um eine Anstellung geht es wohl nicht.«

»Ich will wissen, was mit Lena Malberg passiert ist.«

»Ich ebenfalls. Nun, Lena ist tot. Ein tragischer Tod. Es tut mir sehr leid um sie.«

»Ich weiß, dass Sie bei Lena regelmäßig ein und aus gegangen sind.«

»Daran ist nichts verwerflich«, konterte er. »Wir mochten uns gern, Lena und ich. Wir hatten eine gute Verbindung zueinander.«

»Ich habe Lena tot gesehen, in ihrer eigenen Küche. Am Boden liegend. Und dieses Bild geht mir nicht mehr aus dem Kopf. Und ich habe den leisen Verdacht, dass Sie etwas damit zu tun haben könnten.«

Er öffnete eine Schublade und holte etwas Messingfarbenes hervor. Es war ein Schlagring, den er sich nun über die Finger der rechten Hand schob.

»Ich bin mir gar nicht sicher, ob Sie sich darüber im Klaren sind, wo Sie sich hier befinden. Sie kommen hier in meine Bar. Ganz allein. Privat, wie Sie sagen. Und wollen andeuten, ich hätte etwas mit dem Tod von Lena zu tun. Wie kommen Sie darauf? Ist das die Art von moderner Ermittlungsarbeit, die Sie auf der Polizeischule lernen?«

»Vermissen Sie etwas seit Ihrem letzten Besuch bei Lena?« Ich deutete auf das Handgelenk. »Sie wollen es bestimmt wiederhaben, da bin ich mir sehr sicher.« Nun gab es kein Zurück mehr. »Ich glaube ja, dass Lena Sie ausgenutzt hat, nach Strich und Faden. Sie wollte ihr eigenes Ding machen, mit ihren Freunden.«

Er schnaubte. »Mit diesem Vagabundenvolk? Das nichts auf die Reihe bringt außer labern und rumhängen und dummes Zeug erzählen? Sich die Birne volldröhnen? Das war nicht Lena, das war nicht ihre Welt. Sie wurde da reingezogen.«

»Aber Lena fühlte sich in ihrer Hippiewelt ganz wohl. Sie waren wütend auf Sie, stimmt's? Und was ist dann passiert?«

»Wir haben uns gestritten. Das kommt in guten Beziehungen vor.«

»In guten Ehen auch? Und war der Schlag zu fest?« Ich deutete mit dem Kinn auf seine Hand mit dem Schlagring. Er kam einen Schritt auf mich zu, und ich erhob mich. Wir standen uns gegenüber. Ich dachte mir: Mach ein Pokergesicht, stell dir vor, es ist dein Bruder, der sich vor dir aufbaut und dich vermöbeln will. Ich straffte die Schultern.

»Lucia. Damit das klar ist. Ich bestimme, wann Sie dieses Haus verlassen. Der Wolf macht die Gesetze.«

Mein Körper war angespannt und bereit. Wie sollte ich mich verteidigen? Ich entschied mich für einen schnellen Handkantenschlag auf den Kehlkopf. Spannte meine Arme an. Roch den Alkohol in seinem Atem. Er war irritiert, dass ich ihm die Stirn bot, ohne wimmernd einzuknicken wie die anderen Frauen, die er mit seinem Gehabe einschüchterte.

Es pochte laut an der Tür.

Ohne eine Antwort abzuwarten, wurde sie eine Sekunde

später mit Schwung aufgerissen, und jemand trat ein. Ich sah nicht hin, sondern behielt Manfred im Auge.

»Jetzt nicht«, brüllte Manfred mit zur Seite geneigtem Kopf. Ich spürte Spucketröpfchen auf meinem Gesicht, und in Gedanken ergänzte ich in meiner Abfolge der Selbstverteidigung einen Tritt in seine Weichteile.

»Guten Abend, Manfred. Ich bin hier, um Fräulein Specht abzuholen.«

Die Stimme kannte ich. Und das hatte ich nicht erwartet. Dort oben stand Potthoff. Er trug einen beigefarbenen Trenchcoat, auf dem die Regentropfen glänzten. Manfred ließ die Hand sinken und setzte ein freundliches Grinsen auf.

»Jürgen, mit dir habe ich heute gar nicht gerechnet.« Er trat einen Schritt von mir weg.

Potthoff hob nur die Hand. So eine Adenauer-Geste. Väterlich. Wohlwollend.

»Fräulein Specht, ich unterbreche Sie ungern in Ihrer Freizeitaktivität, aber Sie kommen jetzt mit mir.«

Ich leerte das Brandyglas und nahm meine Handtasche. Im Gehen blitzte ich Manfred böse an. Er erwiderte es mit einem finsteren, hasserfüllten Blick, und ich dachte: Du stehst auf meiner frischgebackenen Liste der Menschen, die ich in meiner Laufbahn als Kriminalistin zur Strecke bringen will. Sofern ich noch eine Laufbahn habe.

Zehn Minuten später saßen wir in dem Dienstkäfer, der vor dem »Goldkopf« parkte. Potthoff saß am Steuer, ich daneben. Er kurbelte das Fenster herunter und zündete sich eine Zigarette an. Blies den Rauch in die Nachtluft. Es hatte erneut geregnet und sich deutlich abgekühlt. Ich zog die Schultern hoch. Er hatte mich stumm aus der Bar geführt und zum Auto gebracht. Ein Pärchen lief lachend auf dem Gehsteig an uns vorbei.

Potthoff räusperte sich. »Was Sie in Ihrer Freizeit machen, ist mir herzlich egal. Aber wenn Sie Ihre Freizeit zu Alleingängen in Ihrer Ermittlungsarbeit nutzen, ist es mir nicht mehr egal, dann werde ich ehrlich gesagt ziemlich sauer. Dieser ganze Fall ist verkorkst von vorne bis hinten. Und wir werden diesen Fall jetzt abschließen. Endgültig. Ein für alle Mal. Ohne Wenn und Aber. Und ich verlange, dass Sie sich an meine Anweisungen halten. Habe ich mich klar und deutlich ausgedrückt, Fräulein Specht?«

»Jawohl.«

»Gut.« Er hielt mir seine offene Hand fordernd entgegen. Ich zögerte. Ich wusste, was er wollte. Er hatte mich am Haken. Er war der, der über meinen nächsten Schritt entschied, meine Arbeit bewertete. Wenn ich ihm jetzt nicht entgegenkam, wäre meine letzte kleinste Chance versiebt. Vielleicht war dies ein Fehler, den ich eines Tages bereuen würde. Ich öffnete meine Handtasche und legte die Uhr von Drechsler in seine offene Hand. Er umschloss sie und steckte sie in seine Manteltasche. Sog an seiner Zigarette, die laut knisterte.

»Legen Sie sich nicht mit den Falschen an, merken Sie sich das«, erklärte er. »Drechsler ist kein Leichtgewicht. Das ist schon die Schwergewichtsklasse, damit müssen Sie umgehen können. Was glauben Sie eigentlich, wie lange ich hinter dem schon her bin? Das verfolgt mich in meinen Träumen.«

Mag sein, dachte ich mir, aber warum hast du seine Uhr bei dir versteckt?

Seine Stimme knarzte. Er kratzte sich wieder am Nacken.

»Vielleicht sollten Sie damit mal zum Arzt gehen?«, meinte ich und deutete auf die Stelle, und er hörte auf zu kratzen und sah mich finster an.

»Ich gehe zu keinem Arzt mehr. Das lohnt sich nicht. Hat sich auch vorher nicht gelohnt.« Sein Gesichtsausdruck war abgeklärt und steinern. Er sog ein letztes Mal an der Zigarette und schnippte sie aus dem offenen Fenster. »Die Kreuzgänge unseres Lebens gehen wir stets allein.«

So viel Philosophie hätte ich ihm gar nicht zugetraut. Wenngleich mir zu dem Zeitpunkt nicht klar war, was genau er damit meinte. Potthoff umklammerte das Lenkrad mit beiden Händen, machte aber keine Anstalten, den Motor zu starten.

»Wenn Sie schon alleine unterwegs sind, dann benutzen Sie

verdammt noch mal nicht Ihren richtigen Namen, sondern eine Tarnidentität. Zeigen Sie etwas Respekt vor der Ausbildung, die Sie hier erhalten.«

Ich sah betreten zu Boden. Auf meinen Unterarmen stellten sich die Härchen auf, und ich wischte mit der Hand einmal darüber.

»Wie geht es jetzt weiter?«, fragte ich und starrte auf die Windschutzscheibe, die von unserem Atem langsam beschlug.

»Sie gehen jetzt nach Hause. Otto hat den flüchtigen Siegfried Schlosser vor einer halben Stunde an einer Tankstelle in Neuss erwischt, er befindet sich jetzt in der Arrestzelle. Er wird morgen früh verhört. Anschließend überarbeiten Sie den Bericht.«

»Hat er gestanden?«

»Wir sehen uns morgen früh zum Dienst, Fräulein Specht.«

»Verstanden«, erwiderte ich, unsicher, ob das ein gutes oder ein schlechtes Zeichen war.

Potthoff hielt noch immer das Lenkrad fest. »Worauf warten Sie noch? Gehen Sie endlich.«

»Dann einen schönen Abend noch«, sagte ich, strich mein Kleid glatt und stieg aus.

Warf die Beifahrertür zu und ging, den Mantel über dem Arm, langsam den Gehweg entlang. Einen Schritt vor den anderen. Lauschte. Ich hatte erwartet, dass er den Motor anwerfen und fortfahren würde. Aber nichts davon passierte. Ich ging einfach weiter, ohne mich nach ihm umzusehen, und spitzte die Ohren, ob der Motor ansprang. Aber Potthoff fuhr nicht los. Als ich an der nächsten Häuserecke abbog, sah ich hinter mich. Der Dienstkäfer stand noch immer dort. In seinem Inneren, im Halbdunkel, sah ich einen kleinen orangenen Punkt in der Dunkelheit glimmen wie ein Glühwürmchen, das auf der Stelle zu schweben schien.

Der morgige Tag würde alles entscheiden. Morgen früh würde ich sofort nach Ruth sehen. Ich sandte Stoßgebete in den Nachthimmel, dass sie es schaffte. Morgen würde Siegfried Schlosser verhört werden. Morgen würde ich das mit Otto regeln müssen. Morgen würden wir den toten Kollegen beerdigen. Morgen. Morgen. Morgen.

Aber was machte ich jetzt?

Eric. Natürlich. Ich sehnte mich nach einer Umarmung. Ich irrte aufgescheucht von meinen Gedanken durch die feuchten Straßen, mir war kalt, und ich ging zu Erics Adresse, der nicht weit von hier wohnte. Ich wollte jetzt in seinen Armen liegen, abgelenkt werden von dem, was hinter mir lag. Umhegt, umgarnt. Ihn spüren. Seine Hände. Seine Lippen. Seinen warmen Körper. Und dort weitermachen, wo wir zuletzt aufgehört hatten.

In den letzten Tagen hatte ich ihn vernachlässigt. Sträflich. Er hatte angerufen, und ich hatte ein paar Versuche gestartet, aber ihn nicht erreicht. Warum? Heute Nachmittag war er nicht im Laden gewesen, und eine Frau hatte gesagt, sie werde es ihm ausrichten. Hatte er die Nachricht erhalten? Ich ging jetzt schneller, etwas trieb mich voran. Eine innere Stimme, die sagte: Beeil dich, sonst ist er weg. Hast du nur an dich gedacht? Du wirst schon sehen, was du davon hast.

Jetzt lief ich, so schnell ich konnte, über das Kopfsteinpflaster, die Wärme stieg in mir auf. Eric!, rief ich in meinem Kopf. Eine Beschwörungsformel. Warte auf mich. Ich komme zu dir. Noch einmal abbiegen, und ich stand vor dem Haus, in dem er wohnte.

Ich klingelte Sturm. Drückte den Klingelknopf wieder und wieder, ich konnte die schrille Klingel durch den Hausflur hören. Aber er öffnete nicht.

»Eric!«, rief ich zu seinem Fenster im ersten Stock hinauf. »Ich bin es. Lucia! Mach auf! Eric!«

Da ging ein Licht in der Wohnung daneben an. Ein Fenster wurde krachend geöffnet, und eine Frau mit dunklen Haaren sah zu mir herunter.

»Was schreist du hier so rum?«, rief sie. Aus ihrer Wohnung schallte »Here Comes My Baby« von den Tremeloes. Den Song mochte ich.

»Ich will zu Eric, ist er nicht da? Wo ist er?«

Sie stöhnte laut auf. »Was habt ihr nur alle mit diesem Mann?«

»Ist er jetzt da oder nicht?«, rief ich zu ihr hoch.

Sie lehnte die Unterarme auf das Fensterbrett. »Ich habe keine Ahnung, wer du bist oder was er dir erzählt hat. Aber glaub mir eines: Er hat jede Woche eine neue Uschi am Start. Lass es gut sein.«

Ich verstand die Welt nicht mehr. »Aber er hat mich heute Morgen noch versucht zu erreichen. Er hat drei Mal angerufen.«

Sie lehnte sich aus dem Fenster. »Lass mich raten, du bist ihm nicht direkt hinterhergesprungen und hast ihn hofiert. Ein großer Fehler.« Sie hob mahnend den Zeigefinger. »Und schon lässt er dich fallen.«

»Das glaube ich nicht«, protestierte ich.

Sie erhob sich, legte den Kopf schief. »Herzchen, er ist heute in den Urlaub gefahren. Nach Frankreich. Für drei Wochen.«

»Was?«, rief ich empört. »Das kann nicht sein, das hätte er mir erzählt.«

Sie schüttelte leicht den Kopf. »Nein, das hätte er nicht.«

»Bist du sicher, dass er nach Frankreich gefahren ist?«

Sie nickte. »So sicher wie das Amen in der Kirche. Er hat mir seinen Schlüssel gegeben, damit ich seine Blumen gießen kann und mich um seine Post kümmere.«

Ich stand vollkommen belämmert da. »Nein«, sagte ich leise. »Das kann nicht wahr sein.«

»Geh nach Hause. Und wenn ich dir noch einen Tipp geben kann: Such dir 'nen anderen Kerl. Gute Nacht!«, rief sie von oben herunter, winkte zum Abschied und schloss klappernd das Fenster.

Sekunden später erlosch das Licht in ihrem Zimmer.

Ich war unfähig, mich zu bewegen. Das war es also mit Eric. Er hatte mich angerufen, zigfach, und ich war zu beschäftigt gewesen, um ihn zurückzurufen, geschweige denn ihn zu sehen. Beschäftigt mit Lena und den Hippies. Dabei hatte ich immer wieder an ihn gedacht.

Du dumme Kuh hast es vermasselt, schimpfte ich mich selbst
aus. Du kannst so einem Mann nicht mit Nichtbeachtung be-
gegnen, weil er dann davonläuft.

Es begann zu regnen. Ein sanfter, leichter Regen, der einfach
einsetzte und auf mein Gesicht tropfte und an mir herunterlief,
während ich stocksteif dastand. Wütend und traurig zugleich.

5

Freitag, 15. August 1969

Die grauhaarige Schwester am Empfang des Krankenhauses
sah einen Moment missbilligend auf meine Dienstmarke und
nannte mir die Station, wo Ruth lag. Immerhin hatte sie mich
nicht in die Pathologie geschickt, das war schon mal ein gutes
Zeichen. Ich hatte in der Nacht kaum ein Auge zugetan und
mich im Bett hin und her gewälzt. Meine Müdigkeit versuchte
ich mit mehr Mascara und Rouge zu übertünchen. Der Schwester auf der Station hielt ich ebenfalls meine Dienstmarke unter
die Nase. Sie sah meine schwarzen Beerdigungsklamotten, und
mit einem mitleidvollen Blick führte sie mich an die Tür des
Krankenzimmers mit der Nummer vier.

»Es ist kurz nach sieben Uhr und keine Besuchszeit. Aber
da Sie von der Polizei sind, will ich mal nicht so sein. Aber nur
kurz. Sie ist noch schwach.«

Ich klopfte sanft an und betrat das Zimmer. Es war ein Ein-
zelzimmer. Ruth lag in dem Krankenbett mit dem Rücken zu
mir und mit dem Kopf in Richtung Fenster, das offen stand.
Die feuchte Morgenluft strömte herein. Ich zog leise einen
Stuhl ans Bett heran und setzte mich. Ihre Haut war so weiß
wie das Laken, auf dem sie lag.

»Hallo, Süße, ich bin's, Lucia«, flüsterte ich und strich ihr
über die bleiche Wange. Ruth hob langsam die Lider, als seien
sie schwer wie ein Haus.

Ihre Stimme war ein leises Krächzen. »Lucia«, sagte sie,
und ihre Hand kam wie ein scheues Tier langsam unter der
Bettdecke zum Vorschein und fasste meine mit leichtem Griff.
Ihre Finger waren warm. Wir sahen uns an, und ich lächelte.
Dankbar, dass sie es geschafft hatte. Ich hatte sie nicht verloren.
Ein tiefes Schluchzen formte sich in meiner Kehle, aber ich
schluckte es runter. Blinzelte die Tränen weg. Ruth räusperte

sich, und ich gab ihr etwas Wasser zu trinken, aus dem Krug, der neben ihrem Bett stand. Stopfte ihr ein Kissen unter den Kopf, sodass sie halb aufrecht liegen konnte.

»Schön, dass du da bist«, sagte Ruth so leise, als sei noch jemand im Raum, den wir nicht stören dürften. »Wie spät ist es?« Sie sah sich nach einer Uhr um.

»Halb acht. Ich bin so froh, dass du lebst.« Jetzt kullerte doch eine Träne meine Wange herunter, und ich wischte sie mit dem Handrücken schnell weg.

»Jetzt mach mal halblang«, sagte Ruth und versuchte ein kleines Grinsen.

Ich wischte mir eine Träne aus dem Augenwinkel, beugte mich vor und küsste sie auf die Wange. »Wie fühlst du dich?«

»Blutarm«, sagte sie. »Als hätte ein Vampir mich ausgesaugt.«

»Ganz ehrlich, es war fünf vor zwölf«, sagte ich. »Wenn du mit deinem Anruf länger gewartet hättest, würden wir jetzt nicht mehr miteinander sprechen.«

Sie schlug die Augen nieder und atmete einmal tief aus. Ein großer, langer Seufzer.

»Hast du Schmerzen?«, fragte ich.

»Du darfst Otto nichts sagen. Kein Wort.«

»Ruth, es wissen schon alle, dass es einen Notfall gab, aber nicht, welcher Art.«

Ich erzählte ihr von dem Gespräch mit der Chirurgin, die aus der missglückten Abtreibung einen medizinischen Notfall gemacht hatte, ohne Meldung. Ohne Anzeige. Sie beobachtete mich dabei genau.

»Du solltest ihr einen Blumenstrauß schenken«, meinte ich.

»Zu auffällig. Dann schöpft jeder Verdacht. Ein Heiermann in die Kaffeekasse ist besser.«

Ich versprach, mich darum zu kümmern, und wir sahen uns einen Moment an.

»Du fragst gar nicht, warum ich dir nichts davon erzählt habe«, sagte Ruth.

»Ich vermute, du wirst deine Gründe dafür gehabt haben.«

Sie nickte. »Weißt du, die Freundin, die dir sagt, du solltest dich doch mal sexuell ausleben und die Pille nehmen, ist jetzt die, die dich anrufen und um Hilfe bitten muss, weil sie es verpatzt hat. Ich glaube, das Kind war von Otto. Aber ich kann und will jetzt kein Kind kriegen. Später ja, aber nicht mit einem Kollegen und nicht mit ihm. Ich war bei einer Frau, so einer Engelmacherin. Was für ein Scheißname.«

»Willst du mir davon erzählen?«

»Sie hat es in ihrem Wohnzimmer gemacht. Ich habe das mit sechzehn schon mal gehabt, lief damals wie am Schnürchen. Ich wusste, was auf mich zukommt, und ich kannte die Schmerzen. Das halte ich aus, dachte ich. Das bekomme ich hin. Allein.«

»Aber du nimmst die Pille, warum wurdest du schwanger?«

Sie zuckte mit den Schultern. »Ich hatte vor ein paar Wochen gekotzt und Durchfall gehabt. Vielleicht hat das die Dinge durcheinandergebracht. Ich weiß es nicht.«

»Hast du jetzt Schmerzen?«

»Ein Ziehen, aber es ist nichts verglichen mit den Schmerzen nach der Abtreibung. Ich bin ja auch randvoll mit Schmerzmitteln.«

»Wie hat sie es gemacht?«, fragte ich.

Ruth erzählte es tonlos, fast sachlich, als sei es ein Bericht, den sie vorformulieren und später ins Reine tippen würde.

»Ich bin zum Arzt gegangen, weil ich so eine Ahnung hatte, ich habe gespürt, dass da was anders ist, dass sich mein Körper verändert, und er hat festgestellt, dass ich schwanger bin. Mist, dachte ich. Falscher Zeitpunkt. Vollkommen dämlich. Als er mir die Schwangerschaftsbescheinigung ausstellte, siebte Woche übrigens, habe ich mir sofort gedacht, auf keinen Fall werde ich es bekommen. Niemals. Vor der Tür habe ich die Bescheinigung zerrissen und in den nächsten Mülleimer geworfen. Über eine Freundin bekam ich den Namen dieser Frau, sie ist Krankenschwester und bekommt das Geld bar. Ich bin jetzt pleite.«

»Wie viel?«

»Sechshundert Mark.«

Ich sog die Luft laut ein. Das war ein Monatslohn. Ruth

bekam von ihren Eltern etwas dazu, aber letztlich war es jeden Monat zu wenig.

»Hab ich vom Ersparten bezahlt. Sollte eigentlich eine Reise nach Griechenland werden, aber gut. Man kann nicht alles haben im Leben.«

»Und dann? Wie hat sie es gemacht?«

Ruth fuhr fort. »Sie wohnt in einem Hinterhaus, ein unscheinbares Haus, ich sage nicht, wo, weil ich nicht will, dass du dort hinfährst. Ich klingelte, und als ich ihr Gesicht sah, dachte ich, dass sie freundlich aussieht, gräuliche Haare, die sie am Hinterkopf zusammengebunden hatte. Rosa Wangen. Ich vertraute ihr. Sie führte mich in ihr Wohnzimmer. Die gelben Vorhänge waren zugezogen, und alles war in ein gelbliches Licht getaucht, und dann habe ich mich auf das aufgeklappte Sofa gelegt, das mit Handtüchern ausgelegt war. Die Beine angezogen, den Kopf auf einem Kissen. Sie hat mir einen Knebel gegeben und gesagt, ich solle nicht schreien, sondern draufbeißen, es würde wehtun.«

Ich streichelte Ruths Hand.

»Sie hat es mit einer Sonde gemacht, aber ohne Chlorbleiche, versicherte sie mir. Nur eine Sonde. Es waren grausame Schmerzen, es tat so weh, Lucia, du kannst es dir nicht vorstellen. Ich habe an die Decke gestarrt, auf diese altmodische Lampe, die dort hing in diesem gelben Licht, und habe auf den Knebel gebissen und wollte nur, dass es vorbeigeht. Dass sie endlich fertig ist mit dieser Prozedur. Dann war es vorbei. Mit einem Mal, da war nur noch ein dumpfes Gefühl. Beim Abschied hat sie mich gefragt, wie ich jetzt nach Hause komme. Mit der Straßenbahn, habe ich gesagt. Wie denn sonst? Am nächsten Tag bekam ich Krämpfe, und dann ging es ab. In die Toilettenschüssel. Seitdem hat es nicht mehr aufgehört zu bluten.«

Ich beugte mich über sie und nahm sie in den Arm. Auf keinen Fall konnte ich ihr sagen, dass ihre Gebärmutter entfernt worden war und sie nie ein Kind bekommen würde. Innerlich zerriss es mich, ich litt mit ihr. Sie weinte ein wenig, und als sie sich beruhigt hatte, ließen wir einander wieder los.

»Ich dachte mir, irgendwann muss es mal aufhören, und legte mich hin. Schlief ein, aber ich blutete immer weiter. Ich wurde zittrig und habe gedacht, ich habe Hunger, ich mach mir ein Brot, auf dem Flur bin ich dann umgekippt. Ich wollte in kein Krankenhaus, ich wollte nicht, dass es rauskommt und ich die Ausbildung verliere. Auf keinen Fall durfte das sein.« Sie schloss die Augen. Tränen kullerten ihre Wangen herab. Ich hielt ihre Hände fest in meinen und wiederholte immer wieder die drei Worte: »Alles wird gut.«

Vom Krankenhaus fuhr ich direkt zum Dienst. Die Vernehmung von Siegfried Schlosser stand auf dem Plan. Die Arrestzellen und Verhörräume befanden sich im Untergeschoss des Präsidiums und gingen von einem langen Gang ab. Es war kurz nach acht Uhr. Ich ging direkt zum Verhörraum, vor dem ein uniformierter Kollege Wache stand.

Die Tür wurde gerade geöffnet, als ich anklopfen wollte. Otto kam heraus, nickte mir knapp zu und führte einen hageren Mann mit slawischen Gesichtszügen in Handschellen an mir vorbei, der mich mit einem verstörten Blick aus müden Augen ansah. Noch einer, der wenig Schlaf bekommen hatte. Das musste wohl Sergej sein. Er wirkte kein bisschen wie ein Siegfried. Seine blonden Haare trug er mittellang, sie sahen strohig aus. Otto hielt ihn am sehnigen Unterarm und führte ihn mit dem Wachmann zusammen den Gang hinunter, zurück in die Zelle.

Ich betrat den Verhörraum. Die Deckenbeleuchtung brannte. Es roch nach altem Männerschweiß und Potthoffs holzig-zitronigem Pitralon. Potthoff stand am Schreibtisch und drückte auf dem Aufnahmegerät herum, eine brennende Zigarette in der Hand. Auf dem Tisch waren die Fotos der toten Lena ausgebreitet. Fotos ihres Körpers, ihres Gesichts. Ihres Halses.

»Hat er gestanden?«, fragte ich, und er sah auf.

»Den Einbruch bei Lena Malberg hat er gestanden. Mehr nicht.«

»Und hat er sie vorher gekannt?«

»Stumm wie ein Fisch im Wasser. Wir werden ihn in einer Stunde wieder verhören. Wir kriegen ihn dran, da bin ich ganz sicher. Der wird heute noch singen. Jetzt bekommt er erst mal Besuch in der U-Haft.«

»Von wem?«

Potthoff schnaubte einmal durch die Nase. »Von Manfred Drechsler. Er hat sich angekündigt.«

»Ist das erlaubt?«

Potthoff hob eine Augenbraue. »Sicher. Er wird mit einem Verteidiger hereinschneien, den er dem Verdächtigen empfiehlt. Ansonsten bekommt er einen Pflichtverteidiger gestellt.«

Er kratzte sich am Nacken.

Aufs Stichwort erschien Manfred Drechsler auf der Bildfläche. Gestriegelt und gespornt. Graue Hose und beigefarbenes Hemd mit braunen Slippern, als wäre ein Segeltörn angesagt. In Begleitung eines äußerst beleibten Herrn mit Glatze, der Backen wie die Lefzen eines Hundes hatte und ein schweres Buddy-Holly-Brillengestell auf der Nase trug. Er stand in einem dunklen Anzug, den er zur Gänze ausfüllte, im Türrahmen.

Drechsler entdeckte mich, sein Blick verdunkelte sich, und zwei Sekunden vergingen, in denen wir uns ansahen wie zwei aufgehetzte Boxer im Ring. Ich blickte auf sein Handgelenk, und er trug wieder seine Uhr. Die Uhr, die ich gestern Potthoff ausgehändigt hatte. Er bemerkte meinen Blick, flüsterte seinem Anwalt etwas zu, der daraufhin den Griff um seine Aktentasche verstärkte und den Raum betrat, mir nur knapp zunickte und sich nach einem geschnauften »Guten Morgen, Herr Potthoff« als Dr. Habermann vorstellte. Drechsler betrat hinter ihm den Raum und stellte sich vor mich, als wollte er mich verdecken. Ausblenden. Mir die Sicht auf die Dinge nehmen.

Potthoff drückte in aller Seelenruhe seine Zigarette im Aschenbecher aus und hörte Dr. Habermann zu, der seine formalen Sätze runterleierte. Der Anwalt legte einen Besuchersprechschein vor. Ich trat zum vergitterten Fenster und beobachtete Drechsler, dessen Augen über die Tatortfotos der toten Lena auf dem Schreibtisch wanderten, von der Seite. Seine Mundwinkel waren nach unten gezogen, und er schaute mit einem verächtlichen Blick auf die Fotos und rümpfte die Nase, als hätte er so was noch nie in seinem Leben gesehen. Der Heuchler. Schau es dir genau an, dachte ich. Es ist dein Werk. Und ich werde dich dafür drankriegen. Potthoff zeichnete mit seiner zackigen Unterschrift den Antrag des Anwalts ab.

»Sie haben dreißig Minuten. Und keine Minute länger«, verkündete er, und die beiden zogen wieder ab.

Drechsler sah mich im Hinausgehen mit einem vernichtenden Blick an. Ich verschränkte die Arme vor der Brust und schaute so finster drein, wie ich konnte.

Ich wartete auf dem Gang. Otto kam fünf Minuten später von der Arrestzelle zurück und stellte sich neben mich. Erst jetzt fiel mir auf, dass er ebenfalls für die Beerdigung gekleidet war, ganz in Schwarz. Das Sakko war zu klein und warf Falten unter den Achseln.

»Wenn du Ruth im Krankenhaus besuchst, richte Grüße von mir aus«, begann er. »Ich gehe davon aus, dass sie mich nicht sofort sehen will.« Er kratzte sich am Nasenrücken.

Ich war verblüfft. Hatte sich das so schnell herumgesprochen?

»Aber woher –«, setzte ich an. Er unterbrach mich.

»Lucia, ich bin Polizist. Es war ein Notfall, Potthoff hat es mir gestern gesteckt. Ich habe die Krankenhäuser abtelefoniert. Ich weiß, dass sie im Evangelischen Krankenhaus liegt und Dr. Brunner die Ärztin ist, die sie notoperiert hat. Eine sehr freundliche Frau übrigens. Warst du heute Morgen bei Ruth?«

»Ja, sie ist noch schwach, aber sie wird wieder. Sie ist hart im Nehmen.«

»Oh ja, das ist sie.«

»Gib ihr Zeit«, sagte ich, und er sah mich ernst an.

Er ließ sich die Worte durch den Kopf gehen. Schließlich nickte er. Streckte den Arm aus und deutete den Gang hinunter in Richtung der Arrestzelle, in der Sergej oder besser Siegfried Schlosser untergebracht war.

»Wir haben ihn gestern Abend an einer Tankstelle in Neuss aufgegriffen. Er hat getankt und Zigaretten gekauft, wollte wohl nach Holland fahren«, erklärte Otto. Zurück zum Dienstlichen. »Eine aufgeklappte Karte von Zeeland lag auf dem Beifahrersitz. Er wolle nur Urlaub machen, hat er steif und fest behauptet. Hatte einiges an Bargeld bei sich, D-Mark und Gulden, aber merkwürdigerweise kein Gepäck. Das hätte er sich dann alles vor Ort gekauft, hat er erklärt. Wir haben ihn vernommen, und er bestreitet, etwas mit dem Mord zu tun zu haben. Er sei nur ein kleiner Einbrecher und sei bei Lena eingestiegen. Mehr nicht. Aber ohne Beute wieder abgezogen. Als er von dem Fall in der Zeitung gelesen hat, dass es dort gebrannt hat, sei er noch mal vorbeigekommen, um zu sehen, ob es noch was zu holen gibt.«

»Glaubst du ihm?«

Otto lehnte mit beiden Unterarmen auf der Balustrade des Gangs und starrte durch die vergitterten großen Fenster in den Innenhof des Präsidiums. »Er ist für uns kein Unbekannter, hat schon eingesessen. Wegen kleiner Delikte. Einbruch. Sachbeschädigung und so. Wir haben ihm auf den Zahn gefühlt. Er sagte, er fährt nachts Wohnstraßen mit dem Fahrrad ab und schaut, wo kein Licht brennt. Er könne geräuschlos einbrechen, ohne dass einer etwas bemerkt.« Otto wendete den Kopf und sah mir direkt in die Augen. »Das mag sein, aber ich glaube ihm kein Wort in Bezug auf Lena. Wieso sollte so ein Profi ein Siegel aufbrechen und seine Fingerabdrücke hinterlassen, die in unserer Verbrecherkartei bereits erfasst sind?«

»Genau das frage ich mich auch.«

»Die Sache stinkt zum Himmel.« Otto stellte sich wieder auf und strich seinen Schlips glatt. »Ich glaube, du hattest den richtigen Riecher«, sagte er.

»Ich hoffe, den habe ich immer noch«, konterte ich.

»Lucia, ich habe das falsch eingeschätzt. Als ich deinen Bericht gelesen habe, ist mir das klar geworden. Das war gute Arbeit.«

Ich war verwundert. »Danke«, sagte ich betreten. »Aber

ein Jammer, dass Melanie Brecht ihre Aussage zurückgezogen hat.«

»Dachte ich mir auch«, erwiderte Otto. »Und daher habe ich sie herbestellt.« Er sah auf die Uhr. »Es ist kurz vor halb neun. Sie wird um neun hier auftauchen. Und wir werden sie zusammen befragen. Du und ich.«

»Mein Mandant will eine Aussage machen«, verkündete der Anwalt, kurz bevor die halbe Stunde um war.

Manfred Drechsler schritt an uns vorbei und verabschiedete sich.

»Meine Herren, die Dame«, sagte er, und mir gefiel dieses leichte Grinsen nicht, das er hinter seiner hochmütigen Visage versteckte.

Ich sah ihm nach, wie er von einem Beamten zum Ausgang begleitet wurde. Schade, dachte ich, dich hätte ich zu gerne hierbehalten.

Otto und ich fanden uns mit Potthoff im Verhörraum wieder, zusammen mit Dr. Habermann. Potthoff und Otto nahmen auf der einen Seite Platz, der Anwalt gegenüber. Otto schaltete das Aufnahmegerät ein. Der Anwalt packte einen Block aus und sagte keine Silbe. Ich saß auf einem Stuhl an der Tür. Sergej wurde hereingeführt, ich konnte mich an seinen richtigen Namen nicht gewöhnen. Sein Gesichtsausdruck war so ernst und niedergeschlagen, als schickten wir ihn heute noch aufs Schafott. Er setzte sich behäbig, legte die mit Handschellen gesicherten Hände in den Schoß, und Otto startete das Tonbandgerät für die Vernehmung. Nach den aufgesprochenen Formalia, Uhrzeit und Anwesenden, kam Sergej ohne Umschweife zur Sache. Potthoff führte mit strenger Miene das Gespräch. Sergej – oder Siegfried – sprach ruhig und ohne Hast.

»Ich möchte ein Geständnis ablegen.«

»Bitte sprechen Sie.«

»Ich habe Lena Malberg niedergeschlagen, wir waren im Streit. Dann bin ich gegangen.«

»Eins nach dem anderen. Erzählen Sie der Reihe nach.«

»Ich ging zu Lena, weil ich mit ihr sprechen wollte.«

»Worüber?«

»Sie schuldete mir Geld, das ich ihr geliehen hatte. Sie wollte eine Reise machen.«

»Wohin?«

»Weiß ich nicht.«

»Kannten Sie sich gut?«

Er zuckte mit der Schulter. »Gute Bekannte. Wir waren manchmal aus, tranken etwas zusammen. Feierten.«

»Waren Sie intim mit ihr?«

»Nein, das nicht. Ich war nicht ihr Typ.« Er lächelte dabei, und ich wusste, dass er an die Filme mit Lena dachte.

»Warum haben Sie ihr das Geld gegeben?«

»Ich mochte sie. Lena brauchte zweihundert D-Mark, und ich habe sie ihr geliehen. Ich habe ihr vertraut.«

»Sie gingen also zu ihr, um das Geld einzutreiben. Wann war das?«

»Am Montag, 4. August, um zehn Uhr.«

Das klang hübsch auswendig gelernt, fand ich.

»Genau um zehn?«, fragte Potthoff.

»Ja, genau um zehn«, wiederholte Sergej.

»Woher wissen Sie die Uhrzeit so genau?«

»Weil ich auf meine Armbanduhr gesehen hatte.«

Er deutete auf seine Uhr am Handgelenk, und mich durchzuckte es wie ein heißer Blitz. Es war die Uhr von Drechsler, die er jetzt an seinem Handgelenk trug. Potthoff blieb vollkommen unbeeindruckt davon und zündete sich eine Zigarette an. Bot Sergej ebenfalls eine an. Eine Art konspirative Einladung, um die Grenzen zwischen Polizisten und Verdächtigem aufzuweichen, aber Sergej lehnte das Angebot ab.

»Und dann kam es zum Streit?«

»Ja, ich habe sie geschlagen und gewürgt. Geschubst. Sie fiel hin, und ich bin abgehauen. Sie wollte mir das Geld nicht zurückgeben. Ich war sehr sauer.«

»Hat Lena Malberg zu dem Zeitpunkt noch gelebt?«, fragte Potthoff.

»Ja«, antwortete Sergej weiterhin mechanisch.

Clever, dachte ich mir. Das wäre eine Affekttat und kein Mord. Ein Totschlag. Ich ahnte, auf wessen Mist diese Aussage gewachsen war.

»Woher wussten Sie denn, dass das Opfer noch lebte?«, fuhr Potthoff fort und hob fragend eine Augenbraue.

»Ich habe ihren Puls gefühlt.«

»Ah ja. Wo haben Sie denn Lena Malbergs Puls gefühlt?« Sergej deutete auf seinen Hals. »Hier. Am Hals. Die Ader pochte. Sie war bewusstlos.«

»Warum haben Sie denn keine Hilfe geholt?«

»Ich war erschrocken und lief weg. War vollkommen durcheinander.«

»Das wäre unterlassene Hilfeleistung.«

Sergej blinzelte und sagte nichts.

Potthoff fuhr fort. »Und dann haben Sie das Feuer gelegt.«

»Nein, das war ich nicht«, rief Sergej.

Es war das erste Mal, dass er lauter wurde. Emotional. Bis dahin hatte er alles ganz ruhig erzählt. In sachlichem Ton. Wir hatten im Unterricht gelernt, dass Menschen über erfundene Dinge lange und ausführlich sprechen können. Aber bei den Dingen, die sie getan haben, wo sie Schuld auf sich geladen haben, schwingen die Emotionen mit rein. Hass. Schuld. Kränkung. Liebe. Verzicht. Begierde. Die Gründe für Mord und Totschlag. Sie kommen wieder hoch, wenn die Person darauf angesprochen wird.

»Wer war es denn dann?«, fragte Potthoff.

Sergej senkte den Kopf und betrachtete seine Hände. Räusperte sich. Hob den Kopf und sah Potthoff direkt an.

»Die Nachbarin, Melanie Brecht. Sie hat das Feuer gelegt.«

»Was?«, entfuhr es mir laut, und alle sahen mich an. Potthoff strafte mich mit einem bösen Blick. »Entschuldigung«, sagte ich. »Kommt nicht mehr vor.«

»Können Sie das bezeugen?«, fragte Potthoff weiter.

»Wie meinen Sie das?«, fragte Sergej sichtlich irritiert.

»Waren Sie dabei, als Melanie Brecht das Feuer gelegt hat?«

»Nein. Sie hat es mir erzählt, als ich letzten Mittwoch noch mal dort war. Ich traf sie im Flur. Wir kennen uns ja.«

»Woher?«, fragte Potthoff mit erstaunter Miene.

»Na, die hat ja ihren Mann unterstützt. Der sitzt ein, weil er Drogen verkauft hat. Die Melanie hat richtig Dreck am Stecken und tut immer so unschuldig.« Sergej lehnte sich auf dem Stuhl zurück und streckte die Füße aus.

»Und am besagten Mittwoch hat sie Ihnen erzählt, dass sie das Feuer gelegt hat?«

»Ja. Sie meinte, das hat leider nicht geklappt mit dem Feuer wie geplant.«

Jetzt wirst du frech, dachte ich mir.

»Warum waren Sie denn überhaupt noch mal dort? Sie haben das Siegel der Polizei aufgebrochen und haben den Tatort noch mal betreten. Warum?«

Sergej schnaubte einmal, als sei die Frage unerhört. »Na, weil ich meine Uhr liegen gelassen hatte. Am Waschbecken in der Küche. Als ich mir die Hände gewaschen habe, habe ich sie abgenommen. Und dann vergessen. Ich wollte sie wiederhaben.« Er deutete auf die Armbanduhr und lächelte.

Potthoff sah einmal hin. Ich wusste, dass er die Uhr erkannte.

»Die Vernehmung ist beendet«, verkündete Potthoff und schaltete das Aufnahmegerät ab.

Was für ein Mummenschanz, dachte ich. Lena hatte keine Geldprobleme, sie brauchte sich kein Geld zu leihen; erst recht nicht von Sergej. Und die Sache mit seiner Uhr war eine glatte Lüge. Ich hätte ihm gern die Uhr vom Handgelenk gerissen, um die Inschrift auf der Rückseite zu sehen. Warum blendete Potthoff das aus? Ich dachte mir, ich fresse einen Besen, wenn das nicht Manfreds Uhr ist. Und Melanie sollte die Brandstifterin gewesen sein? Ich starrte Otto durch den Raum hinweg an, der unbewegt auf seinem Stuhl saß und ungläubig dreinschaute. Ein Wachmann kam herein und führte Sergej in Begleitung seines Anwalts ab. Potthoff sammelte pfeifend die Tatortfotos auf dem Schreibtisch ein, schob sie in seine Akte und klappte diese zu. Setzte ein siegessicheres Lächeln auf, schob den Stuhl zurück, der auf dem Boden knarzte, und ging zur Tür.

Ich stand auf.

»Gute Arbeit, Kollegin, damit wäre der Fall gelöst. Wir haben ein Geständnis. Wir sehen uns gleich oben.«

Warum?, dachte ich nur. Warum? Otto und ich warteten, bis Potthoffs Schritte leiser wurden und er außer Hörweite war.

»Du glaubst ihm doch kein Wort«, sagte ich. »Oder doch?«

»Das wirkte inszeniert auf mich. Aber ich frage mich, warum Schlosser die Schuld auf sich nimmt. Obwohl es nur für Totschlag reichen wird. Aber wenn er es nicht getan hat, warum sollte er sich belasten?«

»Weil Manfred Drechsler ihm Geld geboten hat. Viel Geld, da bin ich sicher. Der hat einen Handel mit ihm ausgemacht. Der geht für ihn in den Knast. Das ist ein abgekartetes Spiel«, zischte ich, weil ich Angst hatte, dass uns jemand belauschte.

»Das Problem ist, das können wir ihm nicht beweisen. Wir müssen dem Gericht Beweise vorlegen, Lucia. Bislang haben wir nur ein Geständnis, das wir nicht widerlegen können. Es könnte sich genau so abgespielt haben, wie er es geschildert hat.«

Ich ballte vor Wut die Hände zur Faust. »Otto, hat Sergej diese Uhr vorher schon getragen?«

Er zuckte mit den Schultern. »Das weiß ich nicht, darauf habe ich bei der ersten Vernehmung heute Morgen nicht geachtet. Ich kann es dir beim besten Willen nicht sagen. Aber eins sage ich dir.« Er zeigte mit ausgestrecktem Zeigefinger auf mich. »Das Gespräch mit Melanie Brecht wird anders werden, als ich mir das ursprünglich gedacht hatte.«

Melanie Brecht sah aus, als würde sie auf einem Laufsteg die neueste Abendmode für die feinen Düsseldorfer Damen präsentieren. Ihr Teint war selbst unter dem gnadenlosen Deckenlicht des Vernehmungsraums ebenmäßig. Ihre Augen waren sorgfältig geschminkt, und ihr Nagellack schimmerte. Sie trug einen cremefarbenen Regenmantel, den sie anbehielt. Sie gab erst Otto und dann mir die Hand. Zog mit einer eleganten

Handbewegung einen dünnen rosafarbenen Seidenschal von ihrem schmalen Hals.

Wer bist du wirklich?, fragte ich mich, als Melanie Brecht auf dem Stuhl Platz nahm und die Beine übereinanderschlug. Sie war irritiert über die Vorladung, hatte kein Pokerface, das undurchdringlich war wie bei Sergej. Sie taugte nicht für solche Spielchen. Oder doch? Vielleicht gerade deswegen? Otto startete das Aufnahmegerät, und Melanie hob das Kinn und starrte auf die braunen Tonbänder, die sich in gleichmäßigem Takt um die eigene Achse drehten.

»Frau Brecht, meine Kollegin hier, Fräulein Specht, hat Sie am Mittwoch aufgesucht und Sie befragt. Sie haben die Aussage jedoch zurückgezogen. Warum?«

Melanies Blick wechselte von Otto zu mir und zurück. »Das war, weil sich die Dinge verändert haben.«

»Was hat sich verändert?«, hakte Otto nach.

Melanie sah hilfesuchend zu mir. »Ich kann mich nicht mehr erinnern«, sagte sie.

Bis auf das schleifende Geräusch des Aufnahmegeräts war es still in dem Raum. Jetzt kam ihr hektisches Atmen durch die Nase dazu. Ihr Gesicht sprach dabei Bände für mich. Da war etwas Großes, Gewaltiges in ihrem Inneren, das sie davon abhielt, zu sprechen. Die einzige Möglichkeit, dem zu entkommen, war die Flucht in das Nichts. In die vollkommene Ahnungslosigkeit. Und in dem Moment war mir klar, dass genau das ihre Rolle in dem ganzen Spiel war. Die Ahnungslose. Sie wirkte streckenweise naiv, aber das war sie nicht. Sie durchschaute die Hintergründe und sollte stets nur eins sein: die Frau, die keine Ahnung hatte, die gepflegt und adrett das Kind fütterte und aus dem Küchenfenster blickte und nichts wahrnahm, während ihr Mann im Knast seine Strafe absaß und so die Stunden, Tage und Wochen vorüberzogen. Melanie sah mich bittend an. Otto bemerkte es, und er deutete ein Nicken an, und ich wusste sofort, was er damit meinte.

»Frau Brecht, möchten Sie mit mir allein sprechen? Ich kann die Befragung mit Ihnen fortführen, wenn Sie das wünschen.«

Melanie nickte schnell. »Ja, bitte.«

Otto stand wortlos auf und ging zur Tür; ich setzte mich auf seinen Platz.

»Otto Hagedorn verlässt den Raum«, sprach ich in das Mikrofon, und als Otto verschwunden war, führte ich das Gespräch weiter. »Wo haben Sie denn heute Ihren Sohn gelassen?«, begann ich.

Melanie wirkte ein wenig erleichtert. »Der ist bei meiner Freundin Marta. Möchten Sie den Namen und die Adresse?«

»Nicht nötig im Moment. Ist er dort gut versorgt?«

»Warum? Dauert das länger hier?«

»Das kann ich nicht sagen, das hängt von Ihnen ab. Ich denke, wir sollten uns jetzt mal über das unterhalten, was wirklich passiert ist. Denken Sie nicht auch, dass es jetzt an der Zeit wäre?«

Melanie war nicht ganz überzeugt, sie starrte auf die Tischplatte und atmete durch den leicht geöffneten Mund. Noch hielt sie ihren Widerstand aufrecht.

»Sie haben am Mittwoch eine Aussage gemacht, in der Sie berichtet haben, dass Manfred Drechsler häufig ein und aus ging bei Lena. Haben Sie ihn auch am Tag von Lenas Tod im Haus gesehen?«

Sie zupfte an ihrem Ohrläppchen. »Ich kann mich nicht erinnern.«

»Frau Brecht, ich glaube, Sie können sich sehr gut erinnern. Ich glaube, dass Ihnen jemand geflüstert hat, dass Sie genau diesen Satz sagen sollen. Sich nicht erinnern sollen. Heute Morgen wurde Sergej befragt, und zwar nicht als Zeuge, sondern als Verdächtiger. Und er hat uns erzählt, dass Sie das Feuer bei Lena gelegt haben, um ihren Tod zu vertuschen.«

Jetzt brach diese Fassade der Monotonie auf.

»Was? Ich? Ich habe das nicht getan, warum sollte ich das tun? Lena war wie eine Freundin für mich. Bitte, Sie müssen mir das glauben. Ich habe das Feuer nicht gelegt.«

»Wer hat Sie dazu gebracht, Ihre Aussage zu revidieren? Wer war das?«

Sie schwieg.

»Hat diese Person Ihnen Gewalt angetan?«, hakte ich nach.

Stumme Tränen liefen aus ihren geschminkten Augen ihre Wangen hinunter. Sie nickte und deutete mit einer Faust auf ihren Bauch.

»Wie heißt diese Person?«

Melanie Brecht schüttelte den Kopf. Die Angst, was danach käme, wenn sie den Namen verriet, war zu groß für sie.

Ich musste anders vorgehen.

»Haben Sie Manfred Drechsler an dem Montag gesehen, als Lena starb?«

Sie schluckte einmal hohl. »Ja, das habe ich.«

»Wann?«

»So gegen elf Uhr muss das gewesen sein. Er kam aus ihrer Wohnung den Flur heruntergestürzt. Ich hatte sie vorher streiten und ein lautes Poltern gehört. Ich stand im Türrahmen, und er kam gerade die Treppe herunter und zischte, das ginge mich nichts an. Ich sollte meine Arbeit machen und sonst nichts. Dann schubste er mich in meine Wohnung zurück. Er sagte: ›Wage es nicht herauszukommen.‹ Dann verschwand er.«

»Was haben Sie dann gemacht?«

»Ich war total durcheinander und habe erst mal Kartoffeln geschält, ich hatte Angst herauszukommen. Heute bereue ich das. Vielleicht hätte ich Lena helfen können, wenn ich früher nach ihr geschaut hätte.«

Sie schniefte, griff nach ihrer Handtasche und zog ein Taschentuch hervor.

»Was ist dann passiert?«

Melanie tupfte ihre Augen trocken und kontrollierte, ob Reste der Wimperntusche am Taschentuch klebten.

»Ich habe Schritte im Flur gehört, leise Schritte. Wie jemand, der sich die Treppe hochschleicht. Das war nicht Manfred, dachte ich mir. Das war jemand anders. Also bin ich doch die Treppe hoch. Die Tür stand offen, und ich bin rein, und da habe ich Sergej gesehen, wie er ein Streichholz entzündet hat und in die Küche warf und noch eines auf den Boden im Wohnzimmer. Und plötzlich war überall Feuer. ›Was machst du da?‹, habe ich gerufen. ›Wo ist Lena?‹ Aber er schubste mich nur aus der Wohnung und sagte: ›Schau, dass du wegkommst. Lauf. Schnell.‹ Ich habe meinen Sohn geschnappt und bin aus der Wohnung gerannt, auf den Spielplatz.«

»Woher kannten Sie Sergej?«

Sie sah mich erstaunt an. »Er hat mir immer das Marihuana gebracht, das Lena und ich verkaufen sollten. Er war eine Art Kurier. Schon zu der Zeit, als mein Mann noch mit Drogen gehandelt hat. Ich hasse ihn.«

»Arbeitet Sergej für Manfred Drechsler?«, fragte ich.

Melanie sah müde aus, erschöpft.

»Das vermute ich«, sagte sie, und es war eine diplomatische Antwort. »Aber fragen Sie ihn besser selbst. Er ist ja jetzt hier und kann Ihnen sicherlich sagen, wer sein Auftraggeber ist.«

»Sie müssten diese Aussage, die Sie eben gemacht haben, unterzeichnen und auch vor Gericht bezeugen. Ist Ihnen das klar? Wenn Sie auch diese Aussage zurückziehen, helfen Sie niemandem. Erst recht nicht sich selbst. Sie machen sich unglaubwürdig. In der Sache mit der Brandstiftung steht Aussage gegen Aussage.«

Melanie Brecht nickte zur Bestätigung. »Ja, ich weiß. Ich würde das auch vor Gericht aussagen. Nicht nur für mich, sondern auch für meinen Mann.« Sie malmte die Backenzähne aufeinander.

Das klang ganz deutlich nach Rache für mich. Aber die Frage nagte hartnäckig an mir: Sagte Melanie Brecht die Wahrheit?

»Die Befragung ist beendet«, verkündete ich und schaltete das Tonband ab.

Melanie stand auf und verließ den Raum.

»Und?«, fragte Otto, der draußen vor der Tür gewartet hatte.

Ich sah Melanie Brecht nach, wie sie den Gang in Richtung Ausgang entlangging. »Du kannst es dir gleich anhören. Aussage gegen Aussage. Sie belastet Sergej. Sagt, er habe das Feuer gelegt.«

»Das ist dämlich. Wir haben keinen Beweis, wer es gelegt haben könnte.«

»Immerhin hat sie bestätigt, dass Manfred Drechsler an dem Tag bei Lena war und es zum Streit kam. Die Frau hat Angst vor Manfred Drechsler, der Mann ist gewalttätig. Zugleich scheint sie rächen zu wollen, dass ihr Mann im Gefängnis sitzt.«

»Wir ziehen uns mal seine Akte und schauen rein. Das hätten wir schon längst tun sollen. Kaffee?«

»Ja, bitte. Einen großen.«

Wir saßen nebeneinander, tranken Kaffee und lasen die Akte. Andreas Brecht war in eine Falle geraten. Er sollte jemandem eine größere Menge Marihuana bereitstellen, vier Kilo. Verpackt in einen Schuhkarton. Die Übergabe sollte auf einem Rastplatz geschehen, zwischen Düsseldorf und Köln. Aber die Person, der er das Päckchen aus dem offenen Kofferraum seines Autos anbot, war ein Kollege vom Drogendezernat. Ein Lockvogel. Die Falle schnappte zu. Andreas Brecht sagte aus, er sei da hinbestellt worden und habe nicht gewusst, was in dem Päckchen war. Von wem, wollte er erst mal nicht sagen. Laut Besuchsprotokoll war am Tag seiner Verhaftung Manfred Drechslers Anwalt Dr. Habermann bei ihm. Eine halbe Stunde. Anschließend verstummte Andreas, verweigerte die Aussage und wurde wegen Besitz und Handel von Drogen verurteilt. Das Angebot, seine Geschäftsstruktur gegen eine Freilassung auf Bewährung transparent zu machen und seinen Auftraggeber zu verpfeifen, schlug er aus und akzeptierte lieber die Freiheitsstrafe.

»Ich vermute, er wurde dafür bezahlt«, sagte Otto. »Die Frauen, die Hinterbliebenen. Sie bekommen Geld dafür, dass sie die Klappe halten. Was für ein Sumpf.«

»Ich weiß, dass Drechsler hinter allem steckt. Ich weiß es einfach«, sagte ich.

»Aber kannst du es auch beweisen?«

Ich schüttelte den Kopf. »Nein, genau das ist mein Problem.«

Um elf Uhr standen wir andächtig auf dem Düsseldorfer Zentralfriedhof. Der Himmel wurde von Minute zu Minute dunkler. Graue Wolkenberge türmten sich auf, und die Luft war schwer und drückend. Vorne, vor dem glänzenden schwarzen Sarg, stand die Familie des toten Kollegen. Allen voran seine Frau, jetzt Witwe, eine junge blonde Frau mit einem schmalen bleichen Gesicht, die an jeder Hand ein Kind hielt. Ein Junge und ein Mädchen. Wir, die Kollegen der Polizei, standen in gebührendem Abstand weiter hinten. Alle in Schwarz gekleidet wie ein nervöse Horde Raben. Ich hörte nicht richtig hin, was der Pfarrer am Grab sagte, sondern beobachtete Potthoff, der ein paar Meter vor uns stand. In Begleitung seiner Frau Sybille. In der verspäteten Morgenrunde hatte er von dem Geständnis berichtet, das Sergej abgegeben hatte. Damit werde er den Fall schließen können, und mit einem warmen Lächeln hatte er sich bei Otto für seine herausragende Tätigkeit bedankt und bei mir für meine »unterstützende und wertvolle Arbeit«. Ich hätte das als Anwärterin sehr gut gemacht. Die Kollegen nickten zustimmend und klatschten kurz Beifall. Einer sagte:»Die kann doch mehr als Kaffee kochen.«

Den Beifall fand ich heuchlerisch. Otto klatschte verhalten mit, mit einem Blick, der mir signalisierte: Wehr dich jetzt nicht. Ich bedankte mich in der Runde, und zugleich dachte ich mir, dass die Sache für mich nicht erledigt war. Kein bisschen. Was für eine Rolle spielte Potthoff in dem Ganzen?

Aber wie Elke sagte: Kommt Zeit, kommt Rat.

Die Frau von Potthoff stand neben ihm. Die Lücke zwischen den beiden war so groß, da hätte eine Person durchgehen können. Als der Gesang des Männerchors der Polizei erschallte, kratzte sich Potthoff mit der Linken sein rotes, nässendes Ekzem und rückte fast unbemerkt neben seine Frau und ergriff mit der Rechten ihre Hand.

Ich beobachtete ihn dabei, wie er die Hand nahm, fast sehnsüchtig, und so fest drückte, dass ich von Weitem den Schmerz fühlen konnte. Sie reagierte nicht. Ich wusste nur, dass mit Potthoff etwas ganz und gar nicht stimmte. Dass er eine Fassade aufrechterhielt, ein Bild seiner selbst, das einmal stimmig gewesen war. Außen und innen waren nicht mehr eins.

Da waren Schmerz und vor allem Angst. Eine ungeheure Angst vor etwas, das er nicht kontrollieren konnte. Fast tat er mir für einen winzigen Moment leid. Die Art, wie er die Hand seiner Frau nahm, das war das tiefe Bedürfnis nach Schutz. Aus der Furcht vor etwas, das ihn übermannen würde. Ich konnte es sehen, an diesem regnerischen Augusttag. Und ich würde leider recht behalten.

Als der Sarg in dem ausgehobenen Loch verschwunden war und die Angehörigen eine Schaufel Erde hinunterwarfen, lösten sich die ersten Regentropfen aus den schweren Wolken über uns und platschten zu Boden. Es kam Bewegung in die Trauergemeinde, die jetzt auseinanderging, so schnell, wie es die Pietät erlaubte, um vor einem Wolkenbruch zu flüchten. Potthoff und seine Frau kamen in unsere Richtung gelaufen. Blieben unvermittelt stehen. Potthoff spannte einen Schirm über ihr auf.

»Das hier ist Fräulein Specht, unsere Kriminalanwärterin«, erklärte Potthoff und stellte mich seiner Frau vor.

Frau Potthoff musterte mich argwöhnisch. Ich starrte in ein Netz aus feinen Linien um ihre Augen, und sie hob mir widerwillig die Hand entgegen. Sie trug schwarze Handschuhe.

»Von Frau zu Frau muss ich Ihnen sagen, dass ich damit kein bisschen einverstanden bin. Zur Polizei gehören Frauen nicht hin. Ich bin und bleibe die Frau Kriminalhauptkommissar. Daran werden auch Sie nichts ändern.«

Sie schüttelte lieblos meine Hand und wandte sich an Otto.

»Und Ihnen, Herr Hagedorn: Gratulation zur Beförderung und viel Erfolg in Köln wünsche ich. Auf Wiedersehen«, sagte sie mit einem feinen Lächeln.

Potthoff und seine Frau schritten von dannen, den Regenschirm über ihnen.

Ich sah ihnen nach. »Was war das denn?«, fragte ich ungläubig.

Schwere Tropfen schlugen nun schneller auf den Boden nieder. Wind kam auf, fegte in Böen von der Seite. Erste Blitze zuckten am Himmel.

Otto klappte den Mantelkragen hoch. »Wir sollten uns beeilen, da kommt gleich was Ordentliches runter.«

Wir rannten in Richtung des Parkplatzes, im Pulk mit den vielen anderen, eine Windböe wirbelte Mäntel hoch, durchfurchte ordentliche Frisuren und drehte Regenschirme mit einem Schlag um.

Im Laufen rief Otto neben mir: »Frau Potthoff war eben immer die Frau eines hochrangigen Polizeibeamten. Darauf kann man sich schon was einbilden. Und mit euch Frauen ist das für sie vorbei. Du untergräbst ihren Status.«

Die Tropfen wurden nun zu einem Stakkato auf dem Asphalt und trommelten auf die Autodächer. Donner krachte. Wir erreichten Ottos Käfer in dem Moment, als sich alle Schleusen öffneten. Stürzten hinein. Knallten die Türen zu. Der Regen kam jetzt von allen Seiten. Er lief die Windschutzscheibe in Sturzbächen herunter, die schnell von innen beschlug. Das Wasser tropfte von unseren Haaren und Gesichtern.

Ich klappte den Spiegel runter und kontrollierte mein Make-up. Trocknete mein Gesicht mit einem Taschentuch ab. Otto fuhr sich durch die feuchten Haare.

»Was für eine Schnepfe«, sagte ich. »Und was meinte sie zu dir mit ›viel Erfolg in Köln‹? Was heißt das?«

Otto zündete eine Zigarette an. Die anderen Autos starteten ihre Motoren, schalteten die Scheinwerfer ein, weil es schlagartig dunkel geworden war, und rollten im Schneckentempo vom Parkplatz. Verschwanden hinter einem Vorhang aus Regen. Otto wischte sich mit dem Handrücken über die feuchte Nase.

»Ich werde versetzt nach Köln. Befördert. Ich wechsele zum Polizeipräsidium nach Köln, in die Mord. Als leitender Ermittler.«

Ich pfiff durch die Zähne und staunte nicht schlecht. Jetzt fiel bei mir der Groschen. »War das vor dem Fall Lena Malberg schon klar? Oder musstest du noch einen letzten Ermittlungserfolg vorweisen, damit du befördert wirst? Und tun, was Potthoff verlangt?«

Er sog so fest an der Zigarette, dass die Glut hell aufglomm.

»Du rauchst sie heiß. Du ziehst zu fest«, bemerkte ich und zeichnete meinen Lippenstift nach.

»Ich habe diesen Beruf von der Pike auf gelernt, ich war siebzehn, als ich angefangen habe, und jeden Schritt habe ich mir hart erarbeitet. Ich musste einiges einstecken, um in die mittlere Laufbahn zu kommen. Es gibt einige im Präsidium, die das mit Argusaugen beobachten, dass auf einmal Frauen als Quereinsteiger reinkommen und im Dienstgrad über jemandem stehen, der schon jahrelang dabei ist. Das können einige nicht verknusen.«

Er betrachtete den Glutkopf seiner Zigarette, machte ein abschätziges Geräusch, kurbelte das Fenster einen Spalt nach unten und schnippte die halb gerauchte Zigarette nach draußen.

»Wenn du es bei der Polizei zu etwas bringen willst, musst du die Spielchen beherrschen und mitspielen. Das ist kein Kindergarten, das ist Hierarchie mit Hauen und Stechen. Und für euch Frauen wird es nicht einfacher werden. Ganz im Gegenteil. Einer wie Potthoff würde dich nie befördern, selbst wenn du die brillanteste Ermittlerin von ganz Nordrhein-Westfalen wärst. Aber du solltest dich davon nicht entmutigen lassen. Deine Bewertung wird gut sein, denn ich habe den Bericht über deine Arbeit geschrieben. Für Potthoff. Ja, er hat gesagt, ich soll streng sein und dich prüfen. Hart rannehmen. Und es wäre ihm lieber gewesen, du wärst krachend gescheitert. Natürlich wollte er das. Aber du hast dich bewährt. Und wenn du mich fragst, ja, du hast das Zeug dazu.«

Das war beruhigend zu hören und versöhnte mich wieder mit Otto, auch wenn ich glaubte, dass er einiges für seine Karriere getan hatte und machen würde. Andererseits war es eine Warnung von ihm, dass dieser Beruf uns Frauen mehr fordern würde, als wir womöglich vermutet hatten. Wir mussten besser sein.

»Gib den Bericht über Lena Malberg noch nicht ab, Otto.

Es ist noch nicht vorbei«, sagte ich. »Ich spüre, da kommt noch was in dem Fall.«

Otto startete den Motor. »Weibliche Intuition? Spür du mal, aber wir fahren jetzt zurück ins Präsidium. Es ist gleich halb eins, und ich habe Hunger.«

Otto ging mit mir in den »Trompeter« zum Mittagstisch, setzte sich aber allein an die Theke, um dort das Tagesgericht, Fischbuletten mit grünen Bohnen, zu essen. Ich setzte mich zu den anderen an den Vierertisch und bestellte beim Hinsetzen bei der vorbeieilenden Rosi das Tagesgericht und eine Fanta.

»Kommt sofort«, rief Rosi mir zu.

Heute waren Petra, Renate und Lilli da. Mieze fehlte. Sie sahen mich mit großen Augen an, und ich berichtete von Ruth, dass ich sie heute Morgen im Krankenhaus besucht hätte, und spielte die ganze Sache herunter. Nannte es einen kleinen Eingriff, und als ich »Grüße an die anderen Schabracken« ausrichtete, lachten sie, weil sie Ruths Stimme direkt im Ohr hatten. Lilli lachte mit, anfänglich, und dann kippte ihr Gesicht, mit einem Mal wurde aus dem Lachen ein Heulen, das aus ihr hervorbrach. Die anderen bemerkten es nicht, weil sie laut quatschten, aber ich sah es, griff nach ihrer Hand, nahm sie und drückte sie fest.

»Was ist mit dir, Lilli? Wollen wir nicht mal sprechen?«, fragte ich.

»Ist da was mit Toni und dir?« Sie sah mich auffordernd an. »Und lüg mich nicht an, Lucia. Ich erkenne es, wenn jemand lügt.«

»Quatsch, wir sind Freunde. Nichts weiter. Wirklich. Er ist wie ein Bruder für mich. Ich habe jemanden kennengelernt, einen Buchhändler. Ich glaube, dass Toni sich gar nicht festlegen möchte. Er flirtet gern. Das ist seine Natur. Er meint es nicht ernsthaft.«

Lilli schniefte. »Und ich dummes Huhn dachte, der will was von mir«, flüsterte sie gepresst. »So ein schicker, hübscher Typ will was von dir. Weißt du, wie ich mich gefühlt habe? Richtig gut. Ich bin am Ende.« Lilli zündete sich eine Zigarette an. »Ich habe jetzt keinen Hunger mehr.«

»Weißt du, was ich nicht verstehe? Du wolltest doch deinen Lehrer heiraten. Will er nicht mehr? Habt ihr euch verkracht? Was ist denn passiert? Ich habe mich das schon lange gefragt.« Lilli setzte sich aufrecht hin und atmete einmal tief durch. Starrte auf die Tischplatte. »Ich sage dir, was los ist. Ich liebe den Mann, und ich will ihn heiraten, weil er ein prima Vater sein wird. Er freut sich jetzt schon auf Kinder. Und soll ich dir sagen, was das Problem ist? Dass ich nicht schwanger werde.«

Ich drückte verständnisvoll ihre Hand. »Ach, das wird bestimmt noch. Setz dich nicht unter Druck.« Etwas anderes fiel mir in dem Moment nicht ein.

»Lucia, du hast mich missverstanden.« Sie sah mich streng an. »Ich war beim Arzt, ich kann keine Kinder bekommen. Ich habe eine Anomalie der Gebärmutter. Er wird mich nicht heiraten, denn ich kann ihm kein einziges Kind schenken. Ich bin nichts wert. Eine unnütze Frau.« Sie presste die Backenzähne aufeinander und starrte grimmig geradeaus. »Ich habe ihn weggeschickt und die Verlobung gelöst. Ihm gesagt, ich hätte einen anderen kennengelernt, und ihm von Toni vorgeschwärmt.« Lilli sah mich betrübt an. »Ich hab's total vermasselt. Er hat geheult und getobt, und dann hat er seine Tasche gepackt und ist gegangen. Es hat mir in der Seele wehgetan, aber ich konnte es nicht übers Herz bringen, ihm die Wahrheit zu sagen. Eine kinderlose Ehe, wer will denn so was? Da lachen dich die Leute doch aus. Und weißt du, was das Dämliche ist? Ich habe das geglaubt, dass der Toni was von mir will. Wir hatten so viel Spaß, als wir aus waren, er hat mir Komplimente gemacht, und wir haben gelacht und getanzt.«

»Du musst es Peter sagen, dass du keine Kinder bekommen kannst.«

Lilli griff nach dem halb leeren Bierglas und trank es in einem Zug aus. »Nein, dazu ist es zu spät. Ich werde mich jetzt auf die Arbeit konzentrieren. Deswegen sind wir schließlich hier, nicht wahr? Nicht zum Kinderkriegen.« Sie schlang mit einem Mal fest ihren Arm um mich. »Danke«, sagte sie, und wir zwinkerten uns konspirativ zu.

»He, was ist denn bei euch los?«, rief Petra und unterbrach ihr Gespräch mit Renate.

»Frauengespräche«, erwiderte ich, und Lilli und ich lachten. »Na, da kann ich euch auch was berichten«, sagte Petra. »Noch ein Bier bitte!«, rief sie Rosi zu. »Neueste Nachrichten aus unserem Hause. Mein Mann hat die Verhütungsmittel in meiner Handtasche entdeckt, jetzt ist Holland in Not.«

Ich schlug die Hand vor den Mund. »Das ist nicht wahr.«

»Was bedeutet das jetzt für dich?«, fragte Lilli.

Petra verschränkte die Arme vor der Brust. Wackelte abwägend mit dem Kopf. Ihre Ohrringe baumelten hin und her.

»Dass ich einen wütenden Ehemann zu Hause habe, der mir seit drei Tagen jeden Abend eine Szene macht und mir vorwirft, ich hätte ihn belogen und hintergangen. Und dass er schließlich ein Recht auf Kinder hätte und ich ihm zur Verfügung stehen müsste.«

»Als was, als Gebärmaschine?«, entfuhr es mir.

»Verlass ihn«, konterte Lilli. »Das ist die Hölle auf Erden, so eine Ehe ist furchtbar. So wirst du nicht glücklich.«

»Der Mann ist eine biologische Katastrophe, Männer sind seelische Krüppel«, begann Renate und sah uns aufmerksam an. Reckte ihren langen Hals. »Das ist nicht von mir, das sagt Valerie Solanas«, erklärte sie mit einem wissenden Gesicht. »Wir müssen die Männer zwingen, über Dinge nachzudenken, über die sie bislang nicht nachgedacht haben. So geht es nicht weiter. Ihr solltet euch uns anschließen«, empfahl sie trocken. »Kommt mit zu unserem Treffen der Frauenbewegung. Ihr seid nicht der Besitz der Männer. Wir kämpfen dafür, dass ihr über euer Leben selbst entscheidet und niemand anderes. Nicht Kindererziehung, sondern Ausbildung und Beruf. Die Männer sind in der Ehe die Funktionäre einer kapitalistischen Gesellschaft, die nur die Frau unterdrückt, damit muss Schluss sein.« Renates Wangen leuchteten, und sie hatte einen kämpferischen Gesichtsausdruck, wie ich ihn vorher nie gesehen hatte.

»Scheiß auf die Männer«, sagte Petra schließlich und erhob prostend ihr Glas. »Das wäre ja noch schöner, wenn die uns sagen, wie wir zu leben haben.«

Nach dem Mittagessen nahm ich die frisch abgetippte Zeugenaussage von Melanie Brecht und fuhr gemeinsam mit Otto zu ihr. Ein letzter Besuch, eine letzte Formalie.

Etwas an ihr hatte sich verändert. Melanie sah weniger bedrückt aus, eine kleine Heiterkeit hatte sich in ihr eingenistet. Sie begrüßte uns fast fröhlich und bat uns herein. Im schmalen Flur standen zwei gepackte Koffer, ein größerer und ein kleinerer, die an den Seiten ausgebeult waren, was auf eine lange Reise mit viel Kleidung schließen ließ.

»Sie verreisen?«, fragte Otto, und in seiner Stimme klang etwas Strenges, nach dem Motto: Wir ackern hier an der Auflösung eines Mordfalls, und Sie haben die Nerven und fahren in den Urlaub?

»Ja, ich besuche eine Freundin in Garmisch-Partenkirchen.« Kaum hatte sie es ausgesprochen, schlug sie die Hand vor den Mund. »Ich meine, ich fahre nach Österreich«, korrigierte sie sich.

Das war also die offizielle Version. Niemand sollte wissen, wo sie wirklich war.

»Oh, Österreich soll sehr schön sein, wohin denn genau?«, fragte Otto und spielte das Spielchen mit.

»Nach Berchtesgaden«, antwortete Melanie, und ein kleines Lächeln erschien auf ihren Mundwinkeln. Sie schien uns zu vertrauen. »Es geht gleich los, das Taxi ist bestellt. Der Kleine schläft noch, ich lasse ihn schlafen.«

»Dann sollten wir keine Zeit verlieren.« Ich hielt ihr die Zeugenaussage vor die Nase. »Wir bräuchten da noch eine Unterschrift von Ihnen, bevor Sie sich aus dem Staub machen«, sagte ich salopp, und Melanie nahm mir das Blatt Papier aus der Hand und ging zum Küchentisch.

Die Küche war picobello aufgeräumt und sauber. Es sah so aus, als würde sie nie wieder zurückkommen. Melanie setzte sich an den blitzblanken Küchentisch und las ihre Zeugenaussage aufmerksam durch. Nickte gelegentlich. Sie zückte einen Kugelschreiber, und er schwebte über der Linie, auf der sie unterschreiben sollte. Sie seufzte einmal laut.

»Das hier wird mein Leben verändern, ich weiß nicht, ob Ihnen das bewusst ist, aber nichts wird mehr so sein wie vorher.«

Sie blickte zu uns auf. Ich nickte ihr auffordernd zu. Melanie Brecht senkte den Kugelschreiber aufs Papier, aber sie schrieb nicht. Hob den Kugelschreiber wieder an.

»Ich habe da noch was für Sie. Das muss womöglich auch in diese Zeugenaussage.«

Ich starrte sie an. Das konnte jetzt nicht wahr sein. Ich sah uns schon ohne eine unterzeichnete Aussage zurückkehren und bei Potthoff im Büro stehen, der dann sagen würde: »Das war's. Der Fall wird jetzt endgültig geschlossen, ein für alle Mal. Jetzt ist Schluss.«

Melanie zog eine Schublade auf, griff hinein und legte etwas auf die Tischplatte. Ich erkannte es erst nicht, mein Hirn brauchte einen Moment, um zu verstehen, was sie vor uns hingelegt hatte. Melanie saß mit gezücktem Kugelschreiber da und sah uns gespannt an.

Es war das blaue Büchlein. So groß wie eine halbe Postkarte. Gebunden. Die Ecken abgenutzt und angeschlagen. An einer Seite lugte ein blaues Bändchen hervor.

»Das ist das Büchlein von Lena«, sagte ich und griff danach. Blätterte es auf. In einer sauberen Schrift standen dort Zahlen in einer Tabelle. Akribisch notiert. Namen. Daten. DM-Angaben. Eine kleine Buchführung.

»Das gehörte der Toten? Lena Malberg?«, fragte Otto spitz.

»Ja, ich habe es an mich genommen, nach dem Brand. Ich war schnell oben in die Wohnung gehuscht. Sie hatte es im Badezimmer versteckt, bei ihren Tampons, ich wusste, wo, sie hat es mir einmal gezeigt.«

»Das nehmen wir mit auf in die Zeugenaussage«, entschied Otto. »Darf ich?«, fragte er und deutete auf den Kugelschreiber in ihrer Hand, und sie reichte ihn Otto. Er schrieb zwei Sätze auf das Blatt, drehte es um die eigene Achse und schob es zu ihr zurück. »Wir nehmen das Notizbüchlein mit zu den Beweismitteln. Wenn Sie hier bitte unterschreiben würden.« Er hielt ihr den Kugelschreiber hin. Melanie nahm ihm den Kuli ab, und mit einer einfachen, schnellen Handbewegung unterzeichnete sie ihre Zeugenaussage. Eine impulshafte, nichtssagende und unleserliche Unterschrift. Einem Schlussstrich gleich.

Die Türklingel ertönte.

»Oh, das wird das Taxi sein«, meinte sie und sprang auf. »Ich hoffe, das hilft Ihnen weiter«, sagte Melanie, und sie wirkte erleichtert, gelöst.

»Alles Gute für Sie«, wünschte ich, und wir gaben uns zum Abschied die Hand.

Kurze Zeit später standen wir bei Potthoff im Büro. Er saß hinter seinem Schreibtisch und blätterte in dem blauen Büchlein von Lena, und abwechselnd schilderten wir ihm, was darin Belastendes stand. Lieferungen von Drogen, Einnahmen in DM und holländischen Gulden, Drehtermine von Filmen. Ja, die Filme tauchten auch auf, sogar wer darin mitspielte. Die gewissenhafte, ordentliche Lena hatte jeden Namen notiert. Von ihren Kunden und von ihren Lieferanten, wie Sergej, und von ihren Filmpartnern und übrigens auch Filmpartnerinnen. Und sie hatte noch einen Namen notiert, der immer wieder auftauchte und sich wie ein dünner roter Faden durch das Büchlein schlängelte und anscheinend alles miteinander verband.

Manfred Drechsler.

Auch jede monetäre Gabe von Drechsler war notiert, jeder Beischlaf, denn er pflegte, ab einem gewissen Zeitpunkt, Lena für die Liebesdienste zu bezahlen. Nicht zu knapp. Und nun war uns klar, warum Drechsler wohl in Rage geraten war. Denn die geschäftstüchtige Lena wurde dem gewieften Drechsler zu viel des Guten. Potthoff hörte uns zu und deutete ein Nicken an. Sein Gesichtsausdruck war jetzt anders, weniger grimmig.

Das Geständnis heute Morgen und die Beerdigung hatten ihn milde gestimmt.

Er blätterte in dem Büchlein vor und zurück. »Und es ist sicher das Notizbuch von Lena Malberg?«

»Ja, es läuft gerade ein Schriftabgleich«, erklärte Otto, »Lars geht die am Tatort sichergestellten Schriftstücke durch und vergleicht.«

»Wir müssen hundertprozentig sicher sein, dass es von ihr ist. Da darf es keine Zweifel geben. Sonst machen wir uns lächerlich.«

»Lena Malberg hat in seinem Laden gearbeitet, er hat in ihren Filmen mitgespielt, er kann die Beziehung zu ihr nicht leugnen«, warf ich ein.

»Ja, ich weiß, Fräulein Specht. Das stand bereits in Ihrem Bericht.« Er kratzte sich an seinem Nacken, und kaum tat er es, nahm er die Hand wieder runter und steckte sich eine Zigarette zwischen die Lippen.

Das Telefon von Potthoff klingelte, und er deutete mir an, den Hörer abzunehmen, während er sich die Zigarette entzündete.

Es war Lars. »Es ist ihre Handschrift, wir haben sie abgeglichen mit ihren Überweisungen bei der Bank und anderen Handschriftenproben. Es ist die Handschrift von Lena Malberg.«

»Seid ihr wirklich sicher?«, fragte ich und sah in die wartenden Augen von Potthoff.

»So sicher wie das Amen in der Kirche«, erwiderte Lars und legte auf.

»Wie gehen wir vor?«, fragte Otto.

Potthoff verengte die Augen zu Schlitzen und hob eine Augenbraue an. »Setzen Sie sich hin. Alle beide. Und Sie sind mucksmäuschenstill. Ich werde jetzt den Staatsanwalt anrufen. Jetzt krieg ich ihn dran.«

Potthoff sog noch einmal gierig an der Zigarette, nahm den Hörer ab und wählte mit einem förmlichen Gesichtsausdruck die Nummer. Ich hörte die Wählscheibe surren und sah zu, wie Potthoff sein Rückgrat aufrichtete, während es tutete.

Potthoff sprach, und ich starrte ihn dabei an, aber ich hörte nicht zu, ich dachte an das Gesicht der toten Lena. An die Uhr. An Drechsler. An den Besuch in seiner Bar. Schließlich kam der Moment, in dem nichts mehr gesprochen wurde. Potthoff legte die brennende Zigarette in den Aschenbecher. Sah auf das Büchlein vor sich. Schob es nach links und rechts. Die Stimme im Hörer sagte etwas. Potthoffs Gesicht verwandelte sich innerhalb von Sekunden zu einem Grinsen. Er legte auf.

»Wir legen los«, antwortete er und sah uns beide triumphierend an. »Schnappen wir ihn uns«, rief er und schlug mit der flachen Hand auf die Tischplatte.

Zwei Einsatzwagen mit uniformierten Beamten fuhren los. Das Ziel: Die »Goldkopf Bar«. In einem dritten zivilen Fahrzeug saßen wir. Der Fahrer war ein Beamter, daneben saß Potthoff, Otto und ich hinten auf der Rückbank. Wir fuhren los, und über die Funke im Handschuhfach gab Potthoff während der Fahrt Order, wie der Zugriff zu laufen hatte. Die Einsatzwagen sollten die Straßenzugänge blockieren, außer Sichtweite, wir fuhren in unserem Wagen fast vor und parkten an der Ecke. Gingen die wenigen Meter zu Fuß.

Drechsler pflegte am Vormittag seinen Laden von der Nacht sauber zu machen, seine Vorräte aufzufüllen. Lieferungen über den Hintereingang entgegenzunehmen. Um diese Zeit waren auch die Putzfrauen dort. Erst gegen Mittag verabschiedete er sich und tauchte am Abend wieder auf. So berichtete Potthoff es uns. Vier Beamte wurden am Hinterausgang postiert. Vier vorne am Haupteingang. Ich sollte der Türöffner sein.

Die Eingangstür der Bar war verschlossen, und ich klopfte zwei Mal. Es dauerte, dann machte einer seiner bulligen Jungs die kleine Klappe auf und schaute heraus. Krumm geschlagene Nase. Dümmlicher Blick.

»Hallo«, sagte ich freundlich. »Ich war gestern hier und habe etwas liegen gelassen. Ein silbernes Zigarettenetui. Habt ihr es gefunden? Es ist ein Geschenk von meinem Vater, und ich würde es gern wiederhaben.«

Er sah mich prüfend an, dann nach links und rechts, und weil er niemanden entdeckte, nickte er und schloss die Klappe. Kurz darauf öffnete sich die Tür.

»Danke, das ist sehr nett«, sagte ich und zählte bis drei und trat langsam ein. Die anderen sollten in dem Moment mit mir hereinstürmen, denn niemand macht der Polizei die Tür auf, wenn sie mit einem Durchsuchungsbeschluss und einem Haftbefehl in der Hand davorsteht. Nicht in so einem Etablissement. Sie würden einen hinhalten an der Tür, Fragen stellen, und diese kurze Zeit würde genügen, um ihr internes Alarmsystem zu aktivieren. Codewörter zu rufen, damit Drechsler belastende Unterlagen schnell verschwinden lassen konnte. Das wollten wir umgehen. Daher gingen wir anders vor.

Ich trat also ein, aber der Türsteher roch den Braten, zog mich mit einem Ruck in die Bar und schmiss die Tür zu. Packte mich am Schlafittchen und zerrte mich neben der Bar den Gang hinunter, den ich kannte.

»Wer bist du? Sag schon? Warum bist du hier?«, fragte er.

»Ich habe mein Zigarettenetui liegen lassen. Aua, Sie tun mir weh.«

»Da stimmt doch was nicht. Stehen die Bullen vor der Tür?«, rief er laut, um die anderen zu warnen. Türen gingen irgendwo klappernd auf.

Jemand rief: »Was ist los?«

»Hier ist so eine komische Person, keine Ahnung. Vielleicht die Bullen«, rief er zurück.

Ich sträubte mich und wollte mich aus seinem Griff winden.

»Du kommst mal schön mit«, sagte er, fasste mit einer Hand fest in meine Haare und zog mich daran weiter.

Ich schrie laut auf, und er zog mich weiter den nächsten Gang entlang, in Richtung von Drechslers privatem Gemach. Das kannte ich hier. Ich hielt mich mit beiden Händen an seinem Oberarm fest, um das Ziehen an den Haaren zu entlasten, während ich ihm hinterherstolperte. Der Kerl war locker einen Kopf größer als ich und doppelt so breit. Jetzt reicht es mir aber, dachte ich, drehte mich vor ihn, stützte ein Bein ab und holte mit dem anderen aus. Mit einem schnellen Tritt trat ich ihm in die linke Kniescheibe. Es knackte laut. Er fiel unter einem lauten Aufschrei der Länge nach zu Boden und blieb dort mit einem Jaulen liegen. Drechslers Tür wurde aufgerissen, und er kam herausgestürmt.

»Was ist hier denn los?«, rief er.

Er sah den Kollegen am Boden winseln, und dann sah er mich. Sein Gesicht zerfiel zu einer Landschaft aus Hass. Er stürzte sich zeitlupenartig mit einem Hechtsprung auf mich. Holte aus und schlug mir dabei an die Schläfe. Mein Kopf fuhr von dem Schlag herum. Wir segelten zu Boden. Währenddessen hob ich mein Knie an und rammte es ihm in seine Weichteile. Er schrie auf.

»Du Miststück. Das zahle ich dir heim.«

Hinter mir war Lärm zu hören. Splittern von Holz. Schritte polterten heran. Befehle wurden gebellt. Manfred hielt ein Springmesser in die Höhe, ließ die schimmernde Klinge herausspringen.

»Jetzt bekommst du ein schönes Andenken von mir«, rief er. Griff nach meinen Beinen und wollte mich zu sich ziehen. Ich rutschte auf dem Hosenboden nach hinten. Trat nach ihm. Er sah mich mit einem wahnsinnigen Blick an. Holte mit dem Messer aus.

Ottos Stimme ertönte laut neben mir. »Lassen Sie das Messer fallen. Sofort!«

Drechsler knurrte wie ein Hund. Erblickte die Runde der Beamten, die ihre Waffen auf ihn richteten. Otto richtete die Waffe auf seinen Kopf. Drechsler nahm mit einem wütenden Blick die Hände in die Höhe und ließ das Messer aus seiner Hand gleiten, das klirrend zu Boden fiel.

»Das muss ein Missverständnis sein, Herr Wachtmeister«, sagte er mit einem süffisanten Gesichtsausdruck, und Otto holte aus und gab ihm einen Hieb mit der Waffe auf die Schläfe.

»Entschuldigung, da bin ich glatt ausgerutscht«, erwiderte Otto mit ironischem Tonfall. »Manfred Drechsler, Sie sind hiermit festgenommen. Und hier hätten wir den Durchsuchungsbeschluss für Ihren Laden. Fangt an, Kollegen. Stellen wir den Laden auf den Kopf.«

Zwei Beamte schnappten sich Drechsler, links und rechts, hievten ihn hoch und verpassten ihm Handschellen. Er keuchte.

»Abführen«, befahl Otto. »Bist du in Ordnung?«, fragte er mich.

Ich zog mich an der Wand hoch und rieb mir die Schläfe.

Drechsler schimpfte: »Du Miststück! Wir werden uns wiedersehen, Fräulein, darauf kannst du Gift nehmen, da ist das letzte Wort noch nicht gesprochen.« Er versuchte, sich mit einem Rütteln aus dem harten Griff der Polizisten zu befreien. »Das zahle ich euch heim!«

»Ich freue mich drauf«, rief ich ihm hinterher, und Otto und ich grinsten uns an.

Potthoff stand ein paar Meter entfernt, mit verschränkten Armen und einem kleinen Lächeln auf den Lippen. Er hatte sich die Festnahme genüsslich angesehen. Otto hatte den Einsatz geleitet, nicht Potthoff. Er hatte sich im Hintergrund bewegt und nur die Fäden in der Hand gehalten. Unsere Blicke trafen sich, und er nickte mir knapp, aber anerkennend zu. Ein solch wohlwollendes Gesicht hatte Potthoff mir gegenüber noch nicht gemacht.

Er machte auf dem Absatz kehrt und verschwand.

Meine Kopfhaut schmerzte noch, aber ansonsten war ich in Ordnung. Otto bot mir aus seinem Schreibtisch einen tüchtigen Schluck Schnaps an, den ich gern annahm. Wir prosteten uns zu und tranken. Anschließend machte ich mich auf der Toilette frisch, ordnete meine Haare, während Elke danebenstand und sich alles haarklein erzählen ließ.

»War anders geplant, ich sollte nur mal den Türöffner spielen. Das ging alles recht fix. Zack, rein und zack, wieder raus. Und das Judotraining macht sich bezahlt.«

Ich war mächtig stolz auf unseren Einsatz und brannte darauf, es den anderen Mädels erzählen zu können. Verbrecherjagd mit vollem Körpereinsatz. Vor allem Ruth würde Bauklötze staunen.

Elke lachte. »Lass mich mal machen.« Sie nahm mir den Kamm ab und kämmte mir sachte den Hinterkopf. »Tut es sehr weh?«

»Ich würde lügen, wenn nicht. Aber das hilft ja jetzt nichts.«

»Unkraut vergeht nicht«, sagte Elke. »So, jetzt ist alles wieder an seinem Platz.« Sie legte den Kamm beiseite.

Ich besah mich im Spiegel und fand, dass ich so aussah, als ob nichts passiert wäre.

»Sag mal, das wollte ich dich die ganze Zeit schon fragen: Was gibt's eigentlich Neues von Herrn von und zu?«, fragte ich, puderte mein Gesicht ab und sah Elke über den Spiegel hinweg an.

Elke errötete. »Du meinst den Herrn blauen Blutes? Wir haben uns ein zweites Mal getroffen. Er hat mir gestanden, dass er verarmter Landadel ist. Also kein Schloss mit Zinnen für mich. Aber weißt du was? Er ist so ein Gentleman, alte Schule. Er hält die Tür auf, hilft mir in den Mantel und ist so aufmerksam. Und er hat so weiche, warme Hände. Sehr talentiert.«

»Tatsächlich«, sagte ich.

Elke machte eine wegwischende Handbewegung, wurde noch röter.

»Wir müssen jetzt weitermachen. Schluss jetzt.«

Direkt nach Feierabend gingen Toni und ich bei Ruth im Krankenhaus vorbei. Die anderen Kolleginnen wollten mit, aber ich konnte ihnen glaubhaft versichern, dass Ruth vorerst niemanden sehen wollte. Krank und hilflos sein, das war nicht Ruths Ding. Ruth hatte heute ein leichtes jungfernhaftes Rosa als Gesichtsfarbe vorzuweisen, worüber wir uns lustig machten, was sie zu einer heiseren Schimpftirade hinriss, die durchaus liebevoll gemeint war und zeigte, dass die alte Ruth immer noch da war. Wir brachten ihr Blumen mit und Zartbitterschokolade, die mochte sie gern. Da stand bereits ein kleiner Strauß, als wir reinkamen, der etwas romantisch aussah, mit Rosen in verschiedenen Farben.

»Von wem ist der denn?«, fragte ich und zeigte darauf.

»Ach, der ist von Otto«, antwortete sie mit einer So-ein-Blödmann-Miene. Mehr sagte sie nicht dazu, und ich bohrte auch nicht nach. Sie würde es mir früh genug erzählen. Ruth hatte zwar mehr Farbe im Gesicht, aber ich sah ihr an, dass sie noch Schmerzen hatte, und reichte ihr die Schmerztabletten, die in einem kleinen Behälter auf dem Nachttisch bereitlagen. Sie würde definitiv noch ein paar Tage ausfallen. Ich berichtete ihr von dem Einsatz, und sie staunte nicht schlecht.

»Ich fasse es nicht«, sagte sie, »da bin ich ein Mal nicht da, schon spielst du die Emma Peel.« Sie grinste. »Ich wusste, dass du das kannst.«

Anschließend gingen Toni und ich direkt in die »Trocadero Bar«, in der ich neulich mit Ruth und Mieze bereits gewesen war. Toni fand, dass wir ausgehen sollten. Feiern. Wir waren unter den ersten Gästen, es war noch früh am Abend, und die Bar hatte eben erst aufgemacht, aber das störte uns nicht. Später kamen Renate, Lilli und Mieze dazu. Petra musste mit ihrem Mann zu Hause streiten, sie tat mir leid, und ich wünschte, ich könnte ihr in irgendeiner Form helfen, die Sache in den Griff zu bekommen. Es wurde viel getrunken und gelacht. Ich musste meine Einsatzgeschichte mehrfach erzählen, und Toni und Lilli versöhnten sich und lagen sich irgendwann in den Armen. Wir stießen auf uns an. Auf unsere Freundschaft. Darauf, dass wir das Leben meisterten. Dass wir es lebten und dass es immer weiterging, ganz gleich, was passierte.

Wir sahen noch nicht, was alles kommen würde. An Schmerz und Verlust. An Schicksalsschlägen. Woher auch?

Wir feierten uns. Und wir feierten den Moment.

6

Samstag, 16. August 1969

Am nächsten Morgen lag eine Ansichtskarte aus Paris in meinem Briefkasten, und ich hatte direkt Herzklopfen, als ich sie herausnahm und noch stehend im Flur las. Sprachlos. Ergriffen. Grübelnd.

Emmalein. Ich erreiche dich nicht.
»Man soll seinen Mantel nicht zu lange an den gleichen
Nagel hängen. Weil es so oft dieser Nagel nur ist, der uns
am Ende noch hält. Wer von uns weiß es denn noch, dass
auch die düsteren, engen Gassen ins Offene führen, in die
unendliche Welt.« (Mascha Kaléko)
Je t'embrasse
E.

Ich verdrückte eine Träne und heftete die Postkarte an meinen Kühlschrank. Punkt Mittag saß ich im Friseursalon Prestige, starrte auf mein Spiegelbild und wartete auf den Coiffeur Pierre, der mir einen neuen Schnitt verpassen sollte. Vor mir dampfte eine Tasse Kaffee, und daneben lag ein aus einer Illustrierten ausgeschnittenes Foto mit meiner Wunschfrisur. Ich war einigermaßen ausgeschlafen. Die Träume letzte Nacht waren wüst gewesen. Mit Schatten, die aus Ecken angesprungen kamen und die ich wegboxen musste, und leeren Wohnungen, die ich betrat, in denen es gar nichts gab: keine Leichen und keine Spuren. Keinen Brand. Keine Möbel. Nur Staub und leere Fensterbretter, auf denen tote Fliegen rücklings lagen. Der plötzliche viele Schlaf ließ mein Gesicht aufquellen. Vielleicht war es auch nur der Alkohol vom Abend vorher.

»Wie soll ich Ihnen die Haare schneiden?«, fragte Coiffeur Pierre, der mit einem Mal hinter mir stand.

»So würde ich gern aussehen«, sagte ich und reichte ihm das ausgeschnittene Foto. Der schlanke Mann im weißen Kittel mit dem dünnen Errol-Flynn-Bärtchen und den glänzenden schwarzen Haaren hob erstaunt beide Augenbrauen. »Die Deneuve. Oh, là, là. Wie elegant. Sie möchten aussehen wie eine Französin. Wie ein Star.« Pierre fuhr mit gespreizten Fingern prüfend durch meine Haare, zog an Strähnen, um ihre Länge zu testen. »Meine Liebe, es wird mir ein Vergnügen sein«, verkündete er mit einer fröhlichen Theatralik und wirbelte einen weißen Schneideumhang durch die Luft. »Lassen Sie mich machen, ich versprechen Ihnen, es wird wunderbar werden.«

Er behielt recht. Als ich zwei Stunden später von dem Umhang befreit wurde, nach der dritten Tasse Kaffee und vielen durchgeblätterten Illustrierten, sah ich meinem neuen Ich ins Auge. Blond und mondän. Ich ertappte mich bei dem Gedanken: Was würde Eric sagen, wenn er mich so sähe? Ich hatte mir vorgenommen, ihn im Buchladen aufzusuchen, wenn er aus dem Urlaub wieder zurück war. So schnell wollte ich ihn nicht vom Haken lassen.

»Und?«, fragte Pierre mit erwartungsvollem Blick.

Ich drehte und wendete meinen Kopf. Hob das Kinn und spielte mit meinen Augen. Öffnete sie weit. Schlug sie nieder. Senkte das Kinn. Etwas hatte sich verändert, fand ich. Aber es war nicht nur die neue Frisur. Jetzt passten mein Inneres und mein Äußeres zusammen. Das, was ich dort sah und wahrnahm, das war die neue Lucia. Mein neues Ich. Das war die Frau, die ich immer sein wollte. Sie saß nun vor mir.

»Was werden Sie an diesem Wochenende tun? Schon was Schickes vor?«, fragte Pierre.

»Ich werde morgen zu meiner Familie fahren. Wir haben uns seit Beginn der Ausbildung im März nicht gesehen. Soll ein gemeinsames Mittagessen werden.«

»Was für eine Ausbildung machen Sie? Oh, lassen Sie mich raten. Sie arbeiten in einem Kaufhaus.« Er machte mit seiner Hand eine drechselnde Handbewegung.

Ich lachte, und im ersten Moment lachte er mit. »Nein. Ich bin bei der Polizei. Ich werde zur Kriminalistin ausgebildet. Ich bin gerade bei der Mordkommission.«

Er schlug die Hand vor den Mund. »Meine Güte, Liebchen. Die Denöff bei der Polizei. Wer hätte das gedacht. Na, ein Kripomäuschen sind Sie jedenfalls nicht, meine Teuerste.«

Vor dem Besuch bei meinem Vater und meinem Bruder grauste mir etwas. Unser telefonischer Kontakt war zuletzt recht dünn gewesen, die Telefonate einsilbig. Mein Vater war keiner, der mit einem Telefon viel anfangen konnte. »Ich sehe ja nie, mit wem ich spreche«, pflegte er zu sagen.

Am Samstagabend blieb ich zu Hause, putzte meine Bude, tanzte zu Nina Simones »Tomorrow Is My Turn« durch die Wohnung, lackierte meine Finger- und Fußnägel, ging um halb neun in die Telefonzelle und rief zu Hause an, um meinen Besuch zu bestätigen. Weil ich fürchtete, dass die beiden es vergessen hatten, dass ich kommen würde. Das Telefon stand in der Diele, und ich musste es einige Male klingeln lassen, bis mein Vater endlich ranging. Mit leichter Verärgerung in der Stimme, die aber schnell wich, als er verstand, wer am anderen Ende der Leitung war.

»Was machst du, Papa?«

Er hatte bereits Schlick auf der Zunge. »Das, was ich immer tue. Trinken. Was machst du? Fängst du Verbrecher?« Er lachte heiser.

»Ich wollte nur sagen, dass ich morgen komme. Wie besprochen.«

»Deswegen rufst du an? Das weiß ich doch. Dein Bruder erzählt es mir jeden Morgen. Ich muss jetzt weiter die Hitparade im ZDF schauen. Die haben heute tolle Lieder im Programm. Bis morgen.«

Ich trat aus der Telefonzelle und blickte in den roten Abendhimmel. Blieb einen Moment stehen und starrte in die Dämmerung, die die Helligkeit des Tages verdrängte. Ich dachte an meine Mutter. Und an die Altakte, die in meiner Wohnung lag, die ich verstaut hatte, mit einem unguten Gefühl. Dem Gefühl, dass darin Dinge standen, die ich nicht lesen wollte. Nicht lesen konnte. Was hatte ich erhofft? Dass ich in die Akte blicken und alles verstehen würde, was damals geschehen war? Langsam ging ich die Treppe zu meiner Dachgeschosswohnung hinauf. In Gedanken versunken betrat ich meine Wohnung, in der es still war. So merkwürdig still, dass es mich fröstelte. War ich nicht angetreten mit dem kühnen Plan, ich könnte den Tod meiner Mutter verstehen und herausfinden, wer ihr und uns das angetan hatte? Ich ging ins Wohnzimmer, das Fenster stand offen, und ich blickte hinaus, auf die bunten Lichter der Großstadt, auf die brennenden Laternen meiner Straße, die runde Lichtkreise auf den Boden warfen. Es war bei Ermittlungen etwas anderes, ob es ein Fremder war oder eine nahestehende Person. Nicht umsonst sollten Polizisten bei Angehörigen nicht ermitteln, und ich verstand nun, warum. Nachdem Mieze mir die Akte übergeben hatte, war ich nur einen Teil durchgegangen. Hatte sie durchgeblättert. Vielleicht sollte ich sie jetzt zu Ende ansehen, die Fakten lesen, die dort standen, die emsige Polizisten notiert hatten und damit festhielten. Bewahrten. Archivierten. Für welchen Moment auch immer.

Ich zog die Akte aus dem Stapel auf meinem winzigen Schreibtisch und blätterte sie langsam auf. Erkannte die Berichte wieder und die Fotos, die ich bereits angesehen hatte. Blätterte zu dem Bericht der Rechtsmedizin, aber ich zögerte, ihn zu lesen, kam über die ersten Zeilen nicht hinaus, als trauten meine Augen sich nicht, die Worte zu lesen und das zu erfassen, was dort stand. In mir regte sich Widerstand, diese Fakten zu erfahren. Die nüchternen Koordinaten ihres Todes. Ich hielt die Luft an. Die Luft im Zimmer war mit einem Mal aufgeladen.

Und da spürte ich es.

Jemand stand hinter mir. Im Raum. In der Stille. So fühlte es sich an. Mein Herz schlug schneller. Die Härchen an meinem Unterarm stellten sich auf, und mir war, als käme diese Person näher.

Es tat einen lauten Knall. Das Wohnzimmerfenster schlug krachend zu, und ich zuckte zusammen. Warf die Akte auf den Schreibtisch, als hätte ich mich daran verbrannt. Holte tief Luft. Nahm meinen Mut zusammen und drehte mich um.

Aber da war niemand.

Ich war allein.

7

Sonntag, 17. August 1969

Als ich am nächsten Tag im Bahnhof in Essen aus dem Zug stieg, dachte ich für einen Moment, dass einer von den beiden mich abholen würde. Aber natürlich stand niemand da. Die Enttäuschung pikste mich in den Nacken. Wir waren um zwölf Uhr verabredet, in dem Gasthaus neben ihrer Stammkneipe. Mit den beschlagenen Butzenscheiben und den abgewetzten Tischen. Den Bierdeckeln. Den derben Gerichten. Ich fuhr mit der Straßenbahn durch Essen, und mit jedem Halt hatte ich das Gefühl, als führe ich durch eine Kulisse, die langsam verblasste. Da waren Ecken und Straßen, die meine Wurzeln waren, aber schon lange nicht mehr mein Leben. Es waren Orte der Erinnerungen, die an Bedeutung verloren und Platz machten für Neues.

Unweit unserer Wohnsiedlung stieg ich aus und ging das letzte Stück zu Fuß. Den Weg, den ich unzählige Male gegangen war. Es war kühl an dem Tag. In der Nacht hatte es sanft geregnet, ein Nieselregen, der bis zum frühen Morgen angehalten hatte. Trotzdem war mir mit einem Mal warm, und ich zog den leichten Mantel aus. Darunter trug ich ein Kleid aus zitronengelbem Jersey, ärmellos, das über dem Knie endete. Um die Hüfte einen schmalen Gürtel und dazu weiße Stiefel. Ich fand mich schön so. Damenhaft. Modern und anders. Frei.

Als ich die Schwingtür zum Gastraum aufdrückte, sah ich die beiden direkt an einem der Tische unter dem Fenster sitzen. Sie starrten mich mit fassungslosen Gesichtern an. Jeder hatte ein halb leeres Bierglas vor sich.

»Tach auch«, grüßte ich und stand vor ihnen am Tisch.

Mein Bruder unterdrückte einen Rülpser. »Wie siehst du denn aus?«

»Ich wusste, dass es dir gefällt. Hallo, Papa.« Ich ging um den Tisch herum, und er folgte meinem Blick, als sei ich eine ihm völlig fremde Person, die sich erdreistete, ihn auf die Wange zu küssen. Er schnupperte in die Luft.

»Wat riechste gut«, sagte er leise.

Ich lächelte und nahm gegenüber den beiden Halunken Platz. »Und, was gibt's heute?«, fragte ich.

»Kassler mit dicke Bunne«, sagte mein Bruder und starrte mich an.

»Kannst du aufhören, mich so anzustarren?«, sagte ich zu ihm und packte meine Zigaretten aus der Handtasche.

»Musst du eigentlich keine Uniform tragen?«, fragte er.

»Nein, ich bin bei der Kripo und fahre nicht Streife.«

Henning nahm sein Bierglas demonstrativ in die Hand und hielt es mir entgegen. »Eines sag ich dir. Egal, wie hübsch du dich machst und was für schicke Klamotten du anziehst, du bist, was du bist. 'ne Pottgöre. Dat krisse nich ausse Wäsche.«

Der saß. Die Bedienung kam.

Gerlinde, die mich von Kindesbeinen an kannte, fragte mich in einem spitzen, überhöflichen Ton: »Und für die Dame. Was darf es denn sein?«

»Ein Bier, wie immer, Gerlinde«, antwortete ich.

Erst jetzt sah sie mich genauer an. »Hömma, Lucia, ich hab dich gar nicht erkannt. Ich dachte, du bist so eine Schickse aus der Stadt.«

»Ist sie ja auch!«, rief mein Bruder und lachte ein keckerndes Lachen.

»Halt domma die Schnüss«, bügelte Gerlinde ihn ab und sagte zu mir: »Gut siehst du aus. So fesch. Ich bring dir ein Bier. Und tüchtig Hunger wirst du haben, bist ganz schmal geworden. Dreimal das Tagesgericht?«, fragte sie in die Runde, und wir bejahten. »Ich freue mich, dass du mal wieder da bist«, sagte Gerlinde und ging mit ihrem Tablett zurück zur Theke.

Ich stellte fest, dass sich alle Männer in dem Lokal umgedreht hatten und in meine Richtung starrten.

»Was glotzt ihr denn so? Das ist die kleene Specht«, schallte es von Gerlinde hinter dem Zapfhahn hervor, und die Männer drehten sich mit einem Grummeln wieder um.

Ein paar prosteten mir lächelnd mit ihren Biergläsern zu. So saß ich da, mit meinen frisch lackierten Fingernägeln und meiner Catherine-Deneuve-Frisur, und passte so gar nicht mehr in die Welt, aus der ich gekommen war. Ich war nicht mehr die, die im März ausgezogen war.

»Erzähl mal von deiner Arbeit. Haste schon viele Strafzettel verteilt?«, fragte Henning.

»Deine Schwester jagt so Ganoven wie dich«, korrigierte mein Vater, knuffte Henning in die Seite und grinste mich an. »Erzähl mal, was du alles lernen tust.«

Ich steckte mir eine Zigarette an und plauderte drauflos. Erzählte von meiner Ausbildung, den Fächern, in denen ich geschult wurde. Vom Schießen, bei dem sie große Augen bekamen, und vom Judo. Vom Schulterwurfüben. Je mehr ich erzählte, desto größer wurde der gefühlte Graben zwischen uns, und als ich von meinem ersten Einsatz und dem Leichenfund erzählte, verschlug es ihnen restlos die Sprache. Das war außerhalb ihrer Welt.

»Das ist ja wie inner Glotze«, witzelte mein Bruder.

»Nur mit dem feinen Unterschied, dass das die Realität ist«, antwortete ich.

»Wie du redest! So geschwollen. Du verlangst aber nicht, dass wir dich in deiner schicken Stadt besuchen kommen, oder?«

»Das wäre auch nicht gut für die Stadt, Henning«, konterte ich.

»Ich geh mal schiffen«, sagte er, stand auf und ließ uns allein.

»Dein Bruder ist ein Schwachkopf«, sagte mein Vater, als Henning außer Hörweite war. »Für ihn endet die Welt hinter der Zeche. Da geht für ihn die Sonne unter. Du bist anders. Du bist wie deine Mutter. Und es bricht mir das Herz.« Er ergriff meine Hand und sah mich mit wässrigen Augen an. »Wirst du denn jetzt den Mörder deiner Mutter finden?«

Der Besuch in Essen bei meinem Vater und meinem Bruder entfachte Erinnerungen an meine Kindheit. An Sonntagsausflüge mit der Familie. Meine Mutter, im Kleid mit weißen Handschuhen in der Kirche, andächtig der Predigt lauschend, während mein Bruder gelangweilt die Beine baumeln ließ. Ein aufgekratztes Weihnachten mit roten Kerzen. Eiersuche an Ostern, während Schnee auf den Krokussen lag. Mein sechster Geburtstag. Meine Einschulung mit den rutschenden weißen Strümpfen und einer Schultüte, die unten mit Zeitungspapier ausgestopft war. Als ich das Papier fragend herauszog, nahm meine Mutter es mir ab und sagte: »Ach, das nehmen wir zum Anfeuern, dafür ist es noch gut.« Mein Hirn flutete mich mit Sequenzen aus meiner Kindheit. Mit Erinnerungen, die ich lange vergessen hatte. Vielleicht lag es an dem Zeug, das ich auf dem Hippiefest genommen hatte, als seien damit Schranken verschwunden und Zugänge zu tief sitzenden Erinnerungen möglich geworden. Es wirkte noch nach. Besonders die Sequenz, als meine Mutter durch das Gebüsch gesprungen kam und ich das Gesicht ihres Peinigers gesehen hatte, wiederholte sich.

Ich sah ihn immer wieder. Als wollte mich mein Hirn daran erinnern: Finde ihn endlich. Ich hatte es meinem Vater versprochen, wir hatten mit einem Bier darauf angestoßen.

Ich wusste nicht, wie, aber ich würde es angehen.

8

Montag, 18. August 1969

In der Morgenrunde waren die drei Kollegen aus dem Urlaub zurück. Mit gebräunten, lachenden Gesichtern saßen sie da, berichteten zur Erheiterung von ihren Ferienerlebnissen. Ihre Energie steckte uns an. Auch Potthoff wirkte gelöster, fast fröhlich. Sie lauschten aufmerksam, als Potthoff konzentriert von den vergangenen Wochen erzählte. Im Schnelldurchlauf, in kurzen, klaren Sätzen fasste er die Fälle zusammen, sparte an den geeigneten Stellen nicht an Lob, auch wenn dies nur aus Halbsätzen bestand. Immerhin. Nur nicht zu sehr verwöhnen, dachte ich mir. Natürlich. Die Dosierung war wichtig. Ich fühlte mich angenommen und hatte den Eindruck, meine Feuertaufe bestanden zu haben. Die anderen nickten mir aufmunternd zu, es schien mir unterfüttert mit einem Hauch von Respekt und Anerkennung. Ein erster Etappensieg. Auf einem langen Weg. Weitere vier Wochen würde ich nun noch im K1 bleiben, dann ging es zur Fortbildung. Auch Otto sah mich mit anderen Augen an, so schien es mir. Ich wusste nicht, ob Ruth ihm etwas erzählt hatte, aber das Thema Ruth sprachen wir mit keiner Silbe mehr an.

Wir arbeiteten am Vormittag zusammen an dem finalen Bericht, der hoffentlich dazu führen würde, dass Manfred angeklagt würde in mehreren Punkten, auch wenn ich verstand, dass es schwierig werden würde, ihm den Mord an Lena anzuhängen ohne stichhaltige Beweise und nur anhand von Indizien. Kurz vor elf kam Potthoff zu uns an Ottos Schreibtisch geschlendert. Baute sich vor uns auf, und wir hoben beide synchron den Kopf und sahen ihn erwartungsvoll an.

Er überreichte uns am ausgestreckten Arm einen Notizzettel.

»Wir haben einen neuen Fall«, sagte er, und Otto nahm ihm

den Zettel ab. »Leichenfund. Eine junge Frau. Wurde vor einer halben Stunde in einem Gebüsch gefunden im Hofgarten. Noch nicht identifiziert.«

Er nickte uns zu, was so viel hieß wie: Legt los und löst den Fall, und zwar flott, und schlenderte zurück in sein Büro. Im Weggehen sah ich das kreisrunde blassrote Ekzem wie ein wachsendes Alarmsignal leuchten.

Otto und ich fuhren direkt zum Hofgarten. Wir gingen auf dem Spazierweg in Richtung Fundstelle nebeneinanderher und sagten keinen Ton, während der Kies unter unseren Füßen knirschte. Zwei Beamte in Uniform standen am Rande eines breiten Gebüschs und schirmten die Fundstelle gegen die Blicke von ein paar neugierigen Rentnern ab, die in einiger Entfernung stehen geblieben waren und herübergafften. Wir begrüßten die anderen Kollegen, und ein junger Beamter zeigte uns den Weg.

»Sie liegt dort drüben«, erklärte er und drückte Äste zur Seite, damit wir besser durchkamen.

Die Fundstelle befand sich hinter einem Dickicht an dem kleinen Flüsschen Düssel, das am Rand des Hofgartens entlang verlief und keine zwei Meter breit war. Die Leiche lag auf dem Rücken und war zur Hälfte unter einen dichten Busch geschoben worden. Wir konnten nur die Beine sehen, die hervorragten. Nackte Frauenbeine, zerkratzt und teilweise mit Erde verdreckt. Die Füße berührten fast das Wasser. Ein Fuß war barfuß, am anderen hing noch ein weißer Damenschuh mit stabilem Absatz.

»Haben Sie die Leiche bewegt?«, fragte Otto, und der Beamte verneinte.

»Gut.« Er kniete nieder und hob das Blätterwerk an, um den Oberkörper zu sehen. Das Gesicht. Er winkte mich heran. »Die ist noch nicht lange tot.«

Ich ging in die Knie, und Otto hob die Zweige ein wenig mehr an. »Können Sie das mal halten?«, sagte er zu dem Beamten, und der griff sofort zu und hielt die Zweige hoch, damit wir freie Sicht hatten.

»Wer hat sie gefunden?«, hörte ich Otto sagen.

Aber es klang, als sei er mit einem Mal hinter Glas. In einem anderen Raum. Ich nahm wahr, dass ihm die Frage beantwortet wurde, aber ich hörte nicht hin. Meine Ohren wurden von einem Rauschen geflutet. Mein Blick glitt immer wieder über das Gesicht der Toten, weil ich es nicht fassen konnte. Ihr Gesicht war aufgequollen. Die Augen, starr und stumpf, starrten in den Himmel aus Blättern und Ästen. Der Mund war weit geöffnet. Wie von jemandem, der nach Luft rang und keinen Atem holen konnte. War sie ertränkt und dann unter das Gebüsch gelegt worden? In ihren Haaren hatten sich kleine Äste und altes Laub verfangen. Ein merkwürdiger Schmuck. Sie schien wie ein lebloser Sack unter das Gebüsch geworfen worden zu sein. Entsorgt.

Otto sprach noch immer neben mir.

Ein Gemurmel hinter dem Rauschen in meinen Ohren, das langsam deutlicher und lauter wurde. Ich starrte weiter auf das Gesicht, und mit einer Hand tastete ich nach Otto. Als meine Finger seinen Unterarm berührten, unterbrach er das Gespräch.

»Was ist?«, fragte er mit glasklarer Stimme.

Meine Ohren waren plötzlich wieder frei, und ich nahm meine Hand zurück. Erst jetzt konnte ich den Blick von ihrem Gesicht lösen.

»Ich weiß, wer das ist«, sagte ich, und mit einem Mal war es still. Die Vögel zwitscherten nicht. Kein spielendes Kind kreischte. Niemand pfiff nach seinem Hund. Als ich sprach, klang meine Stimme nicht nach mir. Als säße in meinem Hals jemand anderes. Eine nüchterne, sachliche Stimme.

»Das ist Nadja. Nadja Christensen. Sie hat im ›Goldkopf‹ gearbeitet. Sie war eine Freundin von Lena Malberg«, sagte die Stimme.

Nadja war tot. Ermordet worden. Womöglich ertränkt. Ein grausamer Tod. Warum musste Nadja sterben? Für mich war klar, dass Manfred Drechsler dahintersteckte. Die Tat konnte kein Zufall sein. Aber er war in U-Haft und hatte ein Alibi. Ich war mir sicher, dass einer seiner Schergen die Arbeit für ihn erledigt hatte. Auf mich wirkte der Mord an Nadja wie die Tat eines in die Ecke gedrängten Menschen, der jeden Verdacht, jeden Zweifel an sich eliminieren ließ. Ausschalten. Mundtot machen. Im wahrsten Sinne des Wortes. Drechsler hatte Macht. Es gab Menschen, die einiges für ihn taten oder die zumindest käuflich waren und sich damit schuldig machten, weil sie ihm erlaubten, seine Macht auszuüben.

Im Stillen dachte ich mir: Drechsler, ich weiß, dass du schuldig bist. Du musst für deine Taten bezahlen, weil wir das alle müssen. Wir müssen den Preis dafür bezahlen, wenn wir nicht anständig waren. Wenn wir anderen das nehmen, was ihnen das Liebste ist.

Ihr Leben.

Im Hintergrund bemerkte ich, dass die Spurensicherung ankam. Otto runzelte die Stirn. Aber sein Hirn arbeitete schnell.

»Es ist nie vorbei, richtig?«, sagte ich leise zu ihm.

»Nein«, erwiderte er, »es ist nie vorbei, es geht immer weiter.«

Er hob den Kopf und sah in die Runde.

»Machen wir uns an die Arbeit«, rief er. »Die Zeit läuft.«

Nachwort

Das Experiment »Frauen bei der Kriminalpolizei« im Jahr 1969 gab es tatsächlich. Auch den hier zitierten Artikel im STERN. 1969 wurden in Westdeutschland erstmals vierzehn Frauen als Quereinsteigerinnen in den Behörden in Düsseldorf und Köln zu Kriminalwachtmeisterinnen ausgebildet. Ein Novum. Damit verschaffte das Innenministerium Frauen die Möglichkeit, in den mittleren und gehobenen Kriminaldienst und somit in Leitungspositionen zu gelangen.

Die Geschichten um Lucia Specht und ihre fünf Kolleginnen sind frei erfunden. Die Charaktere in diesem Kriminalroman sind allesamt meiner Phantasie entsprungen. Jegliche Übereinstimmung mit lebenden oder verstorbenen Personen ist purer Zufall. Auch der Fall um das tote Blumenmädchen Lena ist fiktiv. Aber alles andere ist wahr. Oder wahrscheinlich so geschehen.

Danke!

Die Geschichte der Kriminalistinnen wäre nicht entstanden ohne die Hilfe und tolle Unterstützung der hier nachfolgenden Menschen, die mir ihre Zeit, ihr Wissen und ihre Gedanken und Ideen geschenkt haben. Dafür sage ich aus tiefstem Herzen: DANKE!

Dr. Bettina Blum: Ganz ehrlich. Ohne ihre wissenschaftliche Arbeit zu Polizistinnen in Deutschland wäre diese Story nie entstanden.

Leonie Schöbel: Sie hatte (wieder) den richtigen Agentinnen-Riecher. Bäm.

Winfred Kaminski: Mein Zeitreisender. Er hat mich mit großem Elan in seine wunderbaren Erinnerungen nach 1969 mitgenommen und reichhaltig versorgt.

Frank Berzbach: Seine Kontaktvermittlung war Gold wert.

Ulrike Rohloff: Meine liebste Polizistin mit dem so klugen offenen Ohr.

Stephanie Frank, Thomas Kiehl, Melanie Raabe, Antje Reckmann, Ulrike Westhoff, Annette Wieners: Grandiose Testleser:innen. Aufmerksam. Kritisch. Klug. Es war mir ein Fest!

Writers Room Köln: Ohne euch wäre das Ganze nicht so ein verdammt großer Spaß. LOVE.

Stefanie Rahnfeld: Meine wunderbare Lektorin. Ich sage nur: Schwabenpower!

Allen beim Emons Verlag für ihren tatkräftigen Einsatz und ihre liebevolle Betreuung sowie Marion Heister für ihr aufmerksames Lektorat.

Walter Freudenberg-Dippe: Mein Mann. Mein Vertrauter. Mein großes Glück. Und der unglaublichste Plotwhisperer, der mich immer wieder überrascht.

Mathias Berg
Köln, März 2023